MICHAEL KATZ KREFELD

Sündengrab

GOLDMANN
Lesen erleben

Buch

Der ehemalige Detective Ravn, der sich, seit er die Polizei verlassen hat, hin und wieder als Detektiv verdingt, wird von dem renommierten Unternehmensberater Ferdinand Mesmer engagiert, um seinen Sohn zu finden. Jakob Mesmer hat vor gut zehn Jahren seinen Job in der Firma gekündigt, die er mit seinem Vater aufgebaut hat, sich von der Familie losgesagt und eine Sekte gegründet – Gottes Auserwählte –, die in den Medien immer wieder im Zusammenhang mit Gehirnwäsche und Korruption für Aufsehen gesorgt hat. Mesmer hat schon einmal einen Detektiv, Benjamin Clausen, beauftragt, seinen Sohn zu finden. Er übergibt Ravn die Aufzeichnungen von dem nicht erfolgreich vollendeten Auftrag, unter denen sich auch eine CD-Rom befindet, eine Art Tagebuch, das Benjamin geführt hat, während er sich undercover bei der Sekte aufgehalten hat. Dieses ist Zeugnis seiner Wandlung vom nüchternen Beobachter zum überzeugten Anhänger, der sich schließlich jedoch in einem letzten Hilfeschrei an seinen früheren Auftraggeber wendet, als er begreift, wozu die Sekte fähig ist – bevor jede Spur von ihm im Sande verläuft …

Weitere Informationen zu Michael Katz Krefeld
sowie zu lieferbaren Titeln des Autors
finden Sie am Ende des Buches.

Michael
Katz Krefeld

Sündengrab

Thriller

Aus dem Dänischen
von Knut Krüger

GOLDMANN

Die dänische Originalausgabe erschien 2015 unter dem Titel »Sekten« bei Lindhardt og Ringhof Forlag, Kopenhagen.

Dieses Buch ist auch als E-Book erhältlich.

MIX
Papier aus verantwortungsvollen Quellen
FSC® C014496

Verlagsgruppe Random House FSC® N001967

1. Auflage
Deutsche Erstveröffentlichung Januar 2018

Neumarkter Str. 28, 81673 München
Published by agreement with Salomonsson Agency
Umschlaggestaltung: UNO Werbeagentur, München
Umschlagmotiv: arcangel/Colleen Farrell
Redaktion: Hanne Hammer
AG · Herstellung: kw
Satz: omnisatz GmbH, Berlin
Druck und Bindung: GGP Media GmbH, Pößneck
Printed in Germany
ISBN: 978-3-442-48221-4
www.goldmann-verlag.de

Besuchen Sie den Goldmann Verlag im Netz

Und ob ich auch wanderte im finsteren Tal,
fürchte ich kein Unglück,
denn du bist bei mir,
dein Stecken und Stab trösten mich.

BUCH DER PSALMEN

Für die Liebe meines Lebens,
meine ewige Flamme, Lis.

1

Er betrachtete seinen Sohn, der mit ihm am Esstisch in der offenen Küche saß. Es war Mitte Oktober, und hinter dem großen Fenster senkte sich allmählich die Dämmerung über den Garten, dessen niedrige Obstbäume sich als dunkle Silhouetten vor dem Abendhimmel abzeichneten. Die Hand des Jungen, der gerade sechs Jahre alt geworden war, schloss sich fest um die Gabel, als er versuchte, seine Pommes frites aufzuspießen. In der anderen Hand hielt er ein kleines blaues Spielzeugauto, dessen Farbe ein wenig abgeschabt war. In den Gesichtszügen des Sohnes erkannte er seine eigenen: die Nase, die nach unten gezogenen Mundwinkel und die eng zusammenstehenden Augen, die ihnen beiden eine nachdenkliche Miene verliehen. Er strich ihm über das Haar, und der Junge ließ es geschehen. Das runde Gesicht und die Sommersprossen hatte er von seiner Mutter, die mit dem Rücken zu ihnen am Herd stand und den Frittierkorb aus der Fritteuse hob, in dem sich weitere Pommes frites befanden. Sie schüttete die Pommes auf die Teller neben die knusprigen Wiener Schnitzel, die sie ebenfalls in der Fritteuse zubereitet hatte.

»Möchtest du Erbsen dazu?«, fragte sie, ohne sich umzudrehen.

»Ja, eine kleine Portion, danke.« Er nahm die Serviette und breitete sie über seine dunkle Hose. Seit er aus dem Büro zurück war, hatte er sich noch nicht umgezogen, trug immer noch sein hellblaues Hemd und den Anzug. Nur seine Halbschuhe hatte er gegen ein altes und ausgetretenes Paar Filzpantoffeln getauscht. »Und du, möchtest du keine Erbsen haben?« Sie lächelte ihren Sohn an.

Der Junge schüttelte energisch den Kopf.

»Aber du magst doch Erbsen?«

Der Junge nickte und kaute. »Ja, aber die sind so schwer zu essen.«

»Man spricht nicht mit vollem Mund!«

Er blickte zu seiner Frau auf, die in diesem Moment seinen Teller vor ihn hinstellte und sich mit ihrem eigenen in der Hand setzte. Dann verteilte sie Ketchup auf ihren Pommes und dem panierten Fleisch. Ihre Tränensäcke und rissigen Lippen ließen sie erschöpft und weitaus älter aussehen als ihre zweiunddreißig Jahre. Damals, als sie sich kennengelernt hatten, war er ihrem Lächeln erlegen, das inzwischen nur noch selten zu sehen war. Da sie nicht arbeitete und sich ausschließlich um den Haushalt kümmerte, wusste er nicht, was sie so auslaugte. Er schenkte ihr ein Glas Saft aus der Karaffe ein. Zum Dank nickte sie ihm kurz zu.

Sein Sohn hatte die Gabel hingelegt und konzentrierte sich ganz darauf, sein Spielzeugauto im Slalom über die Tischdecke fahren zu lassen, immer schneller und schneller, ehe er einen hohen Laut ausstieß und es in einem Bogen um sein Saftglas herumführte.

»Man spielt nicht bei Tisch!«, ermahnte sie ihn.

»Lass ihn doch.« Er bemerkte ihr Erstaunen, weil normalerweise *er* es war, der darauf achtete, dass die Regeln im Haus eingehalten wurden, auch die bei Tisch. »Trink deinen Saft«, sagte er lächelnd zu seinem Sohn, der rasch sein Glas leerte.

»Wie … war dein Tag?«, fragte sie mit vollem Mund.

»Ausgezeichnet, danke.«

»War irgendwas Besonderes?«

»Nein, nein, alles wie immer.«

»Wirklich?«, insistierte sie.

Er legte sein Besteck ab, nahm die Serviette von seinem Schoß und trocknete sich die Mundwinkel. »Versteh mich nicht falsch, ich finde es nett von dir, nach meiner Arbeit zu fragen, aber warum sollte ich dir irgendwelche Details erzählen, von denen du ja doch nichts verstehst? Deshalb hat dieses Gespräch einfach keinen Sinn, tut mir leid.«

Sie blinzelte und schluckte alles auf einmal herunter, wobei ihr ein halb erstickter Laut entwich.

»Ich wollte ja nur … wir können auch über was anderes reden.«

»Ich versteh dich schon, aber wollen wir nicht lieber die Stille genießen?«

Statt zu antworten, schlang sie jetzt alles so hastig hinunter, als wollte sie das Abendessen nur noch rasch hinter sich bringen. Er machte ihr deshalb keine Vorwürfe. Auch ihre mangelnden Tischmanieren wollte er heute nicht kommentieren. Er aß in Ruhe weiter und blickte erneut aus dem großen Fenster in den Garten. Er betrachtete die Obstbäume, die ihn ebenfalls anzusehen schienen. Diese Bäume hatten etwas Vorwurfsvolles. Obwohl es draußen absolut windstill war, hatte er den Eindruck, als wiegten sie hin und her, als schüttelten sie gleichsam ihre Köpfe über ihn. Als er gerade aufstehen und die Gardine vorziehen wollte, ließ seine Frau klirrend ihr Besteck auf den Teller fallen. Er wandte ihr seinen Blick zu. Sie schwankte auf ihrem Stuhl vor und zurück, führte eine Hand an ihren Kopf und atmete schwer. Sie schluckte ein paar Mal und stieß ihr Glas um, als sie danach griff. Der Inhalt breitete sich auf der Decke aus wie ein dunkler See. »En… Entschuldigung«, stotterte sie. Sie versuchte, ihren Kopf aufrecht zu halten, und blickte zu ihrem Sohn hinüber.

Der Oberkörper des Jungen lag reglos auf der Tischplatte, das blaue Spielzeugauto hielt er immer noch in seiner Hand.

Sie stieß einen unartikulierten Laut aus und blickte zu ihrem Mann hinüber. Der erwiderte ihren Blick, während er ruhig kaute. »Es ist alles in Ordnung. Leg dich ruhig schlafen.«

Sie starrte ihn erschrocken an, den Mund halb geöffnet. Ihr Blick wanderte zu seinem Glas, das er nicht angerührt hatte. »Was … was hast du getan?« In dem Versuch, ihr Gleichgewicht zu halten, schlug sie mit einem Arm aus, doch im nächsten Moment rutschte sie von ihrem Stuhl, sank auf dem Linoleumboden in sich zusammen und blieb liegen.

Er beugte sich zur Seite, um sie zu betrachten, während er in Ruhe weiterkaute. Sie hatte einen Arm nach vorne gestreckt, als würde sie kraulen. Doch besonders sportlich war seine Frau nie gewesen, und er zweifelte daran, dass sie, die auf dem Land aufgewachsen war, je schwimmen gelernt hatte.

Nachdem er fertig gegessen hatte, stand er auf und trat ans Fenster. Obwohl die nackten Zweige im Dunkeln nicht mehr zu erkennen waren, zog er die langen Gardinen vor. Er deckte den Tisch ab und leerte die Essensreste in den Mülleimer. Ein paar Erbsen landeten dabei auf dem Fußboden. Er bückte sich, um sie aufzuheben. Sein Sohn hatte recht, Erbsen machten wirklich, was sie wollten. Er hätte sich gewünscht, etwas mehr Zeit mit seinem Sohn gehabt zu haben. Dann hätte er ihm beigebracht, die Erbsen zu zerquetschen, um sie unter Kontrolle zu kriegen. Aber dafür war es jetzt zu spät. Er räumte das schmutzige Geschirr in die Spülmaschine und stellte die Fritteuse auf maximale Hitze. Dann drehte er sich um, ging an den Tisch zurück und nahm den Jungen auf den Arm. Der Junge stöhnte leise, war aber von dem Morphium völlig betäubt. Er trug ihn durch Küche und Wohnzimmer bis ins Schlafzimmer. Für einen Moment überlegte er, den Jungen in sein eigenes Bett zu legen, entschied sich jedoch, ihn in dieser speziellen Situation neben seiner Mutter schlafen zu lassen. Nachdem er seinen Sohn auf das Doppelbett gelegt hatte, kehrte er in die Küche zurück. Von der rauchenden Fritteuse stieg ein beißender Gestank auf. Im nächsten Augenblick entzündete sich das überhitzte Öl. Hohe Stichflammen schossen an der Wand hoch. Mit Mühe schaffte er es, seine Frau vom Boden aufzuheben. Sie war schwerer, als er gedacht hatte. Während die Flammen die Küchenschränke in Besitz nahmen und sich mit rasender Geschwindigkeit ausbreiteten, trug er sie ins Schlafzimmer und legte sie neben ihren Sohn. Er zog ihnen die Schuhe aus, nicht jedoch die Kleider. Dann faltete er ihre Hände auf der Brust, als würde er sie in einem Sarg herrichten. Er setzte sich auf das Bett, zog Schuhe und Strümpfe aus. Dann warf er sein Sakko auf den Boden und legte sich neben seine Frau und seinen Sohn. Er schloss die Augen und versuchte, ein wenig Ruhe zu finden, doch es gelang ihm nicht so richtig. Er erwog, aufzustehen und ebenfalls ein Glas von dem betäubenden Saft zu trinken, aber das wäre nur ein Ausdruck von Feigheit gewesen. Er verdiente es, die Angst vor den Flammen zu spüren. Verdiente es, schon bald bei lebendigem Leib zu verbrennen. Als schwarzer Rauch in das Schlafzimmer quoll, begann er zu husten. Er hörte das Prasseln der Flammen, die sich nach und nach im ganzen Haus ausbreiteten. Fauchend bahnten sie sich ihren Weg durch das Wohnzimmer, verzehrten das Parkett und nährten sich von der Holzbalkendecke. Bestimmt hatten sie auch schon die Gemälde an der Wand vernichtet, eines davon ein kostbarer Heerup, und den Konzertflügel von Hornung & Møller in einen Haufen Brennholz verwandelt. Er hörte, wie sich die Flammen wie ein heiseres Raspeln ausbreiteten.

Er spürte die Hitze hinter den dünnen Wänden, die bald in einem glühenden Inferno einstürzen würden. Der beißende Rauch brannte in seinen Augen, obwohl er sie geschlossen hielt. Er drängte in seine Kehle und versuchte, ihn zu ersticken. Nur eines bereute er jetzt: dass er einen Abschiedsbrief an seinem Arbeitsplatz hinterlassen hatte. Doch in dem Moment war es ihm als das einzig Richtige erschienen. Als etwas, das man einfach tat, wenn man einen so schwerwiegenden Entschluss fällte. So ähnlich wie Tischmanieren oder dass er jetzt neben den Seinen lag. Für alles gab es Regeln und Methoden, auch für die Handhabung widerspenstiger Erbsen. Er wusste besser als jeder andere, dass die Welt vorgegebenen Systemen gehorchte.

2

Gegenwart, Christianshavn, August 2014

Der Radiomoderator, der sich Teddy K. nannte, gab bekannt, dass der heutige Tag den Meteorologen zufolge der wärmste des Jahres werden könnte. Und obwohl es erst halb elf Uhr vormittags war und Teddy K. mit seiner schrillen Stimme nicht gerade sehr vertrauenerweckend wirkte, war Ravn dieses eine Mal geneigt, ihm Glauben zu schenken. Ravn hatte alle Fenster des alten Audis heruntergefahren, trotzdem war sein T-Shirt schweißnass. Als die Moderatorenstimme von Werbespots abgelöst wurde, drehte er automatisch die Lautstärke herunter. Am liebsten hätte er das Radio ganz ausgestellt, doch obwohl er sich das Auto bereits vor einer Woche von seinem neuen Arbeitgeber geliehen hatte, wusste er immer noch nicht, wie das funktionierte.

Mit zwei Fahrzeugen Abstand folgte er dem schwarzen Porsche Cayenne, der sich durch den Verkehr schlängelte. Auch der Porschefahrer hatte sämtliche Fenster geöffnet, aus denen Hiphop-Beats dröhnten. Als der Porsche mit den breiten Felgen die Uplandsgade hinunterfuhr und auf den Parkplatz des SuperBest-Markts abbog, blinkte Ravn und tat es ihm gleich.

Der große Parkplatz vor dem Supermarkt war weitgehend leer, und der Porsche parkte nahe am Eingang. Ravn hielt ein paar Reihen weiter hinten, den Kühler in Richtung des

Porsches. Er sah sich im Auto nach dem Camcorder um, den er irgendwo hingelegt hatte, konnte ihn aber nirgends entdecken. »Rutsch mal, Møffe«, sagte er und versuchte, die Englische Bulldogge, die auf dem Passagiersitz schlief, ein Stück zur Seite zu drücken. Ravn erblickte die Kamera unter Møffes behaartem Bauch und schob seine Finger zwischen Fell und Sitz.

Der Hund brummte missmutig.

»Jetzt stell dich nicht so an, sonst bleibst du nächstes Mal zu Hause«, sagte Ravn, während er den Bildschirm der Kamera zur Seite klappte. Sie schaltete sich automatisch ein, und er hob sie so weit hoch, dass sie soeben über das Armaturenbrett schaute. Der Autofocus des Objektivs summte leise, während er den Porsche heranzoomte und den Aufnahmeknopf drückte. Ein korpulenter Glatzkopf in den Vierzigern stieg auf der Beifahrerseite aus dem Wagen. Der Mann, der eine Shorts aus Jeansstoff sowie eine Lederweste mit Rückenabzeichen trug, hatte eine weiße Halskrause, die seinen Kopf aufrecht hielt. Die Fahrertür wurde geöffnet, und eine kräftige Frau mit langen platinblonden Haaren und genauso vielen Tattoos wie ihr Mann stieg aus. Zuerst glaubte Ravn, sie wäre auch im Gesicht tätowiert, doch dann erkannte er, dass sie ein blaues Auge hatte. Der Mann rief ihr etwas zu, das Ravn nicht verstand, doch im nächsten Moment öffnete sie die Tür zur Rückbank und zerrte einen Jungen heraus. Der Junge, der seinen Eltern extrem ähnlich sah, war ganz und gar auf sein Tablet konzentriert. Sein Vater drückte ihm eine Münze in die Hand und zeigte auf die Einkaufswagen, die ein Stück entfernt unter einem gewölbten Dach standen. Der Junge setzte sich missmutig in Bewegung, um einen Wagen zu holen, doch als er offenbar zu sehr trödelte, griff seine Mutter nach dem Wagen und machte eine ungehaltene

Bemerkung in Richtung ihres Mannes. Der zuckte bloß mit den Schultern und deutete auf seine Halskrause. Ravn filmte weiter, während die Familie zum Eingang schlenderte und im Inneren des Supermarkts verschwand.

»Es ist jetzt …«, Ravn warf einen raschen Blick auf die Uhr am Armaturenbrett, »… 10.38 Uhr. Die überwachte Person ist mit ihrer Familie im SuperBest-Markt in Amager. Weiterhin keine Anzeichen, dass Nielsen seine Verletzungen nur vortäuscht.«

Als Ravn die Kamera abschaltete und aus dem Wagen stieg, sah Møffe ihn fragend an.

»Du bleibst hier. Wenn du Glück hast, bring ich dir irgendein Leckerli mit.«

Der Hund schnaubte und legte seinen Kopf wieder auf den Sitz.

Als Ravn den Supermarkt betrat, versteckte er den Camcorder unter seinem Kapuzenpullover, den er über dem Arm trug. Er rechnete zwar nicht damit, dass Carsten so dumm sein würde, in aller Öffentlichkeit zu enthüllen, dass die Halsverletzung, die er seiner Versicherung gemeldet hatte, reiner Schwindel war, aber man konnte ja nie wissen. Carsten versuchte schließlich, sich seine Unfallversicherung mit einem Satz von 25 Prozent unter allen Umständen auszahlen zu lassen, was konkret bedeutete, dass er knapp zwei Millionen Kronen einstreichen würde. Die Versicherungspolice hatte er drei Wochen vor dem angeblichen Verkehrsunfall unterzeichnet, dessen einziger Zeuge der Autofahrer war, der Carsten Nielsen angefahren hatte – seltsamerweise einer seiner »Brüder« aus dem Motorradclub. Ein Mann, der vor ein paar Jahren unter identischen Umständen eine hohe Entschädigungssumme von seiner Versicherung kassiert hatte. Ravn war seit über einer Woche an der Sache dran, und wenn es ihm heute nicht gelang, Carsten Nielsen Betrug nachzuweisen, dann würde der Rocker, der von seinen Brüdern *Die Ratte* genannt wurde, einen ordentlichen Reibach machen.

In dem fast menschenleeren Supermarkt war es angenehm kühl. Er nahm sich einen Korb, den er mit ein paar beliebigen Waren füllte. Als er zu den langen Kühlregalen kam, traf er auf die Familie, in deren Wagen sich die Einkäufe stapelten. Ravn folgte ihnen in angemessenem Abstand. Die Frau schob den inzwischen ziemlich schweren Einkaufswagen, während Carsten in seinen Flipflops hinterherschlurfte. Er hatte einen roten Kopf und zerrte an seiner Halskrause. Wenn er in eine andere Richtung sehen wollte, musste er jedes Mal seinen ganzen Körper drehen, was seinen Bewegungen etwas Breakdance- und Roboterhaftes verlieh. Als die Familie die Spirituosenabteilung erreichte, gab Carsten seinem Sohn einen Klaps und bat ihn, eine Kiste »Elefant-Bier« zu holen.

»Mach doch selber«, gab der Sohn zurück, ohne von seinem Computerspiel aufzublicken.

Carsten riss ihm das Tablet aus der Hand und bückte sich, sodass sein Gesicht nur Millimeter von dem seines Sohnes entfernt war.

»Soll ich das Ding auf den Müll werfen, hä? Soll ich das?«, rief er mit knallrotem Kopf.

Der Sohn schaute angstvoll auf sein Tablet, das jetzt für ihn außer Reichweite war. Dann drehte er sich um und ging zu der ersten Reihe der Bierkästen. Mit einem Stöhnen zerrte er an dem obersten. »Der ist total schwer, Papa!«

»Ich hab Elefant-Bier« gesagt!«, meckerte Carsten und zeigte auf einen anderen Kasten. Der Junge schlurfte hin, schleppte den Kasten mithilfe seiner Mutter zum Einkaufswagen und hievte ihn hinein.

Ravn stand ein Stück entfernt und beobachtete, wie die

Familie den Gang hinunterschlurfte. Inzwischen war ihm klar, dass Carsten, der vermutlich nicht einmal im Kreise der Motorradrocker zu den hellsten Lichtern gehörte, offenbar doch klug genug war, seine Entschädigungssumme nicht zu riskieren. Ravn ging es nicht so sehr darum, ob irgendeine Versicherungsgesellschaft zur Kasse gebeten wurde oder ob er selbst eine Bonuszahlung von dem Rechtsanwalt bekam, für den er arbeitete, sofern er einen Beweis gegen Carsten vorlegte – nein, er wollte sich vor allem von so einem Typen nicht auf der Nase herumtanzen lassen. Nicht zuletzt, weil er eine eingefleischte Abneigung gegen Rückenabzeichen hatte. In seiner Zeit bei der Spezialeinheit der Polizei hatte er allzu viele dieser Arschlöcher kennengelernt und so manchen von ihnen hinter Schloss und Riegel gebracht. Nie im Leben würde er es zulassen, dass sich Carsten alias *Die Ratte* alias *Ihr-könnt-mich-alle-am-Arsch-lecken* auch nur fünf Öre ergaunerte. Er musste sich schnell etwas einfallen lassen, das den Verdacht gegen den Rocker erhärtete oder ein für alle Mal aus der Welt räumte.

Ravn stellte den Einkaufskorb ab und hastete Richtung Ausgang. Als er auf den Parkplatz kam, zog er eine Münze aus der Tasche und eilte zu dem gewölbten Dach, unter dem zwei Reihen mit je sechs Einkaufswagen standen. Camcorder und Kapuzenpullover legte er auf dem Boden ab und quetschte sich zwischen den beiden Wagenreihen hindurch. Nachdem er den hintersten Wagen erreicht hatte, steckte er eine Münze in den Schlitz und löste die Kette des Wagens. Er stemmte einen Fuß gegen die Rückwand des Unterstands und schob mit aller Kraft. Quietschend setzte sich die ganze Wagenreihe in Bewegung und rollte unter dem Dach hervor. Mit größter Anstrengung gelang es ihm, sie dem Heck des Porsches entgegenzuschieben.

In diesem Moment kam Carsten mitsamt seiner Familie aus dem Supermarkt. Carsten trieb seine Frau, die sich mit dem schweren Einkaufswagen abmühte, zur Eile an. Ravn hatte den Eingang im Blick. Es war nur noch eine Frage von Sekunden, bis Carsten um die Ecke biegen und sehen würde, was er im Schilde führte. Er mobilisierte all seine Kräfte und schob die Wagenreihe Richtung Porsche, sodass dieser am Ausparken gehindert wurde. Hastig hob er Camcorder und Kapuzenpullover vom Boden auf und eilte zu seinem Wagen.

»Hej, Møffe«, sagte er, während er sich auf den Fahrersitz schob.

Der Hund legte sich gähnend auf die Seite, um sich den Bauch kraulen zu lassen, aber dazu hatte Ravn jetzt keine Zeit. Von draußen drangen schon Carstens Flüche zu ihm herüber. Ravn drückte sich in den Sitz und schaltete die Kamera ein. Er zoomte Carsten heran und begann zu filmen.

Carsten stampfte hin und her wie ein wütender Stier, während seine Familie ihm hilflos zusah. Die Wagenreihe reichte vom Heck des Porsches bis zu dem gewölbten Dach des Unterstands. Als wäre einer der Supermarktassistenten beim Einsammeln der Wagen unterbrochen worden und hätte sie mitten auf dem Parkplatz stehen gelassen. Die Wagenreihe hinderte Carsten auch am Einsteigen, sodass er sein Auto nicht einmal als Rammbock benutzen konnte, sollte er so etwas im Sinn haben.

Carsten wies seine Frau und seinen Sohn an, die Einkaufswagen zur Seite zu schieben, aber die waren nicht in der Lage dazu, sosehr er auch fluchte und schimpfte. Carsten ließ seinen Blick rasch über den Parkplatz schweifen, und als er feststellte, dass sie niemand beobachtete, versuchte er, mit einer Hand ein wenig zu helfen. Aber auch das reichte nicht. Die

Wagenreihe bewegte sich keinen Millimeter. Seine Frau verdrehte die Augen und schaute ungeduldig auf die Uhr. Durch das geöffnete Seitenfenster konnte Ravn hören, dass sie etwas von einer Maniküre sagte, die sie nicht verpassen wollte. Während die beiden miteinander in Streit gerieten, ließ der Junge sein Tablet auf den Asphalt fallen. Als er sah, dass das Display zersplittert war, brach er lauthals in Tränen aus. Carsten, dessen Kopf vor Wut knallrot angelaufen war, riss an seiner Halskrause, die ihn offenbar zu ersticken drohte. »Ach, zum Teufel mit euch!«, rief er und packte den Griff des vordersten Einkaufswagens mit beiden Händen.

Ravn filmte weiter, während er Møffe mit der anderen Hand den Bauch tätschelte. Dieser Film würde ihm vermutlich keinen Oscar, aber mit Sicherheit einen Bonus einbringen.

3

Ravns Aufnahmen vom Vormittag flimmerten über den Monitor. Trotz der Grobkörnigkeit und der falsch eingestellten Kontrastwerte war Carsten Nielsen einwandfrei zu identifizieren. Die lose Halskrause hing ihm wie ein Lätzchen auf der Brust, während er wütend an der Einkaufswagenschlange zerrte.

»Was für eine wundersame Spontanheilung des Bewegungsapparates«, kommentierte Anwalt Lohman ironisch. Er faltete die Hände über seinem Spitzbauch, der seine gelbe Strickjacke bis zum Zerreißen spannte. Lohman, der die Siebzig bereits hinter sich hatte, saß hinter dem wuchtigen Schreibtisch seines kleinen nikotingelben Büros und betrachtete die Videosequenz.

»Ja, Carstens Entschädigungsanspruch dürfte soeben auf null Prozent gesunken sein«, entgegnete Ravn, der neben ihm stand. »Damit wird Ihr Mandant sicher nicht unzufrieden sein.«

»Nein, ganz bestimmt nicht. Was für ein Glück, dass die Wagenschlange zufällig das Auto blockiert hat.« Er deutete auf den Bildschirm, auf dem Carsten die Einkaufswagen gerade unter Kontrolle bekam. Er schob sie an seinem eigenen Auto vorbei und gab ihnen einen Stoß in Richtung Unterstand, ohne sich darum zu kümmern, dass sie nun anderen Fahrzeugen die Ausfahrt versperrten.

»Manchmal hat man eben Glück«, erwiderte Ravn lächelnd und rieb an seinem verbundenen rechten Unterarm.

Lohman wandte seinen Blick vom Bildschirm ab, er schien die Bandage erst jetzt zu bemerken. »Was haben Sie denn mit Ihrem Arm gemacht?«

»Nur ein kleiner Unfall, ich hab ihn etwas zu lange aus dem Fenster gehalten.«

»Aus dem Fenster?«

Ravn nickte in Richtung Bildschirm. »Das kommt noch«, sagte er, ging um den Schreibtisch herum und setzte sich in den verschlissenen Ledersessel.

Lohman starrte wie gebannt auf den Bildschirm, während Carsten zu seiner Frau und seinem Sohn zurückstampfte und ihnen etwas zurief. Er versuchte, die lose Halskrause wieder an ihren Platz zu schieben, doch vor lauter Aufregung gelang es ihm nicht. Schließlich kam ihm seine Frau zu Hilfe, was Carsten widerwillig zuließ. In diesem Moment wanderte sein Blick zu dem Audi, in dem Ravn mit der Kamera saß. Carsten zeigte direkt auf das Objektiv. »Scheiße!«, hörte man Ravn fluchen. Den verwackelten Aufnahmen nach zu urteilen, warf er den Camcorder weg, der mit der Seite auf dem Armaturenbrett landete. Die Kamera filmte, wie Carsten auf den Audi zustürmte. Im Hintergrund hörte man Ravn am Autoschlüssel herumfingern, um die Zentralverriegelung bedienen zu können. Als der Motor endlich startete, nahm Carsten seinen einen Clog und schleuderte ihn gegen die Windschutzscheibe, die in tausend Stücke zersplitterte. Die Kupplung knarrte, als Ravn den Rückwärtsgang suchte.

»Mein … mein Auto«, stotterte Lohman, den Blick starr auf den Bildschirm gerichtet. »Ist der wahnsinnig geworden?«

»Hätte ich gewusst, wie gut er werfen kann, hätte ich weiter weg geparkt«, murmelte Ravn. »Ich ersetze Ihnen natürlich die Scheibe.«

Lohman warf ihm einen raschen Blick zu. »Und was ist jetzt mit Ihrem Arm?«

»Warten Sie's ab«, entgegnete Ravn und machte eine vielsagende Handbewegung.

Lohman wandte sich wieder dem Bildschirm zu. Ravn hatte den Rückwärtsgang eingelegt und gab Gas, sodass Carstens Gestalt auf dem Bildschirm immer kleiner wurde. Aus der Ferne schrie er: »Django! Lass Django frei, verdammt!« Im nächsten Moment öffnete der Sohn die Heckklappe des Porsches, worauf ein weißer Pitbull heraussprang. Carsten rief dem Hund einen Befehl zu und zeigte auf Ravns Auto. Der Hund jagte auf Ravns Audi zu, der eine scharfe Rückwärtskurve fuhr. Die Kamera rutschte über das Armaturenbrett und filmte, wie Ravn mit dem ersten Gang kämpfte. Er lehnte sich ganz nach links und schaute durch das offene Fenster, weil durch die zersplitterte Windschutzscheibe nichts mehr zu erkennen war. In diesem Moment zeigte sich der Pitbull im Fenster. Mit gefletschten Zähnen sprang er hoch und schlug sie in Ravns Unterarm. Ravn schrie vor Schmerz auf und versuchte, den Arm zu sich zu ziehen, während das Auto ins Schlingern geriet. Vom Beifahrersitz aus gab Møffe ein paar asthmatische Kläffer in Richtung des Kampfhunds ab. Als der Pitbull Møffe erblickte, gab er Ravns Arm frei und versuchte, die Englische Bulldogge anzugreifen, rutschte jedoch an der Tür des Wagens ab. Ravn gab Gas, woraufhin die Kamera über das Armaturenbrett schlitterte und auf dem Boden landete. Der Bildschirm wurde schwarz, doch Ravns Flüche waren immer noch zu hören. Lohman schaltete den Computer aus und lehnte sich auf seinem Stuhl zurück.

»Waren Sie damit beim Arzt? Sie brauchen eine Tetanus-Spritze.«

»Ist nicht so schlimm«, entgegnete Ravn.

»Wir könnten auf Schadensersatz klagen. Sie haben ja an einem öffentlichen Ort gefilmt, was vollkommen legal ist.«

Ravn schüttelte den Kopf. »Ach, lassen wir das. Ich persönlich wäre auch nicht gerade begeistert, wenn mich jemand heimlich filmen würde. Noch dazu, wenn mir dadurch eine riesige Summe durch die Lappen geht.«

»Sie machen mir Spaß«, entgegnete Lohman. »Wie gut, dass Møffe bei Ihnen war, sonst hätten Sie den anderen Köter wohl immer noch am Arm hängen.«

Ravn betrachtete Møffe, der auf dem schäbigen Perserteppich lag und döste. »Ja, trotz seines Alters steckt immer noch ein Wachhund in ihm. Wie gesagt, die Scheibe ersetze ich Ihnen.«

»Die gehört zu den Auslagen. Bei der Summe, die die Versicherungsgesellschaft durch uns spart, kriege ich das locker durch. Sherry?« Er stand auf und ging zu dem runden Mahagonitisch in der Ecke, auf dem mehrere Flaschen standen.

»Nein danke.«

Lohman schenkte sich selbst ein Glas ein. »Man sollte sich auch im Alltag ein paar Privilegien gönnen.«

»Wann, glauben Sie, könnte ich mein Honorar bekommen?«

»Wenden Sie sich einfach an Frau Malling«, antwortete er und nickte in Richtung des Vorraums, in dem seine Sekretärin arbeitete. »Die stellt Ihnen sofort einen Scheck aus.«

Frau Malling war von Anfang an Lohmans Sekretärin gewesen. Beide waren unverheiratet geblieben, und es war nicht zu sagen, ob ihre Beziehung rein beruflicher Natur war; jedenfalls gingen sie miteinander um wie ein altes Ehepaar.

»Danke«, entgegnete Ravn, der das Geld dringend brauchte, da er total abgebrannt war. Er wollte gerade aufstehen, doch Lohman hielt ihn mit einer Geste zurück.

»Warum denn so eilig? Bleiben Sie doch sitzen, wir sind noch nicht fertig.«

Ravn atmete tief durch. Seit er nicht mehr für das Amtsgericht, sondern nur noch auf eigene Kosten arbeitete, hatte Lohman ein unstillbares Redebedürfnis entwickelt, was bedeutete, dass er jedem das Ohr abkaute, der seine Kanzlei betrat. Im Laufe des Sommers, der allmählich zur Neige ging, hatte er Ravn mit einer Reihe von Überwachungsaufträgen betraut und ihm ein ums andere Mal die Geschichte all seiner gewonnenen Prozesse erzählt. »Ich hatte einmal einen Klienten, der steif und fest behauptet hat, zum Tatzeitpunkt nicht bei Sinnen gewesen zu sein. Es handelte sich um einen Bankraub.«

»Das Problem bestand darin«, fuhr Ravn fort, »dass er zuvor bereits achtundzwanzig Banken ausgeraubt hatte.«

»Ach, habe ich das schon mal erzählt?«, fragte Lohman und nippte an seinem Sherry, offensichtlich enttäuscht von Ravns mangelndem Interesse. »Wie bin ich eigentlich darauf gekommen?« Er setzte sich wieder auf seinen Stuhl.

»Mein Honorar«, erinnerte ihn Ravn und lächelte versöhnlich. Im Grunde hatte er nichts gegen Lohman, er hatte nur keine Lust, ihm noch länger Gesellschaft zu leisten. Außerdem hatte er selbst Durst bekommen, allerdings auf ein Bier.

»Nein, nein, die Sache mit dem Honorar war ja geklärt, es geht um einen neuen Fall, und auch da brauche ich wieder jemanden … wie soll ich sagen … mit Biss.« Er deutete auf Ravns Bandage, um sicherzugehen, dass dieser die Pointe verstand. »Das wären mindestens vierzehn Tage Arbeit, die finanziell sehr lohnend sein könnten.«

»Danke für das Angebot, aber ich habe kein Interesse.«

»Wie können Sie da so sicher sein? Ich habe Ihnen ja noch gar nichts erzählt.«

»Weil ich …«

»Es geht um einen großen renommierten Elektronikkonzern, in dessen externem Lager immer wieder Produkte verschwinden. Ich kann den Namen des Unternehmens natürlich erst verraten, nachdem Sie zugesagt haben.«

»Ich bin an solchen Aufträgen wirklich nicht mehr interessiert, Herr Lohman. Ich möchte nicht undankbar sein, mich aber lieber wieder anderen Dingen zuwenden.«

»Hat es möglicherweise mit Ihrer kleinen Verletzung zu tun?« Er zeigte auf Ravns Bandage.

»Glauben Sie mir, ich hab schon Schlimmeres erlebt.«

»Aber wovor haben Sie dann Angst?« Das klang wie die größte Provokation, die Lohman sich vorstellen konnte, um Ravn aus der Reserve zu locken.

Ravn lächelte. »Ich hab keine Angst. Der Job ist einfach nichts für mich.«

»Er unterscheidet sich doch wohl nicht sehr von dem, was Sie bei der Polizei getan haben, abgesehen von der Tatsache, dass Sie hier ordentlich bezahlt werden.«

»Polizeiliche Ermittlungen und Privatschnüffeleien sind zwei Paar Schuhe. Und ich habe keine Lust mehr, im Privatleben anderer Leute herumzuschnüffeln.«

»Sie machen das aber ganz ausgezeichnet. Besser als jeder andere, den ich bisher hatte. Als Johnson Sie mir empfohlen hat, hatte ich schon meine Zweifel. Hoffentlich kränkt es Sie nicht, dass ich das sage.«

»Ganz und gar nicht. Bei Johnson wäre ich auch skeptisch, vor allem, wenn es um mich geht.«

Lohman hob sein Glas und prostete Ravn zu.

»Wie dem auch sei, es bleibt dabei.« Ravn stand auf.

»Denken Sie in Ruhe darüber nach. Ihr jungen Leute seid immer so ungeduldig.«

»Nachgedacht habe ich schon, und so jung bin ich auch nicht mehr. Leben Sie wohl, Herr Lohman«, sagte er und ging zur Tür.

»Dann bin ich wohl gezwungen, Ihnen den Namen meines Mandanten zu verraten, damit Sie wissen, welche exklusive Sache Ihnen hier durch die Lappen geht.« Er machte eine rhetorische Pause, während er das Sherryglas in der Hand drehte. »Die Sache, die Sie da ablehnen wollen, betrifft tatsächlich Bang & Olufsen.«

»Das habe ich mir schon gedacht, die werden sehr gut ohne mich klarkommen.« Ravn verabschiedete sich und ging.

4

Durch das Stimmengewirr im Café Havodderen drang Joe Cockers heisere Stimme, weil jemand die Wurlitzer-Jukebox auf *Unchain My Heart* programmiert hatte. Die jüngeren Gäste drängten sich an der Theke zusammen, während die älteren Stammgäste an den Tischen ihr Bier tranken und ihren Zigarettenrauch in die Luft bliesen, der als graublaue Wolke über dem Wirtshaus hing.

Ravn hatte sich schon früh im Havodderen eingefunden und einen Platz am Ende der Theke ergattert. Was wiederum bedeutete, dass er inzwischen mehr als die meisten anderen Gäste getrunken hatte, was er eigentlich nicht beabsichtigt hatte.

Ravn blickte die Theke entlang und bemerkte, dass die beiden Barkeeper, die Johnson zur Unterstützung eingestellt hatte, kaum mit dem Zapfen und Einschenken nachkamen.

»Sind eigentlich alle anderen Kneipen geschlossen, oder warum hängen die alle hier rum?«, fragte Ravn, den Blick zu Johnson gewandt.

Johnson, der vor lauter Gläser-Trocknen gar nicht dazu kam, die Gäste zu bedienen, warf ihm einen kurzen Blick zu. »Liest du eigentlich nie die Lokalpresse, Ravn?« Er legte das Küchentuch beiseite, ehe sich seine breite Hand um die kleine Kaffeetasse schloss.

Ravn schüttelte den Kopf. »Die reißt Møffe immer in Fetzen, ehe ich zum Lesen komme.«

Johnson leerte seine Tasse und schenkte sich nach. »Im *Christianshavneren* war ein großer Artikel über die hiesige Kneipenszene. Die kleinen, originellen Pinten sind wieder schwer in Mode.«

»Aber der Havodderen ist weder klein noch originell.«

Johnson runzelte die Brauen. »Wenn ich derjenige wäre, der hier anschreiben lässt, würde ich mir ein paar bessere Witze einfallen lassen.«

Ravn trank die Flasche aus und stellte sie auf die Theke. »Gib mir noch eins.«

Johnson nahm ein Hof aus dem Kasten und öffnete es.

»Lohman hat erzählt, dass du bei ihm aufgehört hast.«

»Lohman kann einfach den Schnabel nicht halten.«

»Er hat es mir in aller Verschwiegenheit anvertraut, als er hier mit Victoria Karambolage gespielt hat, wie üblich.«

»Dann hätte er sich besser aufs Spielen konzentrieren sollen.« Ravn trank einen Schluck. »Außerdem war ich nie bei ihm angestellt. Ich habe ein paar Aufträge für ihn erledigt, das ist alles.«

»Aber man schmeißt doch nicht grundlos hin.«

»Hat er das so dargestellt?«, fragte Ravn und schlug mit den Armen aus. »Ich hab gerade mein Leben riskiert, um seinem Mandanten zwei Millionen zu sparen.« Er zeigte auf seinen Verband.

»Nein, nein, Lohman war wirklich dankbar für deinen Einsatz.« Johnson lehnte sich mit seinem ganzen Gewicht über den Tresen. »Aber das wäre doch ein Riesengeschäft für dich. Außerdem meinte Lohman, du wärst für den Job perfekt geeignet.«

Ravn zuckte die Schultern. »Das war ein Sommerjob, und der Sommer ist fast vorbei.«

»Hast du was anderes?«

Ravn schüttelte den Kopf.

»Siehst du, genau das meine ich. Du hättest noch länger bleiben und mehr dazulernen sollen.«

»Da gab es nicht viel zu lernen. Das war reine Schnüffelei. Ein Affe mit einer Kamera hätte das auch hingekriegt.«

Johnson zuckte die Schultern. »Es sieht aber nicht so aus, als hättest du viele Alternativen.«

»Ich komm schon zurecht.« Ravn fragte sich, ob Johnson um ihn oder um Lohman besorgt war oder ob es was mit seinem eigenen Stolz zu tun hatte. Er hatte die Verbindung ja schließlich hergestellt. Über das Verhältnis dieser beiden Einzelgänger wusste Ravn nichts anderes, als dass Lohman, abgesehen von seinen wöchentlichen Kneipenbesuchen, Johnson bei der Übernahme des Havodderen juristisch wie finanziell beraten hatte. Lohman besaß einen bescheidenen Anteil an dem Wirtshaus, weshalb er und Johnson von den Alteingesessenen quasi als Blutsbrüder betrachtet wurden. In diesem Moment quetschte sich eine junge Frau in einem weißen Top neben Ravn an die Theke. Sie lächelte Johnson strahlend an, um seine Aufmerksamkeit zu erlangen, und bestellte eine Runde Bier. Dann schob sie ihre Unterlippe nach vorne und pustete ihren Pony ein wenig nach oben. Ravn versuchte, ihr nicht auf die Brüste zu starren, die sich überdeutlich unter dem engen Top abzeichneten, doch ehe er seinen Blick abwenden konnte, hatte sie ihn schon durchschaut.

»Camilla«, stellte sie sich vor und streckte die Hand aus.

Als Ravn ihre Hand nahm, bemerkte er, wie jung sie war.

»Willst du mit uns Kniffel spielen?«

»Kniffel? Vielen Dank, Carina, aber dafür hab ich zu viel getrunken.«

»*Camilla*«, korrigierte sie und klopfte ihm auf die Schulter.

»Entschuldige, aber war doch nah dran.«

»Angst zu verlieren?«, fragte sie mit einem flirtenden Unterton und bezahlte die Biere, die Johnson auf die Theke gestellt hatte.

»Nein, eher davor, etwas richtig Dummes zu machen.«

Sie lächelte und fasste mit beiden Händen um die fünf Flaschen Bier.

»Komm rüber zu uns, wenn du es dir anders überlegt hast.« Im nächsten Moment war sie in der Menschenmenge verschwunden, tauchte aber rasch an einem der Tische nahe der Jukebox wieder auf.

»Da siehst du mal, wie angesagt mein Laden bei den jungen Leuten ist«, sagte Johnson. »Und selbst du scheinst bei denen ja noch Chancen zu haben. Sah doch süß aus, die Kleine.«

»Jung, meinst du wohl. Willst du mich etwa auch loswerden?«

»Nein, nein, mach dir keine Sorgen.« Johnson entdeckte ein weiteres Bierglas, das er polieren konnte, und ignorierte vollkommen all die durstigen Gäste, die versuchten, mit ihm Blickkontakt aufzunehmen. »Kennst du eigentlich Robert?«

Ravn schüttelte den Kopf. »Sagt mir nichts.«

»Ich meine den ehemaligen Boxer vom AIK, der ab und zu hier vorbeikommt. Vor ewigen Zeiten war ich mal sein Sparringpartner. Der hatte wirklich einen knallharten Schlag, jedenfalls damals.«

»Was ist mit ihm?«

»Der hat eine eigene Sicherheitsfirma mit mehreren Angestellten gegründet. Ich könnte ihn mal fragen, ob bei ihm noch eine Stelle frei ist. Einen Ex-Bullen wie dich kann er bestimmt gut gebrauchen.«

Ravn stellte die Flasche auf die Theke und warf Johnson einen mürrischen Blick zu.

»Glaubst du etwa, ich will als Wachmann durch die Straßen von Amager patrouillieren und so ein lächerliches Abzeichen am Hemd tragen?«

»Dagegen ist doch wohl nichts einzuwenden. Robert arbeitet auch noch als Wachmann. Und Nachtschichten sind doch genau das Richtige für dich.«

Ravn senkte den Blick und schüttelte den Kopf. »Johnson, lass uns ein für alle Mal eine Abmachung treffen: Von heute an verschonst du mich mit irgendwelchen Jobangeboten. Ich komme glänzend ohne deine Einmischung zurecht.« Ravn griff in die Tasche, fischte einen Fünfhundertkronenschein heraus und legte ihn auf die Theke.

»Du kannst auch morgen bezahlen.«

»Lass gut sein.«

Johnson zuckte die Schultern und nahm den Schein. Kurz darauf kehrte er mit dem Wechselgeld zurück. »Sieh zu, dass du bald nach Hause kommst.«

»Wir werden sehen.«

5

Ravn zog Møffe über den Rathausplatz Richtung Vesterbro. Obwohl es schon fast 0.30 Uhr und mitten in der Woche war, waren hier noch jede Menge Leute unterwegs, die sich wünschten, dass diese helle Sommernacht kein Ende nehmen würde. Er passierte den Strom von Touristen, die aus dem Haupteingang des Tivoli strömten. Auf dem Weg nach Christianshavn hatte er das Mitternachtsfeuerwerk gesehen, das den Himmel über der Großstadt in allen Farben hatte erstrahlen lassen. Der Spaziergang tat ihm gut, und er fühlte sich auch nicht mehr betrunken, was natürlich ein Trugschluss war, doch der Rausch bewegte sich jetzt sozusagen in gewohnten Bahnen. Er versuchte sich einzureden, dass er vor dem Schlafengehen nur noch eine kleine Runde drehte, doch im Grunde wusste er genau, dass nicht die Vernunft, sondern der Alkohol längst die Regie übernommen hatte. Er war auf dem Weg in sein altes Viertel, wo sich sein ehemaliger Arbeitsplatz, die Station City, befand – eine Bastion inmitten des feindlichen Territoriums. Zurück in eine Zeit, als er noch Vizechef der Spezialeinheit gewesen war und jeden Winkel, jedes Bordell, jeden Hinterhof und jedes Drogennest gekannt hatte. Mit allen Dealern und Prostituierten war er per du gewesen – zumindest mit denen, die es schafften, lange genug am Leben zu bleiben, um in dieser Gegend ein bekanntes Gesicht zu werden. Es waren keine nostalgischen Gefühle, die ihn hierherzogen, nein, es war etwas viel Gefährlicheres, etwas, das tief in seiner Seele saß. Es war die alte Sache mit Eva, die ihm keine Ruhe ließ; vor allem dann nicht, wenn er zu viel getrunken hatte. Der unaufgeklärte Fall, der ihn nie loslassen würde.

Mit Møffe stand er im dunklen Hauseingang, wo sie das entlarvende Licht der Straßenlaternen nicht mehr erreichte. Die Colbjørnsensgade lag verlassen vor ihnen. In der halben Stunde, in der sie sich nicht vom Fleck bewegt hatten, waren nur ein paar afrikanische Prostituierte mit ihren Freiern vorbeigekommen. Eins der Mädchen hatte heute wirklich viel zu tun, sie schleppte bereits den zweiten Kerl ab. Ravn beobachtete den ehemaligen Friseursalon auf der anderen Straßenseite. Hinter den verstaubten Scheiben mit den ausgebleichten Gardinen brannte ein trübes Licht und mischte sich mit dem Schein eines laufenden Fernsehers. Ravn wusste, dass hier schon lange niemandem mehr die Haare geschnitten wurden. Seit über einem Jahrzehnt war hier so etwas wie ein ethnischer Kulturverein für Menschen der ehemaligen Sowjetrepubliken zu Hause. Gegründet, um das gemeinsame kulturelle Erbe zu bewahren und für einige wenige dieses Viertels bessere Lebensbedingungen zu schaffen. Sogar ein bescheidener Mietzuschuss aus dem Kulturetat der Gemeinde kam diesem Verein zuteil. In Wahrheit war der Verein jedoch vom ersten Tag an ein illegaler Spielklub für Angehörige verschiedener Nationen gewesen. Ein Gangster namens Andrei Kaminskij hatte vor knapp zehn Jahren die Leitung des Klubs übernommen, ihn richtig in Fahrt gebracht und die ganz großen internationalen Glücksspieler angezogen, die in Kaminskijs Klub ihr Blutgeld verzockten. Sie alle kamen hierher, weil Kaminskij der Ruf vorauseilte, alles unter Kontrolle zu haben und von den Behörden nicht behelligt zu werden. Darüber hinaus wusste Kaminskij besser als jeder andere, wie man mit schlechten Verlierern umging. Bei Kaminskij floss kein Blut, dafür aber seine berüchtigte Rote-Bete-Suppe, die er allen kredenzte, die beim Spiel die Segel hatten streichen müssen. Bezahlen ließ er sich das Ganze mit zwei Prozent aus dem Pot.

Die Tür auf der anderen Straßenseite öffnete sich, und zwei jüngere, slawisch aussehende Männer traten auf die Straße. Ravn hörte ein paar russische Worte, während sich die Männer, denen Zigarettenqualm aus den Mündern dampfte, in Bewegung setzten. Seiner Erfahrung nach handelte es sich um kleine Fische. Denn je lautstarker sie sich benahmen und je mehr sie sich aufspielten, desto weiter unten in der Hierarchie standen sie für gewöhnlich. Und ganz gleich, ob es sich um Mitglieder von Einwandererbanden handelte, um Rocker oder Leute der Russenmafia, er irrte sich nie. Es waren die anderen, die Lautlosen und Verschlagenen, vor denen man sich in Acht nehmen musste.

Die beiden Männer hatten die Tür nicht richtig hinter sich geschlossen, sodass ein Lichtkeil auf den Bürgersteig fiel. Doch Ravn konnte nicht erkennen, was drinnen vor sich ging, wie viele sie waren oder ob Kaminskij überhaupt anwesend war. Dennoch zog die offene Tür ihn an. Die Situation erinnerte ihn an seine Zeit bei der Spezialeinheit, wenn sie nach tagelanger Überwachung endlich den Einsatzbefehl bekommen hatten. Das war jedes Mal wie eine Befreiung gewesen, eine Art Rausch, den man psychisch und körperlich spürte. Man fühlte sich eins mit seinem Team, war Teil einer gemeinsamen Kraft, die das Gebäude stürmte und die Banditen festnahm, ehe diese Widerstand leisten oder Beweismaterial vernichten konnten. Sie hatten sich wie die Könige der Straße gefühlt, wenn die schweren tätowierten Jungs mit den Gesichtern im Dreck auf dem Boden lagen, die Handgelenke gefesselt, und sie bei ihnen ein Kilo Dope nach dem anderen entdeckten. Und je mehr sie fanden, desto länger wanderten diese Typen hinter Schloss und Riegel. Auch Kaminskij hätte er zu gern einmal eine solche Behandlung angedeihen lassen, denn wer, wenn nicht er, wusste etwas über den alten Fall.

Der Alkohol in seinem Körper lenkte ihn zu der geöffneten Tür, doch er hatte gerade erst die Bürgersteigkante erreicht, als ihn jemand zurückzog und an die Mauer drückte. Møffe bellte wütend, als sich seine Leine straffte.

»Halt deinen Hund zurück, Ravn, sonst verpass ich ihm einen Fußtritt.«

Ravn zog Møffe zu sich heran und beruhigte ihn. Der Hund gab ein tiefes Brummen von sich.

»Was hast du hier zu suchen?«, fragte Dennis Melby und starrte ihn böse an.

»Kleiner Abendspaziergang. Und selber?«

Melby schüttelte verständnislos den Kopf. »Du mischst dich in die Arbeit der Polizei ein. So was ist strafbar.«

»Das hier ist eine öffentliche Straße«, entgegnete Ravn und maß sein Gegenüber von Kopf bis Fuß. Dennis Melby schien ihm breiter und größer als je zuvor und sah aus wie ein aufgeblasener Frosch. Ravn hatte ihn noch nie ausstehen können. »Wie ich sehe, nimmst du immer noch deine ›Vitamine‹.«

»Geht dich nichts an.«

»Du solltest dich lieber um die Junkies an der Mariakirche kümmern.«

Melby legte eine Hand um seinen Hals und drückte zu. »Du bist ein Versager, Ravn, bist es immer gewesen, selbst damals bei uns.«

»Lass los ... ehe du es bereust.«

Melby grinste breit. »Verpiss dich zu den anderen Versagern auf deiner Scheißinsel!«

Ravn bekam einen Arm frei und packte sich Melbys Eier. »Loslassen, hab ich gesagt!«

Als er zudrückte, verzog Melby vor Schmerz das Gesicht, ließ Ravns Hals jedoch nicht los, sondern drückte seinen Daumen gegen den Kehlkopf. Ravn wurde schwarz vor Augen. »Ich kann … deine Eier … auch meinem Hund überlassen …«

Melby schielte zu Møffe hinüber, der an der Leine zerrte.

»Sofort aufhören!«, kam es vom anderen Ende des Hauseingangs.

Sie drehten sich beide zu der Gestalt um, die sich ihnen näherte.

»Lasst den Blödsinn!«, hörten sie Mikkels breiten jütländischen Dialekt.

Beide ließen voneinander ab. Ravn schnappte nach Luft. »Du siehst echt scheiße aus«, keuchte Ravn in Richtung seines früheren Kompagnons.

Die schweren Tränensäcke unter Mikkels Augen zeugten von viel zu langen Nächten mit viel zu wenig Schlaf. »Was soll das, verdammt? Wollt ihr mit euren Hahnenkämpfen eine Operation gefährden, die seit über einem Jahr läuft?«

Dennis zog seine Hose nach unten, die in seinem Schritt festklemmte. »Ich hab diesen ›Zivilisten‹ gebeten, den Weg freizumachen, aber er hat sich geweigert.«

»Vergiss es, Dennis, und setz dich ins Auto«, sagte Mikkel.

Dennis warf Ravn einen drohenden Blick zu. »Wir sehen uns … Versager!«

Ravn sah ihm nach, während er die Colbjørnsensgade hinunterstiefelte.

»Die Steroide gehen ihm auf die Birne.«

»Und bei dir ist alles klar?«

Ravn zuckte die Schultern.

»Ich komm zurecht. Was willst du?«

»Die Frage ist eher, was *du* hier zu suchen hast.«

»Wie ich dieser Steroid-Bombe schon gesagt habe, hab ich einen Abendspaziergang gemacht.«

»Du stehst hier schon seit über einer Stunde.«

»Seit einer halben Stunde, weil ich mich ausruhen wollte.«

Mikkel sah ihn geduldig an. »Wir sind ganz knapp davor, Kaminskij dranzukriegen.«

»Du wolltest mich auf dem Laufenden halten, Mikkel, hast du das vergessen?«

Mikkel hielt die Hand über das Mikrofon seines Headsets, das ihm am linken Ohr hing und den Kontakt zur Einsatzleitung herstellte. »Nicht so laut.« Er dämpfte selbst seine Stimme. »Die Abhörmaßnahmen der letzten Wochen haben unseren Verdacht bestätigt, dass Kaminskij unerlaubtes Glücksspiel betreibt und in Drogenkriminalität, Menschenhandel und Hehlerei verwickelt ist.«

»Interessiert mich nicht. Du hast mir versprochen, mich vor allen anderen zu informieren, wenn ihr irgendeine Verbindung zu Evas Fall herstellen könnt.«

Mikkel schaute weg. »Dazu stehe ich auch. Aber es gibt bisher keine neuen Erkenntnisse. Und bei allem Respekt ist dieser Fall, verglichen mit all dem anderen, was Kaminskij auf dem Kerbholz hat, auch nicht der allerwichtigste. Ehrlich gesagt deutet nichts darauf hin, dass Kaminskij damals in die Sache mit Eva verwickelt war.«

»Wir können ihn ja gleich mal danach fragen ...«, Ravn wollte sich an Mikkel vorbeidrängen, aber der stieß ihn sanft vor die Brust.

»Hör jetzt auf, Ravn, du bist betrunken. Ich habe versprochen, dir zu helfen, und dabei bleibt es auch, aber die Dinge brauchen nun mal Zeit. Das weißt du doch selbst.«

Ravn blickte zu Boden. Es kam ihm so vor, als wäre sämtliche Energie aus ihm entwichen, und auch der Kater begann sich zu melden.«

»Bist du okay? Brauchst du Geld?« Mikkel kramte in seinen Taschen.

»Spar dir die Mühe«, knurrte Ravn. »Bring Kaminskij zum Reden. Das ist alles, was du mir schuldig bist.« Er zeigte mit ausgestrecktem Finger auf ihn.

Mikkel nickte. »Falls er auspackt, bist du der Erste, der's erfährt.«

Ravn zog an Møffes Leine, und der Hund stand vom Asphalt auf. Es war an der Zeit, nach Hause zu gehen.

»Ravn«, sagte Mikkel in seinem Rücken.

Er drehte sich halb um.

»Wenn du einen guten Rat willst, dann sieh nach vorne.«

»Ich hab dich nicht um Rat gebeten.«

»Trotzdem ...«

»Weißt du, was morgen für ein Tag ist?«

Mikkel schüttelte den Kopf.

»Vor genau drei Jahren wurde Eva ermordet.«

6

Was du auch tust, geh nicht ins Wohnzimmer …

Eva schloss die Wohnungstür auf. Sie sprach immer noch in ihr Handy, das sie sich mit der Schulter ans Ohr drückte, während sie mit dem Ellbogen die Tür aufschob. Voll beladen, Aktentasche und Mantel in einer Hand, Einkaufstüte und einen Strauß Tulpen in der anderen, durchquerte sie den Flur und ging in die Küche. »Ich bin's, Liebling«, sprach sie auf Ravns Anrufbeantworter. »Bin gerade zur Tür reingekommen und hoffe, wir können heute Abend zusammen essen. Hab auch Wein besorgt. Kuss, Schatz, pass auf dich auf.«

Sie stellte die Einkäufe auf dem Küchentisch ab, schaltete das Handy aus und legte es daneben. Dann ging sie zurück in den Flur und schloss die Wohnungstür.

Was du auch tust, geh nicht ins Wohnzimmer …

Eva betrachtete sich in dem großen Wandspiegel. Glänzender Schweiß stand ihr auf der Stirn, und die dunklen Flecken unter den Achseln zeugten von dem hektischen Tag, der hinter ihr lag. Sie öffnete die obersten Knöpfe ihrer weißen Bluse und zog sie aus dem Bund ihres Rocks heraus. Die Louboutin-Schuhe mit den halbhohen Absätzen warf sie auf den Boden und ging barfuß in die Küche, wo sie die Einkäufe auspackte. Danach schenkte sie sich ein Glas Rosé ein und sah rasch die Post durch. Zwischen den Fensterumschlägen fand sie eine Einladung ihrer Freundin Lillian zur Taufe ihres Kindes. Auf der Vorderseite der Karte ein breites Babygrinsen. Eva musste lächeln. Sie nahm einen der Magnete von der Kühlschranktür und heftete die Einladung zwischen die Speisekarte des Era Ora, die sie nach ihrem Geburtstagsessen mitgenommen hatte, sowie dem Foto von Ravn und ihr an Bord der Bianca.

Was du auch tust, geh nicht ins Wohnzimmer …

Eva nahm ihren Mantel vom Küchentisch, ging ins Schlafzimmer und hängte ihn in den Kleiderschrank. Dann machte sie das Bett. Sie schnupperte an Ravns blauem T-Shirt, in dem er, manchmal auch sie, schlief, ehe sie es zusammenfaltete und auf seine Decke legte. Mit einem Gähnen schlenderte sie in die Küche zurück, nippte an ihrem Wein und stellte die Tulpen in eine Vase. Eine einzelne Tulpe ließ bereits den Kopf hängen. Sie zog sie heraus und warf sie in den Mülleimer unter der Spüle.

Was du auch tust, geh nicht ins Wohnzimmer …

Eva nahm die Vase und ging in den Flur. In diesem Moment brummte ihr Handy, das auf dem Küchentisch lag. Sie kehrte in die Küche zurück und sah, dass Ravn eine Nachricht hinterlassen hatte.

Viel zu tun. Versuche bald nach Hause zu kommen. Fang ruhig schon mit dem Essen an!

Als Antwort schickte sie ihm ein Herz-Smiley, legte ihr Handy wieder auf den Tisch und ging ins Wohnzimmer.

Was du auch tust, geh nicht ins Wohnzimmer ... Was du auch tust, geh nicht ins Wohnzimmer ...

Was du auch tust, geh nicht ins Wohnzimmer ... Was du auch tust, geh nicht ins Wohnzimmer ...

Das Sonnenlicht, das immer noch ungehindert durch die Scheiben fiel, hatte das Zimmer extrem aufgeheizt. Sie ging an dem Glastisch vorbei, der vor der Couch stand, und stellte die Blumenvase auf das Fensterbrett neben die beiden Kerzenleuchter. Sie rückte alles so lange zurecht, bis sie mit ihrem Arrangement zufrieden war. Dann öffnete sie das Fenster und fixierte den Haken. Eva genoss die frische Brise, die hereinwehte, während sie den Blick über die Wallanlagen schweifen ließ, deren Bäume sich im Wind wiegten. Sie schloss die Augen und atmete tief durch. Als das Parkett hinter ihr knarrte, öffnete sie die Augen und drehte sich halb herum.

Was du auch tust ...

Der Kerzenleuchter wurde mit gewaltiger Kraft geschwungen und zerschmetterte ihren Schädel mit einem knirschenden Geräusch. Evas Beine knickten ein. Ihr schlaffer Körper stürzte auf den Glastisch, der unter ihrem Gewicht in Scherben ging. Die Sonne brach sich in den funkelnden Glassplittern. Aus der klaffenden Wunde an ihrem Hinterkopf strömte das Blut und bildete eine dunkle Lache auf dem Parkett. Evas Augen blickten starr an die Decke, während die Finger ihrer linken Hand zitterten, als spielten sie auf einem unsichtbaren Klavier. Im Speichel, der aus ihrem Mundwinkel quoll, bildeten sich ein paar Blasen, während sie ihren letzten Atemzug tat. Dann lag sie ganz still.

Die dunkle Gestalt mit der Baseballkappe warf den klobigen Kerzenleuchter neben Eva auf den Boden. Der Mann bückte sich und legte zwei Finger seiner Hand, die in einem engen schwarzen Gummihandschuh steckte, an ihren Hals. Als er keinen Puls feststellen konnte, zog er die Rolex mit dem Jubilee-Armband von ihrem Handgelenk und ließ sie in seiner Tasche verschwinden. Der Mann richtete sich auf und ging ruhig in die Küche. Dort legte er ihre Aktentasche auf den Tisch und öffnete sie. Er nahm den Laptop und ihr Portemonnaie heraus und verstaute beides in der leeren Einkaufstasche, die Eva auf dem Tisch hatte liegen lassen. Er drehte sich um und ging zur Wohnungstür. Für einen Augenblick blieb er vor dem großen Spiegel im Flur stehen.

Zeig mir dein Gesicht … nur ganz kurz … nur eine Sekunde … zeig es mir … zeig es mir …

Der Mann zog sich seine Kappe tiefer in die Stirn und verschwand aus der Tür.

»Zeig mir, wer du bist!«, rief Ravn und wurde von seiner eigenen Stimme geweckt. Er setzte sich im Bett auf und brauchte einen Moment, um zu begreifen, dass er sich an Bord der Bianca befand.

»Bist du okay, Ravn?«, fragte Eduardo, sein Bootsnachbar, dessen Ketsch vor Ravns Boot am Kai lag.

Ravn blickte zu der Luke über seinem Bett hoch. »Ja, ja«, antwortete er Richtung Sternenhimmel. »Leg dich ruhig wieder schlafen.«

Eduardo murmelte ein Gute-Nacht-und-schlaf-gut zurück.

Ravn warf einen Blick auf die Zeitanzeige seines Handys. Erst halb fünf. Er hatte also höchstens ein bis zwei Stunden geschlafen, wusste aber trotzdem, dass er jetzt keinen Schlaf mehr finden würde. Er stand auf und zog die Decke mit sich, während er durch die Kajüte schlurfte, in der Møffe lag und schlief. Stieß die Tür zum Achterdeck auf, zog einen der weißen Plastikstühle an die Reling und setzte sich hin. Der Kanal lag still im Dunkeln. Nur ein einzelner Müllwagen rollte am Marktplatz von Christianshavn über die Brücke. Das war die Zeit, in der sämtliche Kneipen geschlossen hatten und der Rest dieses Stadtviertels noch nicht erwacht war. Die Zeit, in der man alles für sich allein hatte. Die alte Grand Banks schaukelte sanft auf dem Wasser. Er dachte an seinen Traum, der immer gleich war. Im Traum versuchte er vergeblich, sie vor dem Unabwendbaren zu warnen. Der Traum enthielt die Details, die bei den polizeilichen Ermittlungen zutage getreten waren – angefangen damit, was Eva vor ihrem Tod getan hatte, bis hin zu den Gegenständen, die der Täter gestohlen hatte. Den Tatort sowie den Zustand der Leiche hatte er mit eigenen Augen gesehen, als er mit Møffe nach Hause gekommen war.

Wenn er träumte, erhaschte er manchmal einen Blick auf das Gesicht des Mörders, doch es war stets sein eigenes. Man musste kein Psychologe sein, um die Zusammenhänge zu verstehen, und er wusste sehr genau, dass seine Schuldgefühle, die er bis heute nicht losgeworden war, eine entscheidende Rolle dabei spielten. Er fühlte sich schuldig, weil er ihren Tod nicht verhindert und ihren Mörder nicht gefunden hatte. Einen Mann, der allem Anschein nach ein vom Pech verfolgter Einbrecher gewesen war, den sie überrascht hatte. Vermutlich gehörte er zu einer der Diebesbanden aus Osteuropa, die Christianshavn zu jener Zeit heimgesucht hatten, und höchstwahrscheinlich war er längst außer Landes geflohen. Auf der Grundlage dieser spärlichen Erkenntnisse waren Mikkel und er stets davon ausgegangen, dass Kaminskij Näheres über die osteuropäischen Diebesbanden von damals wissen musste. Doch als Ravn jetzt auf das stille Wasser blickte, sah er ein, auf welch tönernen Füßen auch diese Annahme stand und wie lange er sich schon an die verzweifelte Hoffnung klammerte, den Fall eines Tages doch noch aufklären zu können. Es war wirklich zum Heulen. Und genau das tat er jetzt auch.

7

Die Sonne brannte auf den Friedhof der Erlöserkirche, die Luft innerhalb der roten Steinmauern stand still, und die langen Kieswege flimmerten in der sommerlichen Hitze. In der Ferne hörte man das monotone Rauschen des Verkehrs auf der Amagerbrogade, die parallel zur Südseite des Friedhofs verlief. Der Friedhof gehörte zu Ravns Kirchengemeinde Christianshavn und war während der großen Choleraepidemie angelegt worden. Es waren solche Details der Lokalgeschichte, die Eva ihm stets erzählt hatte, wenn sie spazieren gegangen waren, und zu denen er nur *ja, ja* gesagt hatte. Zu sehr in Anspruch genommen von seiner Arbeit und den aktuellen Fällen, um ihr richtig zuzuhören.

Ravn bückte sich vor dem schwarzen Grabstein, entfernte den verdorrten Blumenstrauß und die Reste der Teelichter, die er bei seinem letzten Besuch aufgestellt hatte. Sein schlechtes Gewissen erinnerte ihn daran, dass es um die Weihnachtszeit gewesen war. Er wäre gern öfter gekommen, aber er hasste den Friedhof, der für ihn für all das stand, was nichts mit der lebenden Eva zu tun hatte. Dieser Ort erinnerte ihn bloß daran, wie ungerecht es war, dass sie hier liegen musste, statt über die Amagerbrogade zu spazieren und Teil seines Lebens zu sein.

»Wusstest du, dass sie diesen Friedhof wegen der großen Choleraepidemie gegründet haben?«, fragte Victoria, die sich über ihn beugte. Ihre ungebändigten grauen Haare standen ihr vom Kopf ab, als stünde sie unter Strom.

»Ach, wirklich?«, antwortete er und warf die Abfälle in eine mitgebrachte Plastiktüte.

Victoria zog an ihrer selbst gedrehten Petterøes-Zigarette und schickte eine Rauchwolke in den blauen Himmel. »Ja, seit 1853 war es verboten, die Toten innerhalb der Mauern zu begraben, und das ist ein Glück.«

»Warum?«

»Weil mein Antiquariat heute sonst nicht neben der Kirche liegen würde.«

Ravn nickte. Victorias Antiquariat lag nur einen Katzensprung von der Erlöserkirche entfernt, in der auch die Trauerfeier für Eva stattgefunden hatte.

Er betrachtete Victoria, die wie immer untadelig gekleidet war und mit ihrem Tweedjackett und dem offenen Hemdkragen wie ein Mitglied eines unbekannten Christianshavner Adelsgeschlechts aussah. »Sag mal, ist dir nicht unheimlich warm in dem Aufzug?«

»Es gibt keine Entschuldigung, schlecht gekleidet zu sein.«

»Du bist wirklich einzigartig, Victoria.«

»Wollen wir's hoffen. Ich mache mir nämlich nichts aus Kopien. Deshalb war ich auch so gern mit Eva zusammen.«

Er richtete sich auf und wischte die schmutzigen Hände an seiner Jeans ab. »Nett von dir, dass du mich mitgenommen hast. Das wäre nicht nötig gewesen.«

»Keine Ursache, obwohl mir dieser Ort an die Nieren geht. Du hättest ihre Asche lieber in den Öresund streuen sollen.«

»Darf man das?«

Victoria zuckte die Schultern. »Hättest es trotzdem tun sollen.«

Schweigend betrachteten sie das Grab. Ravn bereute es,

Stiefmütterchen gekauft zu haben, und hätte sie am liebsten gleich wieder entfernt. Victorias Strauß hingegen war schlicht und schön, einfach und diskret, wie Eva es gemocht hätte. »So viele Dinge, die wir noch hatten tun wollen …«, murmelte er.

»Hast du dich nicht langsam genug gequält?«

Er zuckte die Schultern. »Ich hätte es ahnen müssen.«

»Nein, und du musst nach vorne blicken. Das hätte Eva auch gesagt.«

»Soll ich die Scheißblumen nicht wieder wegnehmen? Die sehen doch scheußlich aus.« Er zeigte auf die Stiefmütterchen.

»Tja, war vielleicht nicht die allerbeste Idee.« Victoria nickte.

Ravn bückte sich und nahm die Vase mit den Stiefmütterchen vom Grab.

»Ich meine es ernst, Victoria. Es geht nicht um Schuld, aber ich hätte es kommen sehen müssen. Mein ganzes Berufsleben lang war ich bei der Polizei. Ich hab selbst erlebt, zu welchen Scheußlichkeiten Menschen in der Lage sind. Ich hab so viel Gewalt gesehen, hab Mördern in die Augen geblickt … ich kenne die Statistiken. Ich hatte alle Voraussetzungen, Victoria. Warum hab ich keine Alarmanlage bei uns einbauen lassen? Warum hab ich Eva so viel allein zu Hause gelassen? Warum hab ich unsere Nachbarschaft nicht gründlicher auf diese Diebesbanden hin überprüft, die bestimmt vor den Einbrüchen im Viertel Erkundigungen eingezogen haben? Ich war dazu ausgebildet, alle Signale zu erkennen … Und trotzdem war ich völlig unvorbereitet.«

»In meinen Ohren hört sich das immer noch nach Schuldgefühlen an.«

»Nein, es ist nicht nur das …« Sein Hals war trocken, er

schluckte. »Es geht darum, das Böse zu spüren. Zu ahnen, wenn es auf dem Weg ist. Zu sehen, wo es zuschlagen will. Warum war ich so blind, als es darauf ankam?« Er sah Victoria in die Augen. »Es heißt ja, dass der größte Trick des Teufels darin besteht, nicht gesehen zu werden.«

Victoria schaute sich beklommen um. »Ravn, das ist nicht gerade das angenehmste Thema.«

»Das war ein Gleichnis.«

»Schon möglich, aber lass uns jetzt lieber nach Hause gehen.«

Sie folgten dem schmalen Weg, der zu beiden Seiten von Gräbern gesäumt war. Ganz am Ende, am Ausgang zur Amagerbrogade, stand ein Friedhofsangestellter und harkte den Kies, sodass er von einer feinen Staubwolke umgeben war. Victoria zündete sich eine Zigarette an und stieß den Rauch durch einen Mundwinkel aus. »Du weißt doch, dass ich jeden Mittwoch mit Lohman Karambolage spiele, oder?«

»Und jetzt willst du mir erzählen, wie dumm es von mir ist, nicht mehr für ihn zu arbeiten.«

Sie zuckte die Schultern.

»Johnson hat mir auch schon in den Ohren gelegen, du kannst dir deinen Vortrag also sparen.«

»Aber du bist doch so gut …«

»Ja, im Rumschnüffeln, das sagen alle, aber ich hab einfach keine Lust mehr, irgendwelchen Versicherungsbetrügern auf die Schliche zu kommen oder einer Ehefrau zu bestätigen, dass ihr Partner untreu ist. Dann gehe ich lieber Klos putzen.«

»Kloputzer sind eine vom Aussterben bedrohte Spezies«, entgegnete sie ironisch. »Ich kann dich gut verstehen, aber so weit muss es ja nicht kommen.«

»Etwas Ähnliches hatte Lohman aber im Angebot.«

»Vergiss Lohman. Warum machst du dich nicht selbstständig?«

»Selbstständig?« Er blieb stehen und schaute sie an. »Wie sollte das aussehen? Soll ich etwa ein Antiquariat aufmachen wie du oder eine Kneipe wie Johnson?«

Victoria lachte. »Dafür reicht deine soziale Kompetenz nicht aus, Ravn. Binnen einer Woche hättest du sämtliche Kunden vergrault. Warum versuchst du's nicht als freiberuflicher Ermittler?«

»Du meinst ...« Es fiel ihm schwer, das Wort auszusprechen.

»Als Privatdetektiv?«

»Ganz genau.«

»Und wie soll das gehen?«

»So wie bei jedem anderen Unternehmen auch«, sagte sie und schlug mit den Armen aus. »Du denkst dir einen Namen aus, besorgst dir eine CVR-Nummer, meldest deine Umsatzsteuer an, mietest dir ein Büro und akquirierst Kunden.«

»Ja, aber ... wie soll das denn funktionieren?«

»Keine Ahnung, ist ja nicht meine Branche. Schau dir erst mal an, wie deine Konkurrenten das machen, schalte ein paar Anzeigen im Netz und in der Lokalpresse. Als ich meinen Lehrerjob an den Nagel gehängt habe, um ein Antiquariat aufzumachen, hatte ich auch keine Ahnung, wie das funktioniert. Aber ich hab's gelernt.«

Ravn musste lächeln. »Die Idee ist gar nicht so dumm. Es fragt sich nur ...« Er zuckte mit den Schultern.

»Denk drüber nach ... ich helf dir schon bei den Formalitäten.«

Als sie an dem Friedhofsgärtner mit seinem Karren vorbeikamen, stellte Ravn die Stiefmütterchen und die Tüte mit dem Abfall auf die Ladefläche.

8

Am Nachmittag stand Ravn unten im Motorraum der Bianca. Der Schweiß lief ihm über die Stirn, und er wischte ihn mit dem Unterarm weg, der, wie sein übriger Körper, vom Schmieröl des betagten Lehman-Motors glänzte. In den letzten Stunden hatte er das Wasserkühlungssystem von den Pumpen bis zum Wärmetauscher gereinigt, das voller Dreck und Algen gewesen war. Er hatte sechs Liter Reinigungsbenzin gebraucht, um die Kammern vollständig zu säubern. Zum Dank hatten ihm die Benzindämpfe einen stechenden Kopfschmerz beschert. Die mangelnde Flüssigkeitszufuhr sowie die Wärme in dem engen Motorraum hatten ein Übriges getan. Er hoffte, dass seine Anstrengungen damit belohnt wurden, dass sich der Motor nicht mehr überhitzte und gelegentlich aussetzte, und nachdem er den letzten Bolzen angezogen hatte, streckte er den Kopf durch die Achterluke und hielt nach Eduardo Ausschau. Der stand in Shorts und mit einem feschen Hut auf dem Kopf an der Reling seines eigenen Boots und flirtete mit ein paar jungen Frauen, die auf dem Kai in der Sonne saßen und Rosé tranken. Ravn bemerkte, dass Eduardos dunkler Teint und spanischer Akzent bei den lächelnden Frauen ausgezeichnet ankamen.

»Meinst du, du kannst dich mal kurz losreißen?«, rief Ravn.

Eduardo drehte sich notgedrungen zu ihm um.

»Komm mal rüber und starte den Motor«, sagte Ravn und nickte in Richtung des Steuerpults.

»Jetzt gleich?«, fragte Eduardo …

»Nein, nächsten Winter.«

Eduardo warf ihm einen verärgerten Blick zu. Statt über das Achterdeck in die Kajüte zu gehen, begnügte er sich damit, seinen Arm durch das offene Seitenfenster zu strecken. Auf diese Weise kam er so eben an den Zündschlüssel. »Alles klar?«, rief er.

»Los!«

Eduardo drehte den Schlüssel. Der Starter klickte ein paarmal, aber der Motor sprang nicht an.

»Der muss erst vorgewärmt werden.« Ravn erklärte Eduardo, dass er den Schlüssel halb drehen und kurz warten sollte, bis er ihn ganz herumdrehte. Eduardo, der es offenbar eilig hatte, zu den jungen Frauen zurückzukommen, wartete ein paar Sekunden, ehe er den nächsten Versuch startete. Als der Motor immer noch nicht ansprang, zog er den Arm zurück. »Tut mir leid, Ravn.«

»Ich hab zwanzig Sekunden gesagt.«

»Nein, hast du nicht.«

»Versuch's noch mal.«

Eduardo atmete tief durch, streckte den Arm wieder durch die Öffnung und drehte den Schlüssel halb herum. Dann blickte er demonstrativ auf seine Armbanduhr und zählte die Sekunden.

In diesem Moment klingelte Ravns Handy in seiner Tasche. Er wischte sich rasch die Hände an einem Lappen ab und fischte es heraus.

»Ravn.«

»Wie gut, dass ich Sie erwische«, hörte er Lohmans Stimme am anderen Ende.

»Ich hab keine Zeit, Lohman«, sagte Ravn.

»Sie sind immer so zuvorkommend am Telefon«, entgegnete

Lohman ironisch. »Aber ich bin mir sicher, dass Sie äußerst interessiert sein werden, wenn Sie hören, was ich für Sie habe.«

»Wenn es immer noch um diese B&O-Sache geht, ist meine Antwort weiterhin Nein. Noch einen schönen Tag.«

»Es geht nicht um B&O. Die Sache ist viel interessanter.«

»Es ist nett, dass Sie an mich denken, Lohman, aber ich habe an dieser Art von Arbeit kein Interesse.«

»Warten Sie doch erst mal ab. Vielleicht könnten wir uns treffen, um die Einzelheiten …«

In diesem Moment sprang brüllend der Motor an, und Eduardo streckte Ravn den gehobenen Daumen entgegen. Ravn bückte sich und zog an dem Anlasser. Er gab so lange Gas, bis sich der Motor im Leerlauf stabilisiert hatte. Nach einer Weile schnurrte der Motor, ohne zu stottern. Nachdem Ravn sich versichert hatte, dass die Salzwasserpumpe das Meerwasser durch den transparenten Filter beförderte, kroch er aus dem Motorraum heraus. Er setzte sich auf die Kante der offenen Luke und stellte die Füße auf den Motorblock, der im Takt der Umdrehungen vibrierte. »Lohman?«, sprach er ins Handy. Doch Lohman hatte offenbar keine Lust mehr gehabt zu warten und aufgelegt.

»Na endlich!«, sagte Eduardo, der zu ihm gekommen war.

Ravn blickte zu ihm auf. »Hab ich doch gesagt. Was ist aus deinen jüngsten Bekanntschaften geworden?«

»Die haben Gesellschaft bekommen«, sagte er und wies mit dem Kopf in Richtung der beiden Frauen, die nun zwei gleichaltrigen jungen Kerlen gegenübersaßen. »*Dios mios*, verstehe einer, was die von den beiden Bleichgesichtern wollen.«

»Bist du nicht langsam zu alt für diese Spielchen?«

»Ich glaube, ich verstehe die Frage nicht.«

Ravn schüttelte den Kopf. Der Motor fing an zu stottern und erstarb mit einem Seufzen.

»Scheiße«, fluchte Ravn und warf den Lappen weg, an dem er sich die Hände abgewischt hatte. »Verdammte Scheiße!«

»Vielleicht solltest du dir professionelle Hilfe holen.«

»Hab ich schon gemacht«, erwiderte Ravn und schaute ihn an. »Der Mechaniker meinte, dass eine Reparatur keinen Sinn mehr hätte, und hat vorgeschlagen, dass ich mir einen Austauschmotor anschaffe.«

»Klingt nach einer guten Idee. Ich meine, wann hast du die Bianca das letzte Mal gesegelt?«

Ravn zuckte die Schultern, obwohl er die Antwort wusste: einen Monat vor Evas Tod.

»Der Mechaniker hat recht«, sagte Eduardo. »Der Motor ist nicht mehr zu retten.«

»Kann schon sein, aber für einen neuen hab ich kein Geld. Ich kann mir kaum noch den Liegeplatz hier leisten.«

Eduardo schaute ihn ernst an. »Bist du mit den Zahlungen im Rückstand?«

Ravn stand auf. »Ich musste andere Prioritäten setzen.«

»Ravn, *mi amigo*. Mit so was spaßt man nicht. Die kündigen dir, wenn du nicht zahlst. Kurt ist ein böser Mann.«

Ravn lächelte. Über Kurt, ihren Hafenmeister, ließ sich so einiges sagen, aber böse war er nicht. Höchstens ein bisschen empfindlich, nachdem man ihn gefeuert heute, als vor Jahrzehnten die B&W-Werft geschlossen worden war. Seine Frustration darüber ließ er noch heute an den Bootsbesitzern aus, die ihre Gebühr nicht bezahlten oder gegen irgendwelche anderen Regeln der Hafenmeisterei verstießen.

»Allerdings würde Kurt unter den gegebenen Umständen Schwierigkeiten haben, die Bianca in Bewegung zu setzen.«

»Soll ich dir Geld leihen?«

»Lieber sterbe ich.«

Es war weit nach Mitternacht, als Ravn ziemlich betrunken nahe am Eingang des Havodderen saß und Møffe tätschelte, der zu seinen Füßen lag und schlief. Die ausgelassene Stimmung der Gäste strömte bis auf die Straße und zum Kanal hinaus, auf dessen Kaimauer ebenfalls mehrere Gäste saßen und tranken. Nach der Musik zu urteilen, die aus dem Lokal drang, hatten die weiblichen Gäste inzwischen die Jukebox übernommen. Sie sangen zu Barry White und ein paar Disko-Klassikern mit, die sie immer wieder spielten. Es klang ebenso schief wie vertraut. In diesem Moment erschien Eduardo in der Türöffnung. In den Händen hielt er zwei Shotgläser. Er setzte sich neben Ravn und gab ihm ein Glas. »Gibt's was zu feiern?«, fragte Ravn.

»Die Toten. Alte spanische Tradition. Wir ehren die, die wir lieben. Entweder mit Schnaps oder mit Applaus. Heute trinken wir.«

»Du erinnerst dich an das Datum?«

»Natürlich. Eva war einzigartig.«

Ravn nickte und roch an dem Inhalt. Es war ein jämmerlich schlechter Brandy, den zu kaufen Eduardo Johnson irgendwie überredet hatte, aber der Gedanke hinter dem Anstoßen und dem hochprozentigen Alkohol war lobenswert. »Salut, wie man so sagt.«

»*Salud.*«

9

Ravn streckte sich in dem weißen Plastikstuhl auf dem Achterdeck der Bianca und öffnete die Augen. Das Morgenlicht war unmenschlich grell, und er tastete nach seiner Sonnenbrille, die in der Brusttasche seines kurzärmligen Hemds steckte. Es fühlte sich an, als würde sich die glühende Sonne durch seine Augäpfel fressen, die Frontallappen verzehren und dem, was von seinem Hirn noch übrig war, den Garaus machen. Er konnte sich nicht erinnern, wie und wann er mit Møffe nach Hause gekommen und was im Laufe des Abends geschehen war. Doch dann fiel ihm ein, dass Eduardo und er Eva zu Ehren getrunken hatten. Und jetzt fühlte sich Ravn selbst mehr tot als lebendig. Er befeuchtete seine rissigen Lippen und sah sich nach etwas zu trinken um, aber auf dem Deck lagen nur ein paar leere Bierflaschen und ein umgekippter Kaffeebecher. Ihm fehlte die Energie, um aufzustehen und in der Kajüte ein wenig Wasser zu trinken. Am liebsten wäre er wieder eingeschlafen und erst wieder aufgewacht, wenn der Kater vorbei war. In diesem Moment glitt eines der Touristenboote auf dem Kanal vorbei. Er hörte das Klicken der Kameras und die Stimme des Touristenführers, der routiniert mitteilte: *»The old shipyard that used to be here but now has been converted into expensive penthouses …«* Als Ravn sich auf dem Stuhl halb herumdrehte, bemerkte er die regungslose Gestalt, die auf der Kaimauer saß und ihn anstarrte. »Guten Vormittag«, sagte sie.

Die Frau war in den Dreißigern, trug einen dunklen Anzug und darunter ein T-Shirt. Ihr zurückgekämmtes Haar unterstrich ihre markanten Gesichtszüge. Ravn bemerkte die praktischen Schuhe, die sie trug. Wäre sie ein wenig größer gewesen, hätte er sie für einen der weiblichen Bodyguards des Geheimdienstes gehalten. Doch im Grunde konnte sie für wen auch immer arbeiten, obwohl sie nicht wie eine Polizistin aussah. »Morgen«, murmelte er zurück.

»Scheint gestern Abend ja ziemlich spät geworden zu sein. Es gibt nichts Schlimmeres, als an einem heißen Sommertag mit Kopfschmerzen aufzuwachen. Ich glaube, Sie sollten sich mal andersrum setzen, auf der einen Seite ist Ihr Gesicht schon ganz rot.« Sie zeigte auf seine linke Gesichtshälfte.

Er war sich nicht sicher, ob sie sich über ihn lustig machte, und obwohl sie gerade erst gekommen war, störte sie ihn bereits. »Kann ich Ihnen irgendwie helfen?«

Ohne Ankündigung warf sie ihm eine Plastikflasche Wasser zu. Er fing sie im letzten Moment auf, ehe sie seinen Kopf treffen konnte, und dachte, dass ihr Wurf ziemlich hart war. Wie der einer Handballerin.

»Danke«, murmelte er und drehte den Verschluss ab.

»Was für ein schönes … und interessantes Boot Sie da haben. Ist das nicht eine Grand Banks?«

Er nickte.

»Ein Klassiker. Aber Sie sollten etwas mit dem Teakholzdeck machen, das sieht schon ziemlich morsch aus. Hat das Boot einen Namen?« Sie beugte sich ein bisschen zur Seite und betrachtete das Namensschild am Heck des Bootes.

»Biiaanca«, sagte sie mit langgezogener Stimme. »Ja, ja, irgendwie muss sie ja heißen.«

Ravn leerte die Flasche und schraubte den Deckel wieder zu, ehe er sie aufs Deck stellte. »Und wie heißen Sie?«

Die Frau antwortete nicht, sondern schaute auf Møffe. »Eine Englische Bulldogge? Und wie heißt die? Beißt sie?«

»Nur fremde Leute. Also wenn ich nichts weiter für Sie tun kann, dann bedanke ich mich jetzt für das Wasser.« Er hob die Flasche in ihre Richtung und drehte ihr demonstrativ den Rücken zu. Hoffte im Stillen, dass sie bald verschwinden würde.

»Ich habe noch nie einen Privatdetektiv kennengelernt. Und auch noch nie jemanden, der auf einem Boot lebt. Und ich bin mir nicht sicher, ob das spannend ist oder eher wie ein Akt der Verzweiflung wirkt, Ravn.«

Ravn drehte sich zu ihr um und schob seine Sonnenbrille hoch. Sie hatte sich nicht vom Fleck bewegt und schaute ihn unverwandt an. Wenn Sie keine Polizistin war, dann war sie bestimmt früher einmal eine gewesen, da war er sich jetzt ganz sicher. »Sie sind doch bestimmt nicht gekommen, um sich mit mir über mein Boot oder meinen Hund zu unterhalten. Also, was wollen Sie?«

Sie sprang von der Kaimauer aufs Achterdeck, das sich etwa anderthalb Meter unter ihr befand. Møffe stand auf und fing an zu bellen, aber die Frau kam ihnen unbeeindruckt entgegen. »Hier, mein Kleiner, ich hab was für dich.« Sie fütterte Møffe mit einem Hundekeks, was ihn augenblicklich zum Verstummen brachte.

Ravn blickte verblüfft von seinem Hund zu der Frau. »Sie scheinen ja gut vorbereitet zu sein.«

Sie reichte ihm lächelnd die Hand. »Katrine.« Der feste Händedruck überraschte ihn nicht. »Ich arbeite für Mesmer Resources.« Sie zog eine Visitenkarte aus der Tasche und reichte sie ihm, doch Ravn nahm sie nicht.

»Hat Lohman Sie zu mir geschickt?« Ravn schüttelte den Kopf. »Tut mir leid, aber ich arbeite nicht mehr für ihn, und Privatdetektiv bin ich auch nicht.«

»Lohman hat mir schon gesagt, Sie seien im Moment in einer Orientierungsphase.« Sie schaute über das Deck und warf einen Blick in die chaotische Kajüte. »Jetzt weiß ich, was er damit gemeint hat.«

»Schön, dann können Sie ja wieder gehen … Katrine.« Er schob die Sonnenbrille an seinen Platz zurück.

»Ansonsten hat Lohman Sie sehr gelobt. Er sagte, Sie seien sehr *tüchtig.*« Sie betonte das Wort so, als spräche sie über ein Kind oder einen Hund, doch Ravn ließ sich nicht provozieren. »Mein Chef, Ferdinand Mesmer, würde gern ein Treffen mit Ihnen vereinbaren. Sie ließ ihre Visitenkarte in seinen Schoß segeln. Er warf einen Blick auf die Karte, die klar und professionell war, mit einem blauen Logo am oberen Rand. »Er möchte eine wichtige Angelegenheit unter vier Augen mit Ihnen besprechen.«

»Weiterhin kein Interesse.«

»Er zahlt gut.«

»Das tut Lohman auch, trotzdem hab ich bei ihm aufgehört. Sagen Sie Ihrem Chef, dass ich nicht im Privatleben anderer Leute herumschnüffeln will.« Er reichte ihr die Visitenkarte, aber sie nahm sie nicht zurück.

»Ich kenne Lohmans Stundenhonorare, das ist bei uns eine ganz andere Hausnummer. Und ich kann Ihnen versichern, dass es hier nicht um Schnüffelei, sondern um eine sehr ernste Angelegenheit geht.«

»Und worum geht's?«

»Treffen Sie sich mit Ferdinand Mesmer, er wird Ihnen alles erklären.«

»Sie überbringen also nur die Nachricht? Wie könnte man so jemanden nennen … ein Laufmädchen?«

Er merkte, dass er sie in ihrer Eitelkeit verletzt hatte, was seinem Kater sofort die Spitze nahm.

»Morgen früh um zehn, oder ist das zu früh für Sie? Die Adresse steht auf der Visitenkarte.«

In diesem Moment hörte er das Klappern von Holzschuhen auf dem Kai, die direkt auf die Bianca zusteuerten. Ravn kannte dieses Geräusch nur allzu gut, und wie erwartet tauchte Kurt im nächsten Moment an der Kaimauer auf. Trotz der Hitze trug er wie immer seine Windjacke mit dem Burmeister & Wain-Logo.

»Hallo Kurt«, sagte Ravn, ohne in seine Richtung zu schauen.

»Ja, ja«, grummelte Kurt, offenbar enttäuscht darüber, dass Ravn nicht alleine war. »Kann ich später mit dir reden, Ravn?«

Ravn breitete zur Antwort die Arme aus, seinetwegen stand dem nichts entgegen. Ohne einen weiteren Kommentar drehte Kurt sich um und verschwand ebenso schnell, wie er gekommen war. Ravn holte tief Luft. »Wie war noch mal der Name Ihres Chefs? Frederik …?

»Ferdinand Mesmer.«

»Okay, sagen Sie ihm, dass ich morgen komme, jedoch nichts im Voraus versprechen kann.«

»Ausgezeichnet.«

»Und dass ich dafür viertausendachthundertsechzig Kronen haben will.«

Katrine hob die Brauen. »Für ein Gespräch? Sie wollen Geld für ein Bewerbungsgespräch?«

»Nennen Sie es, wie Sie wollen. Sie können die Summe natürlich auch gern auf fünftausend aufrunden.«

Sie schüttelte den Kopf und wollte die Visitenkarte, die er immer noch in der Hand hielt, wieder an sich nehmen, besann sich aber eines Besseren.

»Kann ich mich darauf verlassen, dass Sie morgen kommen?«

»Natürlich, ich bin Profi.«

Sie kommentierte seine Antwort nicht, zog ein Bündel Banknoten aus der Tasche und zählte sie. Er mochte ihren Stil: erst das Wasser, dann einen Hundekeks und jetzt das Geld. Zweifellos hatte sie auch eine Waffe dabei, einen Schlagstock oder einen Schlagring, irgendwas in der Richtung. Er fragte sich, was dieser … Ferdinand Mesmer von ihm wollte, da er sie schon auf seiner Gehaltsliste hatte. Doch ganz gleich, wie die Dinge lagen, so hatte er sich Kurt gegenüber zumindest ein wenig Zeit erkauft, und die Bianca konnte fürs Erste hier liegen bleiben.

10

Die Räumlichkeiten von Mesmer Resources befanden sich am Ende der Nicolai Eigtveds Gade, im letzten Block des berühmten Bürokomplexes von Henning Larsen, der sich bis zur Knippelsbrücke erstreckte. Der Komplex bestand aus sechs Hauptgebäuden aus Glas und dunklem Stahl und beherbergte außer Mesmers Firma Unternehmen aus dem Seefahrts-, Offshore- und Finanzbereich. Die klotzigen Gebäude spiegelten sich wie dunkle Monolithen im Hafenbecken. Ravn hatte diese prestigeträchtige Architektur noch nie gemocht und betrachtete sie als eine Art Außenposten von Christianshavn, der den Rest des historischen Viertels glücklicherweise nicht verunstaltete.

Er trat durch die Schwingtür der Eingangshalle und wandte sich an die Rezeption. Eine junge Frau mit knallroten Lippen, die perfekt zu ihrem Nagellack passten, sah ihn kurz an.

»Kann ich Ihnen helfen?«, fragte sie routiniert. Ihr Blick wanderte von seinem T-Shirt über seine verschlissene Baumwollhose bis zu seinen ausgetretenen Chucks und blieb schließlich an Møffe hängen, dem die Zunge aus dem Maul hing. Mit wippendem Kugelschreiber zeigte sie auf den Hund. »Den können Sie aber nicht mit reinnehmen«, sagte sie und warf Ravn einen strengen Blick zu.

»Ich habe einen Termin bei Ferdinand Mesmer.«

»Ach so«, entgegnete sie, ohne in ihre Unterlagen zu schauen. »Ihren Hund können Sie aber, wie gesagt, trotzdem nicht mitnehmen. Sie haben draußen die Möglichkeit, ihn anzuleinen.«

»Er betrachtete ihr Namensschild. »Dann richten Sie Herrn Mesmer bitte aus, *Sabina*, dass Thomas Ravnsholdt da war. Schönen Tag noch.«

Ehe sie etwas erwidern konnte, drehte er sich um und strebte der Schwingtür zu. Im selben Moment hörte er, dass hinter ihm sein Name gerufen wurde, und drehte sich um. Katrine kam auf ihn zugestürzt. Als sie ihn erreicht hatte, lächelte sie kühl.

»Schön, Sie zu sehen. Wo wollen Sie hin?«

»Sie wollte uns nicht vorbeilassen.« Er nickte in Richtung der Rezeptionistin.

»Aber nicht doch ...«

Sie ging mit ihm zum Empfang zurück. »Schreiben Sie Herrn Ravn bitte auf die Besucherliste ... mit Hund.«

Mit einem mürrischen Lächeln schob die Rezeptionistin ihm die Besucherliste hin und zeigte auf die Felder, in die er seinen Namen, seine Unterschrift und den Zeitpunkt seiner Ankunft eintragen sollte.

»Dann müssen Sie noch hier unterschreiben«, fügte Katrine hinzu, zog ein Dokument aus der Innentasche, faltete es auseinander und legte es vor ihm auf die Theke.

»Was ist das?«

»Eine Verschwiegenheitserklärung. Damit versichern Sie, dass alles, was Sie während Ihres Treffens mit Herrn Mesmer erfahren werden, vertraulich bleibt und nicht an Dritte weitergegeben wird. Eine reine Formalität.«

»Wäre es nicht einfacher, wenn sich Herr Mesmer an Sachen hielte, die das Tageslicht nicht zu scheuen brauchen?«

Sie wollte etwas erwidern, hielt sich jedoch zurück, während er den Vertrag unterzeichnete.

Ravn und Møffe folgten Katrine durch die große Eingangshalle bis zu den Aufzügen am anderen Ende. Es war drückend warm, und die Türen zu den Räumen, an denen sie vorbeigingen, standen weit offen. Drinnen saßen Leute in kurzärmligen Hemden, die schwitzten und Vorträgen lauschten oder an Konferenzen teilnahmen, wie es schien. Das letzte Mal, dass er auf einer Schulbank gesessen hatte, war auf der Polizeischule gewesen, und die Erinnerung daran bereitete ihm immer noch Unbehagen.

»Was machen Sie hier genau?«

Sie traten in den Aufzug. Katrine zog eine Karte durch das Lesegerät und drückte auf die Taste für die oberste Etage. »Wir unterrichten.«

»Und was?«

»Führungsstrategien. Mesmer Resources gehört zu den Top-Unternehmen auf diesem Gebiet.«

»Klingt nach einem einträglichen Geschäft.«

»Im letzten Jahr haben wir achthundert Millionen umgesetzt.«

Der Lift setzte sich in Bewegung und fuhr sie in den dritten Stock. Er hatte weiterhin nicht die geringste Ahnung, was dieser Mesmer von ihm wollte.

11

Katrine brachte ihn zu Ferdinand Mesmers Büro, dessen Tür offenstand. Sie bat ihn, schon einmal Platz zu nehmen, Herr Mesmer komme gleich. Als Ravn allein war, schaute er sich um. Das Büro war edel und kühl eingerichtet, so wie das gesamte Gebäude. Die teuren Designermöbel ließen keinen Zweifel am Erfolg des Unternehmens. Private Gegenstände gab es keine, abgesehen von dem großen Gemälde, das gegenüber dem Schreibtisch hing. Ravn erkannte das düstere Motiv mit den deformierten Körpern, die von grellgelben Zitronen umgeben waren, konnte sich jedoch nicht an den Namen des Künstlers erinnern und fand auch keine Signatur auf der Leinwand. Eva hätte es bestimmt gefallen. Sie hatte ihn einmal ins Louisiana mitgenommen, wo viele ähnliche Bilder ausgestellt gewesen waren. Dieses Gemälde war sicherlich ein paar Millionen wert. Er drehte sich um und trat an das große Fenster, von dem aus man einen Blick auf die Eingangshalle hatte. Die Leute strömten aus den verschiedenen Räumen und scharten sich um die Tische, auf denen Wasser und Kaffee bereitstanden. Es war, als blickte man auf ein flimmerndes Meer blauer und weißer Hemden, das hin und her wogte.

»Ich genieße diesen Blick auch immer«, hörte Ravn hinter sich eine Stimme.

»So viel Energie, so viel Wissbegier an ein und demselben Ort. Fast sieht man die Funken schlagen.«

Ravn drehte sich langsam um und betrachtete Ferdinand Mesmer. Er war fast einen Kopf größer als Ravn und ziemlich kräftig gebaut. Sein Vollbart war grau meliert, und sein bronzefarbener Teint verlieh ihm einen vitalen Ausdruck, obwohl er auf die siebzig zuging. Mesmer wischte sich mit einem Tuch die Schweißperlen von der Stirn. In seinem dunklen Anzug und dem schwarzen Hemd schien ihm sehr warm zu sein. »Was für ein Tag«, stöhnte er. »Unsere Klimaanlage ist ausgefallen. Die hundertfünfzig Kursteilnehmer von Novo Nordisk und der Danske Bank sind schon völlig durchgeschwitzt, dabei haben sie noch sechs Stunden Unterricht vor sich«, fügte er lächelnd hinzu. »Wollen Sie sich nicht setzen?« Er bot Ravn einen Platz auf dem Sofa an und ließ sich schwer auf den Sessel fallen, der gegenüberstand. Er schaute Ravn durchdringend an, als versuchte er, sich von ihm ein Bild zu machen.

»Ich bin Ihnen dankbar, dass Sie gekommen sind. Mein guter Freund Lohman hat mir so viel von Ihren diversen Talenten erzählt.«

Ravn schaute weg. »Wie mir Katrine gesagt hat, geht es bei Ihnen um Führungsstrukturen«, entgegnete er, um von sich selbst abzulenken.

»Wir sind die Größten in Nordeuropa. Wir bilden jedes Jahr etwa eintausend Führungskräfte und Spezialisten aus.«

»Beeindruck…«

»Außerdem bekommen wir stets die besten Bewertungen«, fiel ihm Mesmer ins Wort. »Was die Treue und Zufriedenheit unserer Kunden betrifft, liegen wir bei über 80 Prozent. Wir haben ein einzigartiges System von Instrumenten zur psychologischen Typisierung entwickelt, deren Konfigurationen weitaus präziser und effektiver sind als JTI, Belbin, Myers-Briggs und DISC.«

»Okay«, entgegnete Ravn, der keine Ahnung hatte, wovon Mesmer redete. »Was für eine Aufgabe soll ich für Sie lösen?«

Mesmer lächelte. »Sie kommen gleich zur Sache, das gefällt mir. Ich vermute mal, dass Sie ein GC, ein Gamma-Centurion, sind.«

»Ich weiß nicht, wovon Sie reden.«

»Nein, es ist auch nicht fair, Sie zu kategorisieren, nachdem wir uns gerade erst kennengelernt haben. Doch dessen ungeachtet, treffe ich mit meinem ersten Eindruck meistens ins Schwarze.« Er kniff die Augen zusammen. »Und ich irre mich bestimmt nicht, wenn ich Sie dem beobachtenden Typus zurechne, methodisch, praktisch orientiert, mit ausgeprägtem Gerechtigkeitssinn, tatkräftig und in den allermeisten Fällen zu einem Kräftemessen bereit.«

»Nein, da irren Sie sich nicht, aber treffen diese Eigenschaften nicht auf 99 Prozent aller Ermittler zu?«

»Gleichzeitig sind Sie aber auch ein Skeptiker«, fuhr Mesmer fort und tupfte sich die Stirn ab. »Haben Sie schon mal einen Persönlichkeitstest gemacht?«

Diese Frage war ihm schon einmal von einem Scientologen auf dem Marktplatz von Vesterbro gestellt worden. Er hatte das Angebot abgelehnt, indem er seine Polizeimarke vorgezeigt hatte.

»Nein«, antwortete Ravn.

»Die Selbsteinsicht des Individuums zu fördern gehört zu unseren wichtigsten Prioritäten. Zu diesem Zweck arbeiten wir mit einigen der profiliertesten Wirtschafts- und Sportpsychologen unseres Landes zusammen.«

»Verstehe«, entgegnete Ravn. Nach Evas Tod hatte er sich einer psychologischen Untersuchung unterziehen müssen, nachdem ihn Mikkel während einer Streife nur mit Mühe davon hatte abhalten können, gegenüber ein paar osteuropäischen Einbrechern Gewalt anzuwenden. Doch das Gespräch mit dem Polizeipsychologen hatte ihm auch nicht weitergeholfen. »Und ich werde auch *jetzt* keinen Persönlichkeitstest machen, sollten Sie darauf hinauswollen«, fügte Ravn hinzu.

»Aber ganz und gar nicht. Ich möchte nur mit Ihnen reden. Lohman hat mir erzählt, dass Sie bei der Polizei waren, in einer ... Spezialeinheit?«

»Sechs Jahre Station City. Ich war Mitglied verschiedener Einsatzgruppen, die sich auf Rocker- und Drogenkriminalität konzentriert haben.«

»Hört sich spannend an ... und ist sicher nicht ungefährlich, denke ich.«

»Nein, nicht immer.«

»Aber Sie haben dort aufgehört. Warum? Wurde Ihnen die Belastung zu viel, wenn ich das fragen darf?«

»Das hatte private Gründe.« Ravn rutschte auf seinem Stuhl hin und her. »Welchen Auftrag haben Sie für mich, Herr Mesmer?«

»Einen Moment, darauf komme ich noch zu sprechen. Für den heutigen Tag habe ich Sie ja immerhin schon bezahlt.« Er lächelte. »Wie sehen Sie meine Branche?« Er breitete seine Arme so weit aus, als wollte er das ganze Büro umarmen.

»Das kann ich nicht sagen, weil ich Ihre Branche nicht kenne.«

»Aber bei der Polizei wurden doch sicher auch Maßnahmen implementiert, um die Qualität zu sichern und die Effizienz zu erhöhen.«

Ravn zuckte die Schultern. »Daran kann ich mich nicht erinnern. Abgesehen von der Polizeireform, die die eine Hälfte der Mitarbeiter in die Krise und die andere in totale Verwirrung gestürzt hat.«

Mesmer nickte zustimmend. »Ja, der öffentliche Sektor hinkt immer noch hinterher. Aber jetzt sagen Sie mir, wie ist Ihr erster Eindruck von *meinem* Unternehmen? Wie wirken wir auf Sie?«

»Ist mein Eindruck nicht gleichgültig? Ich gehöre bestimmt nicht zu Ihrer Zielgruppe.«

»Ich würde Ihre ehrliche Meinung aber sehr zu schätzen wissen. Gerade weil Sie außerhalb unserer Zielgruppe stehen und einen objektiven Blick haben. Kommen Sie, ich bin nicht empfindlich.«

»Okay.« Ravn sah sich um. »Ich glaube, Sie geben sich große Mühe, einen möglichst exklusiven Eindruck entstehen zu lassen. Angefangen bei Ihrer Adresse über die teuren Designermöbel bis hin zu den wertvollen Gemälden an den Wänden. All das schafft einen beeindruckenden Rahmen für Ihre Kursteilnehmer, die hier eine Menge Floskeln lernen, mit denen sie später ihre eigenen Angestellten traktieren können, nur damit sie noch mehr und noch härter arbeiten, nicht zuletzt, damit sie selbst ihre Rechnungen bezahlen können.«

Mesmer stieß ein tiefes Lachen aus. »Ich hoffe wirklich, dass wir ein wenig mehr bewirken. Aber eine sehr scharfsinnige Stegreifanalyse, das muss ich Ihnen lassen. Wissen Sie, wie ich selbst eine Firma bewerte?«

»Indem Sie jede Menge Fragen stellen, so wie jetzt, und die Leute auf Kurse schicken.«

»Indem ich den KAFFEE-Test mache.«

»Noch so eine tolle Abkürzung?«

»Nein, nein, das ist kein Schlagwort. Der Kaffeetest ist meine eigene Art, ein Unternehmen zu beurteilen. In einem Land, in dem jedes Jahr 7,3 Milliarden Tassen Kaffee getrunken werden, ist er ein ausgezeichneter Indikator für die soziale Intelligenz und die Interaktivität der Belegschaft. Dadurch gewinne ich einen aussagekräftigen ersten Eindruck von der Struktur eines Unternehmens. Der Test besteht in aller Einfachheit darin, dass ich um eine Tasse Kaffee bitte, wenn ich mir eine Firma zum ersten Mal ansehe. Da 85 Prozent der erwachsenen Bevölkerung Kaffee trinken, sollte dieser Wunsch absolut nichts Ungewöhnliches sein. Dennoch ist es verblüffend, was für ein Chaos er auslösen kann. Ganze Abteilungen lassen alles stehen und liegen und diskutieren erst einmal eine Weile, *wer* den Kaffee holen oder machen soll, falls nicht zufällig welcher bereitsteht. Das sagt mir etwas über die Hierarchie in einem Unternehmen oder darüber, ob überhaupt klare Strukturen bestehen. Danach notiere ich mir verschiedene Einzelheiten, beispielsweise welche Einstellung der Mitarbeiter hat, der mir den Kaffee bringt. Oder ob man die Sache mit dem Kaffee an eine andere Abteilung verwiesen hat, was meistens zur Folge hat, dass sich mehrere Leute gleichzeitig darum kümmern. Oder wie lange es dauert, bis der Kaffee gebracht wird. All diese Kleinigkeiten geben Aufschluss über die Effektivität einer Abteilung. Auch die Qualität des Kaffees an sich ist ein Indikator. Wer den letzten abgestandenen Rest serviert, zeigt mangelnden Respekt vor seinem Kunden sowie mangelnde Sorgfalt in der täglichen Arbeit. In den großen Pharma- und IT-Unternehmen stehen in der Regel Thermoskannen bereit. Da geht die Qualität auf Kosten der Quantität. Anwalts- und Steuerkanzleien benutzen meist Vollautomaten – eine effektive, aber uninspirierte Methode. Architekten beklagen sich immer, wie unökologisch diese Aluminiumkapseln sind, die sie dann selbst benutzen.« Mesmer lachte über seine eigene Bemerkung und lehnte sich zurück.

»Interessant«, entgegnete Ravn mit einem Lächeln und zeigte auf die Tischplatte. »Aber Sie haben mir immer noch keinen Kaffee angeboten.«

»Sie wirken auf mich nicht wie ein Kaffeetrinker. Jedenfalls nicht bei der Arbeit.« Er kniff die Augen zusammen. »Am Morgen geben Sie sich vermutlich mit einer Tasse Pulverkaffee zufrieden. Ich tippe auf zwei Teelöffel und Zucker. Den genießen Sie dann gemeinsam mit Møffe auf dem Achterdeck.« Mesmer betrachtete den Hund, der zu Ravns Füßen lag. »Nicht wahr?«

Ravn lächelte nicht mehr. »Was für einen Auftrag haben Sie für mich? Hat jemand Wertgegenstände aus der Firma entwendet?«

Ferdinand Mesmer warf ihm einen ernsten Blick zu. »Ich möchte, dass Sie meinen Sohn finden.«

»Ihren Sohn?«

Mesmer nickte.

»Seit wann ist Ihr Sohn verschwunden?«

Obwohl sie allein im Büro waren, sah Mesmer sich rasch um und senkte die Stimme. »Seit einiger Zeit.«

»Haben Sie die Polizei eingeschaltet?«

»Nein, nein, es geht nicht um ein Verbrechen. Ich will ihn nur finden.«

»Wie alt ist Ihr Sohn?«

»Moment mal … er ist jetzt sieben… oder achtundvierzig Jahre alt.«

»Und Sie glauben, dass er sich in Gefahr befindet?«

»Das kann ich nicht beurteilen, aber ich glaube nicht. Das heißt, ich hoffe nicht.«

»Wann genau haben Sie ihn das letzte Mal gesehen?«

»Tja, das ist wohl schon über zehn Jahre her. Wir hatten eine Meinungsverschiedenheit, und seitdem … haben wir nicht mehr miteinander geredet.« Ferdinand Mesmer blickte zu Boden.

»Es tut mir leid, Herr Mesmer, aber ich kann Ihnen nicht helfen. So etwas ist nichts für mich.«

Ferdinand Mesmer schaute ihn überrascht an. »Aber Sie sind doch Privatdetektiv?«

»Nein, das ist nicht richtig. Ich weiß nicht, was Lohman Ihnen erzählt hat oder welchen Eindruck Sie gewonnen haben, aber …«

»Aber Sie haben doch diese junge Frau, diese Prostituierte gefunden, die entführt worden war. Und vor gar nicht langer Zeit haben Sie die deutsche Polizei bei der Suche nach diesem verschwundenen Buchhändler unterstützt.«

»Er war Buchhalter, aber ansonsten sind Sie ziemlich gut informiert.«

»Meine Headhunter verstehen ihr Geschäft. Warum können Sie diesen Fall nicht übernehmen? Ich kann Ihnen ein großzügiges Honorar garantieren und wäre Ihnen außerordentlich dankbar.«

»Weil sich Ihr Sohn offenbar nicht in Gefahr befindet. Ich bin sicher, Sie finden jemanden, der mehr Erfahrung in solchen Dingen hat. Bestimmt auch in Ihrer eigenen Firma.«

Ferdinand Mesmer schien verletzt zu sein und schüttelte den Kopf. »Mit so banalen Dingen geben Sie sich nicht ab, ist es das?«

Ravn zuckte die Schultern. »Das ist einfach nicht mein Arbeitsgebiet.«

»Eigentlich hatte ich den Eindruck, dass Sie besser wissen als jeder andere, wie quälend die Ungewissheit sein kann. Wie sehr es einen innerlich auffrisst, wenn man keine Antworten auf seine Fragen findet. Vor allem, wenn es sich um einen Menschen handelt, der einem sehr nahesteht.«

Ravn war nur allzu klar, wie umfassend die Erkundigungen waren, die Mesmer über ihn eingezogen hatte, und stand auf. »Das war ein interessantes Gespräch. Ich hoffe, Sie finden Ihren Sohn.«

Mesmer erhob sich ebenfalls. »Ich bitte Sie, sich alles noch einmal durch den Kopf gehen zu lassen. Es würde mir alles bedeuten, und es ist auch nicht das Schlechteste, mich als Freund zu haben.«

Als Ravn Mesmers Hand drückte, fiel ihm auf, wie grob und knotig sie sich anfühlte. Als er sie wieder losließ, konnte er nicht anders, als einen verstohlenen Blick darauf zu werfen. Die Hand sah aus, als wäre sie durch eine alte Brandverletzung verunstaltet worden. Haut und Fleisch waren so weit miteinander verschmolzen, dass die Finger zu einem einzigen Narbengewebe zusammengewachsen waren, aus dem nur der Daumen herausschaute. Ravn konnte sich lebhaft die Schmerzen vorstellen, die Ferdinand Mesmer einst erlitten haben musste.

12

Nach dem Gespräch mit Mesmer schlenderte Ravn die Wildersgade in Richtung Torvegade entlang. Obwohl es zwölf Uhr mittags und die heißeste Zeit des Tages war, fühlte er sich wie befreit, Mesmers Großraumsauna entkommen zu sein. Er bedauerte die Kursteilnehmer, die für den Rest des Tages dort ausharren mussten. Aber der Besuch bei Mesmer ließ ihn nicht los. Als wäre ihm der alte Mann unter die Haut gekrochen und hätte ihm direkt in die Seele geblickt. Obwohl Ravn ziemlich einsilbig gewesen war, hatte er das Gefühl, dass Mesmer ihn in gewisser Weise durchschaut hatte. Ihm etwas genommen hatte. Dasselbe Gefühl hatte er nach dem Gespräch mit dem Polizeipsychologen nach Evas Tod gehabt. Er erinnerte sich immer noch an den kleinen Raum im Präsidium, an die persönlichen Fragen und an seine Trauer. Er war einzig und allein darauf aus gewesen, weiterhin für diensttauglich erklärt zu werden, was ihm auch gelungen war. Dass er zehn Tage später zusammengebrochen war und selbst darum gebeten hatte, krankgeschrieben zu werden, stand auf einem anderen Blatt.

Je länger er über die Sache nachdachte, desto mehr interessierte es ihn, wie es wohl zu dem Bruch zwischen Ferdinand Mesmer und seinem Sohn gekommen war. Und obwohl er es keinesfalls bereute, den Auftrag abgelehnt zu haben, bedauerte er es, nicht mehr Fragen gestellt zu haben. In diesem Moment brummte das Handy in seiner Tasche.

»Hast du schon gehört?«, hörte er Eduardos kurzatmige Stimme am anderen Ende.

»Was gehört?«

»Die Medien sind voll davon.«

»Wovon?«, fragte Ravn und blieb stehen. Er zog an der Leine und brachte Møffe dazu, sich hinzusetzen.

»Eine Schießerei mitten in Kopenhagen. Die Polizei hat eine Razzia in diesem Russenklub durchgeführt.«

»Bei Kaminskij? Wann war das?«

»Heute Morgen. Es kam zu einem wilden Schusswechsel zwischen den Polizisten und Kaminskijs Leuten. In den Fernsehnachrichten war auch von einem Feuergefecht auf der Istedgade die Rede.«

»Gab es Tote?«

»Angeblich nur acht bis zehn Verletzte.«

»Bist du zu Hause oder in der Redaktion?«

»Zu Hause.«

Fünf Minuten später betrat Ravn keuchend und mit Møffe auf dem Arm Eduardos Ketsch. Aus der offenen Kajütentür drangen die Fernsehnachrichten zu ihm herüber. Er setzte den Hund im Cockpit ab und nahm die schmale Treppe, die zu der Kajüte hinunterführte, in der Eduardo auf den kleinen Bildschirm starrte. In der Küche daneben stand eine junge blonde Frau, die Ravn noch nie gesehen hatte. »Willst du einen Tee?«, fragte sie, ehe sie Møffe hingebungsvoll kraulte.

Ravn schüttelte den Kopf und ging zu Eduardo, der auf dem Sofa saß. »Haben sie noch mehr darüber gesagt, wer verletzt wurde?« Ravn nahm ein paar Bücher vom Sofa und setzte sich neben Eduardo.

»Es gibt nicht nur Verletzte«, entgegnete Eduardo, ohne

den Blick von dem Bildschirm abzuwenden. »Inzwischen ist auch von drei Toten die Rede, darunter ein Polizist.«

»Scheiße«, sagte Ravn und starrte auf die Mattscheibe. Der Fernsehbericht zeigte Bilder von der Colbjørnsensgade, wo die Polizei Straßensperren errichtet hatte und mit geschulterten Maschinenpistolen patrouillierte. Im Hintergrund erkannte man den Russenklub mit der geborstenen Fensterscheibe und der demolierten Eingangstür.

»Hast du schon mit der Redaktion gesprochen?«, fragte Ravn.

Eduardo nickte. »Ja. Aber die wissen auch nicht mehr als das, was gerade auf *TV2 News* kommt.«

Ravn zog sein Handy aus der Tasche und wählte Mikkels Nummer. Doch er erreichte ihn nicht, weil sofort die Mailbox ansprang. Statt eine Nachricht zu hinterlassen, tippte er auf Mikkels Privatnummer. Es dauerte eine Weile, bis sich eins seiner Zwillingsmädchen meldete. »Tut mir leid. Hab mich verwählt«, murmelte er und legte wieder auf.

»Jetzt tragen sie die Verletzten raus«, sagte Eduardo. Er zeigte auf den Bildschirm, wo die Kamera die Türöffnung des Klubs heranzoomte. Ein Reporter kommentierte die Bilder, die live über den Sender gingen. Zwischen zwei Sanitätern wurde eine Trage sichtbar. Für einen Augenblick sah man einen Mann mit weißer Halskrause, der darauf festgeschnallt war.

Ravn sprang auf. »Das ist doch Mikkel!«

»Bist du sicher?«

»Zu 95 Prozent. Hast du ihn nicht gesehen?«

Eduardo schüttelte den Kopf. »Ich … fand das schwer zu erkennen.«

Eine weitere Trage wurde von zwei Sanitätern nach draußen getragen. Diesmal war es ein verletzter Beamter in kompletter Kampfmontur, der abtransportiert wurde.

»Könntest du eine Weile auf Møffe aufpassen?«

»Klar«, antwortete Eduardo. »Wo willst du hin?«

»Zum Rigshospital. Ich bin mir ziemlich sicher, dass die Verletzten dort eingeliefert werden.«

»Ich komm mit.«

»Nicht wenn du darüber schreiben willst«, erwiderte Ravn.

»Ganz ruhig, *amigo*. Ich bin nur für den Wirtschaftsteil zuständig. Warum vergisst du das immer?«

»Weil du für die *Information* arbeitest. Kann ich Møffe trotzdem hierlassen?« Er schaute zu Møffe hinüber, der auf dem Rücken lag und sich von der jungen Frau den Bauch kraulen ließ.

»Aber natürlich. *Mi casa es Møffes casa.*« Eduardo zog sich rasch ein T-Shirt über den Kopf.

13

Ravn und Eduardo stiegen vor dem Rigshospital aus dem Taxi und eilten an den Sendewagen mit den Satellitenantennen auf dem Dach vorbei, die nahe am Haupteingang parkten. Ein Pulk von Presseleuten wurde von zwei uniformierten Beamten am Betreten des Gebäudes gehindert. Eduardo grüßte ein paar Kollegen und erkundigte sich, ob es Neuigkeiten gab. Doch entweder wollte niemand seine Informationen mit ihm teilen, oder es gab tatsächlich nichts Neues, da alle nur stumm die Köpfe schüttelten.

Während sie bei den Presseleuten stehen blieben, versuchte Ravn erneut, Mikkel auf seinem Handy zu erreichen, doch wieder sprang sogleich die Mailbox an. »Hat keinen Zweck hierzubleiben«, sagte Ravn und zog Eduardo mit sich fort.

»Und wo willst du hin?«

Ravn senkte die Stimme. »Lass uns probieren, ob wir bei der Notaufnahme reinkommen.«

Sie überquerten den Parkplatz, gingen um das Gebäude herum und ein Stück den Juliane Maries Vej entlang. Von hier aus hatte man freie Sicht auf das untere Krankenhausareal, wo sich auch die Notaufnahme befand. Ein paar Krankenwagen mit geöffneten Hecktüren standen vor dem Eingang, und gleich dahinter parkten mehrere Streifenwagen und Motorräder.

»Kennst du vielleicht jemanden von denen?«, fragte Eduardo und wies mit dem Kopf auf die uniformierten Beamten, die dort herumliefen.

»Kann ich mir nicht vorstellen, und selbst wenn, würden sie mich nicht reinlassen.«

»Du könntest sie nach Mikkel fragen.«

Ravn schüttelte den Kopf. »Da würden wir nicht viel rauskriegen.« Ravn spähte zum Krankenhauseingang hin, der ihnen gegenüberlag. »Wir sollten uns aufteilen. Du gehst am besten zum Haupteingang zurück und rufst mich an, wenn es dort irgendwelche Neuigkeiten gibt.«

Eduardo nickte. »Und du?«

»Ich schau, ob ich's auf der anderen Seite in die Notaufnahme schaffe.«

Ravn schlenderte den Gang der onkologischen Abteilung entlang und kam an einem älteren Patienten vorbei, der in einem Rollstuhl saß und in die Luft starrte. Als er den Ausgang erreichte, öffneten sich die automatischen Türen, und zwei Krankenschwestern kamen ihm entgegen. Er grüßte rasch, worauf sie ihn freundlich anlächelten und weitergingen. Ravn hasste Krankenhäuser, vor allem wegen des allgegenwärtigen Geruchs nach Desinfektionsmitteln.

Auf dem zentralen Korridor des Krankenhauses hasteten Angehörige und Krankenhauspersonal so geschäftig umher, dass sich Ravn an ein Flughafenterminal erinnert fühlte.

Auf den an der Decke befestigten Schildern suchte er nach der Notaufnahme und wurde in Richtung der Aufzüge geleitet. Er war sich ziemlich sicher, dass die Polizei zwei Beamte vor dem Eingang zur Notaufnahme postiert hatte und dass er einen Vorwand brauchen würde, um hineinzukommen. Er überlegte, ob er sich in einer der anderen Abteilungen einen weißen Kittel besorgen konnte, hielt es aber für wenig wahrscheinlich, dass irgendwo einer herumlag. In diesem Moment fiel sein Blick auf eine ältere asiatische Frau, die mit einem Reinigungswagen vor der Herrentoilette stand. Sie hatte ihren Kittel über den Wagen gelegt und stand in T-Shirt und langer Hose da, während sie einen Plastikbeutel von einer langen Rolle abtrennte. Nachdem sie auf die Toilette verschwunden war, schnappte sich Ravn rasch den Wagen und schob ihn den Aufzügen entgegen, während er in den weißen Kittel schlüpfte und sich ein blaues Haarnetz anzog, das er in einer der Taschen gefunden hatte. Als er mit dem Lift zur Notaufnahme hinunterfuhr, betrachtete er sich im Spiegel. Abgesehen von dem Fotoausweis der Frau, der an der Brusttasche befestigt war, gab es an seiner Tarnung nichts auszusetzen. Den Ausweis mit dem Foto drehte er kurzerhand auf die andere Seite. Als die Lifttür aufglitt, schob er den Wagen auf den Gang hinaus. Am anderen Ende des Ganges, vor dem Eingang zur Notaufnahme, standen zwei Beamte in Kampfanzügen mit dem Rücken zu ihm und unterhielten sich. Ravn wusste, dass es eine Frage des Timings war, wenn er an ihnen vorbeikommen wollte, ohne nach seiner Legitimation gefragt zu werden. In diesem Moment ging die Tür auf, und ein Krankenpfleger schob ein leeres Bett auf den Flur hinaus. Ravn eilte ihm entgegen, und genau in dem Moment, als der Krankenpfleger den Beamten seine Karte zeigte, drückte sich Ravn an ihnen vorbei und wedelte kurz mit seiner. »Könnten Sie mir kurz Platz machen, wir haben es wahnsinnig eilig«, erklärte er mit einem Lächeln.

Die Beamten drückten sich schweigend an die Wand, damit Ravn sowie der Krankenpfleger in unterschiedliche Richtungen passieren konnten.

Ravn schob den Reinigungswagen den Flur der Notaufnahme hinunter, wo ein ziemliches Chaos zu herrschen schien.

Sanitäter und Klinikpersonal hasteten umher, um freie Zimmer für die frisch eingelieferten Patienten mit den Schussverletzungen zu finden. Alles war voller Blut: der Boden, die Wände, selbst an der Decke waren rote Flecken zu sehen. Hinter geschlossenen Türen hörte Ravn das Stöhnen der Verwundeten. Er hätte zu gern nach Mikkel gesucht, aber die Vielzahl der Beamten, Ärzte und Pfleger ließ das nicht zu. Stattdessen ging er weiter den Flur hinunter und drückte sich an zwei osteuropäisch aussehenden Männern vorbei, die mit Handschellen an Klinikbetten gefesselt waren. Als er das letzte der Krankenzimmer erreichte, dessen Tür einen Spaltbreit offenstand, erblickte er im Bett eine Gestalt, die an einen Tropf angeschlossen war. Ravn schob die Tür vorsichtig auf und trat ein. Auf dem Boden war eine große Blutlache. Er ging um sie herum und stand plötzlich vor Mikkel, dessen Brust und Schulter bandagiert waren. Er war leichenblass.

»Mikkel?«, sagte Ravn.

Mikkel öffnete die Augen, drehte den Kopf in seine Richtung und schaute Ravn mit einem seligen Lächeln an. Sein Blick war von dem Morphium getrübt. »Wie siehst du denn aus?«, murmelte er.

»Das könnte ich dich auch fragen«, entgegnete Ravn und zog das blaue Haarnetz ab. »Bist du okay?« Er ließ seinen Blick von Mikkel zu der Blutlache auf dem Fußboden schweifen.

»Ist nicht mein Blut, sondern das eines Banditen, der vor mir hier lag«, antwortete Mikkel. »Ich glaub nicht, dass er es geschafft hat.«

»Wo haben sie dich getroffen?«

»Linke Seite, direkt am Schlüsselbein, zwei Schüsse, drei Zentimeter neben dem Herzen. Der Arzt sagt, dass heute mein Glückstag ist, auch wenn es sich nicht so anfühlt … tut echt verdammt weh.«

»Weiß Dorthe schon Bescheid?«

»Ist auf dem Weg hierher. Muss nur noch die Mädchen … bei den Nachbarn abgeben.

Ravn nickte. »Kann ich irgendwas für dich tun?«

»Gib mir ein bisschen Wasser.«

Ravn nahm die Flasche vom Tisch und steckte ihm den Strohhalm zwischen die Lippen.

»Was ist eigentlich passiert, Mikkel?«

Mikkel schluckte und sammelte sich einen Moment, ehe er antwortete. »Sie haben Widerstand geleistet.«

»Hab ich mir fast gedacht. Wart ihr zu wenige?«

Er nickte. »Antiterrorkommando, SEK und wir. Am Anfang lief alles wie am Schnürchen. Die Typen haben sich alle brav auf den Boden gelegt, bis …« Er signalisierte Ravn mit der Hand, dass er noch etwas trinken wollte.

»Bis was?«

Nach ein paar Schlucken sprach Mikkel weiter. »Wir sind bis in den hintersten Raum vorgedrungen, wo Kaminskij und einige der großen Spieler waren. Sie waren schon die ganze Nacht zugange gewesen. Kaminskij rührte in einem großen Suppentopf. Auch als wir riefen, dass er sich auf den Boden legen sollte, hat er einfach weitergerührt. René, ein Neuer bei uns, ist hin zu Kaminskij, um etwas nachzuhelfen.«

»Das ist gegen die Regeln.«

»Ja, aber wie gesagt, René hatte noch keine Erfahrung und wollte sich wahrscheinlich profilieren …« Mikkel atmete schwer. »Kaminskij hat blitzschnell reagiert. Ehe wir … etwas tun konnten, hat er René die Waffe entrissen und ihn … mit einem Schuss unter das Kinn hingerichtet. Wir waren alle wie erstarrt. Und genau das hat Kaminskij auch gewollt, denn im nächsten Moment brach die Hölle los. Die Typen, die auf dem Bauch lagen, sprangen auf und ballerten einfach drauflos. Es war wie im Wilden Westen. Aus nächster Nähe wurden Leute erschossen … von uns, von ihnen. Ich hab zerfetzte Körper gesehen … überall Gehirnmasse …« Er schloss die Augen.

Ravn drückte seine Hand. Natürlich interessierte es ihn brennend, ob Kaminskij überlebt hatte, aber er konnte jetzt nicht danach fragen. Nicht, während Mikkel dalag und schluchzte. In dem Moment brach auf dem Flur ein Tumult los. Ein Beamter rief nach Verstärkung. Ravn drehte sich um und sah mehrere Polizisten über den Flur rennen. Russische Flüche wurden geschrien. Ravn eilte zur Tür und warf einen Blick hinaus. Am Ende des Gangs hatten sich drei Beamte auf einen Mann geworfen, der blutüberströmt war. Seine Kleider waren zerfetzt, und er kämpfte darum, sich trotz der Übermacht von seinen Widersachern zu befreien. Seine wirren Haare und sein Vollbart standen ihm wie eine blutdurchtränkte Mähne vom Kopf ab, während er wild um sich schlug. Die Polizisten versuchten, ihm die Arme auf den Rücken zu drehen, um ihm Handschellen anzulegen, doch offenbar bekamen sie den Mann nicht in den Griff. Ein Arzt eilte herbei und stieß eine Spritze in seinen Hintern, die augenblicklich ihre Wirkung tat. Handschellen klickten. Mit einem Schnauben ließ der Mann den Kopf sinken, während Speichel und Blut aus einem Mundwinkel liefen. Trotz seines wutverzerrten Gesichts erkannte Ravn ihn auf der Stelle. Es war Kaminskij.

14

Es war früh am Abend, und vor dem Havodderen saßen ein paar Gäste und genossen die letzten Strahlen der Sonne, die allmählich über dem Kanal versank. In der halb leeren Kneipe saß Ravn neben Victoria und Eduardo an der Theke. Eduardo beugte sich über den Tresen und warf den Tischventilator an, der dafür sorgte, dass die Luft nicht vollkommen stillstand.

»Finger weg, der ist für die Angestellten«, sagte Johnson und drehte den Ventilator so, dass die Luft direkt in sein Gesicht geblasen wurde.

»Aber man kommt hier fast um vor Hitze«, jammerte Eduardo.

»Ich dachte, ihr Latino-Typen liebt solche Temperaturen.«

»Wenn das so wäre, dann hätte ich ja in Malaga bleiben können«, entgegnete Eduardo und sank auf seinen Barhocker zurück. »Wird Mikkel wieder gesund?«, fragte er Ravn.

Ravn nickte. »Ja, ich glaub schon, obwohl es ein bisschen dauern wird, bis er wieder arbeiten kann.«

»Wenn man bedenkt, dass ein Polizist tot ist und zwei andere schwer verletzt sind, dann hat er echt Glück gehabt.«

Ravn nickte.

»Ist Mikkel nicht eigentlich für Kaminskij zuständig?«

»Ja, aber wie ich den Laden kenne, stehen die Kollegen bereits Schlange, um Kaminskij verhören zu dürfen. Diesen Erfolg wollen sich jetzt natürlich alle ans Revers heften.« Ravn trank einen Schluck Bier.

»In den Nachrichten hieß es, dass sie mehrere hundert Kilo Haschisch und drei Kilo Kokain in seinem Klub gefunden haben sowie jede Menge Hehlerware im Hinterhaus«, schaltete Johnson sich ein.

»Glaubst du, dass er auspacken wird?«, fragte Victoria.

»Kann ich mir nicht vorstellen, allein schon, weil er nichts zu gewinnen hat.«

»Vielleicht kann er einen Deal aushandeln.«

Ravn schüttelte den Kopf. »Zum einen weist alles auf Kaminskij selbst als Drahtzieher hin. Und zum anderen wird von der Anklagebehörde niemand einem Polizistenmörder die Hand reichen. So was schadet nur der eigenen Karriere.«

Eduardo nahm sein Bier und stand auf. »Hier drinnen ist es einfach zu warm.« Er fächelte sich demonstrativ Luft zu und stellte sich nach draußen neben den Eingang.

Victoria drehte sich eine Zigarette und sah Ravn fragend an. »Lust auf eine Partie Karambolage?«

Er schüttelte ablehnend den Kopf.

»Du kriegst auch zehn Punkte Vorsprung.«

»Ich bin gerade nicht in der Stimmung.« Er bestellte eine neue Runde für sie beide. Ein Hof für sich und einen Sherry für Victoria. Victoria zündete ihre Zigarette an und stieß eine große Rauchwolke aus.

»Der wird sein Leben lang weggesperrt, Ravn. Damit solltest du dich zufriedengeben.«

Ravn biss sich auf die Lippe. »Er hat Eva garantiert nicht getötet, also läuft ihr Mörder immer noch frei herum.«

»Aber du hast doch gesagt, dass alles darauf hinweist, dass er der Drahtzieher ist. Das sorgt doch zumindest für eine Art von Gerechtigkeit, oder?«

»Kann schon sein …« Er atmete tief durch. »Jedenfalls ist Kaminskij jetzt weg vom Fenster.«

»Was ist mit diesem Jobangebot?«, fragte Johnson, der die Stimmung offenbar etwas aufhellen wollte. »Eduardo hat erzählt, dass du ein Gespräch geführt hast.«

Ravn nickte mit Blick auf Møffe, der neben seinem Barhocker lag und schlief.

»Und was ist dabei herausgekommen?«, hakte Johnson nach.

»Darf ich nicht sagen«, antwortete Ravn lächelnd. »Ich hab vor dem Gespräch eine Verschwiegenheitserklärung unterschrieben.«

»Dann muss es ja eine wichtige Sache sein«, entgegnete Johnson.

»Die Firma macht auf jeden Fall ziemlich was her, alles nur vom Feinsten. Die verdient sich eine goldene Nase, indem sie Führungskräfte für die Wirtschaft ausbildet. Ihr kennt ja dieses ganze Managerblabla über Qualitätssicherung, Effizienz usw.«

»Gott bewahre!«, rief Johnson aus. »Aber dann bezahlen sie dich jedenfalls gut, oder?«

»Ja, das hätten sie zumindest getan, wenn ich ihr Angebot angenommen hätte. Hab ich aber nicht.«

»Was?« Johnson warf ihm einen Blick zu, der noch aus seinen alten Boxertagen stammte und der jeden Gegner demoralisieren konnte.

»Ich hab ihnen aber versprochen, mir die Sache noch mal durch den Kopf gehen zu lassen«, flunkerte Ravn.

»Was, zum Teufel, gibt's da groß zu überlegen, falls sie dich nicht als Auftragskiller engagieren wollen? Mensch, Ravn, du hast überall Schulden und bist ohne diesen Job am Arsch!«

»So schlimm ist es nun auch wieder nicht«, wiegelte Ravn ab.

Johnson schlug sein Notizbuch auf und las vor: »Zweitausenddreihundertfünfzig allein in diesem Monat, den heutigen Abend noch nicht mitgerechnet.. Hast du überhaupt deinen Liegeplatz für die Bianca bezahlt?«

»Natürlich hab ich das«, antwortete Ravn und schlug verärgert mit den Armen aus. »Deshalb hab ich ja auch gesagt, dass ich darüber nachdenke.«

Victoria leerte ihr Sherryglas. »Ich glaube, ich pack's dann. Ich muss morgen schließlich arbeiten.« Sie tätschelte liebevoll Ravns Schulter und verabschiedete sich.

»Da kannst du was lernen, Ravn«, murmelte Johnson.

Ravn sah sich schweigend um. Abgesehen von einem einzelnen Gast, der am hintersten Tisch eingeschlafen war, waren nur noch Johnson und er anwesend. Johnson nippte an seinem Kaffee, während er in der Tageszeitung blätterte.

»Ich glaube, du hast mir noch nie eine Tasse Kaffee angeboten«, sagte Ravn.

»Äh, was?« Johnson hob seinen Kopf, immer noch seine Tasse in der Hand.

»Kaffee. Könnte ich auch eine Tasse haben?«

»Stimmt etwas mit meinem Bier nicht?«, fragte Johnson und wies mit dem Kopf auf Ravns Flasche.

»Nein, nein, ich würde jetzt nur gerne einen Kaffee trinken.«

»Du trinkst doch nie Kaffee.«

»Vielleicht sollte ich dann damit anfangen.«

»Aber nicht hier«, entgegnete Johnson. »Wenn du unbedingt Kaffee trinken willst, dann kannst du in die Küche gehen und ihn dir selbst machen.«

So viel zu Mesmers Kaffeetest, dachte Ravn.

15

Um Viertel vor neun trank eine neue Gruppe von Kursteilnehmern in der Eingangshalle von Mesmer Resources ihren Morgenkaffee, ehe sie bei Mesmer ihr erstes Seminar hatten. Von seinem Büro aus warf Mesmer einen Blick auf die Gruppe, ehe er sich Ravn zuwandte, der auf der anderen Seite des Schreibtischs Platz genommen hatte.

»Ich biete Ihnen einen Vorschuss von fünfzigtausend, um den Aufenthaltsort meines Sohnes ausfindig zu machen.«

Ravn entgegnete nichts, sondern beobachtete schweigend, wie sich Ferdinand Mesmer schwer auf seinen Schreibtischstuhl sinken ließ.

»Dafür erwarte ich ein schnelles Ergebnis«, fuhr Mesmer fort, während er mit den Fingern seiner gesunden linken Hand auf die Tischplatte trommelte. Die rechte mit der extremen Brandverletzung lag wie tot daneben. »Sagen wir, innerhalb einer Woche?«

Ravn nickte und verbarg seine Überraschung. Auf der Basis dessen, was er bei Lohman verdient hatte, hatte er sich einen Stundenpreis ausgerechnet und noch ein wenig draufgeschlagen. Die Fünfzigtausend für eine Woche Arbeit überstiegen seine Erwartungen bei Weitem. »Ich werde versuchen, Ihren Sohn so schnell wie möglich zu finden, aber natürlich kann ich nichts versprechen.« Er zog ein Notizbuch und einen von Mesmers Reklamekugelschreibern aus der Tasche, den er behalten hatte, nachdem er eine weitere Verschwiegenheitserklärung unterzeichnet hatte. Das Notizbuch hatte er vor allem deshalb mitgenommen, weil er sich irgendwie nackt vorgekommen war, als er sich heute Morgen auf den Weg gemacht hatte. Als er darin blätterte, sah er, dass es sich bei dem letzten Eintrag um eine Liste über Reserveteile für sein Boot handelte. Er hatte sich die Herstellungsnummern verschiedener Öl- und Brennstofffilter notiert, die er hatte kaufen wollen. Die Schwimmweste für Møffe, die er ebenfalls erstanden hatte, war zu klein gewesen und nie benutzt worden. »Ihr Sohn Jakob … je mehr Details Sie mir geben können, desto besser.«

Mesmer antwortete nicht, sondern blickte Ravn nur abwartend an.

»Sie sagten, Ihr Sohn sei um die achtundvierzig. Es würde mir helfen, wenn ich sein genaues Geburtsdatum und seine Personennummer wüsste.« Mesmer starrte ihn unverwandt an und schwieg weiter.

»Wenn Sie mir sagen könnten, wo er zuletzt gewohnt hat, selbst wenn es nur der Name einer Stadt oder einer Region ist, würde mir das auch schon weiterhelfen.« Er lächelte Mesmer an, der nicht zurücklächelte. »Ein Foto wäre auch eine Hilfe … wenn Sie eins haben.«

Mesmer schaute auf seine Armbanduhr.

»Auch die Familienverhältnisse wären von Interesse. Vielleicht könnten wir eine Liste der Personen anfertigen, die ihm nahestanden, Kollegen und Freunde, auch wenn das schon lange …«

»Sind Sie gläubig?«, unterbrach ihn Mesmer.

»Gläubig? Nein, nicht wirklich. Warum?«

»Das bin ich auch nicht. Ich habe religiöse Menschen stets mit einer gewissen Skepsis betrachtet. Meiner Meinung nach kompensieren die meisten damit den mangelnden Glauben an sich selbst.«

»Das kann schon sein«, entgegnete Ravn diplomatisch. »Aber um zu Ihrem Sohn zurückzu...«

»Jakob war ... ist ... tiefreligiös. Einer dieser fundamentalistischen Christen. Das war eine der Ursachen für unseren Bruch. Nicht weil ich seine Überzeugung nicht respektiert habe, damit muss er selbst leben, sondern weil Jakob sich von uns, von seiner Familie, abgewandt hat.«

»Und das liegt jetzt zehn Jahre zurück?«

»Der Bruch selbst, ja. Aber im Grunde begann es schon viel früher.« Mesmer blickte starr vor sich hin. »Jakob war immer schon ein schwieriger Mensch. Er ist sehr introvertiert, hat sich zeitweise mit Depressionen herumgeschlagen, obwohl seine Mutter und ich stets versucht haben, ihm zu helfen. Auch als er schon erwachsen war. Jakob hat es sich immer schwer gemacht, war schon immer ein Außenseiter.«

»Und war er auch schon früh gläubig?«

Mesmer sah ihn mit Unbehagen im Blick an. »Nein, das kam erst nach seinem Zusammenbruch. Erst da ist er *Jesus* begegnet und hat sich der Pfingstbewegung angeschlossen. Es gab da so einen Erweckungsprediger. Zuerst dachten wir, es wäre nur ein Spleen, der irgendwann vorübergeht, ein verspäteter Protest, irgend so was. Ich habe mir sogar selbst Vorwürfe gemacht«, sagte Mesmer und zeigte mit der versehrten Hand auf seine Brust. »Wir haben versucht, ihm zu helfen.«

»Was genau haben Sie getan?«

»Was Eltern halt so tun. Wir haben mit ihm geredet. Haben an seine Vernunft appelliert und versucht, ihm begreiflich zu machen, wie sehr er durch sein Verhalten andere Menschen vor den Kopf stößt.«

»Aber er war doch damals schon erwachsen, oder?«

»Und wenn schon!«, schnaubte Mesmer. »Die Verantwortung von Eltern hört doch nie auf.«

Ravn lächelte empathisch. »Natürlich nicht.«

»Leider hat Jakob schließlich mit uns gebrochen. Er hat gesagt, dass für andere außer Gott kein Platz mehr in seinem Leben sei und dass er seiner Berufung folgen müsse. Meine Frau, seine Mutter, hat ihn nicht mehr wiedergesehen, bevor der Krebs sie dahingerafft hat.«

»Das tut mir leid«, erwiderte Ravn. »Ist Jakob immer noch ein Teil dieser Gemeinde, die Sie vorhin erwähnt haben?«

Ferdinand Mesmer schüttelte den Kopf. »Nein, wir haben auf Umwegen erfahren, dass Jakob mit diesem Prediger gebrochen und selbst begonnen hat, das Evangelium zu verkünden. Angeblich sogar mit großem Erfolg.« Mesmer schüttelte den Kopf. »Er hat es offenbar verstanden, dass all die Wirrköpfe an seinen Lippen hängen.«

»Predigt er an einem bestimmten Ort?«

Mesmer blickte an Ravn vorbei zu Katrine, die auf dem Sofa gegenüber Platz genommen hatte. Ravn hörte, dass sie aufstand, und im nächsten Augenblick stand sie mit einem abgenutzten Aktenordner neben ihm und drückte ihm den Ordner in die Hand, auf dessen Vorderseite mit einem Gummiband eine CD-ROM befestigt war. »Was ist das?«, wollte Ravn wissen.

»Der Bericht Ihres Vorgängers.«

Ravn sah Mesmer überrascht an. »Sie haben schon vor mir jemanden engagiert?«

Mesmer warf einen Blick auf die Uhr und stand auf. »Nein, der Bericht ist schon ein paar Jahre alt und stammt von einer früheren Nachforschung, die ich in die Wege geleitet habe.«

»Um Ihren Sohn zu finden?«

Ferdinand Mesmer knöpfte seine dunkle Anzugjacke zu und strich sich über den Bart. »Um etwas über *Die Auserwählten Gottes* zu erfahren, die Sekte, die mein Sohn gegründet hat.«

Ravn glaubte diesen Namen schon einmal gehört zu haben.

»Die Presse hat damals viel über ihre dubiosen Methoden berichtet. Hat sie der Gehirnwäsche bezichtigt.«

»Ja, ich glaube, davon habe ich gelesen.«

»Das hat das ganze Land, doch nicht wegen der Gottesfurcht meines Sohns. Deshalb habe ich eine Untersuchung in Gang gesetzt, um herauszubekommen, was es mit dieser Organisation auf sich hat.«

»Ihrem Sohn zuliebe?«

»Meiner gesamten Familie zuliebe.«

»Und waren die Vorwürfe berechtigt?«, fragte Ravn mit Blick auf den Bericht.

»Das spielt jetzt alles keine Rolle mehr. Ich will nur, dass Sie herausfinden, wo Jakob sich aufhält. Natürlich diskret, sodass niemand, nicht einmal er selbst, etwas davon mitbekommt. Wer hat es schon gern, überwacht zu werden.«

Ravn nickte.

»Wenn Sie mich jetzt entschuldigen würden. Die Kursteilnehmer warten auf mich. Alles, was Sie über das Leben meines Sohnes und über seine Bekanntschaften wissen müssen, finden Sie in diesem Bericht. Katrine kümmert sich um die Formalitäten, um Ihr Honorar und so weiter.« Er hob die Hand zum Gruß und trat aus der Tür, ehe Ravn den Gruß erwidern konnte.

Katrine setzte sich vor ihn auf die Schreibtischkante und faltete die Hände im Schoß. »Wenn Sie mir Ihre Kontonummer geben, dann überweisen wir Ihnen das Honorar.«

»Meine Kontonummer?« Er klopfte sich auf die Taschen, nur um festzustellen, dass er sein Portemonnaie mit seiner Bankkarte auf der Bianca vergessen hatte. »Kann ich Ihnen die auch später geben?«

»Natürlich, ist ja Ihr Geld.«

Er betrachtete den Aktenordner. »Da ist etwas, das ich nicht verstehe.«

»Ja?«

»Wenn früher schon jemand ermittelt hat, warum engagieren Sie denjenigen dann nicht wieder? Schließlich ist er schon in den Fall eingearbeitet.«

Katrine schlug mit den Armen aus. »Ferdinand Mesmer war von dem früheren Ermittler nicht besonders angetan, deshalb möchte er ihn kein weiteres Mal beauftragen. Ihr Glück, oder?«

Ravn sah ihr in die Augen. »Er hätte ja auch Sie bitten können.«

»Sie sind hier der Privatdetektiv und nicht ich«, entgegnete sie mit ihrem katzenhaften Lächeln. »Fragt sich, wie gut Sie als Detektiv sind. Aber das wird sich ja bald zeigen.« Sie stand vom Tisch auf, als Zeichen, dass ihr Gespräch beendet war.

Gemeinsam fuhren sie mit dem Lift nach unten und durchquerten die Eingangshalle. Als sie an der offenen Tür zu dem Konferenzsaal vorbeigingen, sah Ravn Mesmer hinter dem Rednerpult stehen. Er hatte sein Sakko ausgezogen und sprach engagiert zu seinen Zuhörern, die Hände zum Himmel erhoben.

16

Ravn saß auf dem Achterdeck der Bianca und trug nichts als eine Shorts. Obwohl er sich in das kleine Fleckchen Schatten, das die Kajüte warf, zurückgezogen hatte, zerfloss er förmlich vor Wärme und zog einen Kopfsprung in den Kanal in Erwägung. Doch es blieb bei dem Gedanken. Stattdessen schlug er den Aktenordner auf, den Mesmer ihm ausgehändigt hatte. Auf dem Deckblatt stand in Großbuchstaben ein Aktenzeichen und ganz unten der Name der beauftragten Firma: BC Consulting/Benjamin Clausen, samt einer Adresse auf Amager. Ravn blätterte rasch durch die Unterlagen und entdeckte ganz hinten eine Reihe von Schwarz-Weiß-Fotos sowie eine zerknitterte Broschüre. JESUS LIEBT DICH stand über einem gezeichneten Kreuz, das von einer Dornenkrone eingerahmt war. Ravn blätterte wieder nach vorn und vertiefte sich in den Bericht, der sich so ähnlich las wie die, die er als Polizeibeamter selbst verfasst hatte. Er hatte diesen Teil seiner Arbeit stets gehasst und meistens auf Mikkel abgewälzt.

Doch im Gegensatz zu den Berichten von Ravn und seinen Kollegen hatte sich dieser Benjamin Clausen die größte Mühe mit der Wortwahl gegeben und die Texte geradezu mustergültig formuliert. Was allerdings zur Folge hatte, dass sich selbst die alltäglichsten Beobachtungen, wie die Beschreibung der beiden Frauen, die auf dem Marktplatz von Christianshavn Flugblätter verteilt hatten, enorm in die Länge zogen. Ausführlich beschrieb er ihre Kleidung und die Anzahl der verteilten Broschüren, wann die beiden eine Pause gemacht hatten, ja, sogar wie die Personen ausgesehen hatten, die eine Broschüre entgegengenommen hatten. Clausen hatte die wichtigste Regel für alle Berichtschreiber außer Acht gelassen: FASSE DICH KURZ!

Ravn blätterte zur nächsten Seite vor, wo der zweite Tag der Überwachung geschildert wurde. Clausen hatte Kontakt zu den beiden jungen Frauen aufgenommen und sich ein Exemplar der Broschüre *Die Auserwählen Gottes* geben lassen. Die Frauen, die Amalie und Lise hießen, wurden als *hübsch*, *gepflegt* und *eloquent* bezeichnet. Sie stammten angeblich nicht aus Kopenhagen. Clausen erwähnte jedoch nicht, woher sie kamen.

Ravn übersprang einen Großteil des Textes und las den Schluss des Abschnitts, wo Clausen für den nächsten Tag zu einem Bibeltreffen eingeladen wurde. Auf den nächsten beiden Seiten ging es um dieses Treffen. Die Beschreibung der verschiedenen Teilnehmer, Clausen zufolge »ganz normale Menschen aus allen Bereichen der Gesellschaft«, nahm eine ganze Seite in Anspruch. Selbst der Inhalt der Predigt wurde sorgsam wiedergegeben: »Die Gemeinde scheint sich außerordentlich stark mit dem Werk des Teufels und seinen verschiedenen Erscheinungsformen zu beschäftigen sowie damit, wie man sich durch Gebete vor ihm schützen kann. Ein ums andere Mal wies der Prediger darauf hin, dass wir alle Sünder sind, Gott aber jedem vergibt.«

Jakob Mesmer selbst schien an diesem Abend nicht vor Ort gewesen zu sein. Clausen schrieb, dass er Lise nach ihm gefragt hatte, worauf sie geantwortet habe, dass der Meister leider verhindert sei, beim nächsten Bibeltreffen aber natürlich wieder anwesend sein werde. Hinterher hatte sie Clausen ausdrücklich zum nächsten Bibeltreffen eingeladen, damit er ihn persönlich kennenlernte, und ihn im gleichen Atemzug um eine kleine Spende für die Bewegung gebeten. In den Anlagen zu seinem Bericht hatte Clausen die zweihundert Kronen als Arbeitsausgaben aufgeführt.

Wie aus den nächsten Seiten hervorging, hatte Clausen das folgende Treffen tatsächlich besucht. Es war eine Marathonveranstaltung gewesen, die bis tief in die Nacht gedauert hatte. Unter den Zuhörern des zum Bersten vollen Gemeindehauses waren auch zwei Promis gewesen. Allerdings konnte Ravn mit den Namen eines ehemaligen Fußballers und eines Fernsehmeteorologen nichts anfangen. Im letzten Abschnitt schrieb Clausen, dass Jakob Mesmer auch an diesem Abend nicht aufgetaucht war und dass er Lise noch einmal auf ihn angesprochen hatte. Das Gespräch hatte sich auf weitere Mitglieder der Gemeinde ausgeweitet, die sich dafür interessiert hatten, warum er Jakob Mesmer unbedingt persönlich kennenlernen wollte. Clausen zufolge war er »souverän geblieben« und hatte »mit fester Stimme erklärt«, dass es nun einmal sein großer Wunsch sei, Jakob Mesmer predigen zu hören. Mit dieser Erklärung hatte man sich zufriedengegeben und ihm zu verstehen gegeben, dass sich Mesmer derzeit der Missionsarbeit verschrieben habe, doch bald als Prediger in die Gemeinde zurückkehren werde. Clausen fügte hinzu, dass unter den Gemeindemitgliedern und ihrer Leitung eine leicht paranoide Stimmung geherrscht hatte, vermutlich aufgrund der negativen Presse, die sie und vor allem Jakob Mesmer in jüngster Zeit gehabt hatten. Ravn blätterte zur nächsten Seite mit Clausens Resümee weiter:

RESÜMEE

Die religiöse Bewegung *Die Auserwählten Gottes* existiert seit 2001. Sie wurde von Pastor Jakob Mesmer gegründet, der sie auch leitet. Jakob Mesmer hat einen Bachelor-Abschluss in Theologie sowie ein Diplom des Dänischen Bibel-Instituts. Außerdem trägt er die Ehrendoktorwürde des »River Bible Institute«. *Die Auserwählten Gottes* sind eine christliche Religionsgemeinschaft, die es sich zum Ziel gesetzt hat, das Evangelium zu verkünden. *Die Auserwählten Gottes* haben ihren Ursprung in der Pfingstbewegung, die wiederum im klassischen christlichen Glauben verwurzelt ist. Die Bewegung betrachtet sich selbst als eine moderne Freikirche. Eine Bewegung, die Gottes Wort predigt und den Ärmsten und Schwachen in der Gesellschaft hilft.

Im Laufe meiner Recherchen, die ich im Namen von BC Consulting durchgeführt habe, konnten keine Beweise dafür gefunden werden, dass die Behauptungen der Presse der Wahrheit entsprechen, was sich insbesondere auf die Vorwürfe von *Erniedrigung*, *Zwang* und *Gehirnwäsche* bezieht. Vielmehr scheinen alle Mitarbeiter der Gemeinde ihrer Arbeit freiwillig nachzugehen. Auch der Vorwurf der Steuerhinterziehung scheint aus der Luft gegriffen zu sein. Zwar konnte ich keinen Einblick in die Rechnungsbücher nehmen, doch alle Spenden, darunter meine eigene, scheinen ordnungsgemäß verbucht zu werden. Trotz mehrfacher Versuche war es mir nicht möglich, Jakob Mesmer persönlich kennenzulernen. Wenn man jedoch seinen nächsten Mitarbeitern Glauben schenkt, scheinen die Vorwürfe des Machtmissbrauchs, der Manipulation und der Gewaltanwendung nicht zuzutreffen. BC Consulting kommt somit zu dem Schluss, dass sich die religiöse Bewegung *Die Auserwählten Gottes* vor allem durch ihr soziales Engagement auszeichnet, das auf klassischen christlichen Werten beruht.
Benjamin Clausen, Senior-Ermittler, BC Consulting

»Mein Gott, was für ein Schwachsinn!«, rief Ravn und klappte den Aktenordner zu. Draußen auf dem Kanal tuckerte ein Motorboot vorbei, dessen Musikanlage voll aufgedreht war. Drei muskelbepackte Kerle mit Sonnenbrillen und Dosenbier nickten im Takt der Musik, während das Boot seinen Weg Richtung Hafeneinfahrt fortsetzte.

Ravn war sprachlos über das jämmerliche Niveau des Berichts und verstand gut, dass Mesmer diesen Ermittler kein weiteres Mal engagieren wollte. Wäre dieser Clausen Arzt gewesen, häte man ihn der Quacksalberei beschuldigen müssen. Doch in seinem Fall handelte es sich bloß um einen blutigen Amateur, der sein Handwerk nicht ansatzweise beherrschte. Für seine Schlussfolgerungen gab es nicht die geringste Grundlage. Ravn fragte sich, wie Ferdinand Mesmer auf ihn gekommen war, und vermutete, dass Lohman seine Hände im Spiel gehabt hatte. Wenn das hier das übliche Niveau von Privatdetektiven war, dachte Ravn, dann konnte er gut verstehen, warum Lohman unbedingt weiter mit ihm zusammenarbeiten wollte.

Ravn nahm die Broschüre und die Schwarz-Weiß-Fotos aus dem Ordner heraus. Einige waren auf dem Marktplatz von Christianshavn aufgenommen worden und zeigten die beiden Frauen beim Verteilen der Broschüren.

»Gepflegt und eloquent«, murmelte Ravn vor sich hin und schüttelte den Kopf. Die übrigen Fotos waren während des Bibeltreffens entstanden, und erneut waren mehrere Porträts von einer der jungen Frauen dabei. Ravn legte die Fotos beiseite und blätterte in der Broschüre. Ihm fiel auf, dass Clausen für sein Resümee mehrere Formulierungen aus der Einleitung übernommen hatte, die in großen Worten das Wesen der Glaubensgemeinschaft sowie den persönlichen Hintergrund und die Mission ihres Gründers beschrieb. Ravn legte die Broschüre auf die CD-ROM-Hülle. Er hatte keine Ahnung, was darauf war … Wahrscheinlich weitere Fotos, die Clausen gemacht hatte. Natürlich musste er sie sich ansehen, doch da er zurzeit keinen Laptop besaß, musste er warten, bis Eduardo ihm seinen lieh.

Ravn stand von seinem Stuhl auf, trat an die Reling und ließ seinen Blick über das Wasser schweifen. Clausen hatte zwar detailliert berichtet, aber das Selbstverständlichste vergessen, nämlich eine Liste seiner persönlichen Kontakte zu erstellen. Nicht einmal die Adresse der Religionsgemeinschaft oder ihre Telefonnummer hatte er festgehalten. Ravn sah keinen anderen Weg, als Clausen anzurufen und ihn nach seinen damaligen Ermittlungen zu fragen.

17

Ravn ging in die Kajüte und entdeckte sein Handy auf dem Küchentisch, wo es zum Aufladen an der einzigen Steckdose der Bianca hing. Er nahm eine Flasche Wasser aus dem Kühlschrank und kehrte aufs Achterdeck zurück. Møffe hing die Zunge aus dem Maul; der Hund zeigte mit aller Deutlichkeit, wie sehr ihm die Hitze zu schaffen machte. Ravn wählte Clausens Telefonnummer, die auf dem Deckblatt des Berichts stand, erreichte aber nur eine Automatenstimme, die ihm sagte, dass diese Nummer nicht mehr existierte. Er rief die Telefonauskunft an, nannte den Firmennamen sowie Benjamin Clausens vollständigen Namen und seine Adresse, doch es gab keine Registrierung. Wenn man den Dilettantismus seines Berichts in Betracht zog, war es eigentlich kein Wunder, dass er sein Büro hatte schließen müssen. Dennoch suchte Ravn auf seinem iPhone nach der Homepage von BC Consulting, auch dies ohne Erfolg. Dafür erzielte er ungewöhnlich viele Treffer, als er *Die Auserwählten Gottes* googelte. Jakob Mesmers Aufenthaltsort wurde zwar nirgendwo erwähnt, doch es gab viele Artikel über die Religionsgemeinschaft. Ravn wusste, dass er ohnehin besser darin war, Leute im richtigen Leben aufzuspüren, als sie im Internet zu finden. Seine Computerkenntnisse waren recht überschaubar. Einmal hatte er versucht, im Internet für Eva und sich Essen bei einem Lieferservice zu bestellen, doch als er es nach einer Stunde immer noch nicht geschafft hatte, waren sie ins Café

Wilder gegangen und hatten dort ein spätes Abendessen zu sich genommen.

Ravn vermutete, dass es wahrscheinlich Lohman gewesen war, der den Kontakt zwischen Clausen und Ferdinand Mesmer hergestellt hatte, genau wie er ihn Mesmer empfohlen hatte. Er suchte Lohmans Nummer heraus und rief in seiner Kanzlei an. Im nächsten Moment hatte er Frau Malling am Apparat. Sie klang genauso kühl wie immer. »Das geht nicht, Herr Lohman ist in einer Besprechung.«

»Könnten Sie ihn bitten, mich so schnell wie möglich zurückzurufen?«

»Tut mir leid, aber die Besprechung findet außer Haus statt, und ich bin mir nicht sicher, ob ich Herrn Lohman heute noch erreiche. Wie war noch mal Ihr Name?«

Er holte tief Luft. »Ravn.« Es gab kein Zeichen des Wiedererkennens am anderen Ende. »Thomas Ravnsholdt, ich habe noch vor weniger als einer Woche für Ihre Kanzlei gearbeitet.«

»Ach *Sie* sind das«, entgegnete sie mit spürbarer Abneigung.

»Ich finde ihn selbst«, sagte er und legte auf.

Ravn wusste, dass sich »außer Haus« bei Lohman allenfalls bis zum Havodderen erstreckte. Dann fiel ihm ein, dass heute Mittwoch war, der Tag, an dem der Anwalt und die Antiquarin Karambolage spielten, ob nun eine Hitzewelle herrschte oder nicht.

»Komm, Møffe«, sagte er und schlug sich auf den Oberschenkel. Der Hund streckte sich müde und kam zu seinem Herrchen. Ravn griff nach dem T-Shirt, das über der Stuhllehne hing, und streifte es sich über den Kopf.

Tabakrauch hing schwer über dem Billardraum des Havodderen. Er kam von Victorias selbst gedrehten Petterøe's-Zigaretten und Lohmans Manne-Zigarillos. Es war fast ein Wunder, dass die beiden angesichts der eingeschränkten Sichtverhältnisse überhaupt spielen konnten. Victoria grüßte Ravn mit einem Nicken, während sie blaue Kreide auf die Queuespitze auftrug. Sie wandte sich wieder dem Spieltisch zu und betrachtete konzentriert die Kugeln, während sie den richtigen Winkel und die beste Kombination errechnete.

Ravn ging zu ihnen und setzte sich neben Lohman, der den Queue ausstreckte und genauso in das Spiel vertieft zu sein schien wie Victoria.

»Herr Lohman, ich habe …«

Lohman hielt sich den Zeigefinger an die Lippen. »Pst, nicht jetzt …«

Victoria lehnte sich über den Tisch und führte den Stoß aus. Die Kugel beschrieb einen gleichmäßigen Bogen und touchierte dreimal die Bande, ehe sie mit einem leisen Klicken die Kugel berührte, die in der Mitte des Tisches lag.

»Bravo!«, rief Lohman.

Victoria nickte, ging um den Tisch herum und bereitete ihren nächsten Stoß vor.

»Herr Lohman, ich möchte nur schnell …«, startete Ravn einen neuen Versuch.

Lohman drehte verärgert den Kopf zu ihm hin. »Wir sind mitten in einer Partie, Ravn. Das sehen Sie doch!« Er machte eine Handbewegung, die andeutete, dass Ravn gerne wieder verschwinden konnte.

Ravn lehnte sich auf dem Stuhl zurück und verschränkte die Arme. Daraufhin durfte er eine geschlagene Stunde warten, während Victoria und Lohman abwechselnd an den Billardtisch traten, um ihre Serien zu spielen. Schließlich war es an Lohman, den entscheidenden Stoß auszuführen. Mit einem konzentrierten Blick und dem Zigarillostumpen in einem Mundwinkel setzte er die Kugel in Bewegung. Sie touchierte geschmeidig die Banden, rollte auf die entscheidende Kugel zu und verfehlte diese um wenige Millimeter.

»Verdammt!«, stieß er aus, sodass ein wenig Zigarilloasche auf sein Hemd rieselte.

Victoria lächelte in sich hinein und gab ihm die Hand. Auch wenn sie sich nichts anmerken ließ, spürte Ravn, dass sie ihren Sieg genoss. Lohman zückte sein verschlissenes Lederportemonnaie und nahm ein paar Hundertkronenscheine heraus. »Du weißt schon, dass du mich in den Ruin treibst.«

»Nicht doch«, entgegnete Victoria, nahm die Scheine an sich und steckte sie in die Brusttasche ihrer Tweedweste.

»Das ist auch seine Schuld«, sagte Lohman und zeigte vorwurfsvoll auf Ravn. »Was kann denn so wichtig sein, dass Sie es sich erlauben, uns zu stören?«

Ravn lächelte und hob entschuldigend die Schultern. »Benjamin Clausen.«

Lohman stellte den Queue ins Stativ zurück und kam zu ihm. »Benjamin Clausen?«, knurrte er und zündete sich seinen erloschenen Zigarillostumpen wieder an. »Kann mich nicht an den Namen erinnern. War das einer meiner Mandanten?«

»Nein, ein privater Ermittler. Jedenfalls früher einmal, seine Telefonnummer existiert nicht mehr.«

Lohman stieß den Rauch aus. »Ach der … aber das ist schon viele Jahre her. Geht es um einen alten Auftrag?«

»Er hat damals für Ferdinand Mesmer gearbeitet. Deshalb dachte ich, dass Sie vielleicht …«

»Der Mann war nicht besonders vertrauenswürdig. Freundlich ja, aber …« Lohman schüttelte den Kopf. »Ich glaube, er wäre gern bei der Polizei gewesen.«

»Wissen Sie, wo ich ihn erreichen kann?«

»Keine Ahnung, ich habe ihn seit Jahren nicht gesehen und auch nur in einem einzigen Fall mit ihm gearbeitet.«

»Aber Sie haben ihn Ferdinand Mesmer empfohlen?«

Lohman leerte sein Sherryglas und schüttelte den Kopf. »Nein, soweit ich mich erinnere, war das umgekehrt. Mesmer hatte ihn ausfindig gemacht, und ich habe dann seine Dienste in Anspruch genommen, aber nur ein einziges Mal, und das war kein sonderlicher Erfolg. Benjamin Clausen«, sagte er nachdenklich. »Ein seltsamer Vogel, hat ziemlich schwächlich gewirkt ...« Er machte eine vielsagende Handbewegung.

»Haben Sie vielleicht noch irgendwelche Kontaktdaten von ihm?«

»Die alte Rechnung muss noch existieren, aber wenn es die Firma inzwischen nicht mehr gibt, wird Ihnen das auch nicht weiterhelfen.«

Es war nach Mitternacht, als Ravn auf die Bianca zurückkehrte. Der Barhocker des Havodderen schien mit Klebstoff bestrichen gewesen zu sein. Jedenfalls war er wider seinen Willen dort sitzen geblieben, obwohl an diesem Abend gähnende Leere geherrscht hatte. Ravn hatte darauf gewartet, dass Eduardo irgendwann auftauchte, damit er ihn um Hilfe mit der CD-ROM bitten konnte, doch Eduardo war nicht gekommen. Und als Ravn später die unverkennbaren Geräusche hörte, die aus Eduardos Kajüte drangen, wusste er, was den Freund an einem Kneipenbesuch gehindert hatte. Ravn hob Møffe an Bord der Bianca und setzte ihn auf dem Achterdeck ab. Bevor Eduardo und das Mädchen fertig waren, würde er sowieso nicht schlafen können, also setzte er sich auf den weißen Plastikstuhl an die Reling und ließ seinen Blick über den dunklen Kanal schweifen. Den ganzen Abend lang war ihm Clausens amateurhafter Bericht nicht aus dem

Kopf gegangen, der keinerlei Aufschlüsse über den Aufenthaltsort von Jakob Mesmer geliefert hatte. Natürlich konnte er morgen selbst einmal am Marktplatz von Christiania vorbeischauen und sehen, ob irgendwelche *Jünger* versuchten, neue Mitglieder für ihre Organisation anzuwerben. Andererseits waren inzwischen drei Jahre vergangen, seit Clausen zu ihnen Kontakt aufgenommen hatte, und Ravn war unzählige Male über den Marktplatz gegangen, ohne dass er sich belästigt gefühlt hatte oder dass ihm irgendetwas aufgefallen war. Er nahm den Bericht zur Hand und blätterte ihn ein weiteres Mal durch. Die einzige Spur, der er folgen konnte, war ein Bibelinstitut, bei dem Jakob Mesmer angeblich eine Ausbildung absolviert hatte. Auch wenn das schon Jahre her war, konnte es gut sein, dass dort immer noch eine alte Adresse von ihm existierte, die Ravn in die richtige Richtung führen würde. Er googelte das Institut auf seinem Handy und sah, dass es sich in der Leifsgade, in Gehentfernung zur Bianca, befand. Dort wollte er morgen sein Glück versuchen.

Auf dem Boot neben ihm schien alles auf einen Höhepunkt zuzusteuern, den halb Christianshavn notgedrungen mitbekam.

18

Da der Lift außer Betrieb war, musste Ravn die Treppen in den sechsten Stock hinaufsteigen, wo das Dänische Bibel-Institut seinen Sitz hatte. Das Institut war der einzige Mieter in dem ansonsten leer stehenden Bürogebäude, dessen übrige Stockwerke einsam und verlassen wirkten. Als er ein wenig außer Atem die oberste Etage erreichte, trat er an die helle Empfangstheke, hinter der eine ältere Frau saß. Sie blinzelte durch ihre dicken Brillengläser und nickte ihm gemessen zu. Ravn nickte ebenfalls und blickte zu der riesigen Dachterrasse hinüber, auf der Schüler an langen Tischen saßen und in der Sonne frühstückten. »Eine tolle Aussicht haben Sie hier.«

»Danke. Was kann ich für Sie tun?«

»Mein Name ist Thomas Ravnsholdt. Ich möchte mich nach einem ehemaligen Schüler namens Jakob Mesmer erkundigen. Ich versuche, seine Adresse oder Telefonnummer herauszufinden.«

»Ein Schüler von uns?«, fragte die Frau und sah ihn mit großen Augen an.

»Ein *ehemaliger* Schüler«, wiederholte er. »Das ist schon einige Jahre her.«

»Aber solche Informationen sind doch vertraulich.«

Ravn beugte sich über die Theke. »Darüber bin ich mir natürlich im Klaren. Deshalb bin ich ja auch persönlich gekommen, denn eigentlich ist es so, dass ich seinem Vater helfen möchte. Die beiden haben den Kontakt zueinander verloren.«

Die Frau nickte nachdenklich. »Es geht also um eine Familienangelegenheit?«

Ravn nickte und bemühte sich um einen außerordentlich frommen Gesichtsausdruck. »Ganz richtig. Die Geschichte erinnert ein bisschen an das Gleichnis vom verlorenen Sohn.« An den genauen Inhalt des Gleichnisses konnte er sich nicht erinnern, aber er glaubte, dass es von einem Vater handelte, der seinem heimgekehrten Sohn verzieh. So etwas in der Art.

Die Frau griff sich an das kleine goldene Kreuz, das über ihrer Stehkragenbluse hing. »Da … äh … müssten Sie mit unserem Institutsleiter reden.«

Die Frau stand auf und verschwand auf die Terrasse. Kurz darauf kehrte sie in Begleitung eines sonnengebräunten Manns mittleren Alters zurück, der eine hohe Stirn hatte. »Poul«, stellte er sich vor und gab Ravn die Hand.

»Es tut mir leid, dass ich Sie während des Frühstücks störe, Poul«, entgegnete Ravn.

Poul erinnerte ihn an einen Werklehrer, den er auf der Grundschule gehabt hatte.

»Keine Ursache«, erwiderte Poul lächelnd. »Karen hat mir gesagt, dass es um einen unserer ehemaligen Schüler geht?«

Ravn nickte und wiederholte das, was er bereits Karen gesagt hatte, ließ den verlorenen Sohn allerdings weg.

»Tja, Sie sehen ja wirklich vertrauenerweckend aus. Schauen wir also mal, was wir tun können«, entgegnete Poul und war bereits an der Schranke. Er setzte sich an den Computer und loggte sich ins System ein. »Wie ist der Name?«

»Jakob … Jakob Mesmer.«

»Ach der«, erwiderte Poul. »An ihn kann ich mich gut erinnern.«

»Tatsächlich?«, fragte Ravn, beeindruckt, dass sich Poul nach so vielen Jahren noch an den Namen eines bestimmten

Schülers erinnern konnte. Im Laufe der Zeit musste er doch sehr viele gehabt haben.

Poul suchte im elektronischen Register. »Tut mir leid, aber anscheinend ist das schon zu lange her.«

»Gibt es ein Archiv, das weiter in die Vergangenheit zurückreicht?«

Poul schüttelte den Kopf. »Als wir vor ein paar Jahren hierhergezogen sind, haben wir die Gelegenheit genutzt auszumisten.« Er stand auf und trat wieder an die Schranke. »Als die Presse so viel über ihn berichtet hat, haben öfter Klatschjournalisten bei uns angerufen, um etwas über ihn zu erfahren.«

»Und was zum Beispiel?«

»Zum Beispiel, wie er in der Schule war. Ob es jemals irgendwelchen Ärger mit ihm gegeben hat.« Poul schüttelte lächelnd den Kopf.

»Können Sie sich deshalb an ihn erinnern? Wegen des ganzen Presserummels?«

»Sowohl als auch.« Er zuckte die Schultern. »Jakob war ein guter Schüler, der sich eifrig am Unterricht beteiligt hat. Was später alles über ihn gesagt und berichtet wurde, spielt für mich keine Rolle.«

»Wissen Sie, ob es Lehrer oder ehemalige Schüler gibt, die zu ihm Kontakt gehalten haben?« Ravn wies mit dem Kopf in Richtung Terrasse.

»Ich bin der Einzige, der von damals noch da ist. Daher kann ich Ihre Frage klar verneinen.«

»Und Sie kennen auch nicht zufällig die Namen ehemaliger Studienkollegen, die wissen könnten, wo er sich heute aufhält?«

»Leider nein …«, entgegnete Poul mit aufrichtiger Miene. »Jakob hatte nur wenige Freunde. Missverstehen Sie mich nicht. Er war durchaus beliebt an unserer Schule, er konnte seine Mitschüler und auch Leute von außen regelrecht mitreißen. Er konnte sich für die Dinge begeistern und war darüber hinaus ausgezeichnet im Organisieren von Sammelaktionen, Ausflügen oder Bibeltreffen. Der tägliche soziale Kontakt mit anderen Menschen interessierte ihn weitaus weniger. Was vielleicht auch damit zu tun hatte, dass er sehr viel älter war als seine Studienkollegen.«

»Kennen Sie die Gemeinde, der er sich später angeschlossen hat?«

»Ja, da war irgend so eine Sache mit einem Prediger der Pfingstbewegung, doch ich glaube, Jakob hat schnell herausgefunden, dass er Gott besser dienen konnte, wenn er seine eigene Gemeinde gründete. Und selbst das Sagen hatte.« Poul lächelte.

»Wie meinen Sie das?«, fragte Ravn und lächelte ebenfalls.

»Nun, ich will nicht schlecht über jemanden reden, aber ich glaube, ich tue Jakob kein Unrecht, wenn ich sage, dass er eine geborene Führungspersönlichkeit war. Und leider stellte der Drang zu führen auch seine Gottesfurcht in den Schatten. Wenn sich jemand der *Superbia* schuldig gemacht hat, dann war das *er*.«

»Der was?«

»Superbia oder auch Hochmut, die erste der sieben Todsünden. Ich habe ihn eindringlich gebeten, daran zu arbeiten, aber ansonsten hatte ich nichts zu beanstanden. Grüßen Sie ihn bitte von mir, wenn Sie ihn finden.«

»Ja, das werde ich. Vielen Dank, dass Sie sich die Zeit genommen haben«, sagte Ravn und gab Poul die Hand.

Als er bereits auf dem Weg zur Tür war, rief Poul noch einmal seinen Namen. Ravn drehte sich um.

»Ich weiß nicht, ob Ihnen das weiterhilft, aber ich kann

mich erinnern, dass ich mehrere Jahre, nachdem er bei uns aufgehört hatte, die Einladung zu einem von ihm gehaltenen Bibelabend bekommen habe. Das war irgendwo hier auf Amager …«

»War das bei den *Auserwählten Gottes?*«

»*Die Auserwählten Gottes*, ja, so nannte sich seine Bewegung.« Poul lächelte. »Ich glaube, das war in irgendeiner Kirche, doch leider konnte ich damals nicht hingehen, und heute kann ich mich an den Namen der Kirche nicht mehr erinnern.«

19

Als Ravn auf die Bianca zurückkehrte, sah er Eduardo, der allein im Cockpit seiner Ketsch saß, nichts als eine kurze Hose trug und seinen Laptop vor sich hatte. Ravn stellte sich so auf die Kaimauer, dass Eduardo plötzlich im Schatten saß. Er blickte rasch auf, während seine Finger weiterhin über die Tasten tanzten. »Was gibt's, *amigo*?« Er wandte sich wieder dem Monitor zu.

»Eine lange Nacht gehabt?«

Eduardo zuckte die Schultern. »Die *señoritas* bringen mich noch um … zumindest hindern sie mich am Arbeiten. Dieser Artikel hier hätte schon vor zwei Tagen fertig sein sollen.«

»Du Armer!«, entgegnete Ravn ironisch. »Du könntest mir übrigens bei einem Problem helfen.«

»Nicht jetzt, Ravn«, sagte Eduardo und hörte auf zu tippen. »Bist du dir darüber im Klaren, wie sehr ich unter Druck stehe?«

»Hört sich nach einem harten Schicksal an.«

»Du hast ja keine Ahnung. Weißt du, wie schwer es heutzutage ist, ein guter Journalist zu sein? Man hat Druck von allen Seiten und muss auch noch um seine Meinungsfreiheit kämpfen.«

»Ach komm … worüber schreibst du denn gerade?«

»Darüber, dass selbst der öffentliche Verkehr in Kopenhagen vom Stadtrat zu einem rechten Thema gemacht wird …«

»Na, das passt ja, hatten wir nicht schon immer Rechtsverkehr?«

»Ja, und die Politik passt sich dem jetzt an, Ravn!«

Ravn streckte seine rechte Faust zu einem revolutionären Gruß in den Himmel. »Okay, Che! Komm vorbei, wenn du fertig bist, und bring das Ding mit.« Er zeigte auf den Laptop. »Kann man damit CDs abspielen?«

»Bis dann, Ravn.«

Anderthalb Stunden später, als die Sonne im Zenit stand, klopfte Eduardo an die offene Kajütentür. Ravn, der für sich und Møffe Mittagessen machte, bat ihn in den Schatten. »Hast du an den Laptop gedacht?«

Eduardo nickte und stellte ihn auf den hohen Couchtisch. »Was hast du da von einer CD-ROM gesagt?«

Ravn stellte eine Schale mit Leberwurstbroten, die er in zentimetergroße Würfel geschnitten hatte, vor Møffe auf den Boden. Das war das Einzige, was der Hund überhaupt aß. Er nahm seinen eigenen Teller und die CD und setzte sich zu Eduardo aufs Sofa.

Eduardo nahm die CD aus der fleckigen durchsichtigen Schutzhülle und betrachtete sie von beiden Seiten. »Was ist da drauf? Musik?«

»Wenn da Musik drauf ist, dann wohl Kirchenlieder. Die war bei dem Bericht, den ich von Ferdinand Mesmer bekommen habe.«

»Wie läuft's denn? Irgendwelche Fortschritte?«

»Sagen wir mal so, der große Durchbruch lässt noch auf sich warten.«

Eduardo schob die CD ins Laufwerk, das zu summen begann. Auf dem Bildschirm wurde eine Reihe von Text- und Bilddateien angezeigt.

Eduardo schüttelte den Kopf. »Warum haben sie die nicht auf einen USB-Stick gezogen? Wäre viel praktischer gewesen.«

Ravn zuckte die Schultern. »Kannst du nicht mal eine der Dateien öffnen, damit wir sehen, was da drauf ist?«

Eduardo klickte den obersten Icon an, worauf sich eine Datei öffnete. »Was ist das denn?«, fragte er, während er eine riesige Textmenge hinunterscrollte. Die erste Datei bestand aus über fünfzig Seiten, und die CD enthielt noch ein weiteres halbes Dutzend Dateien.

»Das ist ja ein ganzer Roman. Ob die anderen Dateien auch so umfangreich sind?« Er öffnete sie und entdeckte, dass sie mindestens so viele Seiten enthielten wie die erste Datei.

Mit einem Seufzer zog Ravn den Laptop weiter zu sich herüber und blickte auf den Bildschirm. »Das dauert doch mehrere Jahre, das durchzugehen.«

Eduardo lachte, während Ravn begann, den Anfang der ersten Textdatei zu lesen. »Das scheint eine Art Tagebuch zu sein«, stellte er überrascht fest. »Geschrieben von Benjamin Clausen, dem früheren Ermittler.«

»Wie ist Ferdinand Mesmer da rangekommen?«

»Keine Ahnung.«

»Und warum hat er dir das gegeben? Das ergibt doch alles keinen Sinn, oder?«

»Warte mal eben«, sagte Ravn, während er die Einleitung las. Nachdem er die erste Seite gelesen hatte, lehnte er sich auf dem Sofa zurück und sah Eduardo fragend an. »Ziemlich merkwürdige Geschichte«, sagte er. »Nach Clausens erster Recherche im Umfeld von *Den Auserwählten Gottes* hat Ferdinand Mesmer ihn nur einen Monat später erneut engagiert.«

»Was ist daran so merkwürdig?«

»Seine Recherche war absolut dilettantisch. Jedenfalls hat Ferdinand Mesmer ihn noch einmal zu *Den Auserwählten Gottes* geschickt, diesmal allerdings Undercover. Wie aus der ersten Seite hervorgeht, sollte Clausen selbst Mitglied der Gemeinde werden und Mesmer berichten, was er im Inneren dieser Organisation erlebt. Clausen sollte eine Art Tagebuch führen und seine Beobachtungen jeden Tag an Mesmer weiterleiten.« Ravn blickte auf den Bildschirm. Hier schreibt er selbst: *Habe mit Clausen ausgemacht, dass BC Consulting keine Schlussfolgerungen zieht, sondern nur Informationen sammelt, deren Auswertung dem Klienten selbst überlassen bleibt. Die tägliche Überwachung wird sich über einen Zeitraum von drei Monaten erstrecken.* An anderer Stelle schreibt Clausen, dass er eingehend Jakob Mesmers physische und psychische Verfassung beschreiben soll, falls er ihn findet.«

Eduardo schüttelte den Kopf. »Dieser Mesmer scheint ja ein ziemlicher Kontrollfreak zu sein. Clausen so lange zu beschäftigen muss doch ein Vermögen gekostet haben!«

»Allerdings.« Ravn nickte. »Ferdinand Mesmer hat mir ja auch fünfzigtausend für eine einzige Woche gezahlt. Da kann man sich ausrechnen, was er für drei Monate permanente Beschattung hat springen lassen.«

»Fünfzigtausend«, wiederholte Eduardo beeindruckt.

»Tja …«

»Du scheinst aber trotzdem nicht zufrieden zu sein.«

Ravn zuckte die Schultern. »Ich frage mich, was Mesmer damals wirklich für ein Motiv hatte. Ob es tatsächlich die Sorge um seinen Sohn war wegen all der Gerüchte, die in der Presse kursierten, oder …«

»Du glaubst, er hat Clausen undercover eingesetzt, weil er eigentlich was ganz anderes rauskriegen wollte?«

Ravn wiegte den Kopf. »Kann schon sein. Aber um das rauszukriegen, muss ich wahrscheinlich das ganze Zeug hier lesen«, antwortete er und zeigte auf die Dateien, die auf dem Bildschirm aufgelistet waren. »Die nächste Frage ist, was er mit all den Informationen wollte.«

Eduardo schaute nachdenklich aus dem Fenster. »Das könnte auch etwas über deinen Auftrag aussagen …«

»Wie meinst du das?«

»Na, warum er dich drei Jahre später beauftragt, nach seinem Sohn zu suchen. Ist er nur ein besorgter Vater? Oder steckt etwas anderes dahinter?«

Ravn nickte. Dieser Gedanke hatte ihn auch schon gestreift, obwohl Mesmer bei ihrem Treffen einen durchaus ehrlichen Eindruck gemacht hatte. Der Bruch mit dem Sohn schien ihm wirklich sehr nahezugehen. Andererseits wusste Ravn, dass Besorgnis die seltsamste Entwicklung nehmen konnte: Sie konnte sich in Besessenheit verwandeln, in Hass, ja sogar in Rachedurst.

20

Eduardo hatte die ersten beiden Dateien für Ravn ausgedruckt. Es waren fast hundertfünfzig Seiten, zu denen nur deshalb keine weiteren Seiten hinzugekommen waren, weil dem Drucker die Tinte ausgegangen war. Die übrigen Dateien wollte er ausdrucken, sobald er in der Redaktion war. Ravn wusste genau, dass es das Einfachste wäre, sich ein eigenes Notebook anzuschaffen, doch ein Ausdruck hatte den entscheidenden Vorteil, dass er die wichtigsten Passagen unterstreichen konnte. Vor allem die Informationen über Leute, die persönlichen Kontakt zu Jakob Mesmer gehabt hatten.

Es war keine dumme Idee von Ferdinand Mesmer gewesen, Clausen in die Organisation einzuschleusen und ihn ein Tagebuch über seine Erlebnisse führen zu lassen. Auf diese Weise bekam er von der Glaubensgemeinschaft, die sein Sohn gegründet hatte, ein aktuelles Bild. Und Ravn begriff schnell, dass es sich bei *Den Auserwählten Gottes* um eine streng hierarchisch gegliederte Organisation handelte, in der absolute Disziplin herrschte, Gott allein über den Lehrern stand und die Aspiranten, wie die neuen Mitglieder genannt wurden, sich unterzuordnen hatten. Benjamin Clausen wurde im Verlauf eines Kurses aufgenommen, der den Heiligen Geist zum Thema hatte. Für die ersten fünf Wochen hatte er fünfzehntausend Kronen bezahlt, und es bestand die Möglichkeit, ein Hauptstudium folgen zu lassen, sofern man das Grundstudium erfolgreich absolvierte. Wie Clausen in seinem Tagebuch notierte, war wohl noch niemand durch das Grundstudium gefallen, doch keiner der Lehrer hatte ihm wirklich erklären können, welchen Zweck die Ausbildung hatte. Am Ende bekam man den Titel: »Verkünder des Evangeliums«. Clausen und den übrigen Kursteilnehmern war erklärt worden, dass die früheren Aspiranten entweder selbst zu Lehrern an einem der vielen Zentren von *Den Auserwählten Gottes* geworden oder in die Welt hinausgereist waren, um dort, wie Jakob Mesmer selbst, zu missionieren.

Der Kurs bestand aus täglichen Unterweisungen, in denen die Schüler von ihren Lehrern erfuhren, wie man Bibelstellen auslegt und Gleichnisse interpretiert. Clausen hatte in seinem Tagebuch geschrieben, dass er sich an einen erweiterten Konfirmationsunterricht erinnert fühlte, abgesehen davon, dass die Schüler an diesem Institut ungleich wissbegieriger waren als herkömmliche Konfirmanden. An mehreren Stellen des Berichts ging es um die Alibigeschichte, die Clausen sich zurechtgelegt hatte, sollte sich jemand nach seinem persönlichen Hintergrund erkundigen. Glücklicherweise war das aber nicht der Fall, weil es der Organisation darum ging, die Aspiranten von ihrem früheren Leben fernzuhalten. Auf dem Weg zu Gott war dieses ohne Bedeutung. Stattdessen wurde den Aspiranten eingeschärft, so selten wie möglich von der eigenen Vergangenheit zu sprechen und möglichst wenig Kontakt zu Verwandten und Freunden zu halten. Man sollte sich stattdessen auf den Kontakt zu den anderen Gemeindemitgliedern konzentrieren, um sich Gottes Gnade und Weisheit vollkommen öffnen zu können.

Ravn las, dass den Kursteilnehmern nach der ersten Woche ein Mentor zur Seite gestellt worden war. In Clausens Fall war das Lise gewesen. Ravn merkte dem Bericht an, dass Clausen ein persönliches Interesse an Lise gehabt hatte. Seine Sprache wurde fast ein wenig poetisch, wenn er auf sie zu sprechen kam.

Wenn kein Unterricht war, beteiligten sich die Schüler an der Sozialarbeit der Gemeinde. Unter anderem bereiteten sie für die sozial Schwachen des Viertels ein kostenloses Abendessen zu. Dieses wurde in der Regel zu Kirchenliedern und Bibelworten eingenommen, die sich meist um das Thema Enthaltsamkeit drehten. Zu Ravns Ärgernis machte Clausen jedoch keinerlei Ortsangaben, was Aktivitäten oder Veranstaltungen betraf.

Die körperliche Arbeit der Aspiranten umfasste Putzarbeiten sowie persönliche Einkäufe für die Lehrer, die somit mehr Zeit bekamen, sich um ihre theologischen Studien und die Verkündigung des Evangeliums zu kümmern. *Bei* Den Auserwählten Gottes *arbeiten wir alle für den Herrn, manche mehr, manche weniger,* hatte Clausen geschrieben, nachdem er den ganzen Tag damit zugebracht hatte, den Keller eines der Lehrer aufzuräumen.

Ravn fand es fast amüsant zu lesen, welche Arbeiten Clausen während dieser Zeit verrichtet hatte. Er war sogar ein wenig beeindruckt, dass Clausen so lange durchgehalten hatte, statt einfach alles hinzuschmeißen. Vor allem nach einem konkreten Ereignis, das Ravn als Grenzüberschreitung betrachtete: Benjamin Clausen und Lise hatten auf dem Marktplatz von Christianshavn Flugblätter verteilt und versucht, neue Mitglieder zu werben. Es war ein beschwerliches Unterfangen gewesen, da an diesem Tag kaum jemand Interesse an den Flugschriften gezeigt hatte. Zudem hatten sich ein paar Alkoholiker von ihnen provoziert gefühlt und sie lauthals beschimpft. Einer von ihnen hatte sogar seine Bierflasche nach Benjamin geworfen und ihn am Rücken getroffen. Benjamin und Lise waren daraufhin geflüchtet. Am Abend hatte

Lise die Gemeinde aufgefordert, für die armen Teufel zu beten. Dennoch wurde beschlossen, die Missionsarbeit auf dem Marktplatz von Christianshavn vorerst ruhen zu lassen und sich stattdessen anderen Gegenden zuzuwenden. Benjamin und Lise war das alte Botschaftsviertel auf Østerbro zugeteilt worden, und Lise hatte große Hoffnungen in die Missionsarbeit gesetzt. Leider war der Erfolg ausgeblieben. Denn auch wenn die Einwohner von Østerbro weniger aggressiv waren als die Trunkenbolde in Christianshavn, ließen ihre verbalen Reaktionen an Deutlichkeit nichts zu wünschen übrig. Hausfrauen, Studenten und Rentner machten ihrem Herzen Luft und sagten ihnen auf den Kopf zu, was sie von Gottes Wort und ihrer Missionsarbeit hielten.

Ravn las zwischen den Zeilen, dass Benjamin Clausen sich vor allem um Lise sorgte, die zwar einen starken Glauben, aber auch ein verletzliches Gemüt hatte und sich die Abweisungen sehr zu Herzen nahm. Zudem wusste Ravn aus eigener Erfahrung, dass man zu Leuten, die man überwachte, keine allzu enge Beziehung aufbauen sollte. Dadurch konnten einem Zweifel kommen, auf welcher Seite man eigentlich stand. Und wenn diese Zweifel erst einmal Wurzeln schlugen, war die ganze Operation zum Scheitern verurteilt. Darum musste man alle Gefühle außen vor lassen und sich ganz auf seine Arbeit konzentrieren, ganz gleich, ob es sich um Rocker oder Gläubige handelte.

Ravn wusste nicht, wie lange er gelesen hatte, doch draußen war es allmählich dunkel geworden, und sein Rücken schmerzte von der starren Körperhaltung. Das Wasser des Kanals schlug sanft gegen den Rumpf der Bianca, sonst war alles ruhig. Sich in Clausens Bericht zu vertiefen war, wie einen guten Roman zu lesen, dessen Hauptfigur einem immer sympathischer wurde. Rasch überflog er die letzten Seiten, um zu sehen, ob irgendwo der Name Jakob Mesmer auftauchte, was aber nicht der Fall zu sein schien. Er wollte den Bericht gerade beiseitelegen und ins Bett gehen, als er auf einer der letzten Seiten eine Passage entdeckte, die seine Aufmerksamkeit erregte. Benjamin Clausen schrieb, wie er nach dem Unterricht gemeinsam mit ein paar anderen Aspiranten den Auftrag bekommen hatte, ein paar Kisten aus der Mariakirche zu holen. In den Kisten waren Büroartikel, Bücher und Küchengegenstände aus der Zeit, als *Die Auserwählten Gottes* den Gemeindesaal gemietet hatten, weil sie noch keine eigenen Räumlichkeiten besaßen. Clausen beschrieb, wie sie das gesamte Umzugsgut unter Gesängen in die Belgiensgade zurückgebracht hatten. Wenn Ravn sich nicht irrte, lag diese Straße in unmittelbarer Nähe zum Amager-Einkaufszentrum, nur wenige Kilometer von Christianshavn entfernt. Das war keine schlechte Spur, auf die er da gestoßen war, und vielleicht musste er den Bericht ja doch nicht ganz lesen.

21

In dem Viertel mit den geografischen Namen auf Amager gehörte die Belgiensgade zu den am wenigsten überschaubaren Straßen. Sie erstreckte sich von der Amagerbrogade vier- bis fünfhundert Meter weit bis zu den Wohnblocks an der Reberbanegade, wo sich außerdem einige Werkstätten und noch ein paar kleinere renovierungsbedürftige Mietshäuser befanden. Ravn spazierte die Straße hinunter, während Møffe an der Leine zerrte, um an allem zu schnüffeln, was ihnen über den Weg kam. Ravn versuchte, die Leine kurz zu halten, gab es schließlich aber auf und ließ Møffe frei laufen. Obwohl Benjamin Clausen in seinem Bericht keine Hausnummer genannt hatte, wusste Ravn genau, nach was für einem Gebäudetyp er suchte. Das Haus musste ein wenig für sich liegen und dreißig bis vierzig Personen Platz bieten. Da Mietshäuser damit ausgeschlossen waren, konzentrierte er sich auf die großen Villen auf der einen Seite der Straße. Während er an den Vorgärten vorbeischlenderte, überprüfte er die Namen auf den Briefkästen, doch nichts deutete darauf hin, dass eines dieser Häuser im Besitz der Organisation war. Als er zu ein paar niedrigen Werkstattgebäuden kam, ging er um sie herum, um nach eventuellen Hinterhäusern zu sehen, entdeckte aber nichts anderes als eine Ansammlung verschlossener Garagen. Er kehrte auf die Straße zurück, wo Møffe ihm bereits schwanzwedelnd entgegenkam. Ravn überlegte, ob Benjamin vielleicht auch in der Nähe der Belgiensgade gemeint haben könnte und ob er auch einige der Nebenstraßen absuchen sollte oder ob er lieber nach Hause gehen und warten sollte, bis Eduardo auch die übrigen Dateien ausgedruckt hatte. Womöglich war ja doch irgendwo die genaue Adresse genannt.

Er drehte sich um und ging die Straße auf demselben Weg wieder hinunter, den er gekommen war. An einem grünen, mit Graffiti besprühten Bretterzaun, dem er vorhin keine Beachtung geschenkt hatte, blieb er stehen. Hinter dem Zaun wuchs eine hohe Hecke, die den Blick auf das Grundstück versperrte. Zunächst hatte er gedacht, es gehöre zum Nachbarhaus, doch nun sah er, dass der Zaun nach hinten weiterging und zwei Grundstücke voneinander trennte. Als er sich auf die Zehenspitzen stellte, erkannte er die Reste eines eingestürzten Backsteingebäudes.

»Du bleibst hier!«, sagte er zu Møffe.

Der Hund warf ihm einen beleidigten Blick zu und setzte sich notgedrungen auf den Bürgersteig.

Ravn betrat das Nachbargrundstück und fand eine ausgedünnte Stelle in der Hecke, an der er über den Zaun klettern konnte. Als er auf dem dicht bewachsenen Nachbargrundstück stand, erblickte er hinter ein paar umgestürzten Bäumen und einer Dornenhecke die Ruine eines Hauses. Die Überreste der verkohlten Dachsparren zeugten von dem Brand, dem es zum Opfer gefallen war. Da die Zwischenwände fehlten, waren die einzelnen Räume nicht mehr voneinander zu unterscheiden. Vorsichtig kletterte Ravn über die Gesteinsbrocken hinweg. Die vielen Pizzakartons und leeren Flaschen stammten vermutlich von Jugendlichen oder Obdachlosen, die sich hier vorübergehend eingenistet hatten. Ravn bückte sich und suchte in dem Chaos auf gut Glück nach irgendwelchen Anzeichen, die darüber Aufschluss gaben, wer früher einmal in dem Haus gewohnt hatte. Nach einer Weile kletterte er zurück über die Gesteinsbrocken in den Vorgarten und trocknete sich den Schweiß von der Stirn. Da fiel sein Blick auf einen der umgestürzten Bäume, in dessen Zweigen sich ein Stück Papier verfangen hatte. Er musste den Arm durch die Dornenhecke stecken, um an das Papier heranzukommen. Mit zwei Fingern bekam er es zu fassen und zog seinen Arm wieder zurück, der voller blutiger Schrammen war. Er trocknete das Blut an seinem T-Shirt ab und strich das Papier glatt. Obwohl es von Wind und Wetter schon arg in Mitleidenschaft gezogen war, konnte man am oberen Rand immer noch die ersten der verblichenen roten Buchstaben lesen: »DIE AUSERWÄHLTEN GO…« Den Rest konnte er sich denken. Hier waren sie also zusammengekommen, ehe der Brand sie vertrieben hatte.

Ravn kletterte zurück über den Zaun und stand wieder auf der Straße. Er sah sich nach Møffe um und entdeckte ihn ein Stück die Straße hinunter. Er hatte die Vorderpfoten auf eine niedrige Mauer gestellt, während ihm eine ältere Dame aus dem Erdgeschossfenster eines Hauses kleine Teigstücke zuwarf. Ravn ging zu ihnen und grüßte.

»Ist das Ihr Hund?«, fragte sie mit heiserer Raucherstimme.

»Ja«, antwortete Ravn. »Er heißt Møffe.«

»Møffe liebt meine Vanilleschnecken. Sind ja auch die guten von Aldi.«

»Ja, gut müssen sie schon sein, denn normalerweise ist er ziemlich wählerisch. Aber bei netter Gesellschaft schmeckt es natürlich noch besser.«

Froh über das Kompliment, warf die Dame die nächste Vanilleschnecke aus dem Fenster. »So, du Vielfraß, das ist jetzt aber die letzte. Du sollst ja nicht so dick werden wie ich.« Sie wischte sich ein paar Krümel von den Fingern und bemerkte in diesem Moment Ravns zerkratzten Unterarm. »Haben Sie sich verletzt?«

»Nein, nein, ich bin da drüben nur an einem stacheligen Strauch hängen geblieben, als ich mich etwas umgesehen habe.« Er zeigte in Richtung des grünen Bretterzauns.

»Ach, sind Sie einer von denen?«, fragte sie mit gerunzelter Stirn.

»Wie meinen Sie das?«

»Na, von dieser Sekte?«

»Nein, ich war nur neugierig. Wissen Sie, was mit dem Haus passiert ist?«

»Es ist abgebrannt, schon vor mehreren Jahren.«

»Das hört sich ja dramatisch an.«

»Das war es auch. Damals wimmelte es hier nur so von Polizisten, Feuerwehrleuten und Sanitätern. Alle hatten große Angst, dass das Feuer sich weiter ausbreitet, aber dann haben sie es doch unter Kontrolle gekriegt.«

»Was für ein Glück. Ist damals jemand zu Schaden gekommen?«

Sie nickte, nahm einen angebrochenen Zigarillo aus dem Aschenbecher, der auf der Fensterbank stand, und zündete ihn wieder an. »Die haben einige Leute aus dem brennenden Gebäude befreit, und es gab auch einen Toten. Das stand auch im *Amager Bladet*«, fügte sie hinzu und hob ihre geschwärzten Augenbrauen.

»Weiß man, wie es zu dem Brand gekommen ist?«

»Da gab es viele Gerüchte. Manche sprachen sogar von Brandstiftung.«

»Und wer soll den Brand gelegt haben?«

»Keine Ahnung. Vielleicht jemand, denen diese Sekte ein Dorn im Auge war. Mit ihrem ständigen Gesinge konnten die einem auch ganz schön auf die Nerven gehen. Manchmal haben auch die Obdachlosen, die von ihnen bekocht wurden, Krach gemacht, und es gab einiges an Vandalismus. Irgendwas war jedenfalls immer.«

»Waren Sie selbst mal in dem Haus?«

»Gott bewahre«, antwortete die Frau und stieß den Rauch aus. »Da hab ich wirklich Besseres zu tun.«

»Wissen Sie, was aus der Sekte geworden ist?«

»Nein, aber die könnten ruhig noch mal zurückkommen und ein bisschen aufräumen. Sieht doch wirklich scheußlich aus da drüben.«

22

Nachdem sich Ravn von der älteren Dame verabschiedet hatte, fragte er Eduardo per SMS, wann er mit den ausgedruckten Dateien nach Hause käme. Ravn hoffte, in dem Tagebuch noch etwas zu dem Brand zu finden, sofern dieser nicht nach dem Ende von Clausens Recherchen stattgefunden hatte. Auf jeden Fall musste er herausfinden, wer damals ums Leben gekommen war, um ausschließen zu können, dass es sich um Jakob handelte. Eduardo schrieb umgehend zurück, dass er den Ausdruck mitbringe, es aber ziemlich spät werden würde.

Ravn setzte seinen Weg an der verkehrsreichen Straße entlang fort, wo die Geduld der Autofahrer in der Mittagshitze auf die Probe gestellt wurde. Der Brand musste so spektakulär gewesen sein, dachte er, dass der Journalist, der darüber berichtet hatte, sich bestimmt noch gut daran erinnern konnte. Er googelte die Telefonnummer des *Amager Bladet*. Im nächsten Moment hatte er die Zentrale der Zeitung am Apparat und trug sein Anliegen vor.

»Einen Augenblick, bitte«, sagte die Telefonistin und stellte ihn an die Redaktion durch. Nachdem er sich fünf Minuten gedulden musste, meldete sich schließlich ein Journalist mit ungewöhnlich müder Stimme.

Ravn erklärte in kurzen Worten, worum es ging, und dass er den Journalisten suche, der vor drei Jahren über den Brand in der Belgiensgade berichtet hatte. »Es war das Haus einer christlichen Religionsgemeinschaft, sagt Ihnen das was?«

»Absolut, daran kann ich mich gut erinnern.« Der Journalist gähnte unüberhörbar. »Aber war der Brand nicht in der Frankrigsgade?«

»Nein, in der Belgiensgade. Die Religionsgemeinschaft nannte sich *Die Auserwählten Gottes*.«

»Der Name sagt mir nichts, aber ich habe damals auch nicht über den Brand berichtet. Wenn Sie Näheres dazu wissen wollen, müssen Sie sich an meinen Kollegen Tage wenden. Der ist allerdings gerade im Urlaub.«

»Wissen Sie zufällig, ob es noch Exemplare von der damaligen Ausgabe gibt?«

»Das kann ich mir nicht vorstellen. Aber es gibt ein gemeinsames Computerarchiv aller Regionalzeitungen. Versuchen Sie's mal in der Zentralbibliothek in Tårnby. Da schicken wir auch immer alle Lokalhistoriker hin, wenn Anfragen kommen.«

»Und dort ist auch das Archiv des *Amager Bladet*?«

»Wenn ich mich nicht irre, ja.«

Ravn nahm sich ein Taxi und hoffte, dass der Journalist recht hatte. Auf dem Rücksitz vergewisserte er sich erst einmal, ob er auch genug Bargeld dabeihatte. Wäre er allein gewesen, hätte er den Bus genommen, doch Møffe hatte sich noch nie etwas aus öffentlichen Transportmitteln gemacht. Dafür war er ganz wild darauf, mit dem Auto zu fahren, schaute aus dem offenen Fenster und betrachtete die Radfahrer, an denen sie vorbeikamen.

Zehn Minuten später hielten sie vor dem Haupteingang der Bibliothek am Kamillevej. Nachdem Ravn den Fahrer bezahlt hatte, betrat er mit Møffe die Bibliothek und wandte sich an der Theke an eine Bibliothekarin. Der Journalist hatte sich nicht geirrt, denn der Bibliothekarin zufolge, einer schmächtigen Frau mit einem riesigen Bernsteinschmuck um den Hals, deckte das Archiv das gesamte Umland ab, inklusive der Orte Ullerup, Tømmerup, Maglebylille und der Insel Saltholm. »Wir archivieren *alles*«, sagte sie mit hörbarem Stolz. »Kirchenbücher, Fotos, Tonbänder, Gemälde, Straßenkarten, Lokalliteratur, Unternehmensarchive, Vereinsblätter, Gebäudezeichnungen, Zeitungen …«

»Auch das *Amager Bladet?*«, unterbrach er sie.

»Aber natürlich. Wir haben sämtliche Exemplare im Keller«, antwortete sie und strich sich die Haare aus dem Gesicht. »Natürlich auch auf Mikrofilm, falls Ihnen das lieber ist.«

»Ich glaube, dann entscheide ich mich für die Filmversion«, entgegnete er mit einem Lächeln.

Die Bibliothekarin errötete. »Filmversion«, wiederholte sie kichernd.

Fünf Minuten später saß er im obersten Stockwerk vor dem Mikrofiche-Lesegerät und wartete darauf, dass die Bibliothekarin mit den Mikrofilmen aus dem Untergeschoss zurückkehrte. Außer einem älteren Ehepaar, das am Konferenztisch Platz genommen hatte, war er die einzige Person in dem länglichen hellen Raum. Das Ehepaar blätterte in mehreren Kirchenbüchern um die Wette und machte sich so eifrig Notizen, als hätte es die Ahnenforschung in eine Sportart verwandelt.

In diesem Moment kam die Bibliothekarin mit einem großen Karton herein. Auf den Mikrofichespulen, die sich darin befanden, waren die Jahrgänge 2011–2013 des *Amager Bladet* abfotografiert. Sie legte die erste Spule in das Lesegerät ein und zeigte ihm geduldig, wie er die Filme austauschen konnte, wenn er mit einer Spule fertig war. Ravn bedankte sich für die Hilfe und drehte an dem kleinen Rädchen, das den

Film transportierte, damit er die einzelnen Seiten auf dem Monitor lesen konnte. Je vertrauter er mit dem Gerät wurde, desto schneller arbeitete er sich durch die Zeitungsseiten mit den Lokalnachrichten aus Amager. Es ging um Geschäftseröffnungen und -schließungen, um Kommunalpolitiker, die ihre Versprechen brachen, um Altenpflege, hoffnungsvolle Sporttalente und entlaufene Haustiere. Die Titelseite hatte meist einen dramatischen Aufmacher, in der Regel war irgendein Kindergarten, eine Schule oder ein Pflegeheim von der Schließung bedroht. Es wurde von Einbrüchen und Trickbetrügern berichtet, hin und wieder sogar von einem Mord. Nachdem Ravn den Großteil der Ausgaben aus dem Jahr 2011 durchgesehen hatte, war er sich sicher, dass ein Artikel über den Brand einen zentralen Platz einnehmen und nicht zu übersehen sein würde. Als er zwanzig Minuten später die Hälfte der Filmrollen überprüft hatte, sah er sich in seiner Vermutung bestätigt. Der Bericht über den Brand nahm die gesamte Seite 3 der betreffenden Ausgabe ein. FREIKIRCHE IN FLAMMEN stand in Großbuchstaben darüber. Darunter war ein Foto abgedruckt, das die Feuerwehrleute beim Kampf gegen die Flammen zeigte. Dem Artikel war zu entnehmen, dass der Brand etwa um 22.30 ausgebrochen war. Vermutlich aufgrund einer glimmenden Zigarette, die zunächst ein Sofa entzündet hatte. Ein Mann mit ungeklärter Identität war in den Flammen umgekommen. Die Gemeinde, die im Nebenraum einen Gottesdienst feierte, bemerkte den Brand erst, als er bereits auf das gesamte Gebäude übergegriffen hatte. Als die Feuerwehr eintraf, war das Gebäude nicht mehr zu retten gewesen. Weiter unten auf der Seite waren zwei Sanitäter abgebildet, die einen Menschen auf einer Bahre abtransportierten. Dem Bildtext zufolge waren mehrere Gemeindemitglieder mit Rauchvergiftungen ins Krankenhaus eingeliefert worden. Obwohl Polizei und Feuerwehr ziemlich sicher waren, was die Brandursache betraf, wollte man die Ergebnisse der technischen Untersuchung abwarten und rechnete zudem mit einer Identifizierung des Toten in den nächsten Tagen.

Ravn spulte den Mikrofiche rasch weiter, um die Berichterstattung in der nächsten Woche zu verfolgen, doch ehe er so weit kam, war die Filmrolle zu Ende. »Scheiße!«, knurrte er. Er drehte sich zu dem Ehepaar um und machte eine entschuldigende Geste.

Ravn nahm die nächste Filmspule und legte sie in das Gerät ein. Er scrollte über den einleitenden Text hinweg und überflog die nächsten Seiten. Doch erst auf der vorletzten Seite, direkt über der Rubrik mit den Glückwünschen und Jubiläen, fand er eine Notiz über den Brand. Die technische Untersuchung hatte bestätigt, dass die Brandursache eine Zigarette gewesen war, die ein Sofa in Brand gesteckt hatte, woraufhin das Feuer auf den Rest des Hauses übergegriffen hatte. Bei dem Toten handelte es sich um den siebenundfünfzigjährigen Obdachlosen Ove Nielsen, der sich nach dem gemeinsamen Abendessen zur Ruhe gelegt hatte, während die anderen am Gottesdienst teilgenommen hatten. Die Polizei hatte einige von ihnen als Zeugen befragt und betrachtete den Fall als abgeschlossen.

Ravn scrollte weiter zu den folgenden Ausgaben, um einen möglichen Hinweis zu erhalten, wohin die Religionsgemeinschaft nach dem Brand gezogen war. Nachdem in den Ausgaben der nächsten Monate aber nichts dergleichen zu finden war, wollte er das Gerät schon ausschalten, als er auf ein Bild aufmerksam wurde. Er scrollte zurück, bis ein grobkörniges Foto auf dem Bildschirm erschien. Es war vor der Erlöserkirche aufgenommen, vor der sich eine große Menschenmenge versammelt hatte. In der Mitte des Fotos sah Ravn sich selbst aus der Kirche kommen. Neben ihm ging Johnson, gefolgt von Evas Vater und ihrem Bruder. Gemeinsam trugen sie Evas weißen Sarg zu dem Leichenwagen, dessen geöffnete Kofferraumklappe am Bildrand zu erkennen war. Ravn schluckte. Er konnte sich an diesen Tag nur vage erinnern. Wusste noch, dass sehr viele Menschen zu der Trauerfeier gekommen waren. Leute, denen er nie zuvor begegnet war und die in den Medien auf den spektakulären Fall aufmerksam geworden waren. Eine junge Strafverteidigerin, die sich stets für die Armen und Schwachen in der Gesellschaft engagiert hatte, war ermordet worden, während ihr Mann, ein rechtschaffener Polizeibeamter, seinen Dienst versehen hatte. Es war so eine Geschichte, die den Lesern zu Herzen gegangen war und die Ravn in diesem Moment einmal mehr den Boden unter den Füßen wegzog. Er musste hier raus. Er stand auf und stürzte aus der Tür. Es war ein Fehler gewesen hierherzukommen. Die ganze Recherche, auf die er sich eingelassen hatte, war eine Schnapsidee. Es gab nur einen einzigen Fall, der ihm wirklich etwas bedeutete und der ihm weiterhin auf Schritt und Tritt folgte. Ihn bis an sein Lebensende verfolgen würde, egal, mit wie viel anderen er sich beschäftigte. Er musste unbedingt etwas trinken. Seinen Durst löschen und seine Gedanken ertränken, und zwar sofort.

23

Ravn hielt sich in sicherem Abstand zur Kaimauer, während er in Richtung Bianca die Overgade Neden Vandet entlangschwankte. Zwischen den vertäuten Booten sah er den kleinen Mast der Bianca mit der Laterne an der Spitze und der Radarantenne direkt darunter. Wie schon so oft, wenn er einen über den Durst getrunken und Schwierigkeiten hatte, nach Hause zu finden, diente ihm der Mast als Peilmarke. Den Havodderen und vor allem Johnson hatte er bewusst links liegen gelassen. Stattdessen hatte er den anderen Kneipen im Viertel einen Besuch abgestattet, zuerst der Kanalbodega, dann der Eiffel Bar und der Skipperkro, gefolgt von ein paar Lokalen, an deren Namen er sich nicht mehr erinnerte und wo ihn niemand kannte, sodass er in Ruhe trinken konnte. Als er die Bianca erreichte, setzte er sich auf die Kaimauer. Møffe sprang auf seinen Schoß, und während er mit einer Hand seinen Hund festhielt und mit der anderen die Reling umfasste, brachte er sie beide einigermaßen sicher an Deck.

»Das sieht nicht ganz ungefährlich aus«, kam eine Stimme aus dem Dunkeln. Ravn setzte Møffe auf dem Deck ab und sah zu der Gestalt hin, die ihm gegenüber an der Reling lehnte.

Møffe trabte schwanzwedelnd auf Katrine zu, doch als er merkte, dass sie dieses Mal keine Leckerlis für ihn dabeihatte, verzog er sich in die Kajüte, deren Tür einen Spaltbreit offenstand.

»Sie arbeiten sssiemlich spät«, sagte Ravn, der versuchte, einigermaßen nüchtern zu klingen.

»Tja.«

»Was tun Sie hier?« Er lehnte sich gegen die Wand der Kajüte, vor allem, um sicherer zu stehen.

Sie trat einen Schritt näher zu ihm. »Ich war gerade in der Gegend und dachte, ich frag mal nach, wie weit Sie mit Ihren Recherchen sind.«

»Setzen Sie sich«, sagte Ravn und zeigte auf einen der weißen Plastikstühle.

Sie rührte sich nicht vom Fleck, sondern lächelte ihn bloß spöttisch an. »Ihr Nachbar, der Journalist, war vorhin hier und hatte jede Menge Papier dabei.«

Sie wies mit dem Kopf in Richtung Kajüte. Ravn drehte den Kopf und sah durchs Fenster die Ausdrucke, die Eduardo dort deponiert hatte.

»Gut. Hat er mit Ihnen geflirtet?«

»Wenn ja, hab ich's nicht bemerkt.«

»Ich glaube auch nicht, dass Sie sein Typ sind. Er steht eher auf süße, romantische Mädels.«

Sie lächelte immer noch. »Wie weit sind Sie mit Ihren Ermittlungen?«

»Ich dachte, ich hätte bis Montag Zeit. Sind Sie nicht ein bisschen früh dran?«

»Irgendwas sagt mir, dass Sie noch nicht einmal angefangen haben, obwohl wir Sie teuer bezahlen.«

»Ich bin schon voll dabei, keine Sorge.«

»Haben Sie inzwischen die Adresse von Jakob Mesmer?«

Er nickte. »Ja, aber das Haus ist leider abgebrannt.«

»Ach, das haben Sie immerhin herausgefunden. Ich meinte seine neue Adresse.«

Ravn hatte das Gefühl, als könnten ihm jeden Moment die

Beine einknicken, doch er hielt sich aufrecht. »Warum will Mesmer wissen, wo sein Sohn ist?«

»Das hat er Ihnen doch erklärt. Er will den Kontakt wiederbeleben.«

»Aber warum? Ehrlich gesagt, scheint er mir nicht gerade sentimental zu sein.«

»Das bin ich auch nicht. Wann können wir uns eine Antwort auf die Frage erwarten, wo Jakob sich aufhält?«

Er zuckte die Schultern und versuchte, sich auf ihr Gesicht zu konzentrieren. »Wenn Sie schon wissen, dass das Gemeindehaus abgebrannt ist, warum haben Sie mir dann nichts davon erzählt?«

Sie holte tief Luft. »Konzentrieren Sie sich einfach auf Ihre Aufgabe, statt sich mit Spekulationen abzugeben, die Sie nicht weiterbringen. Die Sache ist wirklich ganz einfach. Finden Sie Jakob für uns, und warten Sie damit, sich sinnlos zu betrinken, bis Sie Ihre Aufgabe erfüllt haben.«

»Mir reicht's. Ich steig aus.« Er drängte sich an Katrine vorbei und ließ sich schwer auf einen der Plastikstühle fallen.

»Spricht da jetzt der Alkohol aus Ihnen?«

»Keine Spur. Sie brauchen mich auch nicht dafür zu bezahlen, was ich getan habe. Gehen Sie einfach.«

»Ich muss schon sagen, ich bin wirklich beeindruckt«, entgegnete sie und trat zu ihm.

»Ich will lieber nicht wissen, wovon«, erwiderte er.

»Na, dass Sie so lange durchgehalten haben. Das hätte ich Ihnen in meiner kühnsten Fantasie nicht zugetraut. Zwei Tage am Stück … ein Typ wie Sie!«

»Und was für ein Typ soll das sein?«

»Ein Loser, was sonst.«

»Sie machen mir Spaß. Wenn Sie Mesmer für Ihre Beleidigungen bezahlt, dann sind Sie Ihr Geld wirklich wert.«

»Ferdinand Mesmer bezahlt mich unter anderem für meine Beratung. Und ich habe ihm geraten, sich möglichst weit von Ihnen fernzuhalten.«

»Dann scheint er ja nicht besonders gut auf Sie zu hören. Woran mag das liegen? Vertraut er Ihnen nicht?«

»Leider hat Ferdinand Mesmer manchmal ein sehr weiches Herz, vor allem, wenn es um hoffnungslose Fälle geht, inklusive seinem Sohn.«

Ravn schaute zu ihr hoch. »Was wissen Sie über Jakob Mesmer?«

»Nichts anderes als das, was Sie selbst in dem Bericht nachlesen können.«

»Ich bin raus, schon vergessen?«

Sie ging darauf nicht ein. »Jakob Mesmer hat seinen Vater betrogen, und seine Entschuldigung war Gott. Wie lautet Ihre Entschuldigung?«

»Die ist viel schlechter.«

»Wahrscheinlich ist es dieselbe schlechte Entschuldigung, die Sie ständig benutzen.«

»Und die wäre?«

»Ich tippe auf Ihre ermordete Frau.«

»Stopp!«

»Warum? Stimmt das etwa nicht? Benutzen Sie nicht immer Ihre tote Frau als Ausrede, wenn Sie auf irgendwelche Schwierigkeiten stoßen?«

»Ich hab stopp gesagt!«

»Unglaublich, wofür die Toten alles herhalten müssen.«

Ravn war aufgesprungen, ehe sie reagieren konnte. Er packte sie mit einer Hand am Hals und stieß sie gegen die Kajütentür, die krachend ins Schloss fiel. »Wir haben es nicht mehr geschafft zu heiraten«, fauchte er. »Nennen Sie nie wieder ihren Namen, sonst vergesse ich mich, egal ob Sie eine Frau sind.«

Er hörte das Ausklappen des Schlagstocks, das sie mit einer kurzen Drehung ihres Handgelenks ausgelöst hatte. Im nächsten Augenblick traf sie ihn damit an der Schläfe. Ihm wurde schwarz vor Augen, und er stürzte schwer auf das Deck. Sie war sofort über ihm und hämmerte den Knüppel so hart auf seine Kniescheibe, dass das Gelenk nachgab. Er stieß einen gequälten Schrei aus.

»Wenn Sie mich noch einmal anrühren ... wird es das Letzte sein, was Sie in Ihrem elenden Scheißleben getan haben.« Hustend fasste sie sich an den Hals. »Und wenn Sie wirklich aussteigen wollen, will ich den Bericht, die CD und alles, was Ihr Freund ausgedruckt hat.«

»Leck mich am Arsch«, ächzte er mit schmerzverzerrter Stimme. Sie hatte ihn mit chirurgischer Präzision getroffen, und er wusste, dass er nicht aufstehen konnte. »Sie haben mein Knie auf dem Gewissen.«

»Legen Sie Eis drauf, dann sind Sie morgen wieder auf den Beinen. Und jetzt bitte den Bericht.« Sie klappte den Schlagstock wieder zusammen und steckte ihn in die Innentasche ihrer Jacke.

»Verschwinden Sie und kommen Sie nie wieder!«

Sie nickte. »Ich gehe davon aus, dass das heißt, dass Sie Ihren Auftrag erfüllen werden.«

Er nickte, und sie streckte ihre Hand aus, um ihm aufzuhelfen. Doch er nahm sie nicht. »Sind Sie immer noch da?«

Im nächsten Augenblick hörte er ihre Schritte auf der Treppe, die zur Kaimauer hinaufführte.

»Tempo, Ravn, legen Sie los!«, rief sie ihm zu.

Nachdem sie verschwunden war, blieb Ravn noch lange liegen und blickte zum Sternenhimmel hinauf. Sein Knie pochte, und als er danach tastete, spürte er, dass es geschwollen war. Er konnte sich nicht daran erinnern, schon mal von einer Frau verprügelt worden zu sein. Von ein paar schwergewichtigen Rockern vielleicht oder von Psychopathen, die irgendwelche Kampfsportarten beherrschten, aber noch nie von einer Frau. Und obwohl er von Anfang an vermutet hatte, dass sie bewaffnet war, hatte sie ihn mit ihrem Teleskopknüppel überrascht. Eine Waffe, die man nur mit Fingerfertigkeit und Erfahrung einsetzen konnte, und offenbar verfügte sie über beides. Mit ihrer explosiven Wildheit war sie zudem eine äußerst gefährliche Bekanntschaft, die ihn gleichermaßen schreckte wie faszinierte.

24

Als Ravn am nächsten Morgen erwachte, konnte er sich kaum auf den Beinen halten. Humpelnd machte er für sich und Møffe das Frühstück. Er hätte ihren Rat beherzigen und sein Knie sofort kühlen sollen, doch stattdessen war er einfach ins Bett gegangen. Jetzt war sein Knie so geschwollen, als säße ein Tennisball unter seiner Haut. Das einzig Positive daran war, dass die Knieschmerzen seinen Kater überdeckten, der wie ein ferner Donner in seinem Kopf grollte. Ravn wollte gerade das Transistorradio ausschalten, das vor sich hinplärrte, als Huey Lewis and the News loslegten und er stattdessen ihren alten Hit »I Want A New Drug« mitsummte. In der Kajüte war es bereits brütend heiß. Mit einem Becher Kaffee und dem Stapel Papier, den Eduardo für ihn ausgedruckt hatte, setzte er sich auf das Achterdeck. Er hätte ihm gern für seine Mühe gedankt, doch der geschlossenen Kajütentür auf seiner Ketch nach zu urteilen, war Eduardo bereits in die Redaktion aufgebrochen.

Ravn blätterte in dem Stapel, um zu sehen, wann Clausen seine Aufzeichnungen beendet hatte. Doch der hatte irgendwann aufgehört, seine Beobachtungen mit einem Datum zu versehen. Entweder er hatte es vergessen, oder er hatte es nicht mehr wichtig gefunden. Vor allem den letzten Teil schien er, ohne groß nachzudenken, zu Papier gebracht zu haben. Der Text wirkte wirr und zusammenhanglos und war weit von der objektiven Berichterstattung früherer Tage entfernt. Er enthielt Betrachtungen über das Leben und die Evangelien, das Fegefeuer und das Jüngste Gericht. Vor allem über das Jüngste Gericht.

Bald aber nach der Trübsal derselben Zeit werden Sonne und Mond den Schein verlieren, und Sterne werden vom Himmel fallen, und die Kräfte der Himmel werden sich bewegen. Und alsdann wird erscheinen das Zeichen des Menschensohnes am Himmel. Und alsdann werden heulen alle Geschlechter auf Erden und werden sehen kommen des Menschen Sohn in den Wolken des Himmels mit großer Kraft und Herrlichkeit.

Es waren Lobpreisungen des Herrn und der Auserwählten Gottes und nicht zuletzt Jakob Mesmers als des wahren Führers.

So preisen wir unser Glück, dass wir den Geboten unseres Herrn folgen dürfen. Wir danken ihm voller Demut für das Geschenk, das er uns gemacht hat. Wir beugen uns unserem Hirten. Sei gepriesen, Jehova, dass du uns Jakob Mesmer gesandt hast, unseren Wegweiser nach Gethsemane. Wir preisen den Herrn, Halleluja. Wir danken ihm, dass wir die Auserwählten Gottes sind.

Ravn hatte Schwierigkeiten, sich vorzustellen, dass der gesamte Bericht von ein und derselben Person geschrieben war. Er fragte sich, was diese radikale Veränderung bewirkt, was Benjamin Clausen erlebt hatte. Seine gesamte Entwicklung beunruhigte ihn zutiefst. Ravn blätterte zurück und bemerkte, dass die letzte Stelle, an der Clausen ein Datum vermerkt hatte, ein paar Monate vor dem Brand angesiedelt war. Zu diesem Zeitpunkt hatte er noch so nüchtern und präzise berichtet wie am Anfang des Berichts. Die Schüler, notierte er hier, hatten sich im Laufe der Zeit immer besser kennengelernt und mehr Vertrauen zueinander gefasst. Und obwohl die Lehrer ihnen eingeschärft hatten, sich nicht mit der eigenen Vergangenheit zu beschäftigen, gab es doch einen regen Austausch, während man gemeinsam das Essen zubereitete oder im Garten arbeitete.

Benjamin Clausen hatte damit begonnen, sich einiges von dem, was andere über sich erzählten, zu notieren. Einige der jüngsten Mädchen kamen aus normalen christlichen Elternhäusern, und ihre Hinwendung zu *Den Auserwählten Gottes* wirkte auf ihn wie ein klassischer Teenagerprotest. Andere hatten zuvor anderen Freikirchen angehört, suchten nun nach einer neuen Inspiration und waren ganz versessen darauf, Jakob Mesmer kennenzulernen. Wieder andere beschrieb Clausen als »Flüchtlinge«. Das waren Leute, die entweder aus einer gescheiterten Ehe geflüchtet waren oder vor gewalttätigen Partnern, vor Alkoholismus oder psychischen Leiden, wie der einbeinige Patrick. Patrick war Soldat gewesen und ohne sein linkes Bein aus Afghanistan zurückgekehrt. Er litt an einer Posttraumatischen Belastungsstörung. Glücklicherweise war er an der S-Bahn-Station Dyssegården Jesus begegnet, und zwar Sekunden bevor er sich vor den Zug der Linie B nach Høje Taastrup hatte werfen wollen. *»Es war Jesus, der mir die Beine unter den Füßen weggerissen hat, sowohl das gesunde als auch das aus Aluminium, sodass ich auf dem Bahnsteig zusammenklappte, bevor ich mich vor den Zug werfen konnte«*, hatte er zu Benjamin Clausen gesagt und hinzugefügt: *»Jesus tritt dich in den Arsch, verstehst du?«* Benjamin hatte auch von Lise geschrieben, die sich ihm nach ihrem gemeinsamen Erlebnis auf Østerbro immer mehr geöffnet hatte. Sie hatte ihm von ihren Klinikaufenthalten in Nordvang erzählt und ihm ihre Unterarme mit den vielen weißen Narben gezeigt.

»Die Landkarte meiner früheren Albträume«, hatte sie dazu gesagt. Nun hatte sie die Rasierklingen und die Tabletten gegen ein Leben mit Jesus eingetauscht.

Benjamins Bericht zufolge hatten sich Lise und ein paar andere nach seinem persönlichen Hintergrund erkundigt. Und jedes Mal hatte er vage geantwortet, dass er früher ein schwieriger Typ gewesen sei, der glücklicherweise seinen Weg zu Gott gefunden hatte. Patrick war der beharrlichste Frager gewesen, und als er von Benjamins beharrlichem Ausweichen genug gehabt hatte, hatte er anscheinend sogar den Lehrern davon berichtet. Jedenfalls hatten diese daraufhin Benjamin nach seiner Vergangenheit und seinen Motiven, Mitglied der Bewegung werden zu wollen, ausgefragt. Benjamin hatte dichtgehalten, obwohl es ihm seinem Bericht zufolge immer schwerer gefallen war, die Fassade aufrechtzuerhalten. Nicht nur aus Angst, entlarvt zu werden, sondern auch weil er sich *niederträchtig* vorkam. Ein Wort, das Lise auf ihren Exfreund angewandt hatte, der ihr sowohl untreu gewesen war als auch ihr Bankkonto geplündert hatte.

Die Paranoia der Führung von *Den Auserwählten Gottes* hatte sich natürlich nicht gelegt, nachdem wieder neue Berichte in der Presse aufgetaucht waren. Benjamin nannte in seinem Bericht keine bestimmten Zeitungen, beschrieb jedoch die lautstarke Auseinandersetzung einiger Lehrer mit einem Journalisten, der in Begleitung eines Fotografen eines Morgens plötzlich im Vorgarten gestanden hatte. Benjamin hatte dies mitbekommen, als er mit dem Fahrrad zum Unterricht gekommen war. Der Journalist hatte immer wieder gefragt, ob die Schüler wirklich freiwillig da seien und was die Lehrer zum Vorwurf der *Gehirnwäsche* zu sagen hätten. Und wo sich überhaupt der Chef der Organisation, Jakob Mesmer, befinde. Der Streit hatte damit geendet, dass der

Journalist und der Fotograf mit sanfter Gewalt aus dem Garten gedrängt worden waren. Die Zeitungsberichte hatten bei der Gemeinschaft zu einem gewissen Mitgliederschwund geführt. Nicht nur in der Belgiensgade, sondern auch in den anderen Zentren. Der ehemalige Fußballnationalspieler, dem er auf den ersten Versammlungen begegnet war, hatte seine Mitgliedschaft inzwischen gekündigt und sich in der Presse von der Religionsgemeinschaft, die er als Sekte bezeichnete, distanziert. Jakob Mesmer nannte er *»einen gefährlichen Verführer, der die Schwäche seiner Mitmenschen ausnutzt«*. Daraufhin hatte man beim nächsten Bibelkreis für den Exfußballer, der es *»nicht besser wisse«*, gebetet.

Ein paar Seiten weiter schrieb Benjamin Clausen, dass er erfahren hatte, dass ein paar weitere Zentren in Jütland und auf Fyn geschlossen worden seien. Zu diesem Zeitpunkt machten die ersten Gerüchte über eine Rückkehr von Jakob Mesmer die Runde, und kurz darauf wurde die ganze Gemeinde zusammengetrommelt, weil die Führung eine wichtige Mitteilung zu verkünden hatte. Jakob Mesmer wollte der Belgiensgade bald einen Besuch abstatten, weshalb man einen herzlichen Empfang vorbereiten wollte. Benjamin beschrieb die Euphorie, die dank dieser Mitteilung ausgebrochen war. An den nächsten Tagen war weitaus mehr über die Ankunft Mesmers als über die Botschaft des Herrn geredet worden. Auch Lise war spürbar aufgelebt und hatte sich unter den Chormitgliedern plötzlich als treibende Kraft erwiesen, der man die Aufgabe übertragen hatte, die Lieder auszusuchen, die eingeübt werden sollten. Doch damit nicht genug. Auf einmal war sie mit einer neuen Frisur und mit gefärbten Haaren erschienen. Und obwohl Benjamin diese

Veränderungen in einem neutralen Ton erwähnte, schwang zwischen den Zeilen doch eine gewisse Eifersucht mit.

Heute ist er angekommen. Jakob Mesmer. Auf dem Rücksitz eines schwarzen Audis. Er ist ziemlich kräftig gebaut. Weiße Hose, weißes Hemd. »Sei gesegnet, Bruder. Sei gesegnet, Schwester. Der Herr segne euch alle an diesem Tag.« Das waren seine ersten Worte. Alle waren hingerissen von seiner reinen Gegenwart. Viele weinten vor Freude. Tove, eine Schülerin, wollte sich ihm zu Füßen werfen, doch Jakob fing sie rechtzeitig auf und umarmte sie stattdessen. Auf der anderen Straßenseite glotzten die Leute aus ihren Fenstern, weil sie sich fragten, was bei uns vor sich ging und wer da bloß gekommen war. Dabei hatten sie fast noch gar nichts gesehen ...

* * *

Ravn legte eine Lesepause ein und griff nach seinem Kaffeebecher. Im Hintergrund wurde die Radiomusik von den Mittagsnachrichten abgelöst. Er hörte nur mit halbem Ohr zu, während er zwei weibliche Kajakfahrer im Blick hatte, die gerade vorbeipaddelten. Sie schienen außerordentlich durchtrainiert zu sein, und er dachte, dass er bald damit beginnen sollte, selbst etwas für seine Kondition zu tun. Als Letztes gab der Nachrichtensprecher bekannt, dass die Trauerfeier für den jungen Polizisten namens René Mørk, der letzte Woche bei der Schießerei in dem illegalen Spielclub ums Leben gekommen war, heute um 14 Uhr in der Holmens Kirche stattfinden würde. Es wurde ein großes Aufgebot an Kollegen und normalen Bürgern erwartet, die dem Beamten die letzte Ehre erweisen wollten. Danach kam die Wettervorhersage. Noch mehr Sonne. Noch mehr Wärme. Sowie ein Badeverbot für den Øresund wegen erhöhten Algenvorkommens.

Die Kirche lag auf der anderen Seite der Knippelsbrücke, nicht einmal eine Viertelstunde zu Fuß von der Bianca entfernt. Ravn überlegte, ob er an der Trauerfeier teilnehmen sollte, obwohl er René nur aus Mikkels Beschreibungen kannte. René, der Neue, der im Übereifer einen Fehler gemacht und diesen mit seinem Leben bezahlt hatte. Was für ein furchtbares Schicksal. Die Dummheit seines Lebens ausgerechnet bei einem Mann wie Kaminskij zu begehen. Bei jedem anderen wäre René mit großer Wahrscheinlichkeit noch am Leben gewesen. Doch so etwas ließ sich nicht beeinflussen. So etwas wurde von den Leuten als Schicksal oder grausames Unglück betrachtet. Vielleicht hatte René gar keine Chance gehabt, dem Tod an diesem Tag zu entgehen. Vielleicht war doch alles vorherbestimmt? So wie an jenem Tag, an dem Eva allein nach Hause gekommen war. Vielleicht hatte sich etwas Bosheit manifestieren müssen, damit der Rest der Welt weiter funktionieren konnte. Als Ventil für den ganzen Wahnsinn. Für Gottes eigenen Kater?

Er stand auf, nahm die Papiere mit in die Kajüte und legte sie auf den Tisch. Benjamins Bericht über die Wiederauferstehung Jakob Mesmers musste noch etwas warten.

25

Die Menschenmenge vor der früheren Seefahrtskirche war noch größer, als Ravn vermutet hatte. Aus der Ferne beobachtete er das dunkle Meer der Galauniformen, die sich anlässlich der Trauerfeier für René Mørk durch das Kirchenportal schoben. Der Mord hatte dem Gemeinschaftsgefühl innerhalb der Polizei offenbar auf die Sprünge geholfen und der Rivalität der verschiedenen Dezernate einen Riegel vorgeschoben, sodass trotz des schmerzlichen Verlusts alle merken konnten, dass man loyal zusammenstand. Den Uniformierten folgten die Zivilisten. Es war eine Mischung aus sympathisierenden Neugierigen und pensionierten Beamten, deren altes Polizistenherz heute vermutlich besonders laut schlug. Ravn hatte keine Lust, an der Feier teilzunehmen – sie würde ihn nur allzu sehr an die Gedenkfeier für Eva erinnern. Stattdessen blieb er draußen bei den Pressefotografen und Touristen stehen, die zufällig vorbeikamen.

Ehe er sichs versah, läuteten erneut die Glocken, und die Kirchentüren öffneten sich. Die Fotografen scharten sich um den Leichenwagen, der vor dem Portal gehalten hatte. Als die Träger sich mit dem weißen Sarg in Bewegung setzten, klickten die Fotoapparate auf dem gesamten Platz. Einmal mehr fühlte sich Ravn an Evas Begräbnis erinnert.

Wenige Minuten später hatte sich der Platz mit uniformierten Gästen gefüllt, die in kleinen Gruppen beieinanderstanden, während sie darauf warteten, dass der Sarg abtransportiert wurde. Ravn erblickte Mikkel, der bei Melby, Polizeidirektor Brask und ein paar Kollegen von der Station City stand. Mikkel hatte Ravn sofort erkannt und entschuldigte sich bei den anderen. Als er zu ihm hinüberging, drehten auch Brask und Melby ihre Köpfe in Ravns Richtung, aber keiner von ihnen grüßte.

»Wie geht's?«, fragte Ravn und deutete mit dem Kopf auf die weiße Armschlinge.

»Ausgezeichnet.«

»Hast du wieder angefangen zu arbeiten?«

»Ein bisschen im Büro. Mit einem Finger am PC.« Er demonstrierte mit seinem fixierten Arm, wie eingeschränkt er war.

»So hast du doch immer geschrieben«, entgegnete Ravn gutmütig.

Mikkel lächelte. In diesem Moment rollte der Leichenwagen durch das geöffnete Gittertor. Beide schauten ihm nach.

»War wirklich eine schöne Zeremonie«, sagte Mikkel. »Selbst Brask hatte was Vernünftiges zu sagen.«

»Wirklich?«

Mikkel warf Ravn einen langen Blick zu. »Du warst nicht drin, oder?«

Ravn zuckte die Schultern. »Nur in Gedanken. Es ist schön zu sehen, dass es dir wieder besser geht.«

»Danke, aber … warum bist du eigentlich gekommen?«

»Um zu sehen, ob alles in Ordnung ist. Ich dachte mir, dass ich dich hier treffen würde.«

Mikkel lächelte schief. »Mit dem Kaminskij-Fall hab ich nichts mehr zu tun, falls du das fragen wolltest.«

»Gar keinen Kontakt mehr?«

»Kaminskij hat auf dem Präsidium eine der Zellen im

obersten Stock. Den dürfen nur ein paar ausgewählte Leute vernehmen, und zu denen gehöre ich nicht.«

»Aber irgendwann müssen sie die Station City doch einbeziehen?«

»Ich glaube kaum, dass sie das tun werden. Wenn das Morddezernat, die Wirtschaftspolizei und der Geheimdienst mit ihm fertig sind, stehen schon mehrere Länder Schlange, die eine Auslieferung beantragt haben.«

»Was ist mit Brask? Der will sich diesen Erfolg doch bestimmt ans eigene Revers heften.« Ravn zeigte auf den Polizeidirektor, der mit dem Rücken zu ihnen stand.

»Sprich nicht so laut.«

Ravn zuckte die Schultern. »Aber wir können Kaminskij doch nicht einfach den anderen überlassen?«

»Ich weiß nicht, wen du mit *wir* meinst. Soweit ich mich erinnere, arbeitest du nicht mehr für Station City.«

»Du weißt genau, wie ich das meine.«

»Fakt ist, dass Kaminskij im Knast sitzt und nie wieder rauskommen wird. Die haben schon die alte Zelle von dem Polizistenmörder, von Palle Sørensen, für ihn hergerichtet.«

»Aber wir hatten eine Abmachung. Du wolltest herausfinden, ob Kaminskij Informationen zu Evas Mörder hat.«

»Was willst du eigentlich von mir, Ravn?« Die Verzweiflung stand Mikkel ins Gesicht geschrieben. »Die ganze Sache ist mir über den Kopf gewachsen. Ich kann nichts mehr für dich tun.« Er blickte zu Boden und senkte die Stimme. »Um ehrlich zu sein, muss ich die ganze Kaminskij-Sache unbedingt hinter mir lassen. Dorthe ist außer sich vor Angst und will, dass ich kündige.«

»Wirst du das?«

Mikkel schaute ihn an. »Nein, aber ich will nach vorne blicken. Damit ich nicht die ganze Zeit darüber nachdenken muss, dass es mich genauso hätte erwischen können. Verstehst du das nicht, Ravn?«

Ravn nickte. »Natürlich verstehe ich das. Pass auf dich auf, Mikkel.« Er zog an Møffes Leine und drehte sich um.

»Ravn!«

Er blieb stehen.

»Wir bekommen ständig neue Informationen rein, wo Kaminskij und seine Leute ihre Waren versteckt haben.«

»Was für Waren?«

»In erster Linie Geld und Drogen, manchmal auch Waffen. Gerade ist ein ganzer Container mit Hehlerware aufgetaucht. Die Bestandsaufnahme läuft noch.«

»Und?«

»Ich weiß, dass das nicht sehr wahrscheinlich ist, aber vielleicht ist ja etwas von Evas gestohlenen Sachen dabei.«

»Wenn das der Fall ist, würde das beweisen, dass Kaminskij von dem Einbruch wusste.«

»Genau«, entgegnete Mikkel und schlug mit den Armen aus. »Ob wir in dem Fall mit ihm reden könnten, steht natürlich auf einem anderen Blatt.«

Ravn dachte, dass diese Möglichkeit verschwindend gering war, denn warum sollte Kaminskij immer noch Hehlerware besitzen, die vor über drei Jahren gestohlen worden war. Dennoch war es ein winziger Lichtstreif am Horizont. Besser, als anlässlich einer weiteren Trauerfeier hier vor der Holmens Kirche zu stehen und alle Hoffnungen begraben zu sehen. Ravn nickte. »Wann erfährst du Näheres?«

Mikkel zuckte die Schultern. »Ich ruf dich in den nächsten Tagen an, versprochen!«

26

Ravn hatte eine Petroleumlampe angezündet und in das Stag gehängt, sodass sie ihr warmes Licht über das Achterdeck der Bianca warf. Es war hell genug, dass er weiter in Benjamin Clausens Bericht lesen konnte, und hielt zugleich die Mücken fern.

Dem Bericht zufolge war Jakob Mesmer dauerhaft in das Gemeindehaus in der Belgiensgade gezogen. Er wohnte dort gemeinsam mit ein paar anderen Leitern der Organisation, mehreren Lehrern sowie einigen Schülern, die ihren Schlafsaal im Keller hatten. Jakob Mesmer wohnte im ersten Stock, wo ihm ein Schlafzimmer, ein Bad und ein Arbeitszimmer zur Verfügung standen. Hier studierte er die Heilige Schrift, bereitete seine Predigten für die Bibelabende vor und schrieb an seinem nächsten Buch, seinem dritten. Benjamin erwähnte ebenfalls, dass sich Mesmer nach den Mahlzeiten stets zum Arbeiten in seine Wohnung zurückzog, worauf im ganzen Haus absolute Stille zu herrschen hatte. Die Gemeinde ging natürlich weiterhin ihren Pflichten nach, nur eben so geräuschlos wie möglich.

Benjamin beschrieb Jakob Mesmer als einen Mann voller Energie und Inspiration, der den Mitgliedern seiner Gemeinde stets mit einem strahlenden Lächeln gegenübertrat. Dennoch nahm er auch eine gewisse Erschöpfung an ihm wahr. Die Hetze der Medien schien nicht spurlos an ihm vorübergegangen zu sein. Er schien es persönlich zu nehmen, dass seine Organisation, der die Mitglieder davonliefen, einige ihrer Niederlassungen hatte schließen müssen. Nur an den Bibelabenden waren alle Zeichen der Erschöpfung wie weggeblasen. Zumal das Haus dann aus allen Nähten platzte, weil Menschen aus dem ganzen Land kamen, um Mesmer predigen zu hören. Und Benjamin zufolge gab es dann nichts, das Mesmer nicht heilen konnte. Eines Abends hatte er sogar ein kaputtes iPhone wieder ins Laufen gebracht, das Bein einer Frau begradigt, das drei Zentimeter kürzer als das andere war, sowie einem spastisch gelähmten jungen Mann einen Dämon ausgetrieben. Benjamins Beschreibung war so nüchtern und objektiv, dass man nicht sagen konnte, ob er selbst an Mesmers Fähigkeiten glaubte oder nicht. Insgesamt schien seine Grundhaltung zu Mesmer jedoch immer positiver zu werden. So ging Benjamin beispielsweise deutlich auf Distanz zur Presse, deren Kritik er als ungerecht und irreführend empfand. Doch er erwähnte auch, dass die Bibelabende nicht nur der Lobpreisung des Herrn, sondern auch handfesten ökonomischen Interessen dienten. Mehrmals hatte er mitbekommen, wie Mesmer mit den anderen Leitern der Gemeinde in Streit geraten war, weil sie zu wenig Geld eintrieben. *»Ich arbeite bis zur völligen Erschöpfung!«*, hatte er gebrüllt. *»Alles, was ihr tun müsst, ist, die Hand aufzuhalten, aber nicht einmal das schafft ihr! Ist euer Glaube so schwach? Habt ihr euren Glauben an mich verloren? An das Evangelium?«*

Ravn wollte sich gerade einem Abschnitt widmen, in dem Mesmers Einfluss auf die Frauen beschrieben wurde, als er hörte, wie jemand an Bord kam. Er drehte sich um und sah, dass Eduardo auf dem Weg zum Achterdeck war.

»Ich muss dir unbedingt was erzählen«, sagte Eduardo kurzatmig.

»Willst du dich nicht setzen?« Ravn zog einen Stuhl heran. Eduardo setzte sich ihm gegenüber.

»Ein Glas Wein?« Ravn beugte sich auf seinem Stuhl vor und nahm ein Glas aus dem kleinen Barschrank.

»Seit wann trinkst du Wein?«, fragte Eduardo.

»Seit das Bier aus ist.«

Eduardo nahm die Flasche, die auf dem Boden stand, und betrachtete das Etikett. »Ein *Reserva*? Alle Achtung!«

»Was wolltest du mir erzählen?«

»*Momentito.*« Eduardo schenkte sich ein Glas ein und trank einen Schluck. »Pfui Teufel, der korkt ja«, sagte er und schnitt eine Grimasse. »Wie lange hattest du den schon liegen?«

»Keine Ahnung. Kann mich nicht erinnern, den je gekauft zu haben. Vielleicht ist er noch vom Vorbesitzer der Bianca.« Er zuckte die Schultern und leerte sein Glas. »Schmeckt der nicht einfach nach Rotwein?«

Eduardo seufzte. »Ich geb's auf. Aber eines Tages werde ich dir noch beibringen, guten Wein zu trinken, *amigo.*«

»Jetzt sag schon, warum du hier bist.«

»Als ich heute in der Redaktion an einem Artikel über den Verkauf von staatseigenen Unternehmen gearbeitet habe, kam die Nachricht über eine neue Firmenfusion rein.«

»Was du nicht sagst«, entgegnete Ravn ironisch und leerte den Rest der Flasche in sein Glas. »Muss ja ein extrem aufregender Tag für dich gewesen sein.«

»Warte, bis du hörst, wer fusionieren will, nämlich Mesmer Resources und SIALA.«

»Ja, und?«

»Wenn das klappt, ist die neue Firma größer als McKinsey. Außerdem wird sie quasi ein Monopol haben, was die Implementierung von Führungsstrategien in der öffentlichen Verwaltung angeht.«

Ravn nippte an seinem Wein. Jetzt, wo Eduardo das gesagt hatte, schmeckte auch er, dass mit dem Wein etwas nicht in Ordnung war. Er stellte das Glas aufs Deck und wünschte sich, dass Eduardo einfach die Klappe gehalten hätte.

»Ist das nicht unglaublich?« Eduardo schlug mit den Armen aus.

»Ja, unglaublich«, entgegnete Ravn matt.

»Interessiert dich überhaupt nicht, oder?«

»Ehrlich gesagt, nein. Ich arbeite nicht für Mesmers Firma, sondern für ihn persönlich, weil er seinen Sohn finden will. Mehr steckt nicht dahinter.«

»Weißt du überhaupt, was seine Firma macht?«

»Ja, natürlich weiß ich das. Die bieten Kurse an und solche Sachen … für Manager. *Big Business*, das dir zufolge ja jetzt noch größer wird.«

Eduardo beugte sich auf dem Stuhl vor und schaute ihn ernst an. »Ich habe mir mal ein bisschen genauer angeguckt, was die so anbieten.«

»Und, bist du klüger geworden?«

»Das System, auf dem alles aufbaut, die Einteilung in verschiedene Typen und die gesamte Management-Philosophie, beruht auf einem selbst entwickelten Programm, das Mesmogramm genannt wird.

»Mesmogramm«, wiederholte Ravn und lächelte. »Da scheint die PR-Abteilung ja nicht gerade Überstunden gemacht zu haben, als sie sich einen Namen ausdenken sollte.«

»Kann schon sein, aber jetzt rate mal, wer diese Methode entwickelt hat.«

»Keine Ahnung. Ferdinand Mesmer?«

»Einen Versuch hast du noch.«

Ravn schaute ihn lange an. »Doch wohl nicht sein Sohn?«

»*Correcto*. Jakob Mesmer.«

»Hat Jakob in der Firma seines Vaters gearbeitet, ehe er Jesus begegnet ist?«

»Mehr als das. Jakob Mesmer gehört anscheinend die Hälfte dessen, was das Fundament der Firma ausmacht. Einer Firma, die sich gerade von einem Millionen- zu einem Milliardenkonzern entwickelt.«

»Ach du Scheiße, wenn ich das gewusst hätte«, entgegnete Ravn und kratzte sich am Kopf. »Jetzt verstehe ich umso mehr, warum der alte Mesmer unbedingt seinen Sohn finden will.«

»Vielleicht willst du doch lieber aus der Sache aussteigen?«

»Warum?«

»Weil du mit Sicherheit keine Lust hast, zwischen diese Leute zu geraten. Mit denen ist nicht zu spaßen.«

Ravn grinste trocken. »Spricht hier der Sozialist über die ekelhaften Kapitalisten?«

»Ich meine es ernst. Hier geht es nicht um Geld, sondern um Macht, *comprendes*? Für diese Typen steht unheimlich viel auf dem Spiel.«

»Ich hab keine Angst vor Ferdinand Mesmer oder vor irgendeinem anderen.«

»Solltest du aber. Was ist mit diesem Privatdetektiv, der den Bericht geschrieben hat?«

»Was soll mit ihm sein?«

»Wo ist der geblieben?«

»Keine Ahnung. Ich hab ihn nicht gefunden. Aber dem geht's sicher gut, egal, wo er ist.«

»Wollen wir's hoffen. Aber warum die ganze Geheimniskrämerei?«

»Gehört die nicht zur Branche?«

»Wenn es Ferdinand Mesmer so wichtig wäre, dass alles geheim und diskret vor sich geht, dann hätte er seine Anwälte mit dem Fall beauftragt, und ich denke jetzt nicht an Lohman, sondern an die richtig schweren Jungs, die einen Vertrag aufgesetzt und dafür gesorgt hätten, dass nichts an die Öffentlichkeit gelangt. Warum hat Mesmer stattdessen dich beauftragt?«

»Keine Ahnung.«

»Nein, und was, glaubst du, wird passieren, wenn du ihm die Adresse seines Sohnes lieferst?«

»Hör auf, Eduardo, du machst mich noch ganz paranoid. Im Moment ist mein größtes Problem, dass der Mann wie vom Erdboden verschluckt ist.« Ravn versuchte zu lächeln, obwohl er wusste, dass an dem, was Eduardo sagte, etwas dran war. Mesmers Motiv war in der Tat höchst unklar. »Okay, ich rede mit ihm, ehe ich weitermache.«

»Lass es lieber ganz bleiben. Sag ihm, dass du seinen Sohn nicht gefunden hast, und behalt das Geld.«

»So arbeite ich nicht.«

»Du hast die Wahl. Aber egal, was du tust, pass auf dich auf.« Eduardo stand auf und gähnte. »Wir sehen uns morgen.«

»Danke, Eduardo!«, rief Ravn ihm nach, als Eduardo in Richtung seines eigenen Boots verschwand. Ravn ließ seinen Blick über den Kanal schweifen. Eduardos Warnungen spukten in seinem Kopf herum. Er dachte an den Brand des Gemeindehauses und an Ferdinand Mesmers verbrannte Hand. Obwohl er zwischen diesen Dingen keinen Zusammenhang sehen konnte, beunruhigten ihn die Details. Er dachte auch an Katrines Bemerkung, warum er nicht sie beauftragt hatte. *»Aber Sie sind doch Privatdetektiv«*, hatte sie zu ihm gesagt. Was war ihre Rolle? Sollte sie den Fall zum Abschluss bringen, falls Jakob irgendwann auftauchte?

27

Die junge Sekretärin mit den hohen Absätzen öffnete Ravn die Tür zu Ferdinand Mesmers Büro. Mesmer saß hinter seinem großen Schreibtisch und blätterte in irgendwelchen Unterlagen. Mit einer trägen Handbewegung wies er Ravn den Stuhl auf der anderen Seite an, ohne aufzublicken. Ravn trat näher und ging an Katrine vorbei, die mit einer Tasse Kaffee auf dem Sofa saß. Sie lächelte ihr katzenhaftes Lächeln. »Wie geht es Ihrem Knie?«

Ravn lächelte nicht zurück, sondern ging zum Schreibtisch weiter, vor dem er stehen blieb. Ferdinand Mesmer zeigte ein weiteres Mal auf den freien Stuhl. »Setzen Sie sich.«

Ravn zog den Stuhl zu sich heran und nahm Platz.

»Haben Sie Jakobs Adresse?«, fragte Mesmer ungeduldig.

Ravn schüttelte bedächtig den Kopf.

»Haben Sie irgendeine Idee, wo er sich aufhalten könnte?«

»Auch das nicht.«

»Haben Sie zumindest den Bericht gelesen?«

Erneut schüttelte Ravn den Kopf. »Nicht bis zum Ende.«

»Warum wollten Sie mich dann sprechen?«

»Weil Sie mir eine Erklärung schuldig sind.«

»Eine Erklärung?« Ferdinand Mesmer lehnte sich zurück und runzelte die Stirn. »Wozu?«

»Zu dem wahren Grund, aus dem Sie Ihren Sohn finden wollen.«

»Das habe ich Ihnen doch schon erklärt.«

»Nein, Sie haben mir jede Menge Lügen aufgetischt, warum Sie sich mit Ihrem Sohn versöhnen wollen.«

Ferdinand Mesmer blinzelte überrascht.

»Was habe ich?«

»Sie brauchen hier nicht wieder den besorgten Vater zu spielen. Erzählen Sie mir lieber von der Fusion, die gerade vorbereitet wird.«

»Was soll damit sein? Ein früherer Konkurrent hat uns ein interessantes Angebot gemacht, und jetzt verhandeln wir. Die Details können Sie alle in den Börsennotizen nachlesen, erst letzte Woche gab es einen größeren Artikel dazu. Ehrlich gesagt, weiß ich nicht, warum Sie so zornig sind und was Sie damit meinen, ich hätte Sie angelogen.«

»Es geht eher um das, was Sie mir nicht erzählt haben. Warum haben Sie mir nichts von Jakobs Firmenbeteiligung gesagt?«

»Weil ich das für irrelevant gehalten habe. Das tue ich immer noch.«

»Wenn Sie wollen, dass ich meine Recherchen fortsetze, dann erzählen Sie mir, was Ihr Sohn in der Firma gemacht hat, und vor allem, warum Sie ihn unbedingt finden wollen. Sonst steige ich aus.«

Mesmer sah ihn an, als wäre er ein unlenksames Kind. »Alright, was wollen Sie wissen?«

»Zunächst einmal: Hat er das Mesmogramm entwickelt?«

Ferdinand Mesmers Auge begann zu zucken. Er senkte den Kopf und starrte mit leerem Blick auf die Papiere, die vor ihm auf dem Tisch lagen. »Die Sache ist nicht so einfach. Auch wenn Sie es nicht glauben, ich mache mir wirklich Sorgen um meinen Sohn. Allerdings gebe ich zu, dass diese Angelegenheit noch weitere Aspekte hat.«

»Dann sagen Sie mir einfach die Wahrheit.«

Mesmer schüttelte den Kopf. »Die Wahrheit ist die, dass ich … Jakob damals in die Firma aufgenommen habe. Nachdem er sein Psychologiestudium geschmissen hatte. Damals bestand die Firma nur aus mir und einigen freien Mitarbeitern. Wir haben alles zusammengemacht, so wie wir das heute immer noch tun, nur in kleinerem Maßstab, und mit den bewährten Systemen anderer Unternehmen wie Myers-Briggs, JTI, DISC und so gearbeitet.«

»Wie sah Jakobs Mitarbeit aus? Haben Sie zusammen Kurse abgehalten?«

»Nein, nein, dazu war Jakob gar nicht in der Lage. Er litt damals an einer schweren Depression und musste Medikamente nehmen. Die Krankheit war auch der Grund dafür, dass er nicht weiterstudieren konnte.«

»Was war seine Aufgabe in der Firma?«

»Als Assistent hat er sich um alle praktischen Dinge gekümmert, die mit den Kursen zusammenhingen. Hat Unterrichtsmaterial kopiert, Stühle aufgestellt, die technischen Geräte vorbereitet …«

»Ich habe gehört, dass er schon ein wenig mehr getan hat.«

»Als es ihm besserging, hat er sich immer mehr in die Firma eingebracht. Und nach einem Jahr hat er begonnen, sich selbst nach den verschiedenen Methoden, die wir benutzt haben, ausbilden zu lassen. Schließlich gehörte er zu unseren fähigsten Mitarbeitern.«

»Was ist mit diesem System, das Sie entwickelt haben, das Mesmogramm?«

»Das war Jakobs Idee. Niemand hat das kommen sehen. Keiner hat gewusst, woran er neben seinen Aufgaben in der Firma noch gearbeitet hat. Es war eigentlich nur eine Skizze, die er uns präsentiert hat, aber man konnte sofort sehen, dass die Sache Substanz hatte. Er hatte die Gedankenstruktur hinter den Systemen, die wir benutzt haben, vereinfacht und zugleich die Grundlage für ein engmaschigeres und differenzierteres Profilierungssystem entwickelt und somit die Blaupause für einen komplexen Typenindex geschaffen, der bessere Resultate als die alten Systeme erzielte und zudem nur die Hälfte der Zeit benötigte. Außerdem hatte das neue System ein quasi unendliches Entwicklungspotenzial. Es war nicht nur auf Führungsstrategien begrenzt, sondern konnte mit großem Erfolg auch von Psychologen und Pädagogen angewandt werden, ja im Grunde von dem ganzen Unterrichtssektor bis hinunter zu den Grundschulen.«

»Also ist das hier alles in Wirklichkeit Jakobs Verdienst?«, Ravn ließ seinen Blick durch das Büro schweifen.

»Das wäre übertrieben. Jakobs Idee war bahnbrechend, aber zunächst war es ja nur eine Idee. Wir haben sieben Jahre gebraucht, um sie in die Realität umzusetzen. Zu diesem Zweck haben wir mit den besten Wirtschaftspsychologen und erfahrensten Personalmanagern von McKinsey und Microsoft zusammengearbeitet. Haben eine Testgruppe nach der anderen evaluiert und fast 30 Millionen Kronen investiert, um das System zu verfeinern und patentieren zu lassen. Noch heute wenden wir große Summen auf, um das Mesmogramm auf dem neusten Stand zu halten und zu optimieren. Dass es ein weltbekanntes und prestigeträchtiges Label geworden ist, habe ich ausschließlich meinen Angestellten zu verdanken. Aber wir müssen täglich für unseren Erfolg kämpfen, und die kommende Fusion soll uns dabei helfen.«

»Warum ist Jakob dann plötzlich verschwunden?«

Ferdinand Mesmer zuckte die Schultern. »Jakob hat es mit dem Verschwinden. Entweder in sich selbst oder vor anderen Menschen.«

»Aber irgendwas muss doch den Ausschlag gegeben haben.«

»Es war, wie gesagt, keine leichte Aufgabe, seine Idee in die Praxis umzusetzen. Und Jakob selbst hat härter daran gearbeitet als jeder andere. Vielleicht hat er den Druck irgendwann nicht mehr ausgehalten. Jedenfalls wurde die Zusammenarbeit mit ihm immer schwieriger. Er feuerte kompetente Leute, wenn sie ihm widersprachen. Behandelte unsere Geschäftspartner und Investoren herablassend und unfreundlich … bis er schließlich das Handtuch geworfen hat.«

»In welcher Form?«

»Er erschien einfach nicht mehr zur Arbeit, sodass andere einspringen und das Projekt retten mussten. Jakob und ich haben uns damals viel gestritten. Er wollte sich aus dem Unternehmen und von dem Projekt Mesmogramm zurückziehen.« Mesmer atmete schwer, ehe er fortfuhr. »Er hat seiner Familie den Rücken gekehrt. Jahrelang hat er kein Lebenszeichen von sich gegeben, bis er eines Tages als *Erweckungsprediger* wieder auftauchte«, sagte er mit spöttischer Stimme.

»War er schon immer religiös veranlagt?«

»Ganz im Gegenteil. Er war ein absoluter Pragmatiker, der immer konkrete Beweise für alles haben wollte. Jede Religion betrachtete er als banalen Aberglauben.«

»Wie kam dieser plötzliche Sinneswandel zustande?«

»Vielleicht ist er in schlechte Gesellschaft geraten«, antwortete Mesmer ironisch. »Ich kann es mir wirklich nicht erklären.«

»Einmal abgesehen von Ihrer väterlichen Sorge, warum wollen Sie ihn unbedingt finden?«

Ferdinand Mesmer warf Ravn einen Blick zu, der deutlich zeigte, dass ihm sein Ton nicht gefiel, doch er antwortete ruhig. »Jakob ist von einem auf den anderen Tag verschwunden, und obwohl er zuvor schon kundgetan hatte, dass er mit dem Unternehmen nichts mehr zu tun haben wollte, ist dieser Schritt juristisch nie vollzogen worden.«

»Und jetzt brauchen Sie seine Unterschrift, damit die Fusion rechtswirksam wird?«

»Er muss sich offiziell aus dem Kreis der Eigentümer zurückziehen, wofür er natürlich entschädigt wird. Deswegen möchte ich, dass Sie ihm diesen Vertrag zur Unterschrift vorlegen, wenn Sie ihn finden.« Seine verstümmelte Hand schob Ravn einen braunen Umschlag zu.

Ravn betrachtete den Umschlag, nahm ihn jedoch nicht an sich. Mesmer hatte alles vorbereitet, als sei er sich von vornherein darüber im Klaren gewesen, wie ihr Gespräch verlaufen würde. »Als ich einwilligte, Ihren Sohn zu suchen, tat ich das, weil ich dachte, es wäre von persönlicher Bedeutung für Sie. Von Ihrem geschäftlichen Interesse wusste ich nichts.«

»Es ist von persönlichem Interesse für mich. Mehr als Sie ahnen. Und es tut mir leid, wenn Sie sich von mir hinters Licht geführt fühlen. Das war nie meine Absicht. Ich will Jakob finden, um mich mit ihm zu versöhnen. Darüber hinaus habe ich auch eine Verantwortung gegenüber meiner Familie, gegenüber den Angestellten meines Unternehmens und gegenüber allen Menschen, die auch in Zukunft von unserer Arbeit profitieren werden.« Er beugte sich vor. »Als Kompensation für die entstandenen Missverständnisse bin ich gerne bereit, Ihr Honorar zu erhöhen.«

»Das entspricht nicht meiner Arbeitsweise.«

»Gut so.« Mesmer nickte und lächelte Ravn an. »Dann gehe ich davon aus, dass Sie weiterhin an der Sache dran sind.«

28

Ravn spazierte mit dem Umschlag, den Ferdinand Mesmer ihm gegeben hatte, die Strandgade hinunter nach Hause. Er hatte geglaubt, dass seine Arbeit für Mesmer mit dem heutigen Morgen beendet sein und Mesmer sich einen anderen Privatermittler suchen würde. Allein schon weil es genug Privatermittler gab, die für so einen Auftrag sterben würden. Leute mit sehr viel mehr Erfahrung und einer weniger großen Klappe als er. Doch Mesmer hatte ihn trotz aller Provokationen behalten. Ravn hegte den Verdacht, dass er immer noch nicht die wahren Gründe für den Bruch zwischen Vater und Sohn kannte und dass die Familie Mesmer noch so einige Leichen im Keller hatte. Er wog den Umschlag in der Hand. Dem Gewicht nach zu urteilen, musste der Vertrag ziemlich umfangreich sein. Ferdinand Mesmer verstand sich auf taktische Spielchen, das musste er ihm lassen. Bis zu dem heutigen Treffen hatte er nur Jakobs Adresse ausfindig machen sollen, und jetzt sollte er persönlichen Kontakt zu ihm aufnehmen, um ihm diesen Vertrag vorzulegen. Er zog sein Handy aus der Tasche und rief Victoria an.

Sie klang kurzatmig.

»Was machst du gerade?«

»Ich schleppe gerade sechs Bücherkisten in meinen Laden. Die hab ich aus einem Nachlass bekommen.«

»Könntest du mal kurz zu den Regalen mit der Fachliteratur gehen?«

»Von *Berufswahl für Anfänger* ist kein einziges Exemplar mehr da.«

»Sehr lustig! Schau mal nach, ob du was zu Unternehmensführung oder Mesmogramm hast.«

»Mesmogramm? So wie Mesmer, der Typ, für den du arbeitest?«

»Genau.«

»Sollst du nicht nach seinem Sohn suchen?«

»Stimmt.«

»Und wieso willst du jetzt was über deinen Auftraggeber herausfinden?«

»Glaub mir, es ist wichtig. Meinst du, du findest was?«

»Wenn ich was finde, schuldest du mir ein paar Zimtschnecken.«

Er legte auf. Natürlich hätte er Ferdinand Mesmer selbst nach einem Exemplar fragen oder eins der vielen Bücher kaufen können, die an der Rezeption zum Verkauf auslagen, aber er wollte nicht, dass irgendjemand bei Mesmer Resources von seiner Recherche erfuhr.

Als er auf sein Boot zurückkehrte, widmete er sich dem letzten Teil von Benjamin Clausens Bericht. Sein Kurs neigte sich dem Ende zu, und die ersten der übrigen Kursteilnehmer hatten bereits ihre Prüfung abgelegt und ausnahmslos bestanden. Nur einer wollte den Folgekurs nicht machen und nicht die fünfzehntausend Kronen bezahlen, die dieser kostete. Benjamin Clausen schrieb, dass sein Bericht für Ferdinand Mesmer zwar fertig sei, er aber noch bis nach der Prüfung bleiben wolle. Und da Ferdinand Mesmer den Kurs nun einmal bezahlt hatte, fühlte er sich verpflichtet, seine Beobachtungen auch weiterhin zu notieren, auch wenn er sich *schäbig* dabei vorkomme. Vielleicht unterstrich er auch deshalb noch einmal, dass die Presse äußerst unfair gewesen sei und die Glaubensgemeinschaft ein reines Gewissen haben könne. Was Benjamins Sympathie für Jakob Mesmer anging, schien diese stetig zu wachsen. Im Laufe der letzten Wochen war von seiner anfänglichen Skepsis ihm gegenüber nichts übriggeblieben. Benjamin entschuldigte sich sogar für seine frühere Vermutung, dass mit den Bibelabenden ein finanzielles Interesse verbunden sei. Inzwischen habe er begriffen, dass Jakob so akribisch arbeitete, dass er Fehler bei sich und anderen einfach nicht dulden konnte. Und da die Bibelabende inzwischen ein großer Erfolg waren und die Gemeinde in der Belgiensgade immer mehr Zulauf bekam, sollten sich alle Mitglieder voll und ganz dafür einsetzen, dass dieser Erfolg Bestand hatte. Aus diesem Teil des Berichts ging weiterhin hervor, dass Lise nun ebenfalls ins Gemeindehaus übergesiedelt war und gemeinsam mit anderen Kursteilnehmern im Untergeschoss wohnte. Benjamin hatte ihr beim Umzug geholfen und sogar ein Namensschild für ihren Schrank angefertigt. Mit einem Lötkolben hatte er ihren vollen Namen Lise Brask in ein kleines Holzschild eingebrannt und über dem Namen eine Blume hinzugefügt. Ravn notierte sich ihren Namen – wenn er auf anderem Wege nicht weiterkam, konnte er zumindest versuchen, zu ihr Kontakt aufzunehmen.

Er las den nächsten Abschnitt, in dem Benjamin schrieb, dass er abends mit Wehmut nach Hause ginge und am liebsten ebenfalls in die Belgiensgade ziehen würde. Die letzten drei Monate, fuhr er rührselig fort, wären wider Erwarten eine enorme Bereicherung für sein Leben gewesen, wofür er Ferdinand Mesmer dankte, der ihm indirekt diese Möglichkeit geboten hatte. Ohne dessen Auftrag hätte er all das nie kennenlernen dürfen. Paradoxerweise falle ihm das Schreiben seiner Berichte immer schwerer. Ganz unten auf der Seite fügte er noch hinzu: *Sie haben allen Grund, stolz auf Ihren Sohn zu sein.*

Ravn musste lächeln. Es sah so aus, als hätte der von Ferdinand Mesmer beauftragte Ermittler die Seite gewechselt und die Liebe gefunden, und damit durften eigentlich die Weichen für einen glücklichen Ausgang gestellt sein. Ravn wollte gerade aufstehen und die letzten Seiten des Berichts aus der Kajüte holen, als das Handy in seiner Tasche brummte. Ravn fischte es heraus und nahm den Anruf an.

»Du kannst jetzt mit den Zimtschnecken vorbeikommen«, hörte er Victorias Stimme am anderen Ende.

»Hast du etwas zum Mesmogramm gefunden?«

»Mehr als das.«

»Erzähl!«

»Erst die Zimtschnecken, Ravn, aber die guten vom Lagkagehuset.«

Es duftete nach frisch aufgebrühtem Kaffee, als Ravn das Antiquariat betrat. Victoria stand hinter der breiten Ladentheke, holte Bücher aus einer Kiste und sortierte sie. Das sommerliche Wetter lockte nicht gerade die Kunden an, und abgesehen von einem älteren Herrn, der die Bücher in den Regalen studierte, war es leer.

»Haben Sie was von Salinger?«, fragte der Mann mit krächzender Stimme und wandte Victoria sein rotwangiges Gesicht zu.

»Schon lange nicht mehr. Die jungen Leute hamstern inzwischen die alter Meister bei sich zu Hause.«

»*Verdammte Jugend*«, entgegnete der Mann mit einem Lächeln und wandte sich wieder den Regalen zu.

Victoria nickte.

Ravn legte die Tüte mit den Zimtschnecken auf die Theke. Victoria warf einen hungrigen Blick darauf. Sie wischte sich die staubigen Finger an ihrer Tweedhose ab und nahm zwei Kaffeebecher aus dem Regal hinter sich.

»Wo sind die Bücher?«

Sie füllte zwei Becher aus der Stempelkanne. »Bist du blind? Die liegen doch schon da.« Sie wies mit dem Kopf auf den Bücherstapel neben sich.

Ravn nahm das oberste Buch und betrachtete den blauen Umschlag mit der sternförmigen weißen Figur und dem Titel: »Mesmogramm – *Erfolg erzeugt Erfolg*«. Er legte es zurück und las die Titel der anderen Bücher: »Mesmogramm – *Persönliche Entwicklung*«. »Mesmogramm – *Für die Manager von morgen*«. »Mesmogramm – *Dein erfolgreicher Geschäftspartner*«.

»Warum steht Jakob Mesmer als Autor nur auf einem der Bücher?«, fragte Ravn.

»Das ist ganz normal. Die Autoren der anderen Bücher sind bestimmt irgendwelche Absolventen seiner Kurse, die sich nun mit seinem Namen schmücken und dafür auf einen Großteil ihrer Tantiemen verzichten. Das geschieht ständig, auch bei Management- oder Diätbüchern, die sich auf ein bekanntes Label berufen.« Victoria riss die Bäckertüte auf und nahm eine Zimtschnecke heraus.

»Hast du ein paar davon gelesen?«, fragte Ravn.

»Ich hab wirklich Besseres zu tun«, nuschelte Victoria mit vollem Mund. »Wenn man ein paar dieser Managementbücher gelesen hat, kennt man alle.«

Aus dem hinteren Bereich des Ladens ertönte ein kleiner Freudenschrei. Der Mann streckte seinen Kopf hinter einem Regal hervor und präsentierte ein zerfleddertes Exemplar von *Neun Novellen*. »Sehen Sie mal, wer sich hier versteckt hat. Der gute alte J. D.«

»Das macht ihn nicht billiger«, entgegnete Victoria mit einem Lächeln. »Aber Glückwunsch zu Ihrem Fund.«

Der Mann nickte und stöberte weiter.

Ravn nippte an seinem Kaffee. »Danke, dass du mir die Bücher herausgesucht hast. Ich glaube, ich sehe mir erst mal das an, das Jakob geschrieben hat.«

»Das ist aber noch nicht alles«, erwiderte sie und warf ihm einen geheimnisvollen Blick zu.

»Wie meinst du das?«

»Das ist ein etwas anderes Genre, aber vom selben Autor.« Sie bückte sich und zog das Buch hervor, das sie unter der Theke versteckt hatte. »Das ist doch der, nach dem du suchst, oder?«

Ravn betrachtete das dünne Buch mit dem grauen Einband, auf dem die Tuschzeichnung eines brennenden Baums abgebildet war. Darüber stand in geschwungener Schrift: *Moderner Exorzismus – Handbuch der Teufelsaustreibung*. Von Pastor Jakob Mesmer.

»Was weißt du eigentlich über Mesmer und seine kleine Sekte?«

Ravn starrte das Buch sprachlos an.

29

Ravn nahm das Buch von der Theke und blätterte darin. In der vorderen Klappe war ein Foto von Jakob Mesmer. Er trug ein weißes Hemd mit offenem Kragen und sah wie eine jüngere bartlose Ausgabe seines Vaters aus. Sein ernster, eindringlicher Blick wandte sich direkt an den Betrachter. Ravn las das kurze Vorwort, in dem Jakob seine Leser willkommen hieß und seiner Hoffnung Ausdruck gab, dass sein Buch zum Kampf gegen den Satan einen wertvollen Beitrag leisten werde. Historisch betrachtet, fuhr er fort, habe schon immer das Gute gegen das Böse gekämpft, und jede Religion, das Christentum ebenso wie das Judentum, der Hinduismus wie der Islam, hätte ihre eigenen Methoden im Kampf gegen das Böse entwickelt. Selbst die moderne Wissenschaft spreche davon, dass jemand vom Teufel besessen sei. Sie nenne dies allerdings ein manisch-depressives Verhalten oder eine Depression. Mesmer betonte, dass nur der christliche Glaube in der Lage sei, Menschen von Dämonen zu befreien. Deshalb müsse man sich ausführlich mit der Lehre des Exorzismus beschäftigen. Jeder leichtfertige Umgang würde den Zustand desjenigen, der vom Teufel besessen sei, nur verschlimmern und den Exorzisten selbst gefährden. Das Vorwort endete mit einem Bibelzitat: *»Und Jesus fragte den Dämon: Wie heißt du? Und er antwortete und sprach: Legion heiße ich, denn wir sind unserer viele.« (Markusevangelium 5,9)*

Ravn blätterte weiter und betrachtete das Inhaltsverzeichnis. Das Buch war in mehrere Kapitel unterteilt, die verschiedene Aspekte des Exorzismus behandelten. Historische Fallbeispiele sowie das Wesen bestimmter Dämonen wurden beschrieben, gefolgt von der Schilderung unterschiedlicher Arten der Besessenheit. Es folgte eine Auswahl an Gebeten, Reliquien und Amuletten, die Erfolg im Kampf gegen das Böse versprachen, sowie eine Beschreibung der verschiedenen Phasen einer von einem Exorzisten vorgenommenen Teufelsaustreibung. Deren Verlauf, fügte der Autor hinzu, könne sich von einer einzelnen Sitzung bis hin zu einem jahrelangen Kampf erstrecken.

Ravn schüttelte, während er las, den Kopf.

»Und, bist du klüger geworden?«, fragte Victoria und schob sich den Rest einer Zimtschnecke in den Mund.

»Jakob Mesmer muss eine erstaunliche Entwicklung gemacht haben. Erst war er Wirtschaftspsychologe, dann Erweckungsprediger und schließlich Exorzist.« Ravn schlug eins der letzten Kapitel auf. »Hier steht, wie man herausfinden kann, ob eine Person vom Teufel besessen ist. Man muss eine Fürbitte für die betreffende Person sprechen und die Austreibung einleiten, um erst einmal die Art und Größe eines Dämons zu bestimmen.« Ravn warf Victoria einen kurzen Blick zu. »In Clausens Tagebuch werden die Fürbitten und Austreibungen am Ende jedes Bibelabends erwähnt, aber von Exorzismus ist nirgends die Rede.«

»Vielleicht hat er gar nicht alles mitgekriegt, was im Gemeindehaus vor sich ging.« Victoria kaute zu Ende und schaute ihn ernst an. »Je eher du die Adresse dieses Jakob Mesmer herausfindest, desto besser. Das hört sich alles ziemlich krank an.«

Ravn nickte und verschwieg Victoria die Sache mit dem Vertrag, den er Jakob überbringen sollte.

»Was bin ich dir schuldig?«, fragte er, während er das Buch in die Tasche seines Kapuzenpullovers schob.

»Das passt schon mit den Zimtschnecken.«

Er nickte ihr zum Abschied zu.

»Willst du die Managementbücher nicht auch mitnehmen?«

»Ach, zum Teufel mit denen … äh, du weißt ja, wie ich das meine. Mach's gut, Victoria.«

Nachdem Ravn auf die Bianca zurückgekehrt war, nahm er sich den letzten Teil von Benjamin Clausens Bericht vor, genauer gesagt, die Passage, die von seinem seltsamen Sinneswandel handelte. Ravn hatte ein zunehmend mulmiges Gefühl, was die Ursache für diese Sinneswandlung gewesen sein könnte.

DIES IST MEIN LETZTER BERICHT

Heute habe ich meine Abschlussprüfung bestanden. Lise und die anderen haben mich gesegnet und mir Glück gewünscht. Selbst Jakob Mesmer kam in unser Klassenzimmer und nannte mich einen Mann des Evangeliums. Dann hielt er mir zu Ehren eine kurze Rede, lobte mich für meine Entwicklung und sagte, dass er große Hoffnungen in mich setze. Ich bin voller Stolz und Demut, aber das schlechte Gewissen nagt an mir, weil ich alle hinters Licht geführt habe. Deshalb wird dies mein letzter Bericht sein.

Ravn las von dem gemeinsamen Abendessen, das an jenem Tag im Gemeindehaus stattgefunden hatte. Natürlich waren alle davon ausgegangen, dass er sogleich mit dem nächsten Kurs weitermachen würde, doch Benjamin zufolge hatte er sich bedeckt gehalten und erwidert, dass er noch darüber nachdenken müsse. Der Abend war mit Gebeten und Gesängen vor dem brennenden Kamin ausgeklungen. Während eines der Lieder hatte Lise seine Hand gedrückt und geflüstert, wie stolz sie auf ihn sei, dass er die Prüfung bestanden hatte und vom *Meister* persönlich gelobt worden war. Während die anderen Gemeindemitglieder sich allmählich zurückgezogen hatten, hatte Lise ihn gefragt, ob er nicht noch ein wenig bleiben wollte. Daraufhin hatten sie noch gemeinsam vor dem Kamin gesessen und bis tief in die Nacht miteinander geredet. Zunächst über die Lieder, die sie gesungen hatten, und von denen Lise ein paar selbst komponiert hatte. Danach über *Die Auserwählten Gottes* und ihre große Dankbarkeit, dass Jakob Mesmer ein Teil ihres Lebens war. Lise hatte auch von den anderen Mitgliedern und ihrem Gefühl gesprochen, eine neue Familie gefunden zu haben. Danach hatte sie Benjamin einige der Dinge anvertraut, die sie in ihrer Kindheit erlebt hatte. Vorfälle, wie er in Klammern bemerkte, die er eigentlich nicht in den Bericht aufnehmen wollte und die so schlimm waren, dass kein Kind sie erleben sollte. Lise hatte ihm ein weiteres Mal für seine Unterstützung bei ihrer damaligen Missionsarbeit gedankt, und gemeinsam hatten sie über einige Vorfälle gelacht, die sie miteinander erlebt hatten. Lise hatte gesagt, dass sie sich noch von keinem anderen Mann so unterstützt gefühlt habe wie von ihm, und ihrer Hoffnung Ausdruck gegeben, dass er sich für das nächste Modul entschied, damit sie nicht voneinander getrennt würden. Benjamin schrieb, sie hätten eine Zeit lang schweigend vor dem Kamin gelegen, ehe er sie gefragt hatte, ob sie es für eine gute Idee halte, wenn er sich im Gemeindehaus um ein eigenes Zimmer bemühte. Als Antwort war sie ihm mit Tränen in den Augen um den Hals gefallen. Sie hatte gesagt, dass Jakob das entscheiden und Benjamin unter diesen Umständen natürlich den Fortsetzungskurs besuchen müsse. Worauf er aus Spaß geantwortet hatte, dass er so viele Fortsetzungskurse wählen würde, wie erforderlich seien. Sie hatten gemeinsam gelacht, und Lise hatte hinzugefügt, wie befreiend es war, endlich jemanden gefunden zu haben, dem sie vertrauen konnte. Diese Worte hatten Benjamin so zu schaffen gemacht, dass ihm in diesem Moment klar geworden war, dass er ihr die Wahrheit sagen musste. Auch wenn er Angst hatte, wie sie darauf reagieren würde. Er fand jedoch Trost in den Worten der Lehrer, die stets betont hatten, dass die persönliche Vergangenheit keine Rolle spielt, sondern dass es einzig und allein darauf ankomme, was man gegenwärtig dafür tue, um Gott und der Bewegung zu dienen.

Ravn machte eine Pause und ließ seinen Blick über den Kanal schweifen. Benjamins vorbehaltlose Ehrlichkeit Ferdinand Mesmer gegenüber überraschte ihn. Es schien ihm, als würde Benjamin einem 12-Stufen-Plan der Anonymen Alkoholiker folgen, dessen Ziel es war, sich allen zu offenbaren. Ravn war sich nicht sicher, ob Ferdinand Mesmer diese Geste zu schätzen gewusst hatte, um es einmal diplomatisch auszudrücken. Er las die nächste Seite.

Heute habe ich Lise von meiner Vergangenheit als privater Ermittler und von dem eigentlichen Grund erzählt, warum ich mich ihrer Glaubensgemeinschaft angeschlossen habe. Natürlich habe ich meinen Auftraggeber, also Sie, Herr Mesmer, nicht preisgegeben und werde das auch nicht tun. Ich hoffe, Sie verstehen, dass ich mich Lise anvertrauen musste, ehe ich ein neues und ruhmreiches Kapitel meines Lebens aufschlage. Die Recherchen zu *Den Auserwählten Gottes* sowie zu Ihrem Sohn sind für mich hiermit beendet. Es ist meine feste Überzeugung, dass weitere Ermittlungen zu keinen neuen Erkenntnissen führen würden. Die letzte Rate meines Honorars möchte ich meiner neuen Glaubensgemeinschaft zur Verfügung stellen. Ich schicke Ihnen bald die Rechnung.

Es wunderte Ravn, dass Ferdinand Mesmer ihm nicht den wahren Grund für das Ende der Zusammenarbeit erzählt hatte. Katrine hatte vielmehr so getan, als wären Benjamins mangelnde Fähigkeiten dafür verantwortlich gewesen und nicht sein neuer Glaube, besser gesagt, seine *Bekehrung*. Vielleicht hatte Ferdinand Mesmer diesen Seitenwechsel persönlich genommen, obwohl Benjamin seinen Auftrag loyal erfüllt hatte. Ravn war gespannt, wie sich die Sache entwickelt hatte, und las weiter. Doch was auf der nächsten Seite stand, überraschte ihn vollständig und ließ es ihm kalt den Rücken hinunterlaufen.

30

BIN VERZWEIFELT. WEISS MIR KEINEN ANDEREN RAT, ALS IHNEN NOCH MAL ZU SCHREIBEN, HERR MESMER. NICHTS IST SO GELAUFEN WIE GEPLANT. WARTE AUF JAKOB, DEN VERFLUCHTEN JAKOB.

Ravn überflog die Einleitung, um zu sehen, ob die ausgedruckte Mail irgendwo datiert war, aber die Zeilen, in denen sonst Sender, Empfänger und Datum standen, waren gelöscht. Dann begann er, Benjamins verzweifelten Brief zu lesen.

Ich zittere buchstäblich vor Angst. Ich wusste nicht, dass das möglich ist. Alles ist aus dem Ruder gelaufen. Die Führungsebene ist in heller Panik. Die Séance … der Exorzismus war, ich weiß nicht, was ich anderes sagen soll, einfach GRAUENHAFT. Jakob. Jetzt warte ich darauf, dass er mich hier im Schlafsaal abholt. Aber ich muss wohl alles von Anfang an erzählen, damit Sie verstehen, was hier vor sich geht. Ich dachte, ich hätte Lises Vertrauen gewonnen. Nach unserem langen Gespräch bin ich noch mal zu ihr gegangen. Nachdem ich mir ein Herz gefasst hatte. Sie war sehr entgegenkommend. Vor allem, als ich sagte, ich wolle ihr ein Geheimnis anvertrauen. Ich habe sie dazu gebracht, mir zu versprechen, alles für sich zu behalten. So wie ich das, was sie *mir* anvertraut hat, ebenfalls für mich behalte. All das sollte zwischen Gott und uns bleiben. Sie hat gesagt, dass mein

Geheimnis bei ihr gut aufgehoben sei. Sie sei meine Vertraute und ich sei ihr Vertrauter. Das waren ihre Worte. Also erzählte ich ihr von meinem persönlichen Hintergrund und meinem Beruf als Privatdetektiv. Am Anfang hat sie alles gut aufgenommen. War höchstens überrascht, dass es solche Leute wie mich in Wirklichkeit gibt. Doch als ich ihr von meinem letzten Auftrag erzählt habe, von meiner Überwachung und dem Schreiben der Berichte, da ist sie sehr still geworden. Sie hat gefragt, wer mich beauftragt hat, doch ich habe ihr nicht geantwortet. Dann hat sie mich gefragt, ob ich irgendwas über sie weitergegeben habe, und ich habe geantwortet, dass es nur alltägliche Dinge seien, Dinge, auf die sie stolz sein könne. Ihren Gesang, ihre Hilfe für die Armen und ihr Engagement in der Gemeinde. Ich habe betont, dass ihre Geheimnisse bei mir gut aufgehoben sind. Das gelte auch umgekehrt, hat sie gesagt. Dann haben wir zusammen gebetet. Für mich. Wegen all des Unrechts, das ich getan hatte. Ich dachte, damit wäre alles in Ordnung. Als wir uns voneinander verabschiedet haben, fühlte ich mich ihr stärker verbunden als je zuvor. Ich hatte das Gefühl, dass wir in unserer Beziehung zu Gott und zueinander absolut gleichwertig seien. ICH HABE MICH GEIRRT. GANZ SCHRECKLICH GEIRRT.

Am Nachmittag, als ich das Laub auf dem Rasen im Garten zusammengeharkt habe, wurde ich ins Haus gerufen. Ich dachte, es hätte etwas mit meiner Bewerbung für den nächsten Kurs zu tun. Bezahlt hatte ich schon, also vermutete ich, sie wollten mich willkommen heißen. Doch drinnen im Sitzungssaal spürte ich sofort, dass etwas nicht in Ordnung war. Der gesamte Vorstand war anwesend. Åse, der stets schlecht gelaunte Reikendorf, Birgitte, Samuel, Karl-Emil und natürlich Jakob. Lise saß neben ihm und starrte auf den Fußboden. Sie blickte nicht mal auf, als ich den Raum betrat. Sie wussten Bescheid, das war mir klar, noch ehe jemand den Mund aufmachte. Ich wurde gebeten, mich auf den leeren Stuhl vor allen anderen zu setzen. Es war Jakob, der das Wort führte und sagte, dass Lise sich ihnen anvertraut hätte. Was ich zu meiner Verteidigung zu sagen hätte? Ich erzählte alles, wie es war. Erzählte das, was ich Lise erzählt hatte. Im Grunde war es eine Erleichterung. Obwohl sich Åse während meines Berichts bekreuzigte. Jakob fragte, wer mich beauftragt hatte, die Berichte zu schreiben. Er war überhaupt nicht böse. Was mich dazu brachte einzuräumen, dass Sie, sein Vater, es waren, der mich mit der Überwachung beauftragt hatte. Jakob wollte die Berichte sehen. Ich zeigte ihm mein Tablet, auf dem alle Aufzeichnungen und E-Mails gespeichert waren. Ich weiß, dass dies ein schwerer Vertrauensbruch ist, doch ansonsten war ich immer zu hundert Prozent loyal. Aber ehe ich Sie verraten habe, Herr Mesmer, habe ich Jakob und *Die Auserwählten Gottes* verraten. Ich hoffe, Sie verstehen mein Dilemma.

Jakob las und las. Bis es draußen dunkel wurde. Wir anderen warteten schweigend. So wie Lise schaute ich die meiste Zeit auf den Fußboden, doch wenn ich den Kopf hob, begegnete ich den Blicken der anderen. Vorwurfsvollen, verletzten Blicken. Jakob gab mir das Tablet zurück und bedankte sich. Er lächelte mich sogar freundlich an. Dann sprach er zu uns allen. Sagte, dass sich ein Dämon in unserer Mitte befinde. Ein hässlicher Dämon. Alle gaben ihm recht. Auch Lise nickte. Er wandte sich an die anderen Vorstandsmitglieder und fragte sie um Rat. Sie fielen einander ins Wort, obwohl sie einer Meinung waren. Sie wollten für meine verlorene Seele beten und mich dann aus der Gemeinschaft ausstoßen. Åse sprach sich dafür aus, mein Tablet einzuziehen und zu zerstören. Jakob dankte den anderen für ihre klugen Vorschläge, ehe er hinzufügte, dass er anderer Meinung sei. Er zeigte auf mich. Sagte, dass ich von vielen Dämonen besessen gewesen war, als ich mich der Glaubensgemeinschaft angeschlossen hatte. Dass ich einer der größten Sünder von allen gewesen war. Mein Beruf an sich sei eine Sünde. Meine Arbeit für Ferdinand Mesmer müsse so betrachtet werden, als stehe ich mit dem Teufel im Bunde. Doch meine Zeit bei *Den Auserwählten Gottes* und meine aufrichtige Reue zeigten, dass auch die größten Sünder erlöst werden konnten. Statt mich zu verdammen, sollten alle niederknien und Gott dafür preisen, was er mit mir getan hatte. Ihren eigenen Hochmut bereuen. Åse kniete als Erste. Alle anderen folgten ihrem Beispiel und baten um Vergebung. Jakob legte ihnen die Hand auf und segnete sie. Dann schloss er mich fest in die Arme. Sagte, dass es eine ungeheuer beschwerliche Reise für mich gewesen sein müsse. Dass ich großen Mut bewiesen hätte. So wie die Israeliten, die von Moses durch die Wüste Sinai geführt worden waren. Dann wandte er sich an die anderen und sagte, dass sich immer noch ein großer Dämon unter uns befinde. Durch Lises Geschwätzigkeit habe er sich gezeigt. Lise war von dieser Wendung schockiert. Zumal alle anderen zustimmend nickten. Sie versuchte noch einmal, alles zu erklären. Dass sie nur loyal habe sein wollen und sich deshalb dem Vorstand anvertraut hatte. Jakob unterbrach sie mit einem Zitat aus den Sprüchen: *»Ein Verleumder verrät, was er heimlich weiß; aber wer getreuen Herzens ist, verbirgt es.«* Das entschied alles. Danach sprach Jakob den Bann über sie. Lise war natürlich außer sich. Sie flehte Jakob an, ihr das nicht anzutun. Jakob sagte, sie habe es sich selbst zuzuschreiben. Lise bat um Vergebung. Sagte, sie sei nicht sie selbst gewesen. Doch Jakob ließ sich nicht erweichen, ehe auch sie ein Zitat aus den Sprüchen vorbrachte: *»Mit dem Mund richtet der Ruchlose seinen Nächsten zugrunde, aber durch Erkenntnis werden die Gerechten befreit.«* Jakob fragte, ob auch Lise befreit werden wolle. Sie flehte darum, von dem Dämon befreit zu werden, der sich ihrer Seele bemächtigt habe und sie von innen auffresse. Jakob fragte die Vorstandsmitglieder, ob es in Ordnung sei, den Bann zugunsten einer Teufelsaustreibung aufzuheben. Alle antworteten mit Ja. Zu diesem Zeitpunkt war ich erleichtert. Ich dachte, dass wir für Lise beten und in anderen Zungen reden würden, dass Jakob eine Fürbitte sprechen würde und Lise frei wäre. Sodass wir alle noch mal von vorne anfangen könnten. ICH HABE MICH SCHRECKLICH GEIRRT. Denn im nächsten Moment befahl Jakob Åse und Birgitte, Lise in den Heizungsraum zu bringen und dort vorzubereiten. Zu mir sagte er: »Die Auserwählten Gottes brauchen deine Hilfe, um den Dämon aus unserer Schwester Lise auszutreiben. Bist du bereit, den Dämon zu töten, Bruder Benjamin?«

31

Ein plötzliches Brummen zu seinen Füßen ließ Ravn auf seinem Stuhl zusammenzucken. Er schaute nach unten, wo ihm Møffes beleidigter Blick signalisierte, dass ihr obligatorischer Abendspaziergang überfällig war. »Du siehst doch, dass ich arbeite«, entgegnete Ravn.

Møffe brummte erneut, diesmal noch lauter und fordernder. Ravn wusste, dass der Hund keine Ruhe geben würde, ehe er seinen Willen bekam. Und wenn Ravn den Spaziergang noch weiter hinauszögerte, konnte Møffe sogar auf die Idee kommen, sein Geschäft an Bord zu verrichten, um zu zeigen, wer hier das Sagen hatte. »Okay, dann komm.«

Sie marschierten ein Stück am Kanal entlang und wieder zurück. Vermutlich war es der kürzeste Abendspaziergang aller Zeiten, gerade mal lang genug für Møffe, um zu pinkeln. Nicht mal das ausgelassene Leben in den Kneipen, das Ravn an jedem anderen Abend magisch angezogen hätte, interessierte ihn jetzt. Stattdessen hastete er auf schnellstem Wege zur Bianca zurück, um Benjamins Bericht weiterzulesen.

ICH WUSSTE NICHT, DASS ES EINEN HEIZUNGSRAUM GAB ODER WAS SICH IN DIESEM RAUM BEFAND. ICH WURDE SCHMERZLICH KLÜGER.

Jakob ging voraus. Die männlichen Vorstandsmitglieder folgten ihm in den Keller. In einer Hand hielt er ein silbernes Kruzifix, in der anderen die Bibel. Samuel hielt sich dicht hinter ihm. Er trug ein Wasserglas und eine Karaffe mit Weihwasser. Sie sprachen lateinische Verse, die ich vorher noch nie gehört hatte. Die schummrige Beleuchtung erinnerte mich an einen alten Horrorfilm. Als wir den Heizungsraum betraten, wurde alles noch schlimmer. Lise lag auf einer Pritsche in der Ecke und trug nur ihre Unterwäsche. Ihre Hand- und Fußgelenke waren mit breiten Lederriemen fixiert. In dem kleinen Raum war es brütend warm. Trotzdem zitterte sie vor Kälte. Jakob und die anderen begannen, das Glaubensbekenntnis zu sprechen, während er ein paar alte glatte Münzen aus der Tasche zog. Zwei davon legte er auf ihre geschlossenen Augenlider. Wir knieten um die Pritsche herum. Wiederholten das Glaubensbekenntnis ein ums andere Mal. Sprachen es immer lauter und eindringlicher. Lise weinte. Ich weiß nicht, wie lange wir gebetet haben, doch mein Mund wurde immer trockener. Schließlich erhob sich Jakob. Füllte Weihwasser aus der Karaffe in das Glas. »Trink, Dämon, trinke das heilige Wasser.« Er führte das Glas an Lises Lippen. Sie trank begierig. Leerte das Glas. Dann nahm alles eine noch unheimlichere Wendung. Während wir beteten, ging mit Lise eine seltsame Veränderung vor. Sie begann, unverständliche Schreie von sich zu geben. Spuckte nach uns, erbrach sich schließlich und spie grüne Galle. Ich war dafür verantwortlich, ihr den Mund abzuwischen. Jakob flößte ihr noch mehr Weihwasser ein. Das heilige Wasser rief den Dämon hervor, und Lise versuchte, ihn auszustoßen. Sie zerrte an den Lederriemen. Ihre Hand- und Fußgelenke waren schon ganz wund und blutig. Der Dämon in ihr brüllte uns an. Ich sah die Angst in ihren Augen. Sie fürchtete Jakob mehr als alles andere. Sie schluchzte und rief, dass er ihr nichts antun dürfe. Ihr Körper zuckte in Krämpfen, immer wieder biss sie sich in die Zunge. Sie blutete stark, und wir stopften ihr einen Lappen in den Mund. Pressten ihre nach uns schnappenden Kiefer auseinander, was sie nur noch wilder machte. Karl-Emil, Samuel und Reikendorf mussten sich auf sie setzen, um sie zu bändigen. Jakob wandte sich an mich. Sagte, dass der Dämon aus ihr herauskommen würde. Da meine Ausbildung noch nicht so weit gediehen sei, müsse ich den Raum verlassen, damit der Dämon nicht auf mich übersprang. Sich von mir nährte. Er bat mich, von dem Weihwasser zu trinken. Bekreuzigte sich und sprach ein Gebet, ehe er mich aus dem Raum schickte.

Jetzt sitze ich allein im Schlafsaal. Im Halbdunkel. Ein Stück den Gang hinunter im selben Keller. Während ich schreibe, kann ich weiter ihre Schreie hören. Sie hört sich an wie ein geprügelter Hund. Auf dem Gang versuchen die übrigen Lehrer und Kursteilnehmer einander zu beruhigen. Alle sind starr vor Schreck. Ich habe das Gefühl, mich jeden Moment übergeben zu müssen, so wie Lise. In meinem Kopf dreht sich alles. Es fällt mir schwer, die richtigen Worte zu finden. Ich bin voller Angst. Fürchte die Dämonen. Leben wir im Zeitalter der Dämonen? Ich muss Ihnen eine E-Mail schicken, Herr Mesmer, ehe es zu spät ist. Es ist zu spät …

Ravn sah, dass die nächsten Seiten leer waren. Er blätterte bis zu der letzten Seite des Berichts vor. Doch es gab keine Hinweise mehr darauf, wie der Exorzismus bei Lise verlaufen oder was danach mit Benjamin geschehen war. Dafür schloss der Bericht mit einer ausführlichen Lobpreisung des Herrn, der Glaubensgemeinschaft und Jakob Mesmers, der immer wieder als Hirte oder Der Große Meister bezeichnet wurde.

Ravn legte die Blätter auf den Plastikstuhl neben sich. Fast schien es so, als wollte Jakob seinem Vater durch Benjamin eine Nachricht zukommen lassen. Als wollte er ihm gegenüber seine Macht und den Status demonstrieren, den er erlangt hatte. Benjamins Lobpreisungen zeigten sehr deutlich, dass Jakob die Kontrolle über einen Angestellten seines Vaters gewonnen und ihn zu seinem willigen Diener umfunktioniert hatte. Das war verdammt krank, wenn es denn so gewesen war. Und natürlich fragte er sich, wie Mesmer darauf reagiert hatte. Vieles war seitdem passiert: der Brand, das Verschwinden der Sekte *Der Auserwählten Gottes*, Jakobs eigenes Verschwinden und der berufliche Erfolg von Ferdinand Mesmer, der nun von der Unterschrift seines Sohnes abhing. Die größte Frage, die Ravn sich stellte, war aber, warum Ferdinand Mesmer ausgerechnet ihn in all dies eingeweiht hatte. Der Gedanke, ein Teil von Mesmers Spiel zu sein, gefiel ihm überhaupt nicht, und es war auch nicht Jakob, der ihn in diesem Moment am meisten interessierte. Er sorgte sich vor allem um seinen Vorgänger in diesem Job. Er musste Benjamin Clausen finden.

32

Der Hausmeister, der Folmer hieß und einen frisch gebügelten Overall trug, öffnete Ravn die Tür zu dem früheren Kellerladen, der jetzt den Einwohnern des Wohnblocks in der Lysefjordsgade als Fahrradkeller diente. Folmer drückte auf den Lichtschalter neben der Tür und drehte sich zu Ravn um. Das grelle Licht der Neonröhren spiegelte sich in Folmers dicken Brillengläsern.

»Hier hatte er sein Büro, aber ich hab Ihnen ja schon am Telefon gesagt, dass es nicht mehr viel zu sehen gibt.«

»Wie lange hat er diesen Raum als Büro genutzt?«

»Drei, vier Jahre, vielleicht etwas länger. Er hat verschiedene Sachen gemacht, ehe er Privatdetektiv wurde.«

»Was für Sachen?«

»Rechnungsprüfung und Buchführung, wohl auch irgendwas mit Internet und Homepages. Diese Detektivsache lief wohl am besten. Sind Sie auch Detektiv?«

»Ja, in gewisser Weise.«

»Dann ist es ja lustig, dass Sie jetzt nach einem Kollegen suchen, nach einem verschwundenen Privatdetektiv«, entgegnete er mit einem Lachen. »Verstehen Sie mich nicht falsch, ich mochte Benjamin. Er hat mir sogar einmal geholfen.«

»Wobei?«

Folmer rückte seine Brille zurecht und sah Ravn prüfend an, als wollte er sich vergewissern, dass er ihm auch wirklich vertrauen konnte. »Meine Exfrau hat exotisches Essen geliebt.

Und Benjamin hat herausgefunden, wer der Koch war, wenn Sie verstehen, was ich meine.«

Ravn verstand. »Wann haben Sie ihn das letzte Mal gesehen?«

»Ach, das ist schon Jahre her. Als er sein Mietverhältnis gekündigt hat. Er war ziemlich durch den Wind damals, aber das lag wahrscheinlich daran, dass seine Firma den Bach runterging. So was ist ja nie besonders schön.«

»Sie sind also sicher, dass er nicht in ein anderes Büro umgezogen ist?«

Folmer nickte. »Viele Möbel hat er ja eh nicht gehabt, die paar Sachen von hier hat er zum Sperrmüll rausgestellt. Nur die Kisten mit seinen Papieren sind hiergeblieben. Eigentlich wollte er die am nächsten Tag abholen, aber er ist nie wieder aufgetaucht.«

»Was ist mit den Kisten passiert?«

»Kommen Sie«, sagte Folmer und führte Ravn durch den Fahrradkeller zu der Hintertür, die auch in den Kellergang führte. Sie durchquerten den schmalen Gang mit den roten Türen, an dem die Abstellräume der einzelnen Bewohner lagen. Als sie das letzte Abteil erreichten, zog Folmer einen Schlüsselbund aus der Tasche. Es dauerte ein wenig, bis er den richtigen Schlüssel gefunden hatte. Dann schloss er die Tür auf. »Wie gesagt, Benjamin war mir sympathisch, also hab ich seine Sachen hier aufbewahrt.«

Ravn streckte den Kopf in den Raum, der ihn an eine überfüllte Besenkammer mit jeder Menge altem Krempel erinnerte.

»Was die Leute alles so vergessen, wenn sie umziehen.« Folmer schüttelte den Kopf, während er eine verstaubte blonde Perücke aus dem Regal nahm.

»Waren Sie mit Benjamin richtig befreundet?«

»Nein, das wohl nicht, aber ich kannte seine Mutter von früher. Sie wohnte drüben in der Gullandsgade. Seltsame Frau, war bei den Zeugen Jehovas oder so.«

»War Benjamin auch bei den Zeugen Jehovas?«

Folmer schüttelte den Kopf. »Nein, die Mutter war gläubig. Wie das bei Benjamin war, weiß ich nicht. Jedenfalls war er allen gegenüber freundlich und hilfsbereit, auch wenn er ein bisschen verschüchtert wirkte. Ich denke, dass seine Mutter es ihm nicht einfach gemacht hat. Nachdem er endlich bei ihr ausgezogen war, ist er in die Wohnung direkt unter ihr gezogen.« Folmer schüttelte lächelnd den Kopf.

»Wissen Sie, ob er immer noch dort wohnt?«

»Nein, nein, das tut er nicht. Ich glaube, es hat ihm bald gereicht. In der Regel war er hier unten, wenn er nicht gerade einem seiner Aufträge nachging.«

»Hat er irgendwann mal eine Glaubensgemeinschaft erwähnt, die *Die Auserwählten Gottes* heißt?«

Folmer schüttelte den Kopf. »Nein, jedenfalls kann ich mich nicht daran erinnern.« In diesem Moment brummte das Handy in Folmers Brusttasche. Er zog es heraus und warf Ravn einen raschen Blick zu. »Das da in der Ecke sind Benjamins Kisten. Sehen Sie einfach, was Sie interessiert.«

»Danke««, erwiderte Ravn, während Folmer auf den Kellergang trat und den Anruf entgegennahm.

Ravn bahnte sich einen Weg durch das Gerümpel und kniete sich vor die beiden Umzugskartons. Er klappte den ersten auf und sah sich den Inhalt an, hauptsächlich lose Rechnungen und ein paar Hängemappen. Er nahm eine davon heraus und öffnete sie. Sie enthielt alte Steuerunterlagen und eine Jahresabrechnung. Er legte sie zurück und öffnete die nächsten beiden Mappen. Auch sie enthielten dieselbe Art von Unterlagen. Er zog den zweiten Umzugskarton an sich heran und öffnete ihn. Darin waren noch mehr alte Mappen mit den verschiedensten Vorgängen. Die Rechnungen, die Benjamin gestellt hatte, trugen ausnahmslos diese Adresse. Zwischen den vielen Papieren war nichts, woraus hervorging, wohin Benjamin anschließend gezogen war. Ravn blätterte einen Stoß Quittungen durch, die von einer Büroklammer zusammengehalten wurden, als Folmer sich erneut in der Türöffnung zeigte. »Sind Sie bald fertig?«, fragte er mit einem Lächeln. »Ich hab's nämlich langsam ein bisschen eilig.«

»Natürlich«, entgegnete Ravn und stand auf. Er warf einen raschen Blick auf die letzte Quittung, die von Interflora stammte. Die Lieferadresse war die Psychiatrische Klinik auf Amager. »Sie sagten, dass Benjamins Mutter damals hier in der Nähe wohnte. Wissen Sie, wo sie danach hingezogen ist?«

»Auf den Friedhof, aber das ist schon über zehn Jahre her. Warum?«

Ravn schüttelte den Kopf und warf die Quittungen zurück in die Kiste.

»Grüßen Sie ihn von mir, wenn Sie ihn finden«, sagte Folmer und schloss die Tür hinter ihnen.

»Werd ich machen.«

Gemeinsam stiefelten sie durch den Keller zum Ausgang. Als sie wieder im gleißenden Sonnenlicht auf der Lysefjordsgade standen, lächelte Folmer ihn an. »Vor ein paar Jahren war mal eine junge Frau hier, die nach Benjamin gefragt hat. Das war direkt, nachdem er sein Geschäft zugemacht hatte.«

»Hieß sie Lise?«

»An ihren Namen kann ich mich, ehrlich gesagt, nicht erinnern. Sie war klein und kräftig und wirkte so durchtrainiert wie viele Mädchen heute. Dunkle Haare hatte sie. Sie hat die ganze Zeit gelächelt, auf so eine strenge Weise. Und sie war hartnäckig. Hört sich das nach Lise an?«

Ravn schüttelte den Kopf. »Nein, nicht wirklich.«

Nachdem er sich von Folmer verabschiedet hatte, fragte er sich, ob es vielleicht Katrine gewesen war, die Benjamin nach Lises Teufelsaustreibung hatte finden wollen. Doch vor allem fragte sich Ravn, wem Benjamin Blumen in die Psychiatrische Klinik geschickt hatte. Natürlich hatte er eine konkrete Vermutung, hoffte aber inniglich, dass er sich irrte.

33

Ravn stieg auf das Achterdeck hinunter, wo ihn Møffe schwanzwedelnd begrüßte. Der Hund bellte freudig und sprang an ihm hoch. Er nahm seinen Kopf in beide Hände und strubbelte ihn, was Møffe außerordentlich gern hatte. Auf dem Rückweg von der Lysefjordsgade hatte er überlegt, wie er herausfinden konnte, ob Benjamin damals wirklich Lise Blumen in die Psychiatrische Klinik geschickt hatte. Falls das der Fall war, besaß das Krankenhaus sicher noch Lises Kontaktdaten. Einmal mehr fiel ihm auf, wie sehr viel einfacher so eine Personenrecherche gewesen war, als er noch für die Polizei gearbeitet hatte. Ihm kam eine Idee, und er zog sein Handy aus der Tasche. Kurz darauf gab er die Telefonnummer der Psychiatrischen Klinik ein. Am anderen Ende meldete sich umgehend eine nasal klingende Stimme.

»Thomas Ravnsholdt, Station City. Ich möchte mich nach einer ehemaligen Patientin von Ihnen erkundigen.«

»Worum geht es denn?«, fragte die wachhabende Krankenschwester.

»Es geht um eine Patientin namens Lise Brask, die vor zwei Jahren bei Ihnen behandelt wurde … ihre Personennummer habe ich gerade nicht zur Hand.«

»Woher, sagten Sie, rufen Sie an?«

Er atmete ruhig und gleichmäßig. »Vom Polizeirevier Station City am Halmtorvet, Ermittlungsdienst.«

»Dann kennen Sie ja das Prozedere. Wir brauchen eine

schriftliche Anfrage, ganz gleich, ob es sich um eine gegenwärtige oder eine frühere Patientin handelt.«

»Ich brauche nur rasch eine kurze Information, um hier weiterzukommen.«

»Tut mir leid. Können Sie mir noch einmal Ihren Namen sagen?«

Er legte auf und dachte, dass er total aus dem Training sein musste, wenn es ihm nicht einmal gelang, eine Krankenschwester zum Reden zu bringen. Mikkel und er hatten es seinerzeit geschafft, allen möglichen Leuten die geheimsten Informationen zu entlocken. Er ging zum Sofa in der Kajüte, nahm eins der Polsterkissen weg und öffnete den Deckel der Sitzbank. Darin lagen ein paar schwarze Sporttaschen, die einen Großteil seiner Garderobe enthielten. Er holte die vorderste Tasche heraus und wühlte so lange darin herum, bis er den Umschlag mit seinen persönlichen Dokumenten fand, in dem auch sein alter Polizeiausweis steckte. Er öffnete die zweigeteilte laminierte Karte mit dem Siegel der Polizei und einem uralten Foto von ihm. Darauf war er frisch rasiert, hatte kurze Haare und trug ein Uniformhemd mit Krawatte. Der Traum einer jeden Schwiegermutter und ziemlich weit von seinem heutigen Aussehen entfernt. Wenn er jetzt das Bild betrachtete, kam es ihm wie aus einem anderen Leben vor. Damals hatte er gerade seinen Dienst angetreten und wie alle anderen Berufsanfänger in den Reihen der Polizei davon geträumt, die Gesellschaft ein klein wenig besser oder zumindest etwas gerechter zu machen. Damals hatte er noch an die Gerechtigkeit geglaubt und daran, dass das Gute letztlich über das Böse siegte. Damals hatte er noch keine Grauzonen gekannt. Heute wusste er es besser. Weil ihn das Foto deprimierte, steckte er den Ausweis in die Tasche. Er hätte ihn eigentlich abgeben müssen, als er beurlaubt worden war, doch er hatte gelogen, dass er ihn nicht mehr finden könne. Warum er das getan hatte, hatte er selbst nicht gewusst. Vielleicht war es der ewige Polizist in ihm, der einfach nicht hatte loslassen wollen.

34

Die Dunkelheit senkte sich über den Amager-Park, der wie ein dunkles Meer unter der Hochbahn und dem lautlosen Metro-Zug lag. Als der Zug an der Sundby Station hielt, stieg Ravn aus dem ersten Wagen. Er ging durch das menschenleere Bahnhofsgebäude und spazierte den Digevej entlang, wo er den zementgrauen Gebäuden der Psychiatrischen Klinik bis zum Haupteingang folgte. Als er die große Glasfront erreichte, sah er einen dunkelhäutigen Mann hinter der Rezeptionstheke sitzen und ein Sandwich essen, dessen eine Hälfte noch in Aluminiumfolie verpackt war. Ravn hatte darauf gesetzt, dass die weibliche Angestellte, mit der er vorhin telefoniert hatte, längst abgelöst worden war und dass es zu dieser späten Stunde nicht mehr so viel Personal gab, mit dem er sich auseinandersetzen musste. Er drückte auf den Schalter neben der Eingangstür und sah, wie der Mann sich überrascht zu ihm umdrehte. Dann stand er auf, legte das Sandwich auf die Theke, wischte sich die Hände an seinem weißen Kittel ab und kam zu ihm an die Tür.

»Polizei«, sagte Ravn und klatschte seinen Ausweis an die Scheibe.

Der Wachhabende öffnete die Tür und bat ihn herein. »Was kann ich für Sie tun?«, fragte er lächelnd. Er sah noch sehr jung aus. Ravn vermutete, dass es sich um einen Medizinstudenten handelte, der sich durch die Nachtwachen in der Klinik etwas dazuverdiente.

Ravn warf einen Blick auf das Namensschild an seinem Kittel. »Äh, Shahid. Ich brauche Hilfe in einer laufenden Ermittlung.« Er legte Shahid den Arm um die Schultern und zog ihn an die Rezeption.

»Eine Ermittlung … in diesem Krankenhaus?«, fragte Shahid.

»Es geht um eine frühere Patientin. Wir fürchten, dass jemand ihre persönlichen Daten gestohlen hat«, log er.

»Uihuihui, so was ist meinem Onkel auch mal passiert. Hat ewig gedauert, bis die Bank ihm seinen Verlust ersetzt hat. Sind richtige Drecksäcke bei der Dänischen Bank, das kannst du mir glauben.«

»Da will ich dir nicht widersprechen«, entgegnete Ravn und lächelte empathisch. »Kannst du nicht mal kurz unter ihrem Namen nachgucken, und wenn du ihre Adresse hättest, würde mir das auch sehr helfen.«

Shahid schüttelte den Kopf. »Da kann ich tierischen Ärger kriegen, geht ja schließlich um vertrauliche Informationen. Komm lieber morgen noch mal und rede mit den Leuten, die hier fest angestellt sind. Die wissen bestimmt auch mehr als ich.«

»Ich brauche die Informationen aber sofort, Shahid. Die Verbrecher machen ja schließlich keine Pause. Je eher ich diesen Fall abschließen kann, desto besser. Ich verspreche dir, dass die Sache absolut unter uns bleibt.« Er zwinkerte ihm zu. »Jetzt hab dich nicht so und hilf mir.«

Shahid ließ rasch seinen Blick umherschweifen, ehe er sich über die Computertastatur beugte. »Okay, sag mir den Namen, und ich schaue, ob er noch bei uns registriert ist.«

»Sie heißt Lise, Lise Brask.«

Shahids Finger hielten inne. Er wandte Ravn seinen Kopf zu.

»Aber die kenne ich gut.«

»Super, hast du ihre Adresse?«

»Sie wohnt bei uns.«

»Lise Brask? Bist du sicher?«

»Ja, klar. Wir haben fünfunddreißig Personen, die dauerhaft bei uns sind. Lise ist sozusagen unsere älteste Bewohnerin. Wir nennen sie *Sleeping beauty*.« Er blickte zu Boden. »Ein blöder Spitzname, aber ich hab ihn auch nicht erfunden.«

»Kann ich sie sehen?«

»Jetzt?«, fragte Shahid und schaute auf seine Armbanduhr.

»Ja, jetzt. Nur so kann ich ihre Identität überprüfen.« Er hörte selbst, wie unglaubwürdig das klang, sah Shahid aber direkt in die Augen. »Komm schon, Shahid, es ist wichtig.«

Shahid atmete tief durch und sah aus wie ein zum Tode Verurteilter auf dem Weg zum Schafott. »Da geht's lang.«

Zusammen gingen sie einen schummrigen Flur hinunter. An dessen Ende war eine Art Display in die Wand eingelassen. Shahid tippte einen Zahlencode ein, worauf sich die Tür mit einem leisen Brummen öffnete. »Das ist total illegal«, murmelte er vor sich hin.

»Ganz ruhig, Shahid, ich will nur einen kurzen Blick auf sie werfen. In fünf Minuten bist du wieder bei deinem Sandwich.«

»Total illegal«, wiederholte Shahid und blieb vor der Tür zum ersten Patientenzimmer stehen. Er schob sie vorsichtig auf, und sie traten in den dunklen Raum, in dem Ravn nur soeben die Konturen einer Person in einem Krankenhausbett erkennen konnte. »Jedenfalls ist sie leicht wiederzuerkennen«, bemerkte Shahid, »das steht fest.«

Sie traten an das Bett. Shahid schaltete am Kopfende ein kleines Wandlicht an. »Hab ja schon gesagt, dass der Spitzname ein schlechter Scherz ist.«

Ravn machte unwillkürlich einen Schritt zurück, als er Lise erblickte. »Was … was ist mit ihr passiert?«

»Natronlauge.«

Der unterste Teil ihres Gesichts sowie ein Großteil des Halses waren von grauem, knotigem Narbengewebe bedeckt. Ihre Lippen waren weggeätzt, der Mund ein kegelförmiges Loch. Auch von ihrer Nase war nicht mehr viel übrig, was ihrem Gesicht ein reptilhaftes Aussehen verlieh, das in Kontrast zu ihren langen gepflegten blonden Haaren stand.

»Hat ihr jemand die Natronlauge ins Gesicht geschüttet?«

»Nein, sie hat sie getrunken. Solche Verätzungen gibt es öfter bei kleinen Kindern, die Abflussreiniger getrunken haben. Bei Lise war es ein Selbstmordversuch.«

»Wer hat sie damals hierhergebracht?«

»Das weiß ich nicht. Sie war schon da, als ich hier angefangen habe.«

»Hol mal ihre Patientenakte, Shahid.«

»Aber …«

Ravn warf ihm einen strengen Blick zu. Shahid nickte folgsam.

»Einen Moment«, sagte er und verschwand aus dem Zimmer.

Nachdem Shahid gegangen war, nahm Ravn Lises Hand und drückte sie sanft. »Lise«, sagte er, »Lise …«

Ein leises Röcheln drang aus ihrer verätzten Kehle, während sie langsam erwachte.

»Kannst du mich hören, Lise?«, flüsterte er. »Ich muss mit dir reden.«

Sie öffnete die Augen und blickte starr an die Decke. Als Ravn erneut ihre Hand drückte, wanderten ihre Augen zu ihm.

»Mein Name ist Thomas Ravnsholdt, ich bin …«

Sie schrak zusammen und zog ihre Hand zurück.

»Hab keine Angst, Lise. Ich bin gekommen, um dir zu helfen.«

Sie schaute Ravn lange an, als versuchte sie, ihn wiederzuerkennen.

»Wie ist das passiert, Lise? War das damals, als du bei *Den Auserwählten Gottes* warst?«

Sie murmelte etwas Unverständliches, während ihr Speichel aus dem Mundwinkel lief.

»War das Jakob? Hat Jakob Mesmer dir das angetan?«

»Ben … min … Ben … min … Ben … ja … min …«

»Hat Benjamin das getan?«

»Ben … min.«

»Weißt du, wo er ist? Weißt du, wo ich Benjamin finden kann?«

Sie schloss die Augen und sank in das Kissen zurück, offenbar benommen von der Medizin.

Ravn nahm ihre Hand und schüttelte sie leicht, bis sie wieder die Augen aufschlug. »Was ist mit Jakob?« Ravn hörte, wie sich die automatische Tür auf dem Gang öffnete. Im nächsten Moment näherten sich Schritte. »Was ist mit Jakob Mesmer, Lise?«

Ihre Augen leuchteten kurz auf, und sie murmelte etwas vor sich hin.

»Weißt du, wo er ist?«

»Messssssssmer …«, kam es aus der deformierten Öffnung ihres Mundes.

»Was geht hier vor?«

Ravn drehte sich um. Shahid war nicht nur mit der Patientenakte, sondern auch in Begleitung eines kräftigen Mannes zurückgekehrt, der zweifellos Arzt war, auch wenn er wie ein Schwergewichtsboxer aussah.

»Get … mann …«, kam es von Lise. »Get … mann …«

»Thomas Ravnsholdt, Station City«, stellte Ravn sich dem Mann vor und wandte sich an Lise. »Was sagst du?«

»Get … mann …«

»Können Sie sich ausweisen?«, brummte der Arzt.

»Selbstverständlich«, antwortete Ravn, zog seinen Polizeiausweis aus der Tasche und schwenkte ihn durch die Luft. »Ich kann dich nicht verstehen, Lise …«

»Get … mann … Get … mann … Get … mann …«, wiederholte sie immer schneller und lauter. »Get … mann … Get … mann …« Es hörte sich an, als sei sie in Trance gefallen.

»Lassen Sie die Patientin in Ruhe«, sagte der Arzt und zog Ravn an der Schulter.

Der Arzt versuchte, Lise zu beruhigen, indem er sie besser zudeckte. »So, Lise, jetzt kannst du wieder ruhig schlafen.«

Sie klammerte sich an seinen Kittel und versuchte, ihn näher zu sich heranzuziehen. »Get … mann … Get … mann … Get … mann …«, wiederholte sie immer wieder.

Ravn nahm Shahid die Patientenakte aus der Hand und überflog die ersten Seiten. Ganz vorne waren kurz die Schäden beschrieben, die die Einnahme der Natronlauge bei ihr verursacht hatte, sowie die Operationen, die im Rigshospital durchgeführt worden waren. Danach war sie direkt in die Psychiatrische Klinik auf Amager verlegt worden, wo sie sich seitdem aufhielt. In der Patientenakte fanden sich auch Hinweise auf frühere Aufenthalte in der Psychiatrie sowie ihre gesamte Krankengeschichte mit mehreren Selbstmordversuchen. Gefolgt von einer Liste der Medikamente, die sie bekam. Dabei handelte es sich in erster Linie um Psychopharmaka und Betablocker.

Ravn blätterte rasch weiter, um eventuelle Kontaktpersonen ausfindig zu machen, wurde jedoch nicht fündig. »Hat sie irgendeinen Vormund, Shahid? Wer besucht sie?«

»Ich habe hier noch nie einen Besucher gesehen«, antwortete Shahid mit Blick auf seinen Vorgesetzten.

In diesem Moment drehte sich der Arzt zu ihnen um und schaute sie an. »Raus!«, sagte er und riss Ravn die Patientenakte aus der Hand.

»Ich versuche doch nur herauszufinden, wer ihr das angetan hat, verdammt«, gab Ravn zurück.

»Das hat sie selbst getan. Daran besteht nicht der geringste Zweifel, verstanden?«

»Verstanden«, wiederholte Ravn und hob abwehrend die Hände. Dann ließ er sie wieder sinken und sah den Arzt flehend an. »Ich suche nach zwei Personen, Benjamin Clausen und Jakob Mesmer. Wissen Sie, ob einer der beiden versucht hat, Kontakt zu ihr aufzunehmen?«

Der Arzt machte sich so breit wie möglich und drängte Shahid und Ravn aus dem Zimmer. »Da Shahid seine Schweigepflicht gebrochen hat, wissen Sie ja schon, dass Lise noch nie Besuch hatte.«

Ein paar Minuten später stand Ravn wieder draußen vor dem Krankenhaus. Der Arzt hatte ihm mit einer Dienstaufsichtsbeschwerde gedroht. Ravn hielt das für eine leere Drohung, zumal die beiden Wachhabenden am Empfang sicher den meisten Ärger bekommen würden, sollte sein nächtlicher Besuch bei Lise bekannt werden. Er war immer noch erschüttert von ihrem Zustand und hätte jetzt gut einen Schnaps gebrauchen können, doch leider war keine Kneipe in der Nähe.

35

Ravn saß in Eduardos Büro auf der Fensterbank. In dem winzigen Raum stapelten sich Zeitungen und Unterlagen. Das Regal, das eine komplette Wand einnahm, war so vollgestopft mit Büchern, dass man fürchten musste, es würde jeden Moment auf Eduardos Schreibtisch krachen. Die einzige Verschönerung des Raums bestand in einem gerahmten Filmplakat von *Belle du Jour*, das neben der Tür hing und eine halb nackte Catherine Deneuve zeigte. Aus der angrenzenden Redaktion hörte man eine lautstarke Diskussion. Eduardo drückte die Tür zu, als er mit zwei Kaffeebechern zurückkehrte.

»Du meinst also, dass die Polizei dafür zuständig ist? Dass es um ein Verbrechen geht?« Er gab Ravn einen Becher und setzte sich auf den verschlissenen Schreibtischstuhl.

»Nicht dass du das in der Zeitung schreiben sollst, doch ja, ich bin mir ziemlich sicher, dass Lise während der Teufelsaustreibung schwerer Schaden zugefügt wurde … so wie Benjamin sie in seinem Bericht beschreibt.« Er nippte an seinem Kaffee, während Eduardo in Jakob Mesmers Handbuch über Exorzismus blätterte, das Ravn mitgebracht hatte. »Steht hier irgendwas davon, dass man bei diesem Ritual Natronlauge benutzen soll?«

»Nein, nirgends.«

»Und Benjamin hat so was auch nicht erwähnt?«

Ravn schüttelte den Kopf. »Nein, er schreibt nur etwas von

Weihwasser, das Mesmer ihr eingeflößt hat. Allerdings hat er den letzten Teil des Rituals nicht persönlich miterlebt.«

Eduardo nickte und legte das Buch vor sich auf den Schreibtisch.

»Was hat der Arzt in der Psychiatrie gesagt?«

»Dass es ein Selbstmordversuch war. Das stand auch in ihrer Patientenakte.«

»Sie haben dir ihre Patientenakte gezeigt?«

»Nicht ganz freiwillig. Aber ich habe selbst gelesen, dass sie wiederholt in die Psychiatrie eingeliefert worden ist und mehrfach versucht hat, sich umzubringen.«

»Wenn ich mir all das so anhöre, was du über sie erzählst, ist es da nicht wahrscheinlicher, dass Lise sich selbst Schaden zugefügt hat?«

»Ich weiß nicht …«

»Warum zweifelst du daran?«

Er zuckte die Schultern. »Ist nur so ein Gefühl.«

»Dein sechster Sinn?« Eduardo lächelte ihn an.

»Mehr als das. Lise hat Benjamin anvertraut, dass sie sich in ihrer Jugend geritzt hat. Das steht in Benjamins Bericht. Bei den Selbstmordversuchen, die in der Patientenakte erwähnt werden, hat sie entweder Schlaftabletten genommen oder sich die Pulsadern aufgeschnitten.«

»Ich verstehe, worauf du hinauswillst. Das Trinken von Natronlauge passt irgendwie nicht ins Bild.«

»Genau.«

»Also verdächtigst du jemanden, ihr die Natronlauge eingeflößt zu haben.«

»Es spricht zumindest einiges dafür, Jakob Mesmer und Benjamin Clausen mit diesem Verdacht zu konfrontieren.«

»Und wie weit bist du mit deinen Recherchen gekommen?«

»Bis zum Brand des Gemeindehauses in der Belgiensgade. Wo sie dann hingezogen sind, weiß ich nicht.«

»Hast du schon im Datenarchiv des Ministeriums nachgeschaut?«

»Welches Ministerium? Und welches Datenarchiv?«

»Über die diversen Glaubensgemeinschaften«, antwortete Eduardo und loggte sich in den Computer ein. »Das Kirchenministerium.«

Ravn stand auf, ging um den Schreibtisch herum und schaute Eduardo über die Schulter.

»Hier ist es«, sagte Eduardo kurz darauf. Auf dem Bildschirm erschien die Homepage des Ministeriums, die einen Link zu sämtlichen religiösen Gemeinden in ganz Dänemark enthielt. »Ist nach Glaubensrichtungen unterteilt«, erklärte Eduardo, während er die christlichen Gemeinden anklickte.

Die Liste aller registrierten Gemeinden war länger, als sie beide vermutet hatten, und erstreckte sich über sechs Bildschirmseiten. Glücklicherweise waren sie alphabetisch geordnet, und so fanden sie im Untermenü der Pfingstbewegung rasch *Die Auserwählten Gottes*.

»Als Adresse steht hier immer noch die Belgiensgade«, sagte Eduardo und zeigte auf den Bildschirm.

»Das Register scheint ja nicht gerade auf dem neusten Stand zu sein«, entgegnete Ravn und kratzte sich die Bartstoppeln. »Hat das Ministerium eine Telefonnummer angegeben?«

»Ja, aber ich glaube, es hat keinen Sinn, dort anzurufen, weil die Gemeinden selbst für die Aktualität ihrer Daten zuständig sind. Letztlich geht es ja für alle darum, weiterhin finanzielle Unterstützung zu bekommen«, fuhr Eduardo fort. »Und wenn *Die Auserwählten Gottes* noch aktiv sind, sollte Jakob auch ein Interesse daran haben, dass seine Glaubensgemeinschaft weiterhin registriert ist.«

Ravn bestand trotzdem darauf, erst einmal beim Ministerium nachzufragen. Eduardo wählte sogleich die Telefonnummer des Ministeriums, doch es dauerte eine Viertelstunde, ehe er jemanden an den Apparat bekam, der seine Frage beantworten konnte. Eduardo stellte sein Handy auf laut, damit Ravn mithören konnte.

»Tut mir leid«, meinte eine Sekretärin, »aber das ist die einzige Adresse, die wir haben.«

»Haben Sie vielleicht eine Telefonnummer oder eine E-Mail-Adresse?«

»Leider nein.«

»Könnte es sein, dass sich die Glaubensgemeinschaft inzwischen aufgelöst hat?«

»Darüber liegen uns keine Informationen vor. Manchmal passiert es natürlich, dass wir nicht gleich darüber informiert werden, wenn sich eine Gemeinschaft auflöst.«

Eduardo bedankte sich für die Auskunft und legte auf.

»So viel zum Kirchenministerium.«

»Komm mit, ich hab eine andere Idee«, sagte Eduardo und stand auf. »Vielleicht weiß Kjeld etwas.«

»Wer ist das?«

»Eine Institution bei unserer Zeitschrift. Er hat sich im Laufe der Jahre mit allen möglichen Sekten und Glaubensgemeinschaften beschäftigt, unter anderem mit den Zeugen Jehovas. Außerdem kennt er sich sehr gut mit dem Problem der islamistischen Radikalisierung von Gefängnisinsassen aus.«

»Okay, aber ich will nicht, dass er irgendwas darüber schreibt«, entgegnete Ravn und sah Eduardo ernst an.

»Da kannst du ganz beruhigt sein. Es muss schon eine ganze Menge passieren, bis sich Kjeld an die Tastatur setzt. Bleibt alles in der *Familie*«, fügte er hinzu und klopfte Ravn auf die Schulter.

Ravn wusste nicht genau, ob er Wert darauf legte, mit Eduardos Zeitschrift in einer Familie zu sein, doch solange nichts davon an die Öffentlichkeit drang, war er zufrieden.

Kurz darauf klopften sie an die Tür zu Kjelds Büro, das am anderen Ende der Redaktion lag. »Herein!«, hörten sie eine rostige Stimme.

Sie betraten ein Büro, das noch kleiner als Eduardos und total verqualmt war. Hinter dem überladenen Schreibtisch am Fenster saß ein älterer Mann, der ein kariertes Flanellhemd und rote Hosenträger trug.

»Hier riecht's wie auf einem orientalischen Basar«, stellte Eduardo fest. »Rauchst du etwa Wasserpfeife, Kjeld?«

»E-Zigaretten«, antwortete er und hustete. »Mit Apfelgeschmack.«

»Ob E-Zigaretten oder nicht. Lone flippt aus, wenn sie das mitkriegt.« Eduardo wedelte den Rauch vor seinem Gesicht weg. »Du kennst doch ihre Null-Toleranz-Politik, was das Rauchen angeht.«

»Ist doch nur Dampf. Außerdem habe ich damals auf der Sitzung mein Veto eingelegt. Willst du noch was anderes, als schlechte Stimmung zu verbreiten?« Er lehnte sich im Stuhl zurück, der unheilvoll knarrte.

»Wir suchen nach einer bestimmten Glaubensgemeinschaft. Nach so einer Sekte innerhalb der Pfingstbewegung, die sich *Die Auserwählten Gottes* nennt. Sagt dir das was?«

»*Die Auserwählten* … Moment mal!«

»Da hat es mal einen Brand …«

»Auf Amager, jetzt weiß ich's wieder«, fiel Kjeld Ravn ins Wort. »Ist schon ein paar Jahre her. Was ist mit der Sekte?«

»Wir können ihre jetzige Adresse nicht herausfinden. Wissen Sie, wie es damals nach dem Brand weiterging?«

»Hm.« Er kratzte sich am Kopf. »Habt ihr schon auf der Liste des Ministeriums nachgeguckt?«

»Dort steht nur die alte Adresse, und am Telefon konnten sie uns auch nicht sagen, ob es *Die Auserwählten Gottes* überhaupt noch gibt.«

Kjeld nickte und stieß eine Dampfwolke aus. »So langsam erinnere ich mich an die Einzelheiten. Ich weiß noch, dass ich damals irgendwas über diesen ehemaligen Fußballer machen wollte, diesen Linksaußen, wie hieß der noch gleich? Lars? Lasse? Lennart?«

»Haben Sie mit ihm geredet?«

»Nein, der hatte die Bewegung damals schon verlassen, also war die Sache für mich gestorben. Das war außerdem vor dem Brand.«

»Glauben Sie, dass sie sich aufgelöst haben?«

»Könnte schon sein. Damals gab es viele neue Religionsgemeinschaften, die nur kurz Bestand hatten. Faderhuset und Evangelist waren die bekanntesten. Wahrscheinlich sind die direkt in den Himmel aufgefahren«, sagte er lachend und breitete die Arme aus.

Sie dankten Kjeld für seine Zeit und kehrten in Eduardos Büro zurück.

»Was ist mit Mikkel?«, fragte Eduardo. »Kannst du ihn nicht überreden, im Personenregister nachzugucken?«

»Dazu müsste erst mal nach den beiden gefahndet werden.«

»Ich meine natürlich inoffiziell.«

»Mir fehlen dafür noch ein paar Personenkennzahlen. Und außerdem hab ich Mikkel letztes Mal versprochen, dass ich ihn nie wieder um so etwas bitten werde.«

In Wahrheit hatte Ravn, was das anging, nur wenige Bedenken, doch er wollte Mikkels Mithilfe auf Evas Fall beschränken. Was ihn daran erinnerte, dass ihn Mikkel trotz seines Versprechens immer noch nicht darüber informiert hatte, was sich alles unter Kaminskijs Hehlerware befand.

Eduardo setzte sich an den Schreibtisch und begann aufs Geratewohl, in Mesmers Buch zu blättern. »Man kann doch jemanden nicht einfach so dazu bringen, Natronlauge zu trinken.«

»Nur wenn man zu mehreren oder das Opfer gefesselt ist, so wie Lise.«

»Ich dachte da eher an den psychischen Aspekt.«

Ravn zuckte die Schultern. »Ich hab schon viele kranke Dinge erlebt, mich überrascht da gar nichts mehr, aber man muss zugegebenermaßen schon ein ziemlicher Psychopath sein, um so was tun zu können.«

Eduardo legte das Buch vor sich auf den Tisch. Ravn wollte es gerade in die Tasche seines Kapuzenpullovers schieben, als ihm zum ersten Mal der Name des Verlags auffiel, der ganz unten auf dem Cover stand. Er strich mit dem Finger darüber. »Gethsemane. Derselbe Name, der auch in Benjamins Bericht auftaucht. Dort wird an einer Stelle erwähnt, dass Jakob Mesmer sie alle dorthin mitnehmen will.«

»Gethsemane hieß der Garten, in dem Jesus am Abend vor seiner Kreuzigung mit seinen Jüngern gebetet hat.«

Ravn sah Eduardo überrascht an.

»Guck mich nicht so überrascht an. Ich bin als Kind in die Sonntagsschule gegangen.«

»Echt?«

»Wie alle spanischen Kinder. Was ist mit Gethsemane?«

»Keine Ahnung. Aber Lise ist völlig hysterisch geworden und hat den Namen ständig wiederholt.«

»Meinst du, es könnte was mit dem Verlag zu tun haben?«, fragte Eduardo mit Blick auf den Umschlag.

»Irgendetwas sagt mir, dass dieser Verlag Jakob Mesmer oder der Gemeinde gehört. Kannst du mal checken, ob's den noch gibt?«

Eduardo setzte sich an die Tastatur und versuchte, den Verlagsnamen zu googeln, doch ohne Erfolg. »Probieren wir's mal mit dem Unternehmensregister.« Er rief das Register auf und tippte den Namen Gethsemane ein. Auf dem Bildschirm erschien eine ganze Reihe von Unternehmen. Eduardo rückte näher heran und las. »Da stehen überall dieselben Eigentümer, Jakob Mesmer und zwei weitere Personen.«

Ravn ging halb um den Schreibtisch herum und warf einen Blick auf den Monitor. »Das ist ja Wahnsinn. *Die Auserwählten Gottes* besitzen mehr Firmen als Scientology.«

»Ätsch, Ron Hubbard«, sagte Eduardo mit einem Grinsen. »Außer dem Verlag haben die noch ein Bauunternehmen, eine Firma für Gebäudesanierungen, eine Gärtnerei, eine Reinigungsfirma und eine Webdesign-Agentur.«

»Guck mal nach, ob da auch die Firmenadressen stehen.«

»Einen Augenblick«, erwiderte Eduardo und klickte auf den ersten Link. »Das Bauunternehmen scheint schon vor mehreren Jahren dichtgemacht zu haben.«

»Und die anderen?«

»Die Webdesign-Agentur ebenfalls ... genauso wie die Reinigungsfirma.« Er klickte auf die nächsten Links. »Den Verlag gibt's auch nicht mehr.«

»Was ist mit der Gärtnerei?«

»Die Gärtnerei ...«, Eduardo suchte nach Hinweisen, »die scheint noch zu existieren.«

»Wie ist die Adresse?«, fragte Ravn, der versuchte, auf dem Bildschirm mitzulesen.

»Die ist auf Lolland. Soll ich dir Adresse und Telefonnummer aufschreiben?«

»Unbedingt«, antwortete Ravn.

Eduardo notierte beides auf einem Post-it und gab Ravn den Zettel. »Was willst du jetzt tun? Dort anrufen?«

»Ich glaube, ich warte noch ein bisschen.«

»Du willst doch nicht etwa hinfahren?«

Ravn schüttelte den Kopf und dachte angestrengt nach.

»Jetzt sag schon.«

»Irgendwie werde ich den Verdacht nicht los, dass Ferdinand Mesmer die ganze Zeit gewusst hat, wo sein Sohn ist.«

Eduardo lehnte sich auf dem Stuhl zurück und schaute ihn überrascht an. »Aber warum sollte er dich dann beauftragt haben?«

»Weil er es liebt, Leute herumzukommandieren.«

»Wäre es nicht trotzdem leichter gewesen, dir gleich die Adresse zu geben?«

»Der leichteste Weg interessiert Ferdinand Mesmer nicht.«

»Und was sollte er für ein Motiv haben?«

»Er wollte mir zeigen, wozu sein Sohn in der Lage ist, *bevor* ich ihn kennenlerne.«

»Aber warum?«

Ravn schüttelte den Kopf. »Keine Ahnung. Vielleicht, damit ich nicht auch die Seite wechsele, so wie Benjamin. Vielleicht auch aus einem ganz anderen Grund.«

Eduardo wirkte nervös. »Ich hab's dir schon früher gesagt, Ravn. Lass die Finger davon.«

»Dazu ist es wohl zu spät.«

»Und was willst du jetzt machen?«

»Mit dem Teufel persönlich reden«, antwortete Ravn trocken und steckte Jakob Mesmers Buch in die Tasche.

36

Ravn lehnte sich an einen Betonpfeiler in der Parkgarage von Mesmer Resources. Hier im Untergeschoss, das in bläuliches Licht getaucht war, war es angenehm kühl. Aus den Lautsprechern drangen sanfte Töne. Es war die Art von Musik, die eine falsche Sicherheit vermittelte und den Keller weniger kalt und abweisend wirken ließ. Vor ihm, in dem ansonsten gut gefüllten Parkhaus, lag Ferdinand Mesmers leerer Stellplatz mit seinem Namen an der Wand. Den exklusiven Fahrzeugen nach zu urteilen, musste die Firma ziemlich gut laufen. Vor ein paar Stunden hatte die Frau an der Rezeption erklärt, Ferdinand Mesmer habe einen Termin in der Stadt, werde aber später in der Firma zurückerwartet. Ravn hatte das Angebot abgelehnt, in der Eingangshalle auf ihn zu warten. Es passte ihm wunderbar, Mesmer in der Tiefgarage abzufangen. Weit weg von seinem Büro. Weit weg von Katrine, seiner Aufpasserin.

Ravn wartete eine weitere halbe Stunde, ehe er einen Wagen die Rampe herunterrollen hörte. Die Scheinwerfer des großen Mercedes S fegten wie Projektoren über die Fahrbahn, während der Zwölfzylindermotor dumpf brummte. Am Steuer saß Ferdinand Mesmer, der den Wagen routiniert einparkte. Ravn schlenderte über die Fahrbahn und postierte sich am Heck des Fahrzeugs, als Ferdinand Mesmer ausstieg.

»Schöner Wagen«, bemerkte Ravn.

Mesmer schaute ihn überrascht an und verriegelte das

Fahrzeug durch einen Druck auf den Schlüssel. »Ich … warte auf Neuigkeiten von Ihnen«, entgegnete er, während er offensichtlich versuchte, sich auf die unerwartete Situation einzustellen.

»Warum haben Sie mir nicht gleich die Adresse Ihres Sohnes gegeben?«

»Wollen wir nicht lieber in mein Büro gehen, statt uns hier unten die Beine in den Bauch zu stehen?«

»Haben Sie gewusst, wie schwer Lise Brask verletzt wurde? Haben Sie sie mit eigenen Augen gesehen?«

»Lise Brask? Die Frau, von der Clausen in seinem Bericht schreibt?«

»Hören Sie auf mit dem Theater. Sie wissen genau, wen ich meine.«

»Was ich nicht leugne. Ich muss nur schnell die richtigen Gehirnzellen aktivieren.« Er legte seine weiche Aktentasche auf das Autodach. »Ich weiß, dass sie verunstaltet in einer Psychiatrischen Klinik liegt.«

»Und wo ist Benjamin Clausen abgeblieben? Können Sie mir sagen, was mit ihm passiert ist?«

»Nachdem er seinen Auftrag erfüllt hatte, haben wir eine Zeit lang nach ihm gesucht.«

»Sie meinen, nachdem er Teil der Glaubensgemeinschaft Ihres Sohnes geworden ist und lieber den Herrn gepriesen statt Berichte geschrieben hat.«

»Ja, ich habe mir Sorgen um ihn gemacht und eine Untersuchung in Gang gesetzt.«

»Ich weiß, dass Katrine bei seinem alten Büro vorbeigeschaut hat. Hat sie herausgefunden, wohin er gezogen ist?«

»Nein, ich fürchte, seine Spur hat sich verloren.«

»Warum haben Sie sich damals überhaupt für Benjamin Clausen entschieden?«

Ferdinand Mesmer schlug mit den Armen aus. »Weil seine Firma als Erste im Telefonbuch stand.«

»Das ist eine verdammte Lüge. Sie haben ihn ganz bewusst ausgewählt, wie Sie auch mich ganz bewusst ausgewählt haben, um in seine Fußstapfen zu treten.«

»Worauf wollen Sie hinaus?«

»Sie kannten seinen persönlichen Hintergrund. Also wussten Sie bestimmt auch, dass er streng religiös erzogen worden war. War er dadurch in Ihren Augen besonders geeignet?«

Ferdinand Mesmer kniff die Augen zusammen. »Sie sind besser, als ich gedacht habe. Ich gebe zu, dass ich ein wenig von Clausens Biographie kannte und gedacht habe, sie könnte in diesem Fall eine gute Voraussetzung sein.«

»Sie meinen, um undercover zu arbeiten?«

Ferdinand Mesmer nickte. »Leider hatte ich nicht damit gerechnet, dass Clausen zu seinem alten Glauben zurückfinden würde. Mein Sohn kann offenbar sehr überzeugend sein.«

»Hat sich Clausen Ihrem Sohn dauerhaft angeschlossen?«

»Das weiß ich ebenso wenig wie Sie, aber ich nehme es an.«

»Falls ihn nicht ein noch schlimmeres Schicksal als Lise ereilt hat.«

Ferdinand Mesmer wandte den Blick ab und wollte seine Aktentasche vom Autodach nehmen.

»Was wissen Sie über den Brand in der Belgiensgade?« Ravn deutete mit dem Kopf auf Mesmers verstümmelte Hand, die auf seiner Aktentasche ruhte. Mesmer lächelte lakonisch.

»Nichts anderes als das, was in der Zeitung stand. Sie glauben doch wohl nicht, ich hätte irgendetwas damit zu tun.« Er streckte Ravn seine versehrte Hand entgegen. Im schummrigen Licht des Kellers wirkte sie noch deformierter als sonst, fast wie der Huf eines Tiers. »Ich kann Ihnen versichern, dass es sich um eine sehr alte Verletzung handelt«, fügte er lächelnd hinzu. »War's das oder haben Sie noch weitere Fragen?«

»Ich habe noch gar nicht richtig angefangen. Was ist mit den Büchern, die Ihr Sohn herausgibt?«

»Ich nehme einmal an, dass Sie die meinen, in denen es *nicht* um das Mesmogramm geht.«

»Richtig.«

»Als ich zum ersten Mal gesehen habe, dass er ein Buch über *Teufelsaustreibung* geschrieben hat, war ich erschüttert. Das kam mir völlig absurd vor. Darum musste ich ja auch herausbekommen, was es mit seiner *Sekte* auf sich hat. Was genau er da eigentlich treibt.«

»Was ist mit den anderen Firmen, deren Mitbesitzer er ist? Haben Sie die auch überprüft?«

»Selbstverständlich. Es ist schon seltsam, dass die alle Pleite gemacht haben, wenn man bedenkt, dass die meisten Angestellten keinen Lohn bekommen haben und alle Überschüsse in die Kasse dieser Sekte geflossen sind. Aber da sieht man mal, was ein schlechter Ruf bewirkt.«

»Und die Gärtnerei? Ich gehe davon aus, dass er sich auch dort aufhält, richtig?«

Ferdinand Mesmer atmete schwer. »Aus Erde bist du gemacht, zu Erde sollst du werden.«

»Soll das ein Witz sein?«

»Eher ein ironischer Kommentar. Sie züchten dort Champignons.«

»Wirklich?«

Er nickte.

Ravn lehnte sich gegen den Mercedes. »Wenn Sie all das wussten, warum haben Sie dann nicht einfach Katrine mit dem Vertrag nach Lolland geschickt?«

»Weil ich zunächst herausfinden wollte, ob mein Sohn inzwischen total unberechenbar ist.«

»Das kann Katrine nicht beurteilen?«

»Ich wollte jemanden, der einen nüchternen Blick von außen hat. Jemanden mit Ihren Fähigkeiten.«

»Falls Sie Ihren Sohn oder jemand anderen aus seiner Bewegung verdächtigen, etwas Illegales getan zu haben, hätten Sie mit diesem Verdacht auch zur Polizei gehen können.«

»Wir wissen doch beide, dass die Fähigkeiten der Polizei sehr begrenzt sind.«

»Tun wir das? Ich glaube, Sie haben sich nur aus dem Grund nicht an die Polizei gewandt, weil Sie befürchtet haben, dass sein schlechter Ruf auf Sie zurückfallen und die geplante Fusion unmöglich machen könnte.«

»Sie schätzen mich falsch ein. Ich will nichts unter den Teppich kehren, auch nicht die Taten meines Sohns, falls sich herausstellen sollte, dass er etwas mit Clausens Verschwinden oder Lises Zustand zu tun hat. Genau deshalb habe ich ja Kontakt zu Ihnen aufgenommen, Ravn, um diese Dinge endlich zu klären.«

»Und die Unterschrift unter einen Vertrag zu bekommen.«

»Ja, das auch.«

»Warum sollte Jakob den unterschreiben, wenn er mit Ihnen und seiner eigenen Vergangenheit auf Kriegsfuß steht?«

»Weil Jakob Geld braucht. Der Hof, auf dem er sich befindet, ist stark verschuldet. Soweit ich weiß, ist der Anbau vollständig eingestellt worden. Wenn er die Reste seiner Gemeinde retten will, dann hat er jetzt eine gute Gelegenheit, das zu tun. Ein Eingriff Gottes sozusagen«, fügte er ironisch hinzu.

Ravn stieß sich von dem Mercedes ab. »Und am Ende werden Sie der große Gewinner sein, nehme ich einmal an.«

»Ich habe schon verloren. Ich mache mir Vorwürfe, dass es

überhaupt so weit gekommen ist. Dass ich ihm kein besserer Vater war. Er hatte keine leichte Kindheit. Es gibt vieles, das ich bedaure.«

»Sparen Sie sich den reumütigen Ton für jemanden auf, der sich das anhören mag.«

Mesmer zuckte die Schultern. »Ich verlange weder, dass Sie mich verstehen, noch dass Sie mich sympathisch finden. Das tut beides nichts zur Sache. Kann ich davon ausgehen, dass Sie immer noch an der Sache dran sind?«

Ravn antwortete nicht. Er hatte genug von dem Alten und drehte sich um.

»Kann ich das?«, rief ihm Mesmer so laut nach, dass es durch die ganze Parkgarage hallte und die Musik übertönte.

37

Trotz der mitternächtlichen Stunde war die Luft immer noch lau. Ravn saß neben Eduardo am Heck der Ketsch, die Füße im Wasser, ein Bier in der Hand. Aus den Kneipen der Umgebung drang fröhliches Stimmengewirr, viele Gäste waren nach draußen gegangen und feierten entlang des Kanals weiter. Ravn hatte Eduardo von seiner Begegnung mit Ferdinand Mesmer erzählt und auch, dass er dem Alten mit jedem Treffen weniger traute. Obwohl Mesmer immer mehr preiszugeben schien, was eigentlich vor sich ging.

»Der manipuliert die Menschen nach Strich und Faden. Und wenn du glaubst, dass er dir die Wahrheit sagt, ist das bloß ein kleiner Teil davon, um dir sofort die nächste Lüge aufzutischen.« Ravn trank einen Schluck aus der Flasche.

»Aber warum willst du mit dem Vertrag zu ihm fahren? Warum lässt du ihn das nicht selbst machen, oder Katrine?«

»Weil ich herausfinden muss, wer Lise das angetan hat.«

Eduardo starrte ins Wasser. »Lass es sein, Ravn, lass es einfach sein.«

Er schaute Eduardo an, der wirklich bekümmert aussah, und stieß ihn freundschaftlich in die Seite. »Hey, machst du dir etwa Sorgen um mich?«

»Ich hab so ein komisches Gefühl bei der Sache.«

»Das Schlimmste, was auf Lolland passieren kann, ist, dass ich vor Langeweile sterbe, ehe ich diese Champignonfarm gefunden habe. Wer züchtet denn heute noch Champignons?«

»Trotzdem.« Eduardo zuckte die Schultern und sah immer noch aus, als wäre er auf einer Beerdigung.

»Irgendwas verschweigst du mir doch?«

Eduardo schaute ihn an. »Vorhin, als du nicht da warst, ist Kjeld vorbeigekommen.«

»Der mit den roten Hosenträgern und der Wasserpfeife?«

»Und den E-Zigaretten, aber egal. Ich hab diesen landwirtschaftlichen Betrieb auf Lolland erwähnt, und da kam er mit einer Geschichte, die ihm mal ein Kollege erzählt hat.«

»Und was ist das für eine Geschichte?«

»Als *Die Auserwählten Gottes* die meisten Mitglieder hatten, wurde dieser Ort als eine Art Trainingslager benutzt …«

»Ja, und?«

»Warte, Trainingslager ist falsch, ich meine …«, Eduardo suchte nach dem richtigen Wort, »*Umerziehungslager*. So hat er es genannt. So wie ein *Gulag* oder ein Arbeitslager.«

»Und wer kam in dieses Lager?«

»Mitglieder, die sich kritisch über die Gemeinde geäußert und nicht genug zu ihrem Erfolg beigetragen haben. Manchmal auch welche, die ihren Unterricht nicht bezahlen konnten. Kjeld meint, dass Jakob Mesmer wahrscheinlich von diesen Scientology-Arbeitslagern inspiriert worden ist.«

»Die kenne ich nicht, aber warum haben sich die Mitglieder nicht einfach geweigert?«

»Weil sie sich zwischen einer Zeit im Umerziehungslager und dem Ausschluss aus der Gemeinschaft entscheiden mussten.«

»Wusste Kjeld auch, was in diesem Lager genau vor sich ging?«

»Harte Arbeit und Bibeltraining. Ein Aussteiger hat Kjelds Quelle erzählt, dass alle Insassen unifarbene Overalls tragen mussten und total von ihrer Umwelt isoliert wurden. Wer gegen die Regeln verstieß, wurde körperlich gezüchtigt.«

»Und heute? Die ganze Organisation scheint sich doch immer mehr aufzulösen.«

»Davon hat Kjeld nichts gesagt. Aber genau das meine ich ja. Es weiß keiner, was an so einem Ort wirklich vor sich geht. Auf jeden Fall werden sich die Dinge nicht zum Besseren entwickelt haben.«

Ravn leerte seine Flasche und stand auf. »Morgen bin ich bestimmt klüger.«

»Du willst es echt riskieren?«

»Jepp.« Er stellte die Flaschen ins Cockpit. »Danke für das Bier.«

Ravn schlenderte an der Kaimauer zum Achterdeck der Bianca. Es wunderte ihn, dass Møffe ihm nicht zur Begrüßung entgegenkam, so wie üblich. Er rief nach dem Hund, während er auf das Deck sprang. Er hörte Møffes charakteristisches Schmatzen, und im nächsten Moment sah er ihn in Gesellschaft einer Person, die an der Reling stand und ihn mit Hundekeksen fütterte.

»Ein Wachhund ist er ja nicht gerade«, sagte Katrine.

»Ich hab ihn noch nicht auf Sie gehetzt«, erwiderte Ravn und ging zu ihr.

Sie wischte ihre Hände lächelnd an ihrem schwarzen Top ab. »Ich glaube, ich habe ihn gut unter Kontrolle.«

»Wie lange sind Sie schon hier?«

»Sie meinen, wie viel ich von Ihrem Gespräch mitgekriegt habe?«

»So kann man das auch sagen.«

»Genug, um froh zu sein, dass ich die Zeitung Ihres Freundes nicht abonniert habe.«

»Ich wusste nicht, dass Sie überhaupt Zeitung lesen.«

»Und ich wusste nicht, dass Sie so schreckhaft sind.«

»Dann haben Sie wohl nicht richtig zugehört. Es gehört nämlich mehr als eine fanatische Sekte dazu, um mich nervös zu machen. Warum sind Sie hier?«

»Ich war gerade in der Gegend.«

»Sie müssen so spät noch arbeiten?«

»Wer sagt denn, dass ich arbeite?« Sie schaute ihn herausfordernd an und trat einen Schritt näher. Er nahm ihr Parfum und einen leichten Schweißgeruch wahr.

»Wer sind Sie?«, fragte er und fixierte ihren Blick.

»Jemand, der dafür sorgt, dass alles in den richtigen Bahnen läuft.«

»Das ist alles?«

»In der Regel ist das eine ganze Menge.« Sie überraschte ihn damit, dass sie ihre Arme um seine Schultern schlang und sich an ihn drückte.

»In welcher Einheit hast du früher gedient?«

Sie küsste ihn und er küsste sie zurück. Biss in ihre Unterlippe und in ihre Zunge.

»Du meinst, ob wir derselben Sekte angehören?«, fragte sie mit einem Lächeln.

»Und was für eine Sekte sollte das sein?«, sagte er und zog sie zu der offenen Kajütentür.

»Die Blaumänner, was sonst.«

Er lächelte, zog sich mit einer Bewegung sein T-Shirt über den Kopf und stand halb nackt vor ihr. »Jetzt hast du jedenfalls viel zu viel an.«

Er nahm ihre Hand und zog sie in die Kajüte, während sie mit Gürteln und Reißverschlüssen kämpften. Sie warf ihr Top weg, er befreite sie aus den übrigen Kleidern und stieß sie auf das Bett. »Für eine Leibwächterin bist du zu zierlich, also wahrscheinlich Geheimagentin, hab ich recht?« Er legte sich auf sie. Liebkoste ihren sehnigen, durchtrainierten Körper, der sich warm anfühlte.

»Ich rede nicht über die Vergangenheit«, antwortete sie und zog ihn an sich. Küsste ihn gierig und spreizte die Beine, damit er in sie eindringen konnte. »Mich interessiert nur die Gegenwart … und ein bisschen, was die Zukunft bringt.«

Er nahm sie hart und intensiv und versank in ihrem gemeinsamen Rhythmus, der sich dem Schaukeln des Bootes anpasste.

Hinterher lagen sie schweigend da und blickten durch die offene Luke in den Nachthimmel. Draußen war es still. Endlich schien die Stadt zur Ruhe gekommen zu sein. »Und was bringt die Zukunft?«

»Was für eine Zukunft?« Sie schaute ihn an.

»Du hast gesagt, dich interessiert, was die Zukunft bringt.«

»Ich habe ›ein bisschen‹ gesagt.«

»Und was siehst du?«

Sie setzte sich auf und streichelte seine Brust. »Es geht nicht so sehr darum, etwas zu sehen, sondern vorbereitet zu sein. Das, was kommt, zu akzeptieren.«

»Hört sich ja ziemlich philosophisch an.«

»Ist eher gesunder Menschenverstand.« Sie tätschelte seine Brust und stand auf.

Ravn betrachtete sie, während sie ihre Kleider zusammensuchte, die rund um das Bett verteilt lagen. Im Mondschein sah sie richtig hübsch aus, doch er wusste, dass er es bereuen würde, wenn er morgen früh aufwachte. Einen moralischer Kater haben würde gegenüber einer Frau, die schon lange tot war; dennoch würde er sich einstellen, das war so sicher wie das Amen in der Kirche.

»War das hier Mesmers Idee?«

»Dann kennst du mich aber schlecht.« Sie zog ihren Slip und das Top an. »Das ist eher eine schlechte Angewohnheit von mir …«

»Was heißt da?«

»Dass ich mich auf das Falsche einlasse.« Sie zog die Hose hoch und schlüpfte in ihre Schuhe. Dann warf sie ihm einen Handkuss zu. »Pass auf dich auf, Ravn.« Damit drehte sie sich um und verschwand aus der Kajüte. Im Liegen lauschte er ihren Schritten auf dem Kai, die langsam verhallten. Den Drang, sich auf das Falsche einzulassen, kannte er allzu gut, wenn ihn der Durst überkam. Sie hatte ihm immer noch nichts über ihre Vergangenheit gesagt. Was sie in seinen Augen nicht weniger reizvoll machte.

38

»Wo willst du hin?«, fragte Victoria und sah Ravn vorwurfsvoll an.

Ravn biss in eine der Zimtschnecken, die er üblicherweise in das Antiquarat mitbrachte, wenn er sich von Victoria etwas ausleihen wollte. »Nach Lolland«, antwortete er mit vollem Mund.

Victoria setzte sich auf die Kante der Ladentheke und zog ihre Tweedhose hoch, damit die Bügelfalten keinen Schaden nahmen. »Du bist dir hoffentlich klar darüber, dass es dort nichts als Inzucht gibt«, bemerkte sie lächelnd und nahm eine Zimtschnecke aus der offenen Tüte.

»Ich dachte, du hättest nur was gegen Schweden und Deutsche. Ich wusste nicht, dass sich deine Vorurteile auch auf die Provinz erstrecken.«

»Das sind keine Vorurteile, sondern die Erfahrungen eines langen Lebens. Ich will ja nicht ausschließen, dass es auf den südlichen Inseln auch nette Menschen gibt, ich hab sie nur noch nicht kennengelernt.«

»Und wann bist du das letzte Mal aus Kopenhagen rausgekommen?«

Sie sah ihn verärgert an. »Ich bin oft außerhalb der Stadtgrenzen, um Bücher zu kaufen, aber ich gebe gern zu, dass Reisen nicht gerade ein Hobby von mir ist, vor allem, wenn's zu den Rübenbauern geht. Was willst du eigentlich von denen?«

»Was überprüfen«, antwortete er beiläufig. Die Sache mit dem Vertrag, den er übergeben sollte, wollte er lieber für sich behalten. »Ich glaube, dass sich Benjamin dort auf einem Hof aufhält, zusammen mit Jakob Mesmer und seinen Jüngern.«

»Du willst dem Exorzisten einen Besuch abstatten?«

Er nickte.

»Dabei kann nichts Gutes herauskommen.« Sie tauchte eine Zimtschnecke in ihren Kaffee, so wie sie es liebte, und ließ sich den aufgeweichten Teig schmecken. »Was willst du dir diesmal ausleihen? Eine Straßenkarte?«

»Eine Straßenkarte wäre gut, aber eigentlich hatte ich an etwas anderes gedacht …«

»An was? Ich glaube, ich hab keine anderen Bücher mehr, die er geschrieben hat. Außerdem hast du die letzten mit dem Mesmogramm oder wie das hieß noch gar nicht gelesen.«

»Ich will keine weiteren Bücher ausleihen.«

»Was dann?«

Ravn nippte an seinem Kaffee.

»Du bekommst keine einzige Krone von mir.«

»Ich will auch kein Geld von dir.«

»Na, sag schon!«

»Dein Auto«, antwortete er und wandte den Kopf ab.

Victoria stellte ihren Becher ab und schaute ihn lange an. »Du willst dir Wilma ausleihen?«

»Ich wusste nicht, dass es einen Namen hat. Aber geht das?«

»Kannst du dir nicht von diesem Mesmer einen Wagen leihen?«

»Nein, leider nicht.«

»Und was ist mit Lohmans Audi? Mit dem bist du doch schon den ganzen Sommer lang rumgefahren.«

»Da habe ich auch noch für Lohman gearbeitet.« Ravn sagte nichts über die Windschutzscheibe, die Rocker-Carsten auf dem Gewissen hatte und die er Lohman immer noch nicht ersetzt hatte. »Dein Wagen wäre wirklich eine große Hilfe.«

»Nach Lolland kommt man doch bestimmt auch mit öffentlichen Verkehrsmitteln.«

»Dieser Hof liegt aber total abgelegen. Ich werde schon gut auf dein Auto … also auf Wilma aufpassen. Und ich werde wieder zurück sein, bevor es dunkel wird.«

Sie starrte ihn an, als hätte er den Verstand verloren. »Dann kannst du aber Møffe nicht mitnehmen. Jedenfalls will ich in meinem Wagen keinen Sabber und keine Hundehaare haben.«

Er wollte schon einwenden, dass Møffe weder sabberte noch haarte, wollte sich aber nicht in unnötige Diskussionen verstricken. »Da kannst du ganz beruhigt sein. Møffe bleibt zu Hause bei Eduardo.«

Victoria kramte in ihrer Hosentasche und zog einen Schlüssel hervor, der an einem Anhänger in Form eines großen silbernen »W«s hing. »Okay, dieses eine Mal kannst du sie haben, doch wenn nachher auch nur ein Kratzer im Lack ist, sind wir geschiedene Leute, und zwar für immer, Ravn. Willst du das Risiko eingehen?«

Er schnappte ihr den Schlüssel aus der Hand.

Zehn Minuten später saß Ravn hinter dem Steuer von Victorias rotem Volvo Duett P 210 Kombi aus dem Jahr 1966. Victoria streckte ihren Kopf durch das offene Seitenfenster und beobachtete argwöhnisch, wie Ravn versuchte, den Motor zu starten. Es knirschte im Getriebe, als er endlich den ersten Gang fand.

»Nicht schneller als 80 Stundenkilometer. Und behalte die Temperaturanzeige im Auge. Der Zeiger darf nie über 85 hinausgehen, verstanden? Und halte dich von den Schotterwegen fern, damit von den Reifen keine kleinen Steine hochgeschleudert werden.«

»Ich werd schon aufpassen«, entgegnete Ravn und gab Gas. »Bis später.«

»Handbremse lösen!«, rief sie so laut, dass sein eines Ohr fast taub wurde. Er löste die Handbremse und ließ den Wagen die Dronningensgade hinunterrollen. Im Rückspiegel sah er Victorias zusammengekniffene Augen und freute sich darauf, aus ihrem Blickfeld zu entschwinden.

39

Das alte Autoradio von Blaupunkt fing einen Lokalsender nach dem anderen auf, während Ravn auf der E47 in südliche Richtung fuhr. Zwischendurch waren mehr atmosphärische Störungen als Musik zu hören, doch in diesem Moment, in der Nähe von Præstø, kam Johnny Cashs »Walk the Line« einwandfrei aus den Lautsprechern. Ravn stellte lauter. Seit er auf der Autobahn fuhr, hatte er die Geschwindigkeit bei 100 km/h gehalten – schnell genug, um nicht von Lastwagen überholt zu werden, aber ein gutes Stück über der von Victoria verordneten Höchstgeschwindigkeit. Der Volvo schien mit diesem Tempo keinerlei Probleme zu haben, und Ravn behielt die Temperaturanzeige sorgsam im Auge. Obwohl der Motor einen ziemlichen Lärm machte und Ravn die Abgase roch, bereitete ihm das Fahren großes Vergnügen, nicht zuletzt, weil viele andere Verkehrsteilnehmer von dem betagten Volvo sehr angetan waren und Ravn den gestreckten Daumen entgegenhielten, wenn sie an ihm vorbeifuhren.

Zwanzig Minuten später überquerte er auf der ersten der Farøbrücken den Meereskanal Kalve Strøm und ließ seinen Blick über das leuchtend blaue Wasser bis zur Insel Masnedø wandern, die im Sonnendunst flimmerte. Mit Eva hatte er seinerzeit geplant, mit der Bianca durch dieses Inselparadies zu segeln und in all den idyllischen kleinen Häfen anzulegen, die es hier gab. Eigentlich war es Evas Idee gewesen, nachdem sie die alten Appelkähne gesehen hatte, die bei Nyhavn vor

Anker lagen und frisches Obst von der Insel Fejø verkauften. Eva hatte selbst dorthin fahren und ihre Äpfel pflücken wollen, doch sie waren mit so vielen anderen Dingen beschäftigt gewesen, dass sie diesen Traum nicht mehr verwirklicht hatten. Ravn dachte, dass ihn Mesmers Honorar in die Lage versetzen würde, den Motor der Bianca zu reparieren, sodass er endlich Evas Äpfel holen konnte. Der Gedanke, ihr auf diese Weise zu gedenken, gefiel ihm.

Während er Falster durchquerte, wurde der Himmel immer dunkler. Er hatte die Seitenscheibe heruntergekurbelt und dachte angesichts der drückenden Schwüle, dass es bestimmt bald donnern würde. Falls er gleich die Adresse fand, konnte er mit ein bisschen Glück in einer halben Stunde bei Jakob Mesmer sein. Als er durch den Guldborgsundtunnel fuhr, der Falster und Lolland miteinander verband, verschwand das Radiosignal und wurde von dem lauten Brummen des Motors abgelöst. Er glaubte, ein ungutes Knattern zu hören, und drosselte automatisch die Geschwindigkeit. Öldruck- und Temperaturanzeige am Armaturenbrett verhielten sich allerdings vorbildlich und signalisierten, dass alles in bester Ordnung war.

Als er im nächsten Moment Lolland erreichte, grollte in der Ferne der Donner wie auf Bestellung. Er war nicht so vorausschauend gewesen, zu Hause die Wettervorhersage zu checken, und war einfach davon ausgegangen, dass es trocken bleiben würde. Jetzt graute ihm vor der Vorstellung, mit dem alten Volvo bei Regen und Dunkelheit zurückfahren zu müssen. In diesem Augenblick gab der Motor einen lauten Knall von sich, gefolgt von einer weißen Rauchwolke, die aus dem Kühler kam und ihm die Sicht nahm. Ravn trat instinktiv auf die Bremse, woraufhin der Wagen zur Seite ausbrach. Er gab das Bremspedal frei und riss das Steuer herum, konnte aber nicht verhindern, dass er bereits über die Gegenfahrbahn schlitterte, Sekunden später mitsamt dem Wagen im Graben landete und mit dem Kopf auf das Lenkrad knallte.

Ravn fasste sich an den Kopf und sah, dass er an der Stirn blutete. Er drückte die Tür mit der Schulter auf und taumelte aus dem Wagen. Es qualmte immer noch aus dem Kühler, und der kochend heiße Motorblock knackte bedrohlich.

»Das darf doch wohl nicht wahr sein«, murmelte er.

Langsam krabbelte er aus dem Graben, setzte sich auf den Randstreifen und starrte das Auto an. Zum Glück war es verhältnismäßig weich gelandet und nur die vordere Stoßstange leicht verbogen. Doch er befürchtete Schlimmstes, was den Motor anging. Es hatte keinen Sinn, diesen noch mal anzulassen, denn selbst wenn der Wagen fahrtauglich wäre, würde er ihn doch nicht aus dem Graben herausbekommen. Er spähte die Straße entlang, deren Asphalt sich durch den Regen dunkel färbte und einen metallischen Geruch verströmte. Er musste einen Abschleppwagen rufen, der den Volvo aus dem Graben zog und schlimmstenfalls in die Werkstatt brachte. Er hoffte inständig, dass der Schaden so geringfügig war, dass er ihn vor Victoria geheim halten konnte.

Ravn, der drei Stunden auf den Abschleppwagen hatte warten müssen, hatte im Laderaum des Wagens Schutz vor dem Regen gesucht. Als er jetzt aus der Hintertür kletterte, sah er durch die Beschriftung auf der ramponierten Fahrertür, dass es sich bei dem Abschleppdienst um ein lokales Unternehmen handelte.

»Haben Sie keine Bremsen?«, fragte der Mann, der ganz in Schwarz gekleidet war und wie ein gutmütiger Biker aussah.

»Doch, aber der Wagen ist zur Seite ausgebrochen. Plötzlich gab es einen Knall, und dann hab ich nur noch Rauch gesehen.«

»Okay, das kann jedem passieren.«

»Hört sich so an, als wüssten Sie schon, was ihm fehlt«, entgegnete Ravn hoffnungsvoll.

»Keine Ahnung, ich schleppe nur ab«, sagte der Mann und zog seine Arbeitshandschuhe an. »Ich kann Sie zu einer Werkstatt bringen. Ist ja wirklich ein schöner Wagen.« Er befestigte einen Haken mit einer Seilwinde an dem Volvo und zog ihn mühelos aus dem Graben. Als der Wagen wieder auf der Straße stand, versuchte Ravn, den Motor zu starten. Er stotterte beschwerlich, als würden sämtliche Kolben zum Auspuff herauskommen, also brach er den Versuch sofort wieder ab.

»Das muss sich ein Fachmann ansehen«, stellte der Mann fest. »Mein Bruder versteht was davon.«

»Hoffentlich ist er auch schnell.«

* * *

In der baufälligen Werkstatt stank es nach altem Dieselöl. Rund um die Schmiergrube, über der Wilma aufgebockt war, lagen alte Ersatzteile von ausgeschlachteten Motorblöcken und Getriebegehäusen herum.

Der Zwillingsbruder des Fahrers beugte sich über den offenen Motorraum und schaute in das Innere des Wagens. Ravn stand neben ihm, trippelte unruhig hin und her und warf einen verstohlenen Blick auf sein iPhone. Wenn sie den Wagen irgendwie wieder zum Laufen brachten, konnte er zumindest noch Jakob Mesmer erreichen, dessen Hof nur wenige Kilometer von der Werkstatt entfernt lag. »Kriegen Sie den Wagen wieder hin?«

Der Mechaniker murmelte etwas Unverständliches, während er weiterarbeitete.

»Es würde mir sehr viel bedeuten, wenn das irgendwie noch heute Abend klappen würde.«

Es vergingen ein paar Minuten, ehe der Mann seinen Kopf aus dem Motorraum hob und Ravn einen trägen Blick zuwarf. »Ist zu Fuß ja auch ziemlich weit nach Kopenhagen.«

»Genau«, erwiderte Ravn und biss sich auf die Lippe. »Also kriegen Sie's hin?«

»Haben Sie denn nicht auf die Temperaturanzeige geachtet? Die muss man ständig beobachten, wenn man so ein altes Auto fährt. Alles andere ist der reinste Leichtsinn.«

»Natürlich hab ich das. Und ich bin auch kaum über achtzig gefahren.«

»Der Motor überhitzt ja wohl nicht von allein«, gab der Mann zurück.

Ravn schluckte. »Ist der … noch zu retten?«

Der Mechaniker wischte sich die Hände an seinem Overall ab. »Kann schon sein, aber die Heizung ist hinüber.«

»Okay, haben Sie noch eine auf Lager? Ich zahle Ihnen auch jeden Preis.«

»Auf Lager?«, der Mann lachte auf. »So was wird schon lange nicht mehr hergestellt.«

»Und was jetzt?«

»In Nakskov gibt's jemanden, der mit alten Ersatzteilen handelt. Vielleicht kann der uns weiterhelfen, aber bestimmt erst morgen.«

»Morgen? Aber … aber ich brauche den Wagen heute noch.«

»Das sagen alle.«

»Ich meine es ernst. Können Sie den Mann nicht noch anrufen?«

»Kann ich schon, bringt aber nichts, weil der längst nach Hause gegangen ist. Sie hätten mal das Kühlwasser kontrollieren sollen, dann wäre es gar nicht erst so weit gekommen. Das Gute daran ist, dass Ihnen das garantiert kein zweites Mal passiert. Wenn Sie mir Ihre Handynummer geben, dann rufe ich Sie an, wenn ich was weiß.«

Ravn lehnte sich müde an die Wand. Über ihm hing Samantha Fox und guckte ihn von einer verblichenen Kalenderseite aus den Achtzigern an. Er gab dem Mechaniker seine Handynummer. »Gibt's hier ein Hotel in der Nähe?«

»Versuchen Sie's mal beim B&B, ein Stück die Straße runter. Aber die nehmen nur Bargeld.«

Ravn trat aus der offenen Garagentür und begann, die menschenleere Hauptstraße von Søllested entlangzugehen, den Umschlag in der einen, sein Handy in der anderen Hand. Es hatte aufgehört zu regnen, und die letzten Strahlen der Sonne blitzten durch die dunklen Wolken. In der Ferne grollte noch immer der Donner. Er schrieb Victoria eine SMS und entschuldigte sich dafür, dass er ihren Wagen heute nicht mehr zurückbringen könne, weil sich die Dinge in die Länge zögen und er hier übernachten müsse. Eine Minute später vibrierte sein Handy, doch er traute sich nicht, mit Victoria persönlich zu sprechen. Die schriftliche Lüge fiel ihm schwer genug.

40

Ravn fand das B&B, das in einem der letzten Häuser von Søllested untergebracht war. Er trat auf den Hof, auf dem ein großer Lastwagen parkte, und ging zur Haustür. Als er klopfte, begann drinnen ein Hund zu bellen. Im nächsten Augenblick wurde die Tür von einem schlaksigen Mann geöffnet, der dem Schäferhund mit einem Bein den Weg versperrte. »Ja?«

»Haben Sie noch ein Zimmer für eine Nacht?«

Der Mann musterte ihn. »Wir nehmen eigentlich nur Leute, die wir persönlich kennen.«

»Ich kann auch im Voraus zahlen.«

»In Ordnung. Sind Sie allein?«

Ravn drehte sich einmal im Kreis, um zu zeigen, dass er allein war, und lächelte den Mann an. »Ja, ich hatte eine Autopanne, mein Wagen ist da drüben in der Werkstatt …«

»Man soll ja seinem Nächsten helfen«, unterbrach ihn der Mann. »Bleib!«, rief der Mann und versetzte dem Hund mit dem Knie einen ordentlichen Stoß, sodass er in die Diele zurückwich.

Ravn folgte dem Mann um das Haus herum zu einem Nebengebäude, wo der ihm ein kleines Zimmer zeigte. Die Einrichtung bestand aus zwei Einzelbetten und einem Stuhl in der Ecke. Obwohl das Fenster gekippt war, roch es nach Schimmel. Dann kehrten sie auf den Flur zurück, an dem das Gemeinschaftsbad lag.

»So sieht es hier aus«, sagte der Mann und stemmte die Hände in die Hüften.

»Gut, danke, wie viel bekommen Sie?«

»Zweihundert pro Nacht. Wir können abrechnen, bevor Sie abreisen.« Er gab Ravn den Zimmerschlüssel.

»Kann man hier was zu essen bekommen?«

»Ja, Frühstück. Ist ja ein Bed&Breakfast.«

»Verstehe«, entgegnete Ravn und nickte dem Mann zu. Als er verschwunden war, ging Ravn zum Fenster und stieß es weit auf. Er ließ seinen Blick über die angrenzenden Felder schweifen, auf denen sich zwei Mähdrescher durch den hohen Weizen arbeiteten. Falls es trocken blieb, würden sie bestimmt die ganze Nacht weiterarbeiten, und er würde nur wenig Schlaf bekommen. Sein Magen knurrte, und er dachte, dass es doch auch in diesem Kaff irgendeinen Ort geben musste, wo es jetzt noch etwas zu essen gab, gerne in Begleitung eines eiskalten Biers. Er ging zum Bett und versteckte den Umschlag unter der Matratze. Das war vielleicht nicht gerade sehr einfallsreich, doch ihm fehlte die Fantasie, sich vorzustellen, dass jemand in sein Zimmer eindrang und es durchsuchte.

Der Søllested Pub lag am anderen Ende des Ortes. Im Hof waren Tische und Bänke aufgestellt, an denen die Leute unter bunten Lichterketten aßen und tranken. An dem offenen Grill neben der Bar standen zwei junge Männer mit Schürzen und Baseballcaps, die Würstchen und Hamburger wendeten. Ravn nahm an einem der langen Tische Platz, an dem bereits mehrere Einheimische saßen und sich ihr Abendessen schmecken ließen. Als er wenig später aufstand, um sich ein weiteres Bier zu holen, lud er die drei Männer am Tisch zu einer Runde ein. Sie stießen an und kamen rasch miteinander ins Gespräch. Die Männer stammten alle aus Søllested. Zwei von ihnen wollten später noch zu ihrer Feldarbeit zurückkehren, während der dritte namens Arne erzählte, er sei LKW-Fahrer und müsse gleich morgen früh nach Frankreich aufbrechen.

»Man hört, dass du nicht von hier bist«, sagte er. »Was hat dich auf die südlichen Inseln verschlagen?«

»Ich will mir hier ein paar Häuser angucken«, antwortete Ravn, der keine Lust hatte, die Männer in sein Vorhaben einzuweihen. »Mein Auto hat den Geist aufgegeben.«

»Ein Zuzügler«, sagte Arne und nickte. »Normalerweise geht das in die andere Richtung. Wir werden immer weniger. Die Jungen gehen weg, um irgendeine Ausbildung zu machen, und kommen nicht mehr zurück.« Er nahm seine grüne John-Deere-Kappe ab und strich sich durch seine dünnen Haare.

»So ist die Entwicklung«, stellte er wehmütig fest und setzte sein Käppi wieder auf.

»Ich hab gehört, dass ein paar Leute aus Kopenhagen hier in der Nähe einen Hof gekauft haben. Ist wohl schon ein paar Jahre her.«

Die drei Männer schauten ihn an und schüttelten ihre Köpfe.

»In Søllested? Wo soll das denn sein?«

»Vielleicht irre ich mich ja auch«, entgegnete Ravn und trank einen Schluck Bier. »Kann auch ein anderer Ort gewesen sein. Jedenfalls haben diese Leute Champignons gezüchtet. Ich glaube, das war so eine Religionsgemeinschaft.« Er zuckte die Schultern.

»Meinst du etwa diese Sekte?«

Ravn nickte. »Ja, so eine christliche Gemeinschaft.«

»Die sitzen da drüben in Dannemare.« Der kräftige Mann,

der Ravn gegenübersaß, streckte seinen Arm aus und zeigte nach hinten. »Ist gar nicht weit von hier.«

»Sind die immer noch da?«

Arne nickte. »Ich denke schon, aber die bleiben nur unter sich. Manchmal sehe ich welche beim Einkaufen im Supermarkt, aber die machen einen ziemlich erbärmlichen Eindruck, wenn ihr mich fragt.«

»Was meinst du mit erbärmlich?«

»Ausgehungert und krank sehen die aus. Wenn Tiere so aussehen, gibt man ihnen den Gnadenschuss.«

Die Männer lachten. Ravn nicht.

»Ich kann mir auch nicht vorstellen, dass bei deren Landwirtschaft viel rumkommt, wenn ich ehrlich sein soll«, fügte Arne hinzu.

»Nein, beten hilft da nicht viel, nur harte Arbeit«, ergänzte ein anderer. »Apropos Arbeit ...«, er blickte zum Abendhimmel hoch. »Wir sollten dann mal wieder.« Er und sein Kumpel standen auf und verabschiedeten sich von Arne und Ravn.

Arne spendierte eine weitere Runde und holte die Biere selbst an der Bar. Ravn sah sich um und bemerkte, dass die Tische inzwischen nahezu voll besetzt waren. Die fröhliche Stimmung erinnerte ihn an den Havodderen, und es schien ihm, als gäbe es überall so einen Ort, an dem sich die Leute trafen und entspannten.

»Ich hab euch vorhin zugehört«, sagte ein ziemlich angeheiterter Mann, der plötzlich vor Ravn stand und mit einer Flasche in der Hand hin und her schwankte. »Ihr habt von dieser Farm da drüben geredet.«

»Stimmt«, bestätigte Ravn lächelnd.

»Die sind alle total durchgeknallt. Meine Schwester hat mal an einem dieser Gottesdienste teilgenommen. Das reinste Irrenhaus, sag ich dir. Die ...« Der Mann, dem fast die Beine eingeknickt wären, hielt sich im letzten Moment an Ravn fest. »Die beten nicht zu Gott, verstehst du?«

»Nein, nicht wirklich.«

Der Mann lehnte sich mit seinem vollen Gewicht gegen Ravns Schulter und sah ihn mit glasigem Blick an. »Die … die haben so einen Teufelskult. Die beten den Teufel an … *Luzifer* … verstehst du?«

Arne kam mit den Bieren zurück, packte den Mann am Kragen und zog ihn von Ravn weg. »Bong-Ole, ich glaube, du solltest langsam nach Hause gehen und dich ins Bett legen.«

»Ja, ja«, murmelte Ole, wich ein paar Schritte zurück und fand mühsam sein Gleichgewicht wieder. »Bin schon auf dem Weg. Gibst du noch ein Bier aus?«

»Geh nach Hause«, wiederholte Arne gutmütig.

»Denk an meine Worte.« Ole zeigte auf Ravn. »Den Teufel …«

Arne setzte sich neben Ravn und stellte ein Bier vor ihn hin.

»Hör einfach nicht hin. Bong-Ole hat sich in den letzten zwanzig Jahren fast alle Gehirnzellen weggesoffen, aber zumindest ist er ziemlich harmlos.«

Ravn nickte und sah Ole nach, der davonschwankte. Er musste an die Redewendung denken, der zufolge Kinder und Betrunkene die Wahrheit sagten.

41

Ravn wachte in dem unbequemen Bett mit der viel zu weichen Matratze auf und sah sich schlaftrunken um. Es dauerte ein wenig, bis er begriff, dass er sich in einem gemieteten Zimmer und nicht an Bord der Bianca befand. Sonnenlicht drang durch die dünnen Gardinen, und trotz der frühen Stunde war es schon ziemlich warm. Der Lärm der Mähdrescher hatte ihn geweckt. Sie mussten die ganze Nacht gearbeitet haben, denn auch als er nachts aus dem Pub gekommen war, hatte er sie gehört. Er stand auf, zog die Gardine zur Seite und öffnete das Fenster, um frische Luft hereinzulassen. Vom Fenster aus betrachtete er die Mähdrescher und den Traktor mit Anhänger, die dem anderen Ende des Felds entgegenfuhren. Die Männer hatten die Felder fast abgeerntet, deren kurze Stoppeln in der Morgensonne glänzten.

Als Ravn zehn Minuten später über den Hof stapfte, bemerkte er, dass sein Wirt am Fenster des Haupthauses stand und ihn beobachtete. Ravn hatte beschlossen, auf das Frühstück im B&B zu verzichten und die Wartezeit, bis sein Auto fertig war, dazu zu nutzen, die Sache mit Jakob Mesmer so schnell wie möglich hinter sich zu bringen. Dazu musste er allerdings die fünf, sechs Kilometer bis zu dessen Hof, der unmittelbar vor den Toren Søllesteds lag, zu Fuß gehen.

Bei dem Bäcker an der Hauptstraße legte er einen Zwischenstopp ein und bat das thailändische Mädchen hinter der Theke, ihm ein paar Brötchen mit Butter und Käse zu schmieren. Ravn nahm sie mit und aß sie gemächlich, während er der Landstraße nach Nakskov folgte, die ihn direkt nach Gethsemane führen würde. Nachdem er den Ort gerade hinter sich gelassen hatte, wurde er unwillkürlich von dem Panorama gefesselt, das sich ihm bot. Hier stand der Weizen noch hoch, und das Licht- und Schattenspiel des locker bewölkten Himmels ließ die Felder wie ein wogendes Meer erscheinen.

Nachdem er weitere vierzig Minuten gegangen war, kam er an eine weiß gekalkte Mauer, die zwischen den alten Eichen verlief. In die Mauer war ein hohes Tor eingelassen, daneben stand in geschwungener schwarzer Schrift *Gethsemane*, ergänzt durch ein Zitat aus dem Buch der Psalmen: *Und ob ich schon wanderte im finsteren Tal, fürchte ich kein Unglück,*

denn du bist bei mir, dein Stecken und Stab trösten mich.

Ravn drückte auf den Knopf der Sprechanlage, über dem sich eine kleine Kamera befand. Niemand antwortete. Auch weitere Versuche blieben erfolglos. Er wandte sich von dem Tor ab und folgte der Mauer, die auf das nächste Feld zulief. Auf der Mauer bogen sich Stacheldrahtrollen, und ein Stück weit entfernt entdeckte er in einem Baum, der sich auf dem Grundstück der Gemeinde befand, eine Überwachungskamera. Er fragte sich unwillkürlich, ob diese massiven Sicherheitsmaßnahmen unwillkommene Gäste auf Distanz halten oder die Menschen innerhalb der Mauern am Weglaufen hindern sollten.

Ravn kehrte zum Tor zurück und drückte ein weiteres Mal auf den Klingelknopf, doch niemand meldete sich. Auf halber Höhe des Tors befand sich ein Briefschlitz. Wenn er den Umschlag einfach einwarf, dachte er, wäre der Auftrag für Ferdinand Mesmer quasi ausgeführt und die Sache erledigt, doch er war nicht nur deshalb gekommen. Ravn legte den Kopf in den Nacken und blickte prüfend an dem hohen Tor hoch. Er musste über das Tor kommen und das Terrain dort drinnen sondieren. Im nächsten Augenblick nutzte er den Briefschlitz als Tritt, um sich an dem Tor hochzuziehen. Mit beiden Händen bekam er die obere Kante zu fassen und zog sich nach oben, sodass er gerade über den Rand spähen konnte. Er sah jedoch nichts anderes als eine wunderschöne Allee von Eichenbäumen, die ein Stück geradeaus lief, ehe sie hinter einer Kurve verschwand.

Als er sich gerade ganz hochziehen wollte, hörte er hinter sich ein Martinshorn. Ravn drehte den Kopf und sah, dass er auf frischer Tat ertappt worden war. Er sprang vom Tor herunter und drehte sich zu dem staubigen SUV um, der auf der anderen Seite der Landstraße gehalten hatte. Der Beamte, der eine Sonnenbrille trug und einen Arm aus dem Fenster hielt, winkte ihn träge zu sich heran.

Ravn überquerte die Fahrbahn, unsicher, was jetzt passieren würde.

Der kräftige, sonnenverbrannte Beamte wischte sich mit dem Handrücken über seine schweißnassen Koteletten. »Auch wenn Sie eben noch einen Umschlag zwischen den Zähnen hatten, sehen Sie nicht aus wie der Postbote, der sonst hier vorbeikommt.«

Ravn lächelte ihn an und zuckte die Schultern. »Auf mein Klingeln hat niemand geantwortet, also hab ich mich an dem Tor hochgezogen, um nachzusehen, ob jemand zu Hause ist.«

»Können Sie sich ausweisen?«

Ravn klopfte seine Taschen ab und zog schließlich ein Portemonnaie hervor. Er gab dem Beamten seinen Führerschein.

»Sie sind weit von zu Hause weg, Herr Ravnsholdt, das

höre ich an Ihrem Dialekt«, sagte er und drehte die Karte um. »Was führt Sie in diese Gegend?«

»Ich soll das hier abliefern.« Er hielt den Umschlag hoch.

»Da ist ein Briefkasten«, sagte der Beamte und wies mit dem Kopf in Richtung Tor. »Warum haben Sie den nicht benutzt?«

»Weil das ein wichtiges Dokument ist, das ich Jakob Messmer persönlich überbringen muss. Wissen Sie, ob er immer noch hier wohnt?«

Der Polizist schob die Brille hoch und blickte Ravn prüfend an. »Ein Dokument? Das hört sich ja ziemlich offiziell an, aber bei allem Respekt, Sie sehen mir weder wie ein Angestellter der Kommune noch wie ein Prozessbevollmächtigter aus. Also wer sind Sie, Thomas Ravnsholdt aus Kopenhagen?«

»Nennen Sie mich einfach Ravn, das tun alle anderen auch«, sagte Ravn lächelnd. »Ich arbeite für eine Anwaltskanzlei«, log er.

Der Beamte gab ihm den Führerschein zurück. »Sind Sie Privatdetektiv?«

Ravn zuckte die Schultern. »Eher so was wie ein freier Mitarbeiter.«

»Freier Mitarbeiter … das klingt gut.«

Ravn bedauerte seine Wortwahl. »Ich war früher bei der Polizei. Station City am Halmtorvet.«

Der Polizist nahm die Sonnenbrille ab. »Als Berufsanfänger gehörte ich zur Store Kongensgade.« Er schüttelte den Kopf. »Waren keine einfachen Zeiten, obwohl die Kollegen schon okay waren.«

»Wann war das?«

»1993.«

»Dann waren Sie damals dabei«, entgegnete Ravn mit wissender Miene, »bei den Straßenschlachten.«

Der Beamte nickte still vor sich hin. »Ich hab ein hübsches Andenken an die Demo vom 18. Mai.« Er drehte den Kopf zur Seite und zeigte Ravn eine knotige Narbe an der rechten Schläfe.

»Ein Pflasterstein hat meinen Helm zerschmettert. Ich war über einen Monat krankgeschrieben.«

»Hört sich trotzdem so an, als hätten Sie noch Glück gehabt.«

Er nickte und setzte die Sonnenbrille wieder auf. »Und Sie sind extra aus Kopenhagen gekommen?«

»Ja. Aber mein Auto hat die Tour nicht verkraftet und steht jetzt in Søllested in der Werkstatt.«

»Steigen Sie ein«, sagte er und zeigte mit der Hand, dass sich Ravn auf den Beifahrersitz setzen sollte.

»Ich hätte das hier aber gern abgeliefert.«

»Vielleicht sollten Sie lieber anrufen und einen Termin vereinbaren. Außerdem wird's bald anfangen zu regnen.«

Ravn blickte zum Himmel hinauf, an dem keine dunkle Wolke zu sehen war.

»Wirklich?«

»Wirklich«, antwortete der Polizist und zeigte erneut auf den Platz neben sich.

Ravn ging um den Kühler des Wagens herum. Das war klassische Polizeiarbeit. Der Beamte hatte nicht vor, ihn hierzulassen. Also musste Ravn seinen Plan zunächst aufgeben und zu einem späteren Zeitpunkt wiederkommen.

Während der Fahrtwind durch die offenen Scheiben wehte, fuhren Ravn und der Beamte zurück nach Søllested.

»Seit wie vielen Jahren arbeiten Sie schon hier?«, fragte Ravn.

»Hatte letztes Jahr mein zwanzigjähriges Jubiläum.« Der Beamte schüttelte den Kopf. »Schon viel zu lange.«

»Dann müssen Sie sich in dieser Gegend ja sehr gut auskennen.«

Er nickte. »Auch wenn viel mehr Leute weggehen als hierherziehen, gibt es jede Menge zu tun. Die reichen Kommunen im Norden benutzen uns als ihren sozialen Mülleimer. All die Leute, die nicht auf sich selber aufpassen können, stranden hier.«

»Und was sind so die meisten Fälle?«

»Einbrüche, Drogenkriminalität, viele Familienstreitigkeiten, ab und zu auch ein Mord.« Er lächelte Ravn an. »Wir tun richtig was für unseren Lohn, das können Sie mir glauben.«

»Daran zweifele ich nicht«, erwiderte Ravn rasch. »Was ist mit *Den Auserwählten Gottes*? Hatten Sie mit denen schon mal was zu tun?«

»Was für Auserwählte?«

»Na, die da«, Ravn zeigte mit dem Finger nach hinten, »auf der Gethsemane-Farm.«

»Nennen die sich so? Ja, ja«, sagte er gutmütig. »Die machen eben ihr eigenes Ding.«

»Hinter Stacheldraht und mit Überwachungskameras?«

»Die Leute wollen hier in Ruhe gelassen werden, und das ist ja auch ihr gutes Recht.«

»Natürlich«, entgegnete Ravn. »Aber ich hab Gerüchte über diese Bewegung gehört, die einen ziemlich skeptisch machen können.«

»In kleinen Gesellschaften gibt es immer die wildesten Gerüchte. Die Leute haben ja auch nicht viel anderes zu tun, als sich über die Nachbarn das Maul zu zerreißen.«

»Ich habe dieselben Gerüchte aber auch in Kopenhagen gehört. Haben Sie denen mal einen Besuch abgestattet?«

»Ich rede nie über meine Arbeit, nicht mal mit meiner Frau.«

Ravn zuckte die Schultern und versuchte, die Situation zu retten.

»War auch eine rein private Frage. Ich hab da was von Bibelabenden, Liedern und Gebeten und ein bisschen Teufelsaustreibung gehört.«

Der Beamte lachte. »Nein, dazu kann ich nichts sagen, auch wenn es sich ziemlich unterhaltsam anhört.«

»Und diesen Jakob Mesmer haben Sie auch nie persönlich kennengelernt?«

»Ich muss schon sagen, Ihr Kopenhagener seid wirklich redselige Leute.«

»Stimmt schon, obwohl ich aus Christianshavn stamme, um genau zu sein. Wie ist er denn so, dieser Jakob?«

Der Beamte nahm den Fuß vom Gas und hielt an der Kreuzung zur Hauptstraße. »Wo steht Ihr Wagen?«

»Am anderen Ende der Stadt«, antwortete Ravn und zeigte in Richtung Werkstatt. »Aber ich zweifle daran, dass er schon fertig ist. Wenn Sie mich einfach beim Bed&Breakfast raussetzen können, das liegt …«

»Ich weiß, wo das liegt«, sagte er und bog in die Hauptstraße ein.

Als sie ein paar Minuten später ihr Ziel erreicht hatten, hielt der Polizist am rechten Straßenrand. »Ich hoffe, Sie können Ihren Brief noch abliefern … auf eine korrekte Art und Weise, meine ich.«

Ravn nickte. »Natürlich. Ich werde versuchen, mit ihnen Kontakt aufzunehmen, ehe ich mich das nächste Mal auf den Weg mache«, log er. »Danke fürs Mitnehmen.« Ravn öffnete die Tür und wollte aussteigen.

»Das sind ruhige und harmlose Leute da oben. Ruhig und gottesfürchtig. Als sie damals hierherzogen, haben sie erst mal versucht, neue Schäfchen für ihre Weide zu finden, wenn

Sie verstehen, was ich meine. Aber damit hatten sie genauso wenig Erfolg wie mit ihrer Champignonzucht. Jetzt bleiben sie einfach unter sich. Machen keinen Ärger. Das ist ein Verhalten, das Landpolizisten«, er zeigte auf sich, »durchaus zu schätzen wissen.«

»Und wissen Sie, ob ich Jakob Mesmer dort persönlich antreffen kann? Es ist ziemlich wichtig«, sagte Ravn und wedelte vielsagend mit dem Umschlag.

»Den habe ich schon lange nicht mehr gesehen, aber das muss ja nichts heißen. Warum fragen Sie nicht einfach Ihren Vermieter?«

»Kennt der Jakob Mesmer?«

»Der Einzige in der ganzen Stadt, den sie bekehren konnten, war Ejner. Aber das war bestimmt auch nicht besonders schwer, denn Ejner hat sich schon immer für übersinnliche Sachen interessiert. Zuerst war er bei den Zeugen Jehovas, dann bei der Inneren Mission und schließlich bei *Den Auserwählten Gottes*.«

»Sie kennen den Namen also schon?«, fragte Ravn und zwinkerte ihm zu.

»Ich kenne hier alle und alle kennen mich. Noch einen schönen Tag, Ravn.«

42

Als Ravn über den Hof ging, brummte das Handy in seiner Tasche. Als er auf das Display schaute, sah er, dass Victoria geschrieben hatte: WANN BIST DU ZURÜCK? ICH BRAUCHE WILMA JETZT!

Er antwortete ihr: SO SCHNELL WIE MÖGLICH, SORRY! und hoffte, dass der Mechaniker heute fertig werden würde, damit er den Wagen am Abend wieder abliefern konnte. Und eines stand fest: Er würde ihn sich garantiert kein zweites Mal ausleihen.

Als er gerade zum Anbau gehen wollte, erblickte er Ejner, der hinter dem Haupthaus in einem eingezäunten Bereich stand und kleine Körner auf den Boden streute. Ravn ging direkt auf ihn zu. Auf der kleinen Grasfläche tummelten sich sieben, acht Kaninchen vor ihren Holzställen.

Ravn stellte sich an den Maschendrahtzaun und schaute zu Ejner hinüber. »Schöne Kaninchen haben Sie da. Was ist das für eine Rasse?«

»Verstehen Sie was von Kaninchen?«

»Nicht das Geringste.«

»Weiße Landkaninchen«, antwortete Ejner, ohne in seine Richtung zu sehen.

»Die sehen ja echt … niedlich aus.«

»Ja, die sind gut zu halten«, entgegnete Ejner mit einem Schulterzucken. »Und am Fleisch gibt's jedenfalls nichts auszusetzen.«

»Sie essen sie?«

Ejner starrte ihn an, als wäre er ein Vollidiot. »Warum sollte ich sie sonst züchten?«

Ravn verspürte plötzlich einen Widerwillen gegen den ungepflegten Mann mit der fleckigen Hose, ließ sich jedoch nichts anmerken und lächelte.

»Da haben Sie natürlich recht. Ihr Dorfpolizist hat mich übrigens mitgenommen.«

»Hab ich schon mitgekriegt.«

»Ich hab heute Morgen diese Gärtnerei besucht, Gethsemane.«

Ejner hörte auf, die Kaninchen zu füttern, und sah ihn interessiert an.

»Er hat mir erzählt, dass Sie den Ort gut kennen.«

»Wer hat das erzählt?«

»Der Polizist.«

»Ach der«, sagte Ejner und schlug den Blick nieder.

»An wen haben Sie denn gedacht?«

Ejner antwortete nicht, sondern betrachtete die Kaninchen, die sich um seine Füße geschart hatten.

»Er hat auch gesagt, dass Sie Jakob Mesmer kennen, stimmt das?«

»Warum wollen Sie das wissen?«

»Weil ich Jakob einen Besuch abstatten will.«

»Das wollen viele. Haben Sie ihn gesehen?«

»Ich habe geklingelt, aber es hat sich niemand gemeldet.«

»Dann waren Sie nicht willkommen.« Er grinste zu den Kaninchen hinunter. »Es sind eben nicht alle willkommen, auch wenn es ein Gotteshaus ist.«

Ravn stieg über den niedrigen Zaun und stand jetzt neben Ejner auf dem Rasen. Die Kaninchen brachten sich rasch in

Sicherheit. »Ich muss ihn unbedingt sprechen. Wann haben Sie ihn das letzte Mal gesehen?«

»Ist schon eine Weile her. Was wollen Sie denn vom Meister?«

»Ihm zuhören. Seine Botschaft in mich aufnehmen. Ich habe zur Gemeinschaft in der Belgiensgade gehört.«

»Vor dem Brand?«

»Ja, zusammen mit Benjamin, Lise und den anderen.«

»Ich bin da nie gewesen, also kenne ich diese Leute nicht. Aber ich habe viel Gutes darüber gehört.«

»Es war eine fantastische Zeit ... eine gesegnete Zeit.« Ravn bemühte sich um ein frommes Lächeln.

Ejner wischte sich mit dem Handrücken über die Lippen. »Übermorgen ist Bibelabend.«

»In Gethsemane?«

»Ja.«

»Und Jakob ... der Meister ... ist er auch da?«

Ejner runzelte die Brauen. »Ja, natürlich, wer sollte denn sonst die Austreibungen machen?«

»Logisch. Haben Sie auch eine Telefonnummer?«, startete Ravn einen Versuch.

»Eine Telefonnummer? Von wem?«

»Vom ... Meister.«

Ejner blinzelte. Rav wusste, dass Leute das in der Regel taten, wenn sie sich rasch irgendeine Lüge ausdenken mussten. »Nein, hab ich nicht. Ich meine ... ich weiß gar nicht ... ob er überhaupt ein Telefon hat.«

»Danke, Ejner.« Ravn klopfte ihm auf die Schulter. Dann drehte er sich um und kletterte wieder über den Maschendrahtzaun.

»Aber wenn Sie in der Belgiensgade waren ... warum werden Sie dann nicht reingelassen?«

Ravn drehte sich halb herum und zuckte die Schultern. »Vielleicht waren sie noch nicht aufgestanden?« Er lächelte Ejner schief an.

Von seinem Zimmerfenster aus beobachtete Ravn Ejner, der immer noch bei seinen Kaninchen auf der Rasenfläche stand. Ejnar sprach in sein Handy, während er mit dem ganzen Körper gestikulierte. Ravn wusste nicht, mit wem er redete, hatte aber einen gewissen Verdacht und war sich ziemlich sicher, dass es bei diesem Gespräch nicht um Kaninchen ging. Dann zog er sein eigenes Handy aus der Tasche und wählte die Nummer der Autowerkstatt. »Heute Nachmittag«, versprach der Mechaniker.

43

Es war Viertel nach zwei, als Ravn dieselbe Landstraße hinunterfuhr, die er am Morgen zu Fuß gegangen war. Der Mechaniker hatte ihn fair behandelt. Weil er in Nakskov keine Heizung auftreiben konnte, hatte er die alte wieder zusammengeschweißt. Eine unauffällige Reparatur, die Ravn, so hoffte er zumindest, vor Victoria würde geheim halten können. Die Rechnung war außerdem weitaus günstiger als das, was er in Kopenhagen hätte hinblättern müssen. Wenn er jetzt noch irgendwie zu Jakob Mesmer vordringen konnte, hatte er eine reelle Chance, vor Mitternacht in Christianshavn zu sein und sich ein Feierabendbier im Havodderen zu genehmigen.

Als er sich Gethsemane näherte und die lange weiße Mauer erblickte, nahm er den Fuß vom Gas. Kurz darauf zweigte zu seiner Rechten ein Feldweg ab. Er folgte dem unebenen Weg, der von hohem Getreide gesäumt war. Die vielen Schlaglöcher ließen die Federung des Wagens unheilvoll knirschen. Ravn drosselte abermals die Geschwindigkeit. Nach vier-, fünfhundert Metern hielt er an und stieg aus. Abgesehen von dem fernen Rauschen eines Mähdreschers war alles still. Nicht einmal die Vögel zwitscherten. Der Himmel hatte sich bewölkt, und die Luft stand still, als würde die Landschaft auf das Gewitter warten, das bereits im Anmarsch war. Ravn bahnte sich einen Weg durch das Kornfeld, dessen Halme ihm bis zu den Hüften reichten. Drei-, vierhundert

Meter vor ihm lagen Gethsemane und die weiße Mauer. Er setzte seinen Weg durch das Kornfeld fort und näherte sich der Rückseite des Hofes. Mit seinen Chucks sank er zwar immer wieder in den weichen Boden ein, doch er war davon überzeugt, dass es keinen Sinn gehabt hätte, erneut an der großen Pforte zu klingeln. Zumal Ejner jetzt bestimmt von ihm erzählt hatte. Außerdem legte er keinen Wert darauf, diesem Landpolizisten ein weiteres Mal in die Arme zu laufen, auch wenn dieser … In diesem Moment flatterte neben ihm ein Fasan auf. Ravn zuckte so zusammen, dass er fast über seine eigenen Füße gestolpert wäre. Er verfluchte den großen Vogel und ging in einem großen Bogen um die Mauer herum, damit er nicht von einer der Überwachungskameras entdeckt wurde. Als er die Rückseite des Hofs erreicht hatte, sah er, dass das Grundstück auf dieser Seite von einer alten niedrigen Steinmauer umgeben war. Ravn lief ein Stück an der Mauer entlang. Es stank von den großen Komposthaufen mit Pferdemist, die sich auf dem Grundstück befanden. Ravn stieg auf die Mauer, sprang auf die andere Seite und landete direkt neben einem dieser Komposthaufen. Mit einem Fuß sank er sofort tief ein und zog ihn angeekelt wieder heraus. Dann stampfte er ein paarmal mit den Füßen auf, um den größten Dreck wieder loszuwerden. In diesem Moment bereute er es, doch keinen weiteren Versuch an dem vorderen Tor unternommen zu haben.

In diesem Moment grollte der Donner über ihm, sodass er sich an den meterhohen Komposthaufen entlang in Bewegung setzte. Als er den letzten gerade hinter sich gelassen hatte, prasselte der Regen auf ihn herab. Ravn zog sich die Kapuze seines Pullovers über den Kopf und beschleunigte seine Schritte. Ein paar Meter entfernt stand ein kleiner Junge und starrte ihn mit leerem Blick an. Sein knochiges Gesicht war schmutzig, und er hatte dunkle Ränder unter den Augen. Er sah regelrecht verhungert aus. Sein dreckiger Overall schlotterte um seine schmalen Schultern. Ravn wollte gerade etwas sagen, da machte der Junge auf dem Absatz kehrt und rannte mit nackten Füßen durch den Morast auf die hintersten Baracken zu.

Ravn sah sich kurz um, während ihm ein übler Gestank in die Nase stieg. Ein Gestank, der etwas ekelerregend Süßliches hatte und den Geruch nach Pferdemist überdeckte. Er kannte diesen Geruch aus seiner Zeit als Polizist, wenn hin und wieder Menschen über die Gerüche aus der Wohnung eines Nachbarn klagten, den sie schon länger nicht mehr gesehen hatten. Es war der unverkennbare Geruch des Todes.

44

Ravn setzte seinen Weg über einen matschigen Hofplatz in Richtung der Baracken fort, zwischen denen der Junge verschwunden war. Nachdem er den Platz halb überquert hatte, wurde er auf eine Gruppe von Männern aufmerksam, die weiter vorne das Vordach einer Garagenanlage reparierten. Sie alle hatten kahl geschorene Köpfe und trugen verschlissene blaue Overalls. Die abgemagerten Männer nahmen von Ravn keine Notiz, sondern arbeiteten unverdrossen weiter daran, das alte Blechdach zu entfernen. Obwohl der Regen darauf trommelte, konnte Ravn ihre eintönigen Stimmen hören: »*Der Herr ist mein Hirte, mir wird nichts mangeln … Der Herr ist mein Hirte, mir wird nichts mangeln …*«

Als Ravn an den Männern vorbeiging, erblickte er den alten trompetenförmigen Lautsprecher, der an einem hohen Mast nahe der Garagen angebracht war. Er schaute sich um und stellte fest, dass identische Lautsprecher bei den Baracken und auch entlang des Kieswegs montiert waren, der zu einem Gebäude führte, das wie eine große Werkshalle aussah. An zwei Pfählen waren zudem Überwachungskameras angebracht, und Ravn dachte, dass er längst entdeckt worden sein musste, falls jemand die Bilder dieser Kameras im Auge behielt. Er ging bis zur Tür der ersten Baracke, deren Fensterläden geschlossen waren, und klopfte, ehe er die Klinke herunterdrückte, aber die Tür war abgeschlossen. Auf dem Platz hinter ihm schlurften zwei Frauen vorbei. Auch sie trugen verschlissene Arbeitsanzüge und blaue Tücher um ihre kurzen Haare. Sie warfen Ravn verstohlene Blicke zu, gingen aber ohne zu zögern der großen Halle entgegen. Ravn versuchte es an der Tür zur nächsten Baracke, doch auch die war verschlossen. In diesem Moment knisterte es in den Lautsprechern, gefolgt von den Tönen einer verstimmten Orgel, über die sich eine leiernde, tiefe Stimme legte: *»Brüder und Schwestern, die Zeit der Erlösung ist nahe. Gesegnet sei der Herr. Gesegnet seien seine Worte, sein Sohn und der Heilige Geist. Dienet dem Herrn, und er wird euch eure Sünden vergeben … Und wenn ihr auch wandert im finsteren Tal, so fürchtet kein Unglück, denn der Herr ist bei euch, sein Stecken und Stab seien euer Trost. Denkt an seine weisen Worte … Der Herr ist mein Hirte, mir wird nichts mangeln … Der Herr ist mein Hirte, mir wird nichts mangeln …«*

Die predigende Stimme aus den Lautsprechern begleitete Ravn, während er der höher gelegenen großen Produktionshalle entgegenstapfte. Als Ravn sich der riesigen Halle näherte, sah er, dass sie sich bis zu einem hübschen, weiß gekalkten Hauptgebäude erstreckte, das auf dem höchsten Punkt des Grundstücks lag. An dem offenen Tor der Halle wimmelte es von Leuten in blauen Arbeitsanzügen, die Schubkarren vor sich herschoben. Ravn blieb am Eingang stehen, ohne dass irgendjemand Notiz von ihm nahm. Fast schien es, als würden sich alle die größte Mühe geben, ihn nicht zu beachten, um sich nicht von ihrem ewig gemurmelten Glaubensbekenntnis ablenken zu lassen.

Nachdem Ravn einen Moment lang gewartet hatte, betrat er die langgestreckte dunkle Halle. Es roch scharf nach Ammoniak, und er musste sich die Arme vor Mund und Nase halten, um dort drinnen atmen zu können. Eine Gruppe von Arbeitern mit Schaufeln und Harken nahm den Kompost entgegen, der mit den Schubkarren gebracht wurde, und verteilte ihn in langen geraden Reihen. Andere Arbeiter liefen mit Aluminiumtanks auf dem Rücken umher und sprühten mit primitiven Spritzen den Ammoniak auf den Kompost. In größerer Entfernung konnte Ravn eine dritte Gruppe von Arbeitern ausmachen, die blendend weißen Kalk über die Kompostlandschaft streute. *»Der Herr ist mein Hirte, mir wird nichts mangeln … Der Herr ist mein Hirte, mir wird nichts mangeln«*, schepperte es monoton aus den Lautsprechern über ihren Köpfen.

Ravn war sprachlos angesichts dieser Zustände. Gethsemane als Umerziehungslager zu bezeichnen war eine absolute Untertreibung – das hier erinnerte allzu sehr an ein Konzentrationslager. Obwohl der Hof ziemlich abgelegen war, wunderte sich Ravn, dass bisher niemand bemerkt hatte, was hier vor sich ging, und dass die Behörden nicht längst eingegriffen hatten. Gethsemane musste umgehend geschlossen und die Schuldigen – besser gesagt, der Schuldige: Jakob Mesmer – zur Verantwortung gezogen werden. Zudem fürchtete Ravn, dass das, was er hier in der Kürze der Zeit gesehen hatte, nur die Spitze des Eisbergs war.

»Hey, Sie! Was machen Sie hier?«, dröhnte eine Stimme durch die Halle.

Ravn schaute den klein gewachsenen Mann, der direkt auf ihn zugeeilt kam, überrascht an. Wie alle anderen trug auch er einen blauen Overall, darüber hinaus jedoch eine rote Binde um den rechten Oberarm sowie lange schwarze Gummistiefel, was ihn wie einen Großgrundbesitzer vergangener Tage aussehen ließ. »Wer sind Sie? Wer hat Sie hier reingelassen?« Der Mann starrte ihn mit wildem Blick an, während er die Tafel schwenkte, die er in der Hand hielt.

Obwohl der Mann unterernährt und ausgezehrt von der

anstrengenden Arbeit war, erkannte ihn Ravn von dem Passfoto wieder, das er in einer der Kisten in der Lysefjordsgade gefunden hatte. »Benjamin? Benjamin Clausen?«

Der Mann zwinkerte, während sich der Kiefer mit einer eigentümlichen Grimasse wieder an seinen Platz schob. »Ja, und … wer sind Sie?«

Ravn stellte sich vor und streckte seine Hand aus. Benjamin nahm sie nicht.

»Was wollen Sie?«

»Sehen, ob Sie am Leben sind.«

45

Benjamin sah Ravn eingehend an und putzte sich die durch die beißenden Ammoniakdämpfe laufende Nase. »Kennen wir uns?«

»Wir sind uns nie begegnet.«

»Aber haben Sie nicht gesagt … dass Sie sehen wollten … ob ich noch lebe?«

»Ja, weil ich von Ihnen gelesen habe.«

»Von mir? Das glaube ich nicht. Wo sollte das gewesen sein?«

»Denken Sie gut nach.«

Benjamin schüttelte den Kopf und sah sich beklommen um. »Ich weiß nicht, wovon Sie reden oder wer Sie sind, aber jetzt muss ich Sie bitten zu gehen. Sie befinden sich auf einem Privatgrundstück. Kommen Sie.« Er legte Ravn die Hand auf den Oberarm und wollte ihn wegführen.

Ravn warf einen Blick auf seine schmutzige Hand und blieb stehen. »Ich habe Ihren Bericht gelesen.«

Benjamin zog rasch seine Hand weg. »Welchen … Bericht?«

»So viele werden Sie ja wohl nicht geschrieben haben, dass Sie nicht wissen, welchen ich meine.«

Benjamin schoss die Röte ins Gesicht. »Sie … Sie müssen jetzt sofort gehen.«

»Warum denn so nervös, Benjamin?« Ravn ließ seinen Blick durch die Halle schweifen. »Ich dachte, alle hier wissen, dass Sie für Ferdinand Mesmer gearbeitet haben. Ihm von *Den*

Auserwählten Gottes berichtet haben … und von Jakob, Ihrem Meister.«

»Was wollen Sie?«, knurrte er.

»Wie ich schon sagte: sehen, ob Sie noch am Leben sind. Sie sind damals ja einfach verschwunden. Selbst Ferdinand Mesmer hat sich Sorgen um Sie gemacht.«

»Sorgen«, schnaubte Benjamin. »Dieser Mann ist der Teufel in Menschengestalt. Ich bereue jeden einzelnen Tag, dass ich mich auf ihn eingelassen habe.«

»Mein Fall ist er auch nicht.«

»Und trotzdem arbeiten Sie für ihn … nicht wahr? Sie sind sein Bote, der Sendbote des Satans.«

»Vielleicht sollten Sie sich in diese Rhetorik nicht hineinsteigern«, sagte Ravn und warf ihm einen mürrischen Blick zu. »Ich bin nicht im Auftrag von Ferdinand Mesmer hierhergekommen.«

»Umso besser. Aber wenn Sie sich Sorgen um mich gemacht haben …«, er blickte zu Boden, »dann wissen Sie jetzt ja, dass es mir gutgeht. Seien Sie so gut und gehen Sie jetzt.«

»Nein«, erwiderte Ravn. »Nicht bevor ich mit Jakob Mesmer gesprochen habe. Ist das seine Stimme?« Er zeigte auf einen der Lautsprecher und schüttelte den Kopf. »Ich persönlich bevorzuge Musik bei der Arbeit.«

Benjamin drehte sich zu den beiden Arbeitern um, die ihm am nächsten standen, und pfiff durch die Zähne. Die Männer warfen sofort ihre Schaufeln weg und kamen zu ihm gelaufen. Benjamin nickte in Ravns Richtung, worauf ihn die Männer an den Armen packten.

»Hey, was soll das, zum Teufel?«

»Rufen Sie ruhig Ihren Herrn und Meister an, aber verschwinden Sie jetzt«, antwortete Benjamin.

Die beiden Männer zerrten Ravn aus der Halle und den Baracken entgegen. Benjamin folgte ihnen auf dem Fuße. »Was soll das, Benjamin. Ich bin gekommen, um mit Jakob Mesmer zu reden.«

»Der Meister darf nicht gestört werden. Dazu ist seine Arbeit zu wichtig.«

»Ich meine es ernst.«

»Das tue ich auch. Der Meister hat viel zu tun. Er widmet all seine Zeit uns, dem Weltfrieden und der Nähe zu Gott. Der großen Wiedergeburt.«

Ravn versuchte, sich aus dem Griff der Männer zu befreien. »Ich habe einen Brief für ihn.«

»Von Ferdinand Mesmer?«

»Ja, jetzt lasst mich los.« Die beiden Männer verstärkten ihren Griff und zogen ihn zu dem Platz vor den Misthaufen.

»Ich werde niemanden, der von diesem Satan kommt, in Jakobs Nähe lassen. Dieser Mann hat mehr als jeder andere versucht, sein Gift zu verspritzen und uns zu bekämpfen. Er will alles zerstören, was wir in vielen Jahren aufgebaut haben.«

»Haben Sie sich hier mal umgesehen, Benjamin? Ist Ihnen klar, wie Sie hier leben?«

»Ich erwarte nicht, dass jemand wie Sie versteht, was es heißt, sich für eine größere Sache zu opfern. Was es heißt, in Askese zu leben.«

»Askese? Hier ist alles total verwahrlost. Das sollte den Behörden gemeldet werden. Wegen eurer verdammten Idiotie müssen Kinder leiden …«

Benjamin bat die beiden Männer, stehen zu bleiben und sah Ravn durchdringend an. »Sie schleichen sich wie ein Dieb bei uns ein, geschickt von einem Mann, der der Inbegriff der Bosheit ist, und im Laufe der wenigen Minuten, die Sie hier sind, verurteilen Sie uns. Ich habe Mitleid mit Ihnen. Sie sind ein kleiner Mensch.«

»Warum lassen Sie mich nicht einfach Jakob Mesmer den Brief überbringen? Das ist alles, was ich will.«

Benjamin lachte zum ersten Mal. »Sind Sie wirklich so naiv?« Er schlug das Kreuzzeichen vor Ravns Brust. »Ich hoffe, Sie finden einen anderen Weg als den, den Ferdinand Mesmer für Sie bestimmt hat … sonst sind Sie wirklich verloren.«

Die Männer zogen Ravn an den Komposthaufen vorbei und der Garagenanlage entgegen, wo die kleine Gruppe Männer unter Hochdruck arbeitete. Als sie das Tor erreicht hatten, das zum Waldrand hinausging, zog Benjamin einen Schlüssel aus der Tasche und schloss es auf. Die beiden Männer schoben Ravn schnell durch die Öffnung, worauf Benjamin das Tor rasch wieder zuwarf und abschloss.

»Ansonsten soll ich noch Grüße an Sie ausrichten«, rief Ravn von der anderen Seite.

»Von Ferdinand Mesmer? Verschonen Sie mich!«

»Nein, von Lise.«

Benjamin versuchte, sich nichts anmerken zu lassen, doch seine Hände zitterten, als er den Schlüsselbund zurück in die Tasche steckte. »Wann haben Sie sie gesehen?«

»Vor ein paar Tagen.«

»Und … und wie geht es ihr?«

»Nicht besser als an dem Tag, an dem Sie ihr Natronlauge eingeflößt haben.«

Benjamin starrte ihn geschockt an. Seine Unterlippe zitterte.

»Das … das habe ich nie getan.«

»Wenn Sie das nicht waren, dann muss es Jakob gewesen sein. Denn nach der Teufelsaustreibung, die Sie an ihr vollzogen haben, sah sie nicht mehr besonders schön aus.«

»Verschwinden Sie! Hauen Sie ab!«, schrie Benjamin, drehte sich um und rannte los.

Ravn sah ihm nach, ehe er seinen Blick auf die Überwachungskamera richtete, die unmittelbar vor dem Tor an einem Mast befestigt war. Er zog den Umschlag aus der Tasche und winkte mit ihm in Richtung Linse. Wenn das Jakob Mesmer nicht aus seinem Versteck hervorlockte, dann wusste er auch nicht weiter.

46

Es waren mehrere Stunden vergangen, seit Ravn auf sein gemietetes Zimmer zurückgekehrt war. Er hatte die ganze Zeit am Fenster gesessen, das auf die Felder hinausging und von dem aus er auch die Kaninchen im Blick hatte. Doch bisher hatte er Ejner nicht zu sehen bekommen, obwohl dessen Auto auf dem Hof stand. Sollte Jakob Mesmer oder ein anderes Sektenmitglied mit ihm Kontakt aufnehmen wollen, dann würde es bestimmt über ihren treuen Jünger Ejner geschehen.

Der Anblick des abgemagerten Jungen bei den Komposthaufen ging Ravn nicht mehr aus dem Kopf. Ganz gleich, ob es ihm gelingen würde, Jakob Mesmer persönlich zu sprechen oder nicht, wollte Ravn persönlich dafür sorgen, dass die Behörden von den elenden Verhältnissen erfuhren, die in Gethsemane herrschten. In diesem Moment brummte sein Handy, und sofort meldete sich wieder sein schlechtes Gewissen gegenüber Victoria, die vor Sorge um ihr Auto inzwischen fast umkommen musste. Doch als er auf das Display seines Handys blickte, stellte er fest, dass der Anruf von einer anonymen Nummer kam. »Ravn«, sagte er und wartete auf eine Antwort am anderen Ende.

Es war Mesmer. Aber nicht der Mesmer, den er sich in diesem Moment am anderen Ende der Leitung wünschte. »Haben Sie etwas erreicht?«, fragte Ferdinand Mesmer ohne Umschweife.

»Kommt drauf an, was Sie damit meinen.«

»Ist das nicht ziemlich klar? Haben Sie herausgefunden, wo mein Sohn lebt, und ihm den Vertrag gegeben?«

»Die erste Frage kann ich mit Ja, die zweite muss ich mit Nein beantworten.«

»Was hat Sie daran gehindert?«

»Ich wurde rausgeschmissen, ehe ich Ihren Sohn persönlich sprechen konnte. Übrigens von Benjamin Clausen.«

»Dann haben Sie jedenfalls Clausen ausfindig gemacht. Wie geht es ihm?«

»Er hat den Verstand verloren oder ist total fanatisch geworden, ganz wie Sie wollen. Doch trotz seines erbärmlichen Zustands scheint er in seiner Rolle als Sklaventreiber voll aufzugehen.«

»Ich glaube, ich weiß nicht, was Sie meinen.«

»Nein, man muss diesen Ort mit eigenen Augen gesehen haben, um es zu glauben. Mit seinen hohen Mauern und den Überwachungskameras erinnert er an ein Konzentrationslager. Die Jünger Ihres Sohns sind dort eingesperrt, sogar Kinder sind darunter.«

»Das hört sich ziemlich drastisch an«, entgegnete Mesmer mit Skepsis in der Stimme.

»Und trotzdem ist es wahr. Ich werde die Behörden darüber informieren, dass dort …«

»Wir sollten jetzt nichts überstürzen. Hat Clausen etwas über meinen Sohn gesagt?«

»Nein, der hatte genug damit zu tun, Sie ständig als Satan zu bezeichnen.«

»Aber Sie wissen, dass sich Jakob dort aufhält?«

»Seine Stimme kam zumindest aus den Lautsprechern, mehr kann ich nicht …«

»Aus den Lautsprechern?«

Durch das Fenster fiel Ravns Blick auf Ejner, der sich zu seinen Kaninchen gesellt hatte. Ejner bückte sich, worauf die Kaninchen zu ihm hoppelten. Er fütterte sie mit Karotten, die er ihnen mit der Hand ins Maul schob.

»Von was für Lautsprechern reden Sie?«

»Überall auf dem Gelände sind Lautsprecher angebracht, damit die Jünger seine erbaulichen Worte hören können, während sie arbeiten. Alle wirken sehr motiviert. Er hat also bestimmt nichts von dem vergessen, was er bei Ihnen über Führungsstrategien gelernt hat«, fügte Ravn ironisch hinzu.

»Ravn, es ist wichtig, dass Sie Jakob den Vertrag so schnell wie möglich vorlegen und unterschrieben wieder mitbringen.«

»Ich tue, was ich kann, aber natürlich kann ich nicht dafür garantieren, ihn dort anzutreffen.«

»Was meinen Sie damit?«

»Dass es bei dem, was aus den Lautsprechern kam, nicht gerade um tagespolitische Ereignisse ging. Seine Stimme könnte auch vor langer Zeit aufgenommen worden sein.«

»Dann finden Sie heraus, ob er sich dort aufhält! Dafür bezahle ich Sie ja schließlich. Die Führung von SIALA verliert langsam die Geduld, was die anstehende Fusion gefährdet.« Ferdinand Mesmers Stimme zitterte.

»Bin schon dabei«, entgegnete Ravn mit ruhiger Stimme. »Doch selbst wenn ich ihn finde, ist es nicht gesagt, dass er den Vertrag unterschreibt.«

»Geben Sie ihm den Vertrag so schnell wie möglich. Der Rest wird sich regeln … glauben Sie mir.«

Ravn hielt immer noch sein Handy in der Hand. Der alte Mann war verzweifelt, weil sein wirtschaftlicher Erfolg gefährdet war. Alles andere war ihm gleichgültig, und zweifellos interessierten ihn auch die ungeheuerlichen Zustände in Gethsemane nicht. Draußen hatte Ejner eines der Kaninchen auf den Arm genommen und strich ihm ein paarmal über die Ohren. Danach schloss er die Finger um seinen Hals und drückte zu, während er mit der anderen Hand die Hinterläufe ein paarmal nach hinten zog, bis der Hals des Kaninchens brach. Darauf verließ er den eingezäunten Bereich und trug das tote Kaninchen an seinen langen Ohren über den Hof.

Falls der Kaninchenmörder ihm keine Nachricht von Jakob Mesmer überbrachte, würde Ravn morgen früh einen weiteren Versuch am Eingangstor von Gethsemane unternehmen. Diesmal würde er direkt auf das weiße Hauptgebäude zusteuern, in dem Jakob Mesmer, sofern er sich überhaupt in Gethsemane aufhielt, zu finden sein musste.

Benjamin Clausen war ziemlich frustriert gewesen, als Ravn Lises Namen erwähnt hatte. Das konnte bedeuten, dass Benjamin nichts mit ihrem entstellten Gesicht zu tun hatte, aber möglicherweise wusste, was passiert war. In diesem Fall würde er die Wahrheit aus ihm herausquetschen, da war sich Ravn sicher, und ihn gegebenenfalls auch dazu bringen, gegen die oder *den* Schuldigen auszusagen. Ravn spürte, dass sein alter Polizeiinstinkt erwachte. Außerdem spürte er Hunger und Durst nach der lokalen Biersorte, die er bereits gestern probiert hatte. Trotzdem beschloss er, auf seinem Zimmer zu bleiben und abzuwarten, während er den *Kaninchenmörder* überwachte.

47

Erschrocken fuhr Ravn auf dem Stuhl hoch. Er musste vor einiger Zeit eingedämmert sein, denn draußen war der blaue Abendhimmel tiefer Dunkelheit gewichen. Im selben Moment hörte er draußen auf dem Hof eine Autotür schlagen und dachte sofort, dass Ejner vermutlich wegfahren wollte. Ravn sprang auf, stellte sich dicht ans Fenster und beschirmte seine Augen mit den Händen, um erkennen zu können, was draußen vor sich ging. Auf dem Hof schlichen drei groß gewachsene Gestalten um Victorias Volvo herum. Im nächsten Moment stieg einer von ihnen durch die offene Hintertür, während die beiden anderen durch die Seitenfenster blickten. Ravn lief zur Zimmertür und hastete nach draußen. Nie im Leben würde er es zulassen, dass sich irgendwelche Einheimischen Victorias Auto unter den Nagel rissen. Er rannte auf den Hof.

»Kann ich Ihnen irgendwie behilflich sein?«, fragte er und ging auf den Mann zu, der ihm am nächsten stand.

»Ist das Ihr Auto?«, fragte der Mann, der kurz geschorene Haare hatte und Ravn um einen Kopf überragte. In seiner Cargohose und dem dunklen engen T-Shirt machte er einen durchtrainierten Eindruck.

»Jedenfalls ist es nicht Ihres. Also sagen Sie Ihren Freunden, dass sie wieder aussteigen sollen.«

Ravn hielt dem Blick des Mannes stand, während er auf die Hintertür zeigte.

»Wo ist er?«, fragte der Mann.

»Wo ist was?«

Der Mann lächelte gefährlich, und Ravn spannte die Muskeln, bereit zur Verteidigung.

»Der Umschlag, mit dem Sie vorhin rumgewedelt haben. Den würde ich gerne haben. Ist er im Auto, oder müssen Sie ihn aus Ihrem Zimmer holen?«

»Hat Jakob Mesmer Sie geschickt?«

»Im Auto ist er nicht«, hörte Ravn hinter sich eine Stimme. Dann wurde die Hintertür zugeschlagen, und im nächsten Moment standen die beiden anderen Männer neben ihm. Ravn warf ihnen einen raschen Blick zu. Auch sie waren durchtrainiert, mit kurz geschorenen Köpfen und identischer Kleidung. Falls es zu einer Schlägerei kommen sollte, würde sich Ravn ganz auf den Mann konzentrieren, der ihm gegenüberstand. Er war sich sicher, dass er ihn zu Boden strecken konnte, doch alles Weitere würde wohl nicht zu seinem Vorteil ausfallen. Aber das machte ihm keine Angst. Er hatte sich schon oft in solchen Situationen befunden.

»Haben Sie den Vertrag auf Ihrem Zimmer?«

»Hat Jakob Mesmer Sie geschickt? Ihr Meister?«, wiederholte Ravn, ohne zu zwinkern.

»Wer uns geschickt hat, spielt keine Rolle. Holen Sie einfach den Umschlag und geben Sie ihn mir.«

»Tut mir leid, aber daraus wird nichts. Ich soll ihn Jakob Mesmer persönlich überbringen. Warum ist er nicht einfach mitgekommen?«

Der Mann vor ihm machte eine seitliche Kopfbewegung, worauf einer seiner Begleiter zu dem Nebengebäude ging.

»Ist Jakob Mesmer in Gethsemane?«

Die beiden Männer antworteten nicht. »Ich muss ihn unbedingt treffen, damit wir diese Sache aus der Welt schaffen können.«

Die beiden Männer starrten ihn unverwandt an. Der dritte kehrte mit leeren Händen zurück. »Er war nicht da, Patrick.«

»Jetzt rücken Sie ihn schon raus!«

In diesem Moment fuhr Patrick seine Faust aus und wollte Ravn in den Magen boxen, doch dieser hatte den Schlag längst kommen sehen und wehrte ihn ab. Er riss den Mann zu sich hin und rammte ihm seinen Schädel gegen das Nasenbein. Mit blutender Nase ging Patrick zu Boden. Die beiden anderen warfen sich auf ihn und stießen Ravn gegen den Volvo. Er versuchte, sich zu schützen, doch die Schläge trafen ihn so hart, dass auch er schließlich zusammensackte. Daraufhin wurden aus den Schlägen Tritte, bis Ravn eine nasale Stimme hörte, die den Männern aufzuhören befahl.

Patrick hockte sich neben ihn. Das Blut, das immer noch aus seiner gebrochenen Nase strömte, hatte den unteren Teil seines Gesichts rot gefärbt. »Wo ist der Umschlag?«

»Du kannst fragen, so viel du willst …«, stöhnte Ravn. »Ich gebe ihn nur Jakob Mesmer … persönlich.«

Patrick spuckte etwas Blut und richtete sich auf.

Ravn schielte zu ihm hoch. Über ihm ragten die beiden anderen Männer auf und ballten die Fäuste, jederzeit bereit, wieder auf ihn einzuprügeln. Hinter ihnen, ein Stück weit entfernt, sah er Patrick in sein Handy sprechen. Im nächsten Moment war er wieder da und starrte auf Ravn herunter. »Morgen früh um neun in Gethsemane. Und vergiss den Umschlag nicht.«

Die drei Männer gingen über den Hof und stiegen in ihren Pick-up. Ravn rappelte sich mühsam hoch, während er sich an dem Volvo abstützte und beobachtete, wie der Pick-up vom Hof rollte. Er hatte eine mittelgroße Tracht Prügel kassiert, doch nichts war gebrochen. Schmerztabletten und ein paar Drinks würden dem Schmerz die Spitze nehmen, nur leider hatte er weder das eine noch das andere in Reichweite. Dafür war der Vertrag für Jakob Mesmer immer noch in seinem Besitz. Wasserdicht verpackt, von einer Plastiktüte umschlossen, steckte er in einem der Spülkästen auf der Gemeinschaftstoilette. Morgen würde es sich wie ein Sieg anfühlen, wenn er Jakob Mesmer endlich Auge in Auge gegenüberstand. Doch jetzt, da sein Körper stark schmerzte, hatte er das Gefühl, drastisch unterbezahlt zu sein.

48

Ravn fuhr durch Søllested, das in der Morgenwärme träge vor sich hindämmerte, vorbei an der Tankstelle neben dem Supermarkt, wo der Landpolizist gerade seinen SUV mit Benzin füllte. Ravn drosselte das Tempo und winkte ihm durch das offene Fenster zu. Es dauerte einen Augenblick, bis der Polizist ihn erkannte und höflich zurückwinkte. Ravn überlegte, ob er kurz anhalten und den Beamten über die Verhältnisse in Gethsemane in Kenntnis setzen sollte, dachte jedoch, dass dies die Dinge unnötig verkomplizieren und er Jakob Mesmer wohl kaum zum Reden bringen würde, wenn er in Begleitung eines Polizisten bei ihm aufkreuzte. Also setzte er seinen Weg auf der Hauptstraße fort, ehe er an der Kreuzung in Richtung Gethsemane abbog. Auf dem Beifahrersitz lag der braune Umschlag mit dem Vertrag. Er hatte diese Möglichkeit bisher nicht in Betracht gezogen, doch jetzt schien es ihm äußerst verlockend, den Umschlag zu öffnen und nachzusehen, wie viel Geld Ferdinand Mesmer seinem Sohn für dessen Unterschrift bot. Es handelte sich bestimmt nicht um ein Taschengeld, aber dieser Teil der Sache ging ihn nichts an, und Ravn widerstand der Versuchung.

Zehn Minuten später erreichte er das Eingangstor von Gethsemane. Er wollte gerade aussteigen und auf die Klingel drücken, als das Tor automatisch aufglitt. Dahinter erwarteten ihn zwei der Männer, die ihm gestern einen Besuch abgestattet hatten. Patricks Nase war geschient, und ein Pflaster reichte bis über beide Wangen. Er starrte Ravn böse an, der ihn kurz grüßte, ehe er auf dem schmalen Kiesweg dem weißen Gutshof entgegenrollte. Als er den Hofplatz erreichte, bemerkte er die kleine Menschenansammlung, die sich oben auf der Haupttreppe versammelt hatte. Darunter waren weitere Soldatentypen in Cargohosen, doch auch ein Mann und zwei Frauen, die graue Kleider mit hochgeschlossenen Kragen trugen. Ravn parkte neben zwei schwarzen Audis und stieg aus. Die Versammlung auf der Treppe setzte sich in Bewegung und kam ihm entgegen; leider gehörte Jakob Mesmer dem Begrüßungskomitee nicht an.

Der Mann in Grau gab ihm lächelnd die Hand. »Samuel«, sagte er und sah Ravn, der sich ebenfalls vorstellte, durchdringend an.

Die beiden Frauen mittleren Alters stellten sich als Åse und Birgitte vor. Åse sah in der grauen Uniform, die ganz eindeutig viel zu klein war, wie eine aufgeplusterte Kröte aus, während die langgliedrige Birgitte das absolute Gegenteil von ihr war. Ravn erinnerte sich an ihre Namen aus Benjamins Bericht. Sie hatten zur Führung der Gemeinde in der Belgiensgade gehört. Sie hatten zusammen mit Jakob Mesmer das Urteil über Lise gesprochen und an dem Ritual der Teufelsaustreibung teilgenommen. »Willkommen in Gethsemane«, sagte Samuel.

»Danke«, erwiderte Ravn.

»Wenn Sie so freundlich wären, uns zu begleiten.«

Ravn folgte Samuel und den beiden Frauen. Ein paar mürrisch dreinblickende Männer mit kurz geschorenen Haaren fungierten als ihre Eskorte. Samuel führte sie an der Haupttreppe vorbei und um das Haus herum. Ravn blickte zu dem herrschaftlichen Gebäude empor. Der Kontrast zu den baufälligen Baracken, die er gestern gesehen hatte, hätte nicht größer sein können. »Ein beeindruckender Ort, an dem Sie sich hier aufhalten«, sagte er und schaute Samuel an.

Samuel nickte bedächtig. »Danke. Wir schätzen uns glücklich über die Gnade, die der Herr uns erwiesen hat.«

»Das dürfte einiges gekostet haben.«

»Ist das der Brief an den Meister?«, fragte Åse und zeigte auf den Umschlag in Ravns Hand.

»Jepp«, antwortete Ravn.

»Soll ich ihn nehmen?« Sie streckte die Hand aus.

»Danke für das Angebot, Åse«, sagte er und entfernte den Umschlag aus ihrer Reichweite, »aber ich glaube, ich behalte ihn erst einmal selbst. Wo ist Jakob?«

»Hier entlang«, sagte Samuel und ging auf dem Kiesweg voran. In der Ferne konnte Ravn die riesige Werkshalle erkennen. Ihm kam der Verdacht, dass sie ihn womöglich zu den großen Komposthaufen bringen wollten, um ihn dort zu überwältigen und ihm den Umschlag zu entreißen. Doch ehe er diesen Gedanken zu Ende denken konnte, bog Samuel vom Kiesweg ab und steuerte auf ein niedriges weißes Gebäude zu, das zwischen ein paar Bäumen auf einer kurz geschnittenen Rasenfläche lag. Sie setzten ihren Weg bis zum Eingang fort, wo die Tür weit offenstand. Als sie näherkamen, erkannte Ravn im Inneren die vielen unbesetzten Stuhlreihen. Samuel betrat als Erster den großen kühlen Raum, der nach frischer Farbe roch. Vor den Stuhlreihen befand sich eine Bühne, auf der ein paar Standmikrofone platziert waren. An der Rückwand hing ein meterhohes Kreuz aus dunkel gestrichenem Holz, das über dem gesamten Raum thronte. Zwei Männer in verschlissenen blauen Overalls gingen mit Lappen durch die Stuhlreihen und wischten die Sitzflächen ab. Samuel klatschte in die Hände, worauf die Männer ihre Arbeit sofort beendeten und durch eine kleine Tür am Ende des Raums verschwanden. Samuel wandte sich an Ravn. »Wenn Sie hier warten wollen, dann wird Sie der Meister gleich empfangen.«

»Samuel«, entgegnete Ravn und machte einen Schritt auf ihn zu. Aus dem Augenwinkel heraus sah er, dass die Eskorte ihn sorgsam im Auge behielt. »Wir wollen doch unsere Zeit nicht länger vergeuden, oder?«

»Ich … ich verstehe nicht.«

»Die Sache ist ganz einfach. Ich wäre außerordentlich enttäuscht, wenn Sie mich zum Narren halten und sich herausstellt, dass Jakob gar nicht da ist.«

»Aber ich kann Ihnen versichern, *dass* er da ist und Sie gleich willkommen heißen wird.«

»Aha. Und warum stehe ich dann hier und rede mit Ihnen und nicht mit Jakob? Er war es, der mich um neun Uhr treffen wollte, und nun ist es Viertel nach neun.«

»Der Meister bereitet seine Predigt für das heutige Bibeltreffen vor«, warf Åse ein. »Das wird ein wichtiger Abend mit vielen Gästen. Auch Sie sind willkommen.«

»Vielen Dank, Åse, aber je eher ich Jakob treffen kann, desto schneller bin ich wieder verschwunden.«

Sie nickte. »Sobald er seine Predigt zu Ende geschrieben hat, wird er Sie empfangen. Setzen Sie sich doch solange.« Sie zeigte auf den nächsten Stuhl.

»Danke, aber ich stehe lieber.«

»Einen gesegneten Tag«, sagte Samuel und wandte sich zur Tür. Åse und Birgitte nickten in Ravns Richtung, ehe auch sie in Begleitung der Eskorte aus dem Raum gingen und Ravn allein zurückließen.

Ravn dachte, dass die Champignonzucht wirklich ein einträgliches Geschäft sein musste, wenn *Die Auserwählten Gottes* so einen Ort unterhalten konnten. Vermutlich war das nur möglich, indem man die Angestellten versklavte, statt sie für ihre Arbeit zu bezahlen. Wie viele Menschen mochten sich insgesamt in Gethsemane aufhalten? Wenn er an diejenigen dachte, die er gestern bei den Baracken und in der großen Halle gesehen hatte, waren das schon mal vierzig bis fünfzig Personen. Zuzüglich der grau gekleideten Gestalten, die ihm gerade begegnet waren. Außerdem schien es eine größere Anzahl dieser Soldatentypen mit den kurz geschorenen Köpfen zu geben, die vermutlich so etwas wie Jakob Mesmers private Schweizer Garde waren. Nach den Tattoos zu urteilen, die er bei einigen von ihnen gesehen hatte, schien der Vergleich nicht allzu weit hergeholt zu sein. Viele von ihnen trugen das sägegezackte Emblem der Leibgarde mit der Königskrone auf dem Arm. Oft ließen sich Soldaten, bevor sie in die Schlacht zogen, so etwas gemeinsam stechen. Als Beweis für ihre Treue der Fahne, dem Regiment und nicht zuletzt ihren Kameraden gegenüber. Er erinnerte sich an Patrick aus Benjamins Bericht, der sich das Leben hatte nehmen wollen und stattdessen in den Armen der Glaubensgemeinschaft gelandet war. Ravn hielt es für möglich, dass die anderen Veteranen das gleiche Schicksal teilten. Was sie nicht weniger gefährlich machte.

Als er über eine Stunde gewartet hatte, ohne auch nur einen Schatten von Jakob Mesmer gesehen zu haben, wusste Ravn, was hier gespielt wurde. Die Wartezeit sollte ihn mürbe machen – eine Methode, die er und Mikkel oft genug selbst angewandt hatten, bevor sie die Festgenommenen einem Verhör unterzogen. Jeder Vernehmungsleiter wusste, dass es die Wartezeit in der Zelle war und nicht die Fragen während des Verhörs, die den Verdächtigen am meisten zusetzte. Je länger sie auf sich allein gestellt waren, desto mehr Energie verloren sie. Selbst die aggressivsten und hitzigsten Typen wurden irgendwann ruhiger und zahm. Auf diese Weise trugen die Inhaftierten selbst dazu bei, dass der Vernehmungsleiter die Initiative übernehmen und seine Macht ausspielen konnte, wenn die Vernehmung endlich begann.

Jakob Mesmers strategische Wartezeit signalisierte Ravn, dass Mesmer nicht nur am Inhalt des Umschlags interessiert war, sondern auch so viel wie möglich aus Ravn herausbekommen wollte.

Als er hinter sich ein Scharren zwischen den Stuhlreihen hörte, drehte sich Ravn in der Türöffnung halb herum. Ein Mann in einem blauen Overall kam ihm entgegen. Er erkannte sofort, dass es Benjamin war. Ehe Ravn wusste, wie ihm geschah, riss ihn Benjamin von der Türöffnung weg ins Dunkel. »Die anderen haben recht gehabt«, zischte er ihm ins Gesicht. »Sie sind tatsächlich zurückgekommen.«

Ravn zog seinen Arm zu sich. »Noch einen Schritt näher, und Sie landen auf dem Fußboden«, warnte er ihn und hielt Benjamin eine Armlänge auf Distanz.

Benjamin schüttelte verzweifelt den Kopf. »Sie hätten sich von hier fernhalten sollen, verstehen Sie das nicht?«

»Und Sie hätten mich zu Jakob vorlassen sollen, statt mich rauszuschmeißen.«

»Sie ahnen ja nicht, was für Kräfte Sie entfesselt haben.«

49

Benjamin wirkte noch heruntergekommener, als Ravn gestern bemerkt hatte. Sein knochiges Gesicht mit den vorstehenden Wangenknochen ließ Benjamin wie einen KZ-Gefangenen aussehen. Und als er erneut den Mund aufmachte, um zu reden, sah Ravn, dass in seinem Oberkiefer mehrere Zähne fehlten. »Lassen Sie mich ihm wenigstens den Umschlag geben«, sagte Benjamin und zeigte mit seinen schmutzigen Fingern auf das Kuvert in Ravns Hand.

»Wie ich Ihnen gestern schon gesagt habe, Benjamin, muss ich das persönlich erledigen.«

»Weil Ferdinand Mesmer es Ihnen befohlen hat?«

»Weil eine Abmachung eine Abmachung ist, nicht mehr und nicht weniger.« Er warf einen betrübten Blick auf Benjamins schmutzigen Arbeitsanzug. »Was ist nur mit Ihnen passiert, Benjamin? Sie sehen erbärmlich aus, und riechen tun Sie ehrlich gesagt auch nicht besser.«

»Jedenfalls bin ich keine verlorene Seele, so wie Sie.«

»Erzählen Sie mir, wie es so weit kommen konnte.«

Benjamin schlug den Blick nieder. »Sie … Sie verstehen unsere Gesetze nicht. Die reine Lehre erfordert von uns große Opfer.«

»Was ich verstehe, ist, dass Sie und die anderen hier als Sklaven gehalten werden, während es andere gibt, die ein privilegiertes Leben in ihrem *Schloss* führen.«

Benjamin schüttelte den Kopf. »Ich beneide niemanden.

Ich trage kein Kainsmal auf der Stirn«, fügte er rhetorisch hinzu. »Doch ich erwarte nicht, dass ein Außenstehender das begreift.«

»Dann ist das hier alles freiwillig?«

»Aber natürlich.« Benjamin lächelte ihn an. »Alles, was wir tun, tun wir auf Geheiß des Meisters, um unseren Herrn zu loben.«

»Halleluja«, entgegnete Ravn ironisch. »Aber warum ist das ganze Grundstück dann von einer hohen Mauer mit Stacheldraht umgeben, und warum gibt es hier Wachen, die patrouillieren?«

»Das verstehen Sie falsch. Die Wachen sind dazu da, um uns vor allem Bösen in der Welt zu beschützen. Sonst wären wir diesen Kräften hilflos ausgeliefert. Sie beschützen uns vor dem Satan und vor allem, wovor wir geflüchtet sind. Die Garde ist ein Teil der Gemeinschaft und hat dieselben Rechte und Pflichten wie alle anderen.«

»Wirklich?«

»Ja, viele von ihnen sind aus schrecklichen Kriegen heimgekehrt und tragen Narben auf ihrer Seele, doch der Meister nimmt sich ihrer an und weist ihnen den Weg.«

»Wirklich rührend. Was ist mit den Kindern?«

»Jesus sagt, lasset die Kindlein zu mir kommen. Hier sind sie bei ihren Eltern.«

»Die Kinder sind völlig verwahrlost, Benjamin. Das habe ich mit eigenen Augen gesehen.«

»Was Sie gesehen haben, sind Menschen in Not. Glauben Sie mir, die sahen viel schlimmer aus, bevor sie an unsere Tür geklopft haben. In Gethsemane nehmen wir alle Ausgestoßenen auf. Alle, mit denen sonst niemand etwas zu tun haben will. Wir sind der Mülleimer der Gesellschaft. Wir sind diejenigen, die die Ärmsten von der Straße aufsammeln.«

»Und dann halten Sie diese armen Menschen als Sklaven?«

Benjamin schüttelte den Kopf über Ravns Unwissenheit. »Das alles dient der Reinigung und der großen Austreibung. Diesen Prozess müssen wir alle durchlaufen. Er ist vollkommen natürlich.«

Ravn schüttelte den Kopf. »So natürlich wie das, was mit Lise passiert ist?«

Benjamin hielt sich mit einer Hand am Stuhlrücken fest. »Wenn ... wenn ich Ihnen erzähle, was mit Lise passiert ist, verschwinden Sie dann von hier?«

»Nein. Aber ganz gleich, ob Sie mir davon erzählen oder nicht, werde ich herausfinden, was damals passiert ist. Und falls Sie auch nur das Geringste damit zu tun haben, werde ich Sie dafür zur Verantwortung ziehen, ist Ihnen das klar?«

»Jetzt ... jetzt reden Sie wie ein Polizist. Sie waren mal Polizist, oder?« Er sagte das so andächtig, als würde es ihm etwas bedeuten.

»Ja, ich habe meinen Dienst absolviert.«

»Ich habe mich mal bei der Polizei beworben ... vor vielen Jahren, aber ...« Sein Blick schweifte in die Ferne.

Ravn holte tief Luft. »Was ist mit Lise passiert, Benjamin?«

»Okay, hören Sie zu ...« Er schluckte. »Es war in unserem Gemeindehaus in der Belgiensgade, in dem wir beide untergebracht waren. Lise hatte schon länger da gewohnt, ich kam erst später dazu ...«

»Das habe ich alles in Ihrem Bericht gelesen. Sie haben genau beschrieben, wie man sie in den Keller gebracht und dort gequält hat«, sagte Ravn mit bewusster Härte.

»Nein, nein, so war das nicht.« Benjamins Stimme klang verzweifelt. »Lise war ja vom Teufel besessen, und wir haben versucht, ihr zu helfen ... Sie vom Bösen zu befreien.«

»Es war Jakob, der das alles veranlasst hat, stimmt's? Er hat *entschieden*, dass sie vom Teufel besessen war.«

»Das ist nichts, was man entscheiden kann, aber es stimmt, dass der Meister die Existenz eines Dämons eher sieht als alle anderen.«

»Haben Sie Lise die Natronlauge unten im Keller eingeflößt? Haben Sie das gemacht, um sie zu reinigen?«

»Nein, nein, absolut nicht. Niemand hat ihr etwas Böses getan, das kann ich beschwören …«

»Sie haben doch selbst geschrieben, dass Lise an die Liege gefesselt wurde, Benjamin.«

»Ja, schon … aber das war doch zu ihrem eigenen Schutz, weil der Dämon in ihr so gewütet hat. Der Dämon wollte sie töten, aber der Meister hat Lise das Leben gerettet. Er hat ihn ausgetrieben.«

»Lise ist also gesund geworden. Ist es das, was Sie mir erzählen wollen?«

Er nickte. »Ja, Lise ist wieder gesund geworden, und darüber waren wir alle sehr glücklich. Wir haben den Herrn für seine Macht über das Böse gepriesen. Aber …«

»Was aber?«

»Wir waren hochmütig … obwohl wir selbst nicht wussten, dass wir das waren. Obwohl wir die Gabe des Herrn nicht einfach als selbstverständlich hinnehmen wollten. Ein paar Tage später, als wir uns alle im Garten versammelt hatten, fühlte sich Lise plötzlich unwohl. Ich dachte, es wäre aufgrund der Wärme, und habe ihr gesagt, dass sie besser reingehen und sich hinlegen soll.« Benjamin starrte in die Luft. »Sie hat mich umarmt, ehe sie ins Haus ging. Hat noch irgendwas zu mir gesagt, das ich nicht verstanden habe. In Zungenrede. Doch kurz darauf war klar, dass es in Wahrheit gar nicht Lise war, die geredet hatte, sondern der Dämon, der zurückgekehrt war.«

»Ach, wirklich? Und wer hat dem Dämon Natronlauge gegeben?«, fragte Ravn ironisch.

Benjamin lächelte, weil er die Ironie nicht verstand. »Sie verstehen also die Situation? Das hat Lise selbst getan. Um sich von dem Dämon zu befreien. Sie wusste, dass er von allein nicht weichen würde. Dass er in ihr bleiben würde, wenn sie ihn nicht mit Gewalt bekämpfte.«

»Und niemand hat ihr dabei geholfen?«

Benjamin schüttelte den Kopf. »Sie war so tapfer. Hat das Mittel selbst aus dem Küchenschrank geholt und es tapfer runtergeschluckt. Sie hat gleichzeitig geschrien und getrunken. Als wir dazukamen, lag sie auf dem Boden und krümmte sich vor Schmerzen, weil das Natron eine ätzende Wirkung hatte. Dennoch erkannten wir alle die Dankbarkeit, die in ihren Augen leuchtete. Sie war frei.«

»Und trotzdem hat man sie nachher in die Psychiatrie eingeliefert«, entgegnete Ravn und schluckte.

»Nur ihren Körper. Ihre Seele ist bereits beim Herrn.«

»Sie sind doch völlig krank.« Ravn starrte Benjamin fassungslos an.

»Sie müssen jetzt gehen. Ich habe Ihnen alles erzählt.«

»Ich gehe erst, wenn ich mit Jakob gesprochen habe. Warum haben Sie solche Angst davor, dass ich ihm begegne?«

»Ich habe keine Angst davor«, antwortete er und zwinkerte.

»Was hat er Ihnen angetan? Was ist nach der Sache mit Lise passiert?«

»Er hat mir seine Gnade erwiesen. Trotz meines Betrugs. Hat sich barmherzig gezeigt.«

»Indem er Sie wie einen Sklaven behandelt?«

»Wie oft soll ich das noch sagen? Wir sind keine Sklaven.«

»Sie haben Jakob Ihre Berichte gezeigt. Wie hat er das aufgenommen?«

Benjamin schlug den Blick nieder.

»Hat sich Jakob je nach seinem Vater erkundigt?«

»Er wollte mit diesem Satan nichts mehr zu tun haben. Genauso wenig wie mit Ihnen.« Er schaute Ravn triumphierend an.

»Sie glauben, er will mich nicht treffen?«

Benjamin sandte ihm ein höhnisches Lächeln. »Oh doch, so beharrlich, wie Sie sind, werden Sie dem Meister bestimmt begegnen. Aber hüten Sie sich vor seinem Zorn.«

»Er ist sehr temperamentvoll?«

Benjamin schlug mit den Armen aus. »Sein Zorn auf die Schuldigen ist absolut berechtigt.«

»Wer hat damals das Haus in der Belgiensgade in Brand gesteckt?«

»Niemand. Der Herr selbst hat damals eingegriffen, um uns den Weg nach Gethsemane zu weisen.«

In diesem Moment waren draußen Schritte zu hören. Benjamin drehte sich erschrocken zum Eingang um. Auf dem Kiesweg näherte sich Åse mit einem Tablett, auf dem eine Karaffe und ein Glas Wasser standen.

Ravn beobachtete Benjamin, der durch zwei Stuhlreihen eilte.

»Ein Mann ist damals in den Flammen umgekommen. Man hätte auch wegen Mord ermitteln können.«

Benjamin zuckte die Schultern. »Der Herr nimmt, der Herr gibt.«

»Der Brand. War das Jakobs Botschaft an seinen Vater?«

»Der Herr nimmt, der Herr gibt«, wiederholte Benjamin und verschwand durch die Hintertür.

In diesem Moment kam Åse durch den geöffneten Haupteingang und stellte das Tablett auf den länglichen Tisch, unter dem auch die Gesangbücher untergebracht waren. »Ich habe mich gefragt, ob Sie durstig sind«, sagte sie und füllte das Glas mit Wasser.

»Ja, danke. Ist Jakob unterwegs?«

»Der Meister arbeitet immer noch, aber jetzt wird es bestimmt nicht mehr lange dauern. Er freut sich darauf, Sie kennenzulernen.« Sie reichte Ravn das Glas und verließ den Raum.

Während Ravn trank, beobachtete er, wie Åse den Kiesweg hinunterging. Als sie die beiden Wachen erreichte, wechselte sie mit ihnen ein paar Worte, ehe sie weiterging. Die Männer warfen einen Blick zu ihm hinauf, und Ravn hatte das Gefühl, dass ihm nicht mehr viel Zeit blieb, um Gethsemane wieder zu verlassen.

50

Die drückende Schwüle kündigte bereits das nächste Gewitter an, doch bisher war es trocken geblieben. Ravn hatte Kopfschmerzen und war sich nicht sicher, ob das an dem wechselhaften Wetter oder an seinem seit Stunden knurrenden Magen lag. Mittlerweise war es halb vier, und er wartete seit fast sechs Stunden. Dennoch war sein eigener Rekord, einen Festgenommenen warten zu lassen, noch nicht gebrochen. Die beiden Wachen vor dem Eingang hatten sich während der gesamten Zeit nicht vom Fleck gerührt. Ravn hatte längst den Hintereingang kontrolliert, durch den Benjamin verschwunden war, doch als er die Tür geöffnet hatte, hatten Patrick und einer seiner Männer direkt vor ihm gestanden. Freundlich, aber bestimmt hatten sie ihn gebeten, drinnen zu bleiben und auf Jakob Mesmer zu warten. Seine Entgegnung, er habe bald lange genug gewartet, hatten sie nicht kommentiert.

Aus den Lautsprechern, die an jeder Ecke unter der Decke hingen, kam ein Knistern, gefolgt von den Tönen einer Orgel. Sie klangen genauso schief wie gestern, nur Jakob Mesmers monotone Stimme fehlte. Als Ravn draußen Stimmen hörte, stand er mit steifen Beinen von einem der Stühle auf und stellte sich an die Türöffnung. Etwa zwölf grau gekleidete Personen kamen ihm entgegen. Sie alle hatten die Köpfe gebeugt und die Hände gefaltet und verstummten, als sie an ihm vorbeigingen. Er musterte sie und bemerkte, dass weder

Samuel noch Åse oder Birgitte zu dieser Gruppe gehörten. Stühle scharrten über den Boden, als die grau Gekleideten in der ersten Reihe vor der Bühne Platz nahmen. Kurz darauf betrat eine kleinere Gruppe von Wächtern den Raum. Ravn erkannte Patrick unter ihnen, als er zusammen mit den anderen an ihm vorbeiging und sich hinter die grau gekleideten Personen setzte. Ein paar Minuten später näherten sich Samuel und Åse in Begleitung von sechs weiteren Personen, die keine der Uniformen trugen, die Ravn bisher gesehen hatte. Ravn dachte, dass das Leute von außen sein mussten, und im selben Moment sah er Ejner, der hinter den anderen hertrottete. Als Ejner Ravn erblickte, wandte er rasch den Blick ab und huschte in den Saal.

»Samuel?«, sagte Ravn, als er an ihm vorbeigehen wollte.

Samuel blieb stehen und sah ihn fragend an. »Ja?«

»Wann kann ich Jakob sehen?«

»Bald werden wir anfangen«, antwortete er.

»Ich möchte ihn gern vorher sprechen. Ich warte schon ewig.«

»Das tun wir alle. Doch glücklicherweise auf etwas Gutes. Ich glaube, es wird auch für Sie ein beglückendes Erlebnis werden.« Er wollte seinen Weg fortsetzen, doch Ravn hielt ihn am Ärmel fest.

»Ich bin nicht wegen einer Veranstaltung hier, sondern um Jakob ein wichtiges Dokument auszuhändigen.«

Samuel holte tief Luft und atmete durch die Nase aus. »Wir glauben alle, dass die Welt sich um uns dreht. Deshalb vergessen wir den Herrn.«

»Ich will mit Jakob reden.«

»Und ich werde Ihnen Bescheid geben, wenn sich das machen lässt. Setzen Sie sich bitte hin, bis es so weit ist.« Er lächelte kühl und wies Ravn einen Stuhl in der hintersten

Reihe an. Danach ging Samuel durch die Reihen und weiter bis zur Bühne.

Ravn betrachtete die Versammlung, während er sich fragte, ob Jakob Mesmer überhaupt erscheinen würde. Ob er sich überhaupt in Gethsemane befand. In diesem Moment war von draußen das Trampeln von Stiefeln zu hören, und die blau gekleideten, schmutzigen Mitglieder der Gemeinde betraten den Saal. Obwohl es jede Menge freie Stühle gab, stellten sie sich schweigend an die hintere Wand und senkten die Köpfe.

Unter Leitung von Samuel, der Gitarre spielte, und Åse, die sich an eine elektrische Orgel gesetzt hatte, begannen alle, mit einem gemeinsamen Lied den Herrn zu preisen. Ravn hatte den Eindruck, dass es sich um eine Eigenkomposition handelte, deren einziger Inhalt darin bestand, dass Gott groß und mächtig war und alle von Dankbarkeit erfüllt waren, ihm dienen zu dürfen. Der Refrain des Liedes wurde ein ums andere Mal wiederholt, was etwa fünf bis zehn Minuten in Anspruch nahm, die Ravn wie eine Ewigkeit vorkamen. Nachdem die Musik verklungen war und alle das Glaubensbekenntnis gesprochen hatten, spielte Åse ein paar Akkorde auf der Orgel. Wie auf ein Signal hin öffnete sich die Hintertür, und Birgitte trat in Begleitung eines kräftigen Mannes ein, der eine helle Hose und ein lose sitzendes weißes Leinenhemd trug, das völlig durchgeschwitzt war. Der Mann keuchte in der Wärme und trocknete sich mit einem Taschentuch die Stirn. Alle erhoben sich von ihren Plätzen und klatschten im Takt. Ravn stand ebenfalls auf, nicht aus Respekt, sondern um besser sehen zu können.

Der Mann stützte sich auf eine Krücke, während er beschwerlich in Richtung Bühne humpelte. Er trug eine große

Sonnenbrille mit blauen Gläsern, die den Großteil seines Gesichts bedeckte. Doch Ravn erkannte ihn von dem Cover des Buchs, das Victoria ihm geliehen hatte. Er war es, den hier alle den Meister nannten, der selbst ernannte Pastor, Jakob Mesmer war endlich erschienen.

Jakob Mesmer ging zu dem Stuhl, der in der Mitte der Bühne stand, und ließ sich schwer darauf sinken. Mit einer müden Handbewegung winkte er der Menge, die immer frenetischer klatschte. Kurz darauf wandte sich Birgitte an die Gemeinde und bat sie, Platz zu nehmen. Ravn war der Letzte, der sich setzte. Er wollte, dass Mesmer ihn sah, doch er konnte nicht sagen, ob ihm das gelungen war.

Samuel begann zu predigen. Im Gegensatz zu Jakob Mesmer, der den Kopf hängen ließ, schien er voller Energie und Leidenschaft zu sein. Ravn hörte nur mit halbem Ohr zu, weil sich seine ganze Aufmerksamkeit auf Jakob Mesmer richtete, der ganz und gar nicht wie der große Anführer wirkte, den Benjamin in seinen Berichten beschrieben hatte. Vielmehr schien man ihn extra zu diesem Anlass auf die Bühne geschleppt zu haben. Er wirkte wie ein alter Papst, der ungeachtet seines Gesundheitszustands dazu verpflichtet war, bis zu seinem Tod durchzuhalten. Mesmer machte einen ausgelaugten Eindruck, obwohl er kaum älter als Ravn sein konnte.

Die Gemeinde stimmte das nächste Lied an. Die Worte waren andere, aber der Inhalt der gleiche. Erneut wurde der Herr mit einem selbst komponierten Lied gepriesen. Die Leute streckten ihre Arme gen Himmel, sprangen spontan auf und wiegten ihre Oberkörper im Takt der Musik. Selbst die Wächter mit den kurz geschorenen Haaren ließen sich von dem gemeinsamen Gesang mitreißen. Ravn drehte sich auf seinem Stuhl um und blickte zu den Mitgliedern in den blauen Arbeitsanzügen hinüber. Alle hatten die Augen geschlossen und waren ganz in ihren Gesang vertieft. Auch Benjamin streckte die Arme weit nach oben, als wollte er den Himmel umarmen. So fehl am Platz in einer Gemeinschaft hatte sich Ravn schon lange nicht mehr gefühlt.

Nachdem etwa eine Stunde mit Samuels Worten und den Liedern der Gemeinde vergangen war, fragte Samuel die Versammlung, für wen eine Fürbitte gesprochen werden sollte. Fast sämtliche Hände schnellten nach oben, worauf einer nach dem anderen, unabhängig vom Status in der Gemeinde, zu Samuel auf die Bühne geführt wurde.

Samuel hörte aufmerksam zu, wie jeder von ihnen von seinen Problemen und Lebenskrisen berichtete, und wiederholte das Gesagte laut, damit alle an dem Problem teilhatten. Auf diese Weise wirkte der gesamte Vorgang wie eine Mischung aus Heilung und *Buße*. Vor allem, da es nicht nur um physische Leiden ging, von denen die Gemeindemitglieder befreit werden wollten, sondern auch um psychische Probleme. Letztere wurden in allen Fällen als Teufelsbesessenheit diagnostiziert. Und Samuel zufolge waren an diesem Abend zahlreiche Dämonen anwesend. Glücklicherweise ließen sich alle austreiben, und in jedem einzelnen Fall knieten die vom Dämon Befreiten hinterher vor Jakob Mesmer nieder, der ihnen die Hand auf den Kopf legte und ein Gebet murmelte. Während der Nachmittag in den Abend überging, wurde Jakobs Handauflegen immer schludriger, wie auch der gesamten Veranstaltung irgendwie die Luft auszugehen schien.

Nachdem alle Fürbitten gesprochen worden waren, bat Samuel den Meister in ehrerbietigem Ton, ein paar Worte zu der Gemeinde zu sprechen. Birgitte reichte dem Meister das

Mikrofon und nachdem dieser einen Schluck Wasser getrunken hatte, erhob Jakob Mesmer endlich seine Stimme. Ravn war überrascht, wie dünn sie war, doch Mesmers Worte waren es nicht. Ganz im Gegenteil, er ging mit der Gemeinde, die er als schwach und wankelmütig bezeichnete, hart ins Gericht. Bezichtigte alle der Sünde und warf ihnen vor, sich den Dämonen ausgeliefert zu haben. Geilheit, Trägheit, Gier, Hochmut, Neid und nicht zuletzt Verschwendungssucht, ereiferte er sich, drohten die Gemeinde zu zerstören. Darum forderte er alle auf, sich den Worten des Herrn zu unterwerfen und ihn um Vergebung zu bitten. Als sein Ausbruch vorüber war, warf er das Mikrofon einfach von sich. Es landete auf dem Boden, und aus den Lautsprechern dröhnte es wie Donnergrollen.

Ravn zweifelte daran, dass Mesmer heute viel Zeit damit verbracht hatte, eine Predigt zu schreiben. Es war wohl eher ein Ermüdungskrieg, den er und seine Mitstreiter gegen ihn geführt hatten. Ravn musste sich eingestehen, dass er wirklich ziemlich mitgenommen war und sich darauf freute, das alles irgendwie hinter sich zu bringen und wieder von hier zu verschwinden.

»Lasst uns die Nähe der anderen spüren«, sagte Samuel. Alle erhoben sich von ihren Plätzen und stellten die Stühle zur Seite. Ravn folgte ihrem Beispiel als einer der Letzten, woraufhin auch sein Stuhl sofort weggenommen wurde. Alle Gemeindemitglieder fanden sich unabhängig von ihrem Status zu kleinen Gruppen von acht bis zehn Personen zusammen. Dann legten sie die Arme umeinander, standen in enger Verbrüderung zusammen und begannen, in Zungen zu reden. Das Gewirr der Klagelaute zeugte von der Macht, die Jakob Mesmer über seine unterjochte Gemeinde besaß.

Eine Hand legte sich auf Ravns Schulter. Er drehte sich

um. Birgitte sah ihm mit einem starren Lächeln in die Augen. »Der Meister wünscht Sie zu sprechen.«

Ravns Bick wanderte auf die Bühne, auf der Jakob Mesmer thronte. Seine pummeligen Finger winkten ihn träge zu sich.

51

Birgitte verneigte sich vor Jakob Mesmer, der wie hingegossen auf seinem Stuhl saß und Ravn einen gleichgültigen Blick zuwarf.

»Das ist der Mann, von dem ich Ihnen erzählt habe, Meister. Er heißt Thomas Ravnsholdt und möchte gern mit Ihnen reden.«

»Nennen Sie mich einfach Ravn«, sagte Ravn und gab ihm die Hand. Jakob Mesmer nahm sie widerwillig. Es war ein schlaffer Händedruck, als bestünden seine Hände aus Teig. »Ich habe schon mehrmals versucht, Ihnen das hier zu geben«, sagte Ravn und hielt den Umschlag vor Mesmer in die Luft. »Aber offensichtlich werden Sie hier ja gut abgeschirmt.« Ravn nickte Birgitte zu, die sich ein wenig zurückzog.

Jakob Mesmer warf dem Umschlag durch seine blau getönten Brillengläser einen trägen Blick zu. Dann nahm er ihn entgegen und legte ihn sich auf den Schoß. »Ich habe von Ihnen gehört. Ich habe Dinge gesehen, die mit Ihnen zu tun hatten.«

»Wie das?«

Jakob Mesmer zeigte an die Decke. »*Er* zeigt mir alles.«

»Eine nützliche Verbindung«, entgegnete Ravn mit einem Lächeln.

»Sie sind nicht gläubig, das hat *Er* bereits verstanden.«

»Es gibt verschiedene Arten von Glauben.«

»Nein«, widersprach Jakob Mesmer. »Relativierungen und

Ausflüchte sind den Sündern und den Ungläubigen vorbehalten.«

Ravn schwieg. Er hatte keine Lust, eine theologische Diskussion mit Jakob Mesmer anzufangen.

Jakob Mesmer betrachtete den Umschlag. »Ich weiß auch ohne Gottes Hilfe, wer der Absender ist. Wie haben Sie mich gefunden?«

»Ich bin den Brotkrumen gefolgt. Gute alte Detektivarbeit.«

Jakob Mesmer verzog das Gesicht zu einem ironischen Lächeln. »Dann müssen Sie ja ein guter Detektiv sein. Zumal Sie nicht der Erste sind, den mein Vater auf mich angesetzt hat.«

»Davon weiß ich nichts.«

»Die Geheimagenten kennen sich also nicht, obwohl sie demselben Herrn dienen? Das kann ich kaum glauben.« Jakob Mesmer sah an Ravn vorbei auf die murmelnde Gemeinde zu seinen Füßen. »Was wollen Sie? Sollen Sie uns einfach ausspionieren?«

»Ich bin gekommen, um das hier abzuliefern.« Er nickte zu dem Umschlag hin. »Das ist alles.«

Jakob Mesmer blickte ihn kühl an. »Sie sehen aus wie jemand, der mehr will, als nur den Boten spielen. Sie sehen aus wie jemand … der ein bestimmtes Ziel verfolgt.«

Er zeigte mit dem Finger an Ravn vorbei. Ravn drehte sich um und sah, wie Samuel zu der ersten der Gruppen ging und Benjamin auf die Schulter klopfte. Benjamin löste sich aus der Gruppe, die sich sogleich wieder zusammenschloss und weiter in Zungen redete. Samuel begleitete Benjamin an den Rand der Bühne, wo er mit hängendem Kopf und auf dem Rücken gefalteten Händen stehenblieb. »Kennst du diesen Mann, Benjamin?«, fragte Jakob Mesmer mit seiner piepsigen Stimme.

»Nein … Meister.«

»Du hast ihn ja noch nicht einmal angesehen. Sieh ihn an, Benjamin, und dann gib mir eine ehrliche Antwort.«

Benjamin warf Ravn einen verstohlenen Blick zu und schüttelte rasch den Kopf.

»Lügst du mich etwa an? Weißt du nicht, dass er ein Spion ist, so wie du?«

Benjamin schlug den Blick nieder.

»Ich bin nicht gekommen, um zu spionieren«, sagte Ravn. »Und diesen Mann habe ich noch nie gesehen.«

»Keiner von euch sagt die Wahrheit.« Mesmer zuckte die Schultern. »Der Herr sieht alles. Wohingegen wir anderen Kameras installieren müssen, um den Überblick zu bewahren.« Mesmer lächelte zum ersten Mal, wobei er selbstzufrieden nickte.

»Ich … ich habe versucht, ihn abzuweisen. Ich hab ihn vor die Tür gesetzt«, erklärte Benjamin mit erstickter Stimme. »Damit er Sie nicht stört, Meister.«

»Sehen Sie«, sagte Jakob Mesmer und zeigte auf Benjamin. »Er kann das Lügen einfach nicht lassen. Die Dämonen sitzen in seinem Mund, reden mit seiner Zunge.«

Ravn zuckte die Schultern. »Ich habe ihn nicht erkannt, und er hat sicher seine Gründe, so zu antworten, wie er es tut. Jedenfalls hat das nichts mit dem Dokument zu tun, das ich bei Ihnen abliefern soll.«

Jakob Mesmer ging nicht darauf ein, sondern starrte Benjamin unverwandt an. »Es gab nur wenige wahre Worte, die heute gesprochen wurden. Du lernst es wohl nie, Benjamin, oder? Zeigt man dir auch nur das kleinste Vertrauen, missbrauchst du es sofort. Das liegt in deiner Natur.«

»Entschuldigung, Meister. Ich bereue meine Sünden.«

Jakob Mesmer wischte sich mit seiner breiten Hand über den Mund.

»Geh zurück zu deiner Gruppe, *Sünder.*«

»Ja, Meister.«

»Aber bevor du das tust, leg deine Armbinde ab. Die brauchst du für längere Zeit nicht mehr.«

Benjamin standen Tränen in den Augen, als er die rote Binde von seinem Ärmel löste. Er faltete sie sorgsam zusammen und legte sie auf den Rand der Bühne. Für einen Augenblick blieb er dort stehen, ehe ihn Mesmer mit einer ungeduldigen Handbewegung wegschickte.

Mesmer sah Ravn an und gähnte. »Sie sind wie kleine Kinder. Ständig muss man sie kontrollieren und auf sie aufpassen.«

Als Ravn nichts entgegnete, betrachtete Jakob Mesmer den Umschlag auf seinem Schoß. »Wissen Sie, was da drin ist?«

»Ein Vertrag, der mit Mesmer Resources zu tun hat, der Firma, die Sie gemeinsam mit Ihrem Vater besitzen. Aber die Details kenne ich nicht.«

»Mesmer Resources gehört ihm, damit habe ich nichts zu tun.« Jakob Mesmer schaute Ravn überrascht an. »Was hat er Ihnen erzählt?«

»Dass Sie das Mesmogramm entwickelt haben.«

Jakob Mesmer wand sich auf seinem Stuhl und trocknete sich die Stirn. »Das ist schon lange her. Ein anderer Ort, eine ganz andere … was will er?« Er nahm den Umschlag und zeigte damit auf Ravn.

»Wenn ich ihn richtig verstanden habe, soll die Firma fusionieren, doch bevor sie das tut, will er sie herauskaufen. Aber lesen Sie selbst.«

»Er will also noch mehr Leute mit all diesen verlogenen Floskeln vollstopfen … noch mehr gottlose Seelen erschaffen?«

»Sie wissen sicherlich am besten, was es mit dem Mesmogramm auf sich hat«, entgegnete Ravn mit beißender Ironie.

»Seine Bedingungen?«

»Ich habe keine Ahnung. Ich soll Ihnen nur den Vertrag aushändigen. Wenn Sie ihn gleich unterschreiben wollen, nehme ich ihn gern wieder mit zurück. Ansonsten können Sie ihn natürlich auch mit der Post schicken«, antwortete Ravn.

»Was hat er Ihnen über mich erzählt?«, fragte Jakob Mesmer und begann, den Umschlag aufzureißen.

Ravn schüttelte den Kopf. »Nicht viel. Das war auch nicht nötig. Ich sollte Sie nur ausfindig machen.«

»Ich kenne ihn. Ich weiß, wie er ist. Er hat bestimmt keine Gelegenheit ausgelassen, schlecht über mich zu reden, habe ich recht?«

»Nein.«

»Wollen Sie etwa behaupten, dass er freundlich über mich gesprochen hat?« Er lachte sarkastisch.

Ravn zuckte die Schultern. »Ehrlich gesagt, glaube ich, dass er bedauert, wie es zwischen Ihnen gelaufen ist, was auch immer die Ursache für Ihr Zerwürfnis gewesen sein mag.«

Jakob Mesmer zog einen Stoß Papiere aus dem Umschlag und begann, darin zu blättern. »Hat er unsere gemeinsame Vergangenheit erwähnt?«

»Er hat mir von Ihrer Zusammenarbeit erzählt und auch von seinen Sorgen um Sie, als Sie Ihre …«, Ravn wollte schon Sekte sagen, hielt sich aber zurück, »Ihre Bewegung gegründet haben.«

»Der besorgte Vater«, kommentierte Jakob Mesmer ironisch. »Der seinen Spion Benjamin entsandte.«

»Den Sie umgedreht haben, wie's aussieht.«

Jakob Mesmer blickte von den Papieren auf. »Wie passen Sie hier ins Bild? Wo liegt Ihr eigenes Interesse?«

»Ich habe keins. Das ist für mich ein Job wie jeder andere auch.«

»Wie viel Silbergeld zahlt Ihnen mein Vater?«

Ravn ließ seinen Blick über die murmelnden Gruppen der Gemeindemitglieder schweifen. »Nicht genug, wenn ich mir das hier so ansehe.«

Jakob Mesmer vertiefte sich wieder in die Papiere und las das letzte Blatt mit besonderem Interesse. Dann schob er alles wieder in den Umschlag, und Ravn dachte, dass er wohl ohne unterschriebenen Vertrag zu Ferdinand Mesmer zurückkehren musste.

»Haben Sie seine Hand bemerkt?«

»Wessen Hand? Die Ihres Vaters?«

Jakob Mesmer nickte.

Ravn nickte ebenfalls. »Hat sie etwas mit dem Brand in der Belgiensgade zu tun?«

»Über den wissen Sie also auch Bescheid. Ich muss schon sagen, Sie sind ein tüchtiger kleiner Spion.« Er trocknete sich den Mund ab. »Nein, das war ein Unglück. Die Versicherungsgesellschaft, die den Schaden erstattet hat, hatte daran keinen Zweifel.«

Ravn wusste nicht, was er glauben sollte, nur dass es für ihn fast ebenso unglaubhaft klang wie Benjamins Erklärung über ein Eingreifen Gottes. »Wenn es nicht der Brand war, wie ist Ihr Vater dann zu Schaden gekommen?«

Jakob Mesmer lachte und versuchte, sich selbst aus dem Stuhl zu stemmen. Birgitte war sofort bei ihm und reichte ihm seine Krücke. Er flüsterte ihr etwas ins Ohr, was sie offensichtlich überraschte. Als sie zögerte, stieß er sie mit dem Ellbogen weg, um sie zum Gehen zu bewegen. Im selben Moment erklangen die Töne von Åses Orgel, worauf die Gemeindemitglieder sofort mit ihrem Gemurmel aufhörten. Die Gruppen lösten sich auf, und die Mitglieder strebten dem Ausgang entgegen, die blau Gekleideten im Laufschritt.

»Darf ich mir erlauben, Sie ein wenig herumzuführen und mit unserem Gethsemane bekannt zu machen?«

»Vielen Dank, aber ich habe noch eine lange Rückfahrt nach Kopenhagen vor mir.«

»Die kann warten. Sie wollen doch bestimmt gerne den unterschriebenen Vertrag wieder mit nach Hause nehmen?« Er schwenkte den Umschlag in der Luft.

»Ob Sie unterschreiben oder nicht, Jakob, ist mir persönlich völlig gleichgültig. Und ehrlich gesagt, habe ich auch schon genug gesehen, um mir von Ihnen und Ihrer Bewegung ein Bild zu machen.«

»Ich sehe Ihnen an, dass dieses Bild nicht gerade positiv ist.«

Ravn zuckte die Schultern.

»Aber Sie tun uns Unrecht. Lassen Sie mich Ihnen alles zeigen, was wir hier auf die Beine gestellt haben. Später werde ich dann den Vertrag unterschreiben, sodass Ihr Herr und Meister Sie ordentlich loben wird. Vielleicht springt ja sogar noch eine kleine Bonuszahlung für Sie heraus. Eine hübsche kleine Zusatzsumme.« Jakob Mesmer lachte hohl.

»Na gut, dann führen Sie mich herum«, willigte Ravn ein, obwohl er es im selben Moment bereute.

52

Ravn folgte Jakob Mesmer aus der Hintertür. Begleitet wurden sie von Patrick und zweien seiner Männer. Draußen hatte die Dämmerung eingesetzt. Gethsemane lag im Zwielicht. Der Kontrast zwischen den vielen Stimmen, die er in den letzten Stunden gehört hatte, und der Stille hier draußen war überwältigend und ließ die Anlage wie eine Geisterstadt erscheinen. Jakob Mesmer führte ihn den Kiesweg entlang, der zu der großen Produktionshalle hinaufführte, doch ehe sie dorthin gelangten, bogen sie ab, gingen in einem großen Bogen um die Halle herum und steuerten auf ein kleineres Gebäude mit einer blauen Metalltür zu. Patrick öffnete sie für Jakob Mesmer. Aus dem Dunkel drang ihnen Maschinenlärm entgegen. Mesmer zwängte seinen massigen Körper durch die enge Türöffnung, Ravn und die Wächter folgten ihm.

»Hier fermentieren wir den Dünger!«, rief Jakob Mesmer im Versuch, den Lärm der großen Anlage zu übertönen.

Ein älterer Mann in grauer Arbeitskleidung stand an einem Kontrollpult und behielt die Temperaturanzeige im Auge. Erst als sie direkt neben ihm standen, wurde der Mann auf sie aufmerksam. Als er Jakob Mesmer erblickte, senkte er demütig den Kopf und verbeugte sich mehrmals. Jakob Mesmer streckte die Hand aus, und der Mann küsste sie dankbar. Ravn ekelte es beim Anblick des kriecherischen Mannes und Mesmers selbstzufriedener Miene, die eines Mafiabosses oder eines Kardinals würdig gewesen wäre.

»William weiß alles über die Wärmebehandlung von Kompost. Hier wird der Ammoniak durchlüftet und die gärende Masse zu echtem Qualitätsdünger pasteurisiert. Der liefert die Nahrung für unsere wertvollen Pilze. Gottes heilige Mikroorganismen.«

»In der großen Halle habe ich gesehen, wie Ihre Leute den Mist mit Schaufeln verteilt und mit Chemikalien besprüht haben«, entgegnete Ravn kühl. »Das kann doch nicht gesund sein.«

»Dann wissen Sie jetzt ja alles, was man über die Verarbeitung von Kompost wissen muss«, sagte Jakob Mesmer und lächelte mit seinen dünnen Lippen. »Sie sollten sich unserer Gemeinde anschließen.«

»Danke, nein.«

Sie ließen William stehen, der ein weiteres Mal demütig sein Haupt neigte, und gingen zur Tür unter dem großen Wärmerohr, das quer über den Gang verlief. Die Halle, die sie betraten, war dunkel und kühl und verströmte einen leichten Humusgeruch. Die sechs Reihen mit Zuchtkästen waren dreißig bis vierzig Meter lang und hatten jeweils vier Beete übereinander. Jakob Mesmer ging zu dem mittleren Beet in der vordersten Reihe und bohrte seine dicken Finger in den weichen Humus. Er zog einen Klumpen heraus, der unter der schwarzen Erdkruste ein feinmaschiges weißes Netz offenbarte. »Sehen Sie, ein Myzel mit wild verzweigter Hyphe. Ein wunderbarer Anblick, nicht wahr? Alle Kästen enthalten ihr eigenes komplexes Netzwerk. Ein Netzwerk, das sich immer weiter ausbreitet.«

»Sie scheinen ja einen grünen Daumen zu haben«, bemerkte Ravn trocken.

Jakob Mesmer legte den Klumpen in das Beet zurück und drückte ihn mit der flachen Hand fest. »Im Gegenteil. Im Gegensatz zu den Gärtnern und Bauern außerhalb unserer Anlage geht es uns nicht darum, Dinge zum Wachsen zu bringen. Wir zersetzen alles, um den natürlichen Verrottungsprozess der Natur zu imitieren. So können sich die Pilze von dem toten Gewebematerial ernähren und sich prächtig entwickeln.«

»Machen Sie dasselbe mit Ihrer Gemeinde?«

»Wie meinen Sie das?«

»Zersetzen Sie ihre Psyche, damit Sie sie nachher wieder aufbauen können?«

»Sie halten mit Ihren Meinungen nicht hinterm Berg«, stellte Jakob Mesmer fest. »Aber es stimmt schon, wir haben hier ein System etabliert, das den Einzelnen Demut lehrt auf dem Weg zum wahren Glauben. Von Zersetzung würde ich allerdings nicht sprechen.«

»Wie Sie all die Menschen in den blauen Arbeitsanzügen behandeln, sieht aber nicht gerade sehr würdevoll aus.«

»In jeder Gemeinschaft muss der Einzelne begreifen, dass seine Worte und Handlungen, ja, sogar seine Gedanken, Konsequenzen haben. Und dass diese Konsequenzen entweder die Ursache für Belohnungen sind, wenn sich das Individuum der Gruppe unterordnet, oder für Sanktionen, wenn es sich über die Gemeinschaft stellt. Dass es also ein Regulativ für negatives Verhalten gibt.«

»Sie sprechen von Bestrafung.«

»Nennen wir es Umerziehung.«

»Sie demütigen also alle, die nicht nach Ihrer Pfeife tanzen, richtig?«

»Wir demütigen niemanden. Wir zeigen ihnen den richtigen Weg. Ich habe festgestellt, dass Segnung und Buße gleichwertige Werkzeuge sind, wenn es darum geht, die Herde dem Paradies entgegenzutreiben. Denn der Herr hat sowohl das Licht als auch die Dunkelheit erschaffen.«

»Gilt dieses Prinzip auch für Kinder?«

»Ich weiß nicht, wovon Sie reden.«

»Ich habe unter den Menschen in den blauen Arbeitsanzügen, die Sie *umerziehen* wollen, auch Kinder gesehen.«

»Aber die Kinder müssen doch bei ihren Eltern sein. Würden wir sie voneinander trennen, wäre das nicht sehr menschlich.«

»Die Kinder werden also auch bestraft?«

»Wie ich schon sagte, gibt es hier niemanden, der bestraft wird. Alle werden mit der Lehre Gottes vertraut gemacht, aber auf verschiedene Art und Weise. Die Kinder in Gethsemane sind frei und glücklich. Frei, überall zu spielen, ohne dass ihre Eltern sich Sorgen machen müssen. Wie viele Kinder in den Großstädten können das? Dort kann man davon reden, dass den Kindern Unrecht geschieht.« Er legte Ravn die Hand auf die Schulter. »Wissen Sie, dass Pilze eine eigene Kategorie bilden? Sie gehören weder zu den Tieren noch zu den Pflanzen, sondern haben sozusagen ihre eigene Weltordnung.«

»Nein«, antwortete Ravn kühl.

»Wenn man sich näher mit ihnen beschäftigt, wie ich das tue, dann findet man heraus, dass sie in Wirklichkeit irgendetwas dazwischen sind. Das Bindeglied zwischen den beiden. Halb Pflanze, halb Tier. Sie halten die beiden Welten zusammen, aber auch streng voneinander getrennt … Ein Organismus, der in völliger Dunkelheit leben kann und sich von den Toten ernährt. Der entweder als Parasit oder in Symbiose mit seinem Wirt lebt.« Er zog Ravn weiter zur nächsten Zuchthalle, die unmittelbar hinter der ersten lag. Hier war der Prozess schon weiter fortgeschritten. In den Beeten waren kleine weiße Hüte zu erkennen, die sich deutlich von dem dunklen Humus abhoben. Ganz hinten standen vier Frauen vor verschiedenen Beeten und pflückten Pilze, die sie in die kleinen Körbe auf ihren Wagen legten.

»Agaricus bisporus.« Jakob Mesmer fasste vorsichtig um den Hut eines großen Champignons und zog ihn aus der Erde. Er hielt ihn ins Licht und betrachtete die feinen hellbraunen Lamellen. »Was Sie als Champignon kennen, ist der Fruchtkörper des Pilzes. Der Fruchtkörper dient der generativen Verbreitung von Sporen. Wir ernten sie vier Mal, ehe es vorbei ist.«

»Scheint ja alles in allem ein einträgliches Geschäft zu sein.«

»Und worauf stützen Sie diese Vermutung?«, fragte Jakob Mesmer mürrisch.

»Auf Ihr nobles Herrenhaus, die teuren Autos und … den unentgeltlichen Einsatz Ihrer Arbeiter.«

Er schüttelte den Kopf. »Da irren Sie sich gewaltig. Hier gibt es viele Mäuler zu stopfen, und ständig kommen neue hinzu. Die Vorurteile und Lügen, die über unsere Kirche verbreitet werden, haben uns geschadet. Aber wir klagen nicht. Wir nehmen weiter die auf, die von der Gesellschaft ausgestoßen werden. Die, denen kein anderer helfen will. Die Verarmten. Die psychisch Kranken. Alkoholiker. Drogenabhängige. Diebe. Mörder. Kriegsinvaliden. Die Vergangenheit all dieser Menschen interessiert uns nicht, weil wir wissen, dass sie hier eine Zukunft haben. Es gab schon früher Gemeinden, die verfolgt wurden. Völker, die ausgerottet werden sollten. Doch Gott hält seine schützende Hand über uns. Ich will Ihnen etwas zeigen«, fügte er hinzu und warf den Champignon weg.

Sie gingen an den Beeten vorbei und traten auf einen schmalen Gang, der durch die Packstation führte. Hier standen verschiedene Gemeindemitglieder, sowohl die in Grau als auch die in den blauen Overalls, an einem langen Fließband und füllten die Champignonkörbe in Kisten. Ravn glaubte, das Logo mit der dänischen Flagge schon mal bei dem Brugsen-Supermarkt in Christianshavn gesehen zu haben, war sich aber nicht ganz sicher, ob es wirklich dasselbe war.

Jakob Mesmer öffnete die Tür zu einem kleinen Raum, der am Ende der Packstation lag, und drückte auf den Lichtschalter neben der Tür. Die Neonröhren an der Decke flackerten, ehe sie angingen.

»Hier haben wir über die Jahre wichtige Erkenntnisse gewonnen«, erklärte Jakob Mesmer und schlug stolz mit seiner Krücke aus. »Das hier ist unser Wissenszentrum.«

Ravn ließ seinen Blick durch den fensterlosen Raum schweifen, der ihn an ein ausgedientes Physiklabor in einer Schule erinnerte. Um den großen Tisch, der den Großteil des Raumes einnahm, befanden sich drei Arbeitsstationen mit je einem Mikroskop. Der Tisch war von einer dicken Staubschicht bedeckt, und zwischen den altmodischen Mikroskopen lagen umgekippte Glaskolben sowie Stative mit schmutzigen Reagenzgläsern. An der Rückwand des Zimmers reihten sich ein paar Kühlschränke mit offenen Türen aneinander. In den Regalen standen vereinzelte Glasbehälter mit längst vergammeltem Inhalt.

»Obwohl die Champignonzucht unser wirtschaftliches Fundament ist, kann ich die Erforschung der verschiedenen Pilzsorten doch als unser Kerninteresse bezeichnen. Auf diesem Gebiet versuchen wir die Rätsel des Herrn zu entschlüsseln und seine Herrlichkeit weiterzuverbreiten. Natürlich *patentiert.*« Zum ersten Mal lächelte er sanft.

Ravn wunderte sich darüber, dass Jakob Mesmer kein Auge für den erbärmlichen Zustand seines Forschungslabors zu haben schien, sondern stolz war, es ihm zu präsentieren.

»Dieses Gebiet hat ein enormes Potenzial«, fügte Jakob Mesmer enthusiastisch hinzu. »Denken Sie nur an Erfindungen wie das Penicillin, Enzyme für Waschpulver, Pestizide zur Schädlingsbekämpfung oder die Gärungsmittel in der Lebensmittelindustrie. Allesamt Wunder Gottes in Gestalt winziger Mikroorganismen.«

»Warum haben Sie Ihre Forschungsarbeit dann eingestellt?«

»Wer sagt Ihnen, dass wir sie eingestellt haben?« Jakob Mesmer rümpfte die Nase.

Ravn zuckte die Schultern. »Sieht mir jedenfalls nicht so aus, als wenn hier noch geforscht würde.«

Jakob Mesmers Augen hinter den blauen Gläsern wurden zu schmalen Schlitzen. »Wir sind voll in Gang, und das auf einer ganzen Reihe von Gebieten ... aber die massive Hetze in der Öffentlichkeit wirft uns natürlich immer wieder Knüppel zwischen die Beine. Deshalb ist es für uns nicht leicht, die richtigen Wissenschaftler und Investoren für unsere Projekte zu gewinnen. Aber der Herr belohnt die Geduldigen.« Jakob Mesmer klopfte gegen den Metalltank eines in die Jahre gekommenen Fermentierungsbehälters aus Bronze, sodass ein hohles Geräusch entstand. »Deshalb gehen in Gethsemane körperliche Arbeit, Wissen und nicht zuletzt der wahre Glaube Hand in Hand. Unser Ziel ist es, Selbstversorger für Körper und Geist zu sein.«

In diesem Moment knackte es in Patricks Walkie-Talkie. Er nahm den Ruf entgegen.

»*Hier ist was passiert ... bei den Baracken. Ist der Meister bei dir?*«, hörte man eine keuchende Stimme aus dem Walkie-Talkie.

»Ja, was ist los?«

»*Wir brauchen ihn sofort ...*«

Jakob Mesmer riss Patrick das Sprechgerät aus der Hand und hielt es sich an den Mund. »Was ist das Problem?«

Man hörte ein statisches Rauschen, ehe die Stimme wieder da war, *»Benjamin … es geht um Benjamin. Er dreht total durch. Er ist … vom Satan besessen!«*

53

Als Ravn und Jakob Mesmer zu den Baracken kamen, hatte sich bereits eine größere Gruppe um Benjamin geschart, der im Dunkeln vor der ersten Baracke hockte. Man hatte ihn in die Ecke gedrängt, als wäre er ein wildes Tier. Die Gemeindemitglieder waren sichtlich nervös und hielten einen Sicherheitsabstand vor diesem fauchenden Wesen, das sich dort in der Ecke zusammengekauert hatte. Samuel stand Benjamin am nächsten und hielt ihm ein Kruzifix vor die Brust, während er Teile des Glaubensbekenntnisses murmelte. Benjamin fauchte und stieß gurgelnde unverständliche Laute aus. Seine Haut hatte einen gelblichen Ton, und sein Gesicht war nur noch eine hässliche gequälte Grimasse.

Jakob Mesmer bahnte sich einen Weg durch die Menge und stieß Samuel mit seinem Ellbogen weg. »Ich übernehme das.«

»Er hat sich schon etwas beruhigt«, erklärte Samuel. »Ich glaube, er spürt bereits die Gnade Gottes.«

»Ach, wirklich?« Jakob Mesmer hob seine Krücke, mit der er auf Benjamin zeigte.

Benjamin brüllte auf und schlug mit der flachen Hand nach der Krücke. Die Gemeindemitglieder, die hinter ihrem Meister standen, wichen erschrocken zurück. Viele bekreuzigten sich.

»Beelzebub, so treffen wir uns wieder!«, rief Jakob Mesmer. »Und erneut wird die Macht des Herrn über deine Bosheit siegen!« Er stieß Benjamin die Krücke so hart vor die Brust, dass dieser hintenüberkippte. »Weiche von diesem armen Mann, Satan!«

Benjamin war rasch wieder auf den Beinen und nahm eine kauernde Stellung ein, jederzeit zum Sprung bereit. Er brüllte Jakob Mesmer an und spuckte nach ihm.

Jakob Mesmer hob seine Krücke und verpasste Benjamin ein paar harte Schläge. »Ich befehle dir, Satan, verlasse diesen Körper und diesen Geist!«

Benjamin parierte die nächsten Schläge und schrie Mesmer weiter an.

Kurz darauf hielt Jakob Mesmer erschöpft inne und versuchte, wieder zu Atem zu kommen. »Höre die Worte des Evangeliums, Beelzebub!« Er trocknete sich mit dem Ärmel die schweißnasse Stirn. »Und Jesus fragte den Besessenen, *Wie ist dein Name?* Und der Besessene antwortete, *Legion*, denn viele Dämonen waren in ihn gefahren. Und Jesus vertrieb sie, einen nach dem anderen, so wie ich dich heute vertreibe. Verschwinde in dein dunkles Reich!«

Benjamin hielt sich den Bauch, während er mit der anderen Hand im Dreck wühlte und kleine Steine nach Jakob Mesmer warf. »Leee…gioon, Leee…gioon«, kam es mit tiefer Stimme aus ihm heraus.

»Hinaus mit dir!«

Die Umstehenden begannen, laut für ihn zu beten. Einige weinten auch. Ravn betrachtete das Spektakel, das irgendwie einstudiert wirkte, obwohl Benjamins Qualen und die Ängste der Gemeindemitglieder auch etwas Authentisches hatten. Denn obwohl Ravn natürlich nicht glaubte, dass Benjamin vom Teufel besessen war, so war offensichtlich etwas mit ihm geschehen, das hier im Dunkeln und im Kreise all dieser Fanatiker einen erschreckenden Eindruck machte.

»Haltet ihn fest!«, befahl Jakob Mesmer plötzlich. »Helft mir, Satans Dämonen und sein hässliches Wesen zu vertreiben!«, rief er.

Patrick und einer seiner Männer gingen resolut auf Benjamin zu, der begann, nach ihnen zu schlagen. Aber die Männer wehrten seine Schläge mit Leichtigkeit ab und zwangen ihm die Arme auf den Rücken. Benjamin versuchte, sich zu befreien, aber die Übermacht war zu groß, und so fügte er sich schließlich in sein Schicksal.

»Weihwasser! Bringt mir das Weihwasser!«, rief Jakob Mesmer.

In diesem Moment kam Birgitte mit einer Glaskaraffe zu ihm.

»Wir entsagen dem Teufel und all seinen Taten«, sagte Jakob Mesmer, während er sich Benjamin näherte.

Benjamin senkte den Kopf und begann, in Zungen zu reden. Immer schneller schossen die Worte aus seinem sabbernden Mund.

Patrick packte seinen Haarschopf und bog seinen Kopf zurück. Benjamin reagierte, indem er Jakob Mesmer einen Schleimklumpen vor die Brust spuckte, doch der kümmerte sich nicht weiter darum. »Wir glauben an Jesus Christus, seinen eingeborenen Sohn, unseren Herrn, empfangen durch den Heiligen Geist, geboren von der …«

Vorsichtig begann er, das Wasser aus der Karaffe über Benjamins Gesicht zu gießen.

Benjamin schrie und versuchte, den Kopf wegzudrehen, aber die Männer hielten ihn eisern fest. Plötzlich packte Patrick Benjamins Kiefer und drückte ihm gewaltsam den Mund auf.

»Neeiiiin!«, stieß Benjamin gequält aus.

Jakob Mesmer flößte dem hustenden und röchelnden Benjamin langsam das Weihwasser ein. »Wir glauben an den Heiligen Geist, die heilige christliche Kirche, Gemeinschaft der Heiligen, Vergebung der Sünden …«

Als die Karaffe leer war, entfernte sich Jakob Mesmer, und auch die beiden Männer lösten ihren Griff. Benjamin sank zu Boden, wo er liegen blieb.

»Herr!«, rief Jakob Mesmer und streckte seine Hände samt der Krücke gen Himmel. »Wir bitten dich, vergib diesem Sünder, wir erbitten deine Gnade, den Dämon aus seinem Geist zu vertreiben. Verweise ihn aus unserer Gemeinde, damit er nicht in eine neue schwache und unschuldige Seele eindringt.«

In diesem Moment stieß Benjamin einen erstickten Laut aus und erbrach grüne Galle.

Ein Raunen ging durch die Gemeindemitglieder. Viele begannen, spontan zu beten und dem Herrn für das Wunder, das geschehen war, zu danken.

Jakob Mesmer ließ die Arme sinken und sah sich zufrieden um. »Die Macht des Herrn ist grenzenlos. Amen.« Danach wanderte sein Blick zu Benjamin. »Ich hoffe, du bist dem Herrn dankbar für die Gnade, die Er dir erwiesen hat. Dass du einsiehst, wie groß Seine Macht über das Leben und den Tod ist. Wisse, dass Er dich geprüft hat, auf dass der Dämon dir deine Schwachheit zeige.«

»Dank … bar«, röchelte Benjamin.

Das Ritual war beendet. Ravn konnte immer noch nicht begreifen, was mit Benjamin geschehen war, der zwar entkräftet wirkte, ansonsten aber wieder der Alte zu sein schien. Samuel ging vor ihm in die Hocke und sprach ein paar beruhigende Worte, während er ihm mit einem Tuch das Kinn abwischte.

»Ihr fragt euch wohl, wie der Dämon den Weg in unsere

Mitte finden konnte.« Jakob Mesmer blickte prüfend von einem zum anderen.

Die Gemeindemitglieder verstummten.

»Wer von *euch* hat Benjamin mit seiner Unreinheit, mit seiner Sündhaftigkeit angesteckt? Denn der Name des Dämons war Sünde!«

Alle versuchten, seinem Blick auszuweichen.

»Ich weiß, dass ihr alle euch rein fühlt. Aber denkt daran, dass vor dem Herrn alle Sünder sind.«

»Amen«, murmelten die Umstehenden im Chor.

»Doch diesmal ist niemand aus unserer Gemeinde zu beschuldigen. Der Träger des Dämons kommt nicht aus unserer Mitte. Der Träger des Dämons … steht direkt hinter euch!« Jakob Mesmer hob seine Krücke und zeigte über ihre Köpfe hinweg.

Die Versammlung drehte sich um. Alle starrten Ravn mit angsterfüllten Augen an.

Ravn schluckte.

»Obwohl wir ihn willkommen geheißen haben. Obwohl wir heute Abend für ihn gebetet haben, ist der Satan nicht von seiner Seite gewichen. *Er* ist der Träger des Dämons!«

»Weiche von uns, Satan!«, schrie eine Frau aus der Menge Ravn entgegen.

Ravn trat ein paar Schritte zurück. Er sah, dass die Furcht in den Augen der Leute von etwas anderem abgelöst worden war. Etwas, das an einen Blutrausch erinnerte. An einen kollektiven Hass auf den Fremden. Das hier konnte in einer Katastrophe enden.

»Wir können nicht sicher sein, dass er es ist, der den Dämon eingeschleppt hat«, sagte Samuel und richtete sich von seinem Platz neben Benjamin auf.

Jakob Mesmer maß ihn mit einem kühlen Blick. »Hat der Herr jetzt zu *dir* gesprochen, Samuel?«

»Natürlich nicht. Der Herr spricht nur zu Ihnen … Meister.«

Die meisten Gemeindemitglieder drehten sich zu Jakob Mesmer um.

»Ich wollte ja nur sagen, dass wir uns nicht sicher sein können. Wann hat der Herr zu Ihnen gesprochen, Meister?«

»Zweifelst du an mir, Bruder Samuel?«

»Ganz und gar nicht, Meister. Ich möchte nur, dass wir in solchen Fällen auch ganz sicher sind … und keine Steine werfen.«

Mehrere Mitglieder der Gemeinde nickten zustimmend. Jakob Mesmer schnitt eine verärgerte Grimasse. »Selbstverständlich, aber allein seine Handlungen haben den Träger des Dämons überführt, denn er hat mir dies hier gebracht.« Er streckte den Umschlag in die Luft, den Ravn ihm ausgehändigt hatte.

Die Umstehenden sahen so furchtsam aus, als würde es sich um eine Handvoll Schlangen handeln. »Der Träger des Dämons wollte nicht nur Benjamin infizieren. Zuerst hat er es bei mir versucht!«

Ein Raunen ging durch die Umstehenden, die zwischen Jakob Mesmer und Ravn hin und her guckten.

»Der Träger des Dämons hat dieses Dekret vom obersten Satan mitgebracht. Von ihm, von dem wir alle wissen, wer er ist.«

Die Gemeindemitglieder machten den Eindruck, als sei ihnen völlig klar, dass er von Ferdinand Mesmer sprach. »Ein weiteres Mal verbreitet er Lügen über uns. Ein weiteres Mal versucht er, unsere fantastische Gemeinschaft zu zerstören, unsere geliebte Gemeinde.« Jakob Mesmers Stimme klang belegt. »Der Satan, der stets versucht hat, uns zu vernichten und sein Gift zu verspritzen, hat einen weiteren Spion geschickt, einen weiteren Geheimagenten. So wie er damals Benjamin entsandt hat.« Er zeigte dorthin, wo Benjamin gelegen hatte, doch Benjamin war verschwunden. »Wo ist er?«, rief Jakob Mesmer.

Die Umstehenden, die sich fieberhaft nach Benjamin umsahen, wurden unruhig. Im nächsten Augenblick ertönte Åses Stimme, die inmitten der anderen stand. »Da oben ist er!«

Mit ausgestrecktem Arm zeigte sie zu den großen Komposthaufen hinüber. Benjamin stand oben auf dem ersten und schaute auf sie herunter.

Er schüttelte verzweifelt den Kopf, während er weinte. »Es fängt alles wieder an … ich halte das nicht mehr aus … nicht mehr … nein … weg mit dir!«, rief er und schlug in die Luft.

»Der Dämon hat wieder Besitz von ihm ergriffen!«, verkündete Jakob Mesmer. »Warum hast du nicht besser auf ihn aufgepasst, Samuel?«

Benjamin begann, sich mit der flachen Hand ins Gesicht zu schlagen. »Ich will nicht mehr … ich will nicht mehr … verstehst du, Lise … verzeih mir … verzeih mir, dass ich dich nicht retten konnte … jetzt weiß ich, was du durchgemacht hast … ich warte auf dich an der Pforte des Paradieses …« Er sprang von dem Komposthaufen herunter und lief der angrenzenden Steinmauer entgegen.

»Sollen wir ihm nachlaufen, Meister?«, fragte Patrick.

Jakob Mesmer antwortete nicht gleich, sondern beobachtete gemeinsam mit den anderen, wie Benjamin über das Kornfeld lief, das im bleichen Mondlicht wie ein wogendes Meer aussah.

»Nein«, antwortete er. »Benjamin hat seinen eigenen Weg zum Schöpfer gewählt.«

Ravn verstand nicht gleich, was Jakob Mesmer meinte, bis er die Scheinwerfer erblickte, die einen Teil des Feldes erhellten. Das Licht kam von dem Mähdrescher, der sich seinen Weg durch das hohe Getreide bahnte. Benjamin rannte direkt darauf zu.

»Wir müssen ihn aufhalten!«, rief Ravn.

Doch niemand reagierte.

Ravn drängte sich an den Ersten vorbei, doch im nächsten Moment spürte er einen Arm, der sich um seinen Hals legte und ihn zurückhielt. »Du bleibst hier!«, zischte ihm Patrick ins Ohr. Weitere seiner Männer kamen zu ihm und hielten Ravn fest.

Auf dem Feld näherte sich Benjamin dem Mähdrescher von der Seite und sprang, als er auf seiner Höhe war, mitten in das Lichtermeer vor dem Erntefahrzeug. Im grellen Licht der auf dem Steuerhaus angebrachten Scheinwerfer streckte er die Arme gen Himmel und stand so unerschütterlich da wie eine Marmorstatue.

»Oh Herr!«, hörte man seine Stimme durch den Lärm des Motors schallen. »Erlöse diesen Sünder!« Die rotierenden Schermesser schnitten sich mit einem Zischen durch das Getreide direkt vor Benjamin. Das Geräusch der Messer wurde vom Kreischen der Bremsen begleitet, aber es war zu spät. Die Messer schlitzten Benjamins Körper auf und sandten eine purpurfarbene Fontäne in die Nacht, die das umliegende Korn rot färbte. Schließlich kam der Mähdrescher inmitten des wogenden Getreides zum Stehen, während das Blut an der Windschutzscheibe hinunterlief.

Im nächsten Augenblick hörten alle in Gethsemane die Schreckensschreie der Arbeiter auf dem Feld. Ravn drehte den Kopf und sah Jakob Mesmer aus dem Augenwinkel heraus. Er schien mit dem Ausgang der Sache zufrieden zu sein, als wäre Benjamins Tod Bestandteil eines höheren Plans. Die Faust, die Ravn im nächsten Moment am Kinn traf, streckte ihn zu Boden, und ihn umfing eine allumfassende Dunkelheit.

54

Ravn wurde vom Geräusch des Regens geweckt, der auf das Treibhaus trommelte. Als er sich zu bewegen versuchte, spürte er, wie die Plastikfessel in seinen Hals schnitt und ihn an dem Pfeiler festhielt, an den man ihn gebunden hatte. Er hatte das Gefühl, erwürgt zu werden, und rührte sich nicht vom Fleck aus Angst, dass die Halsfessel sonst noch strammer wurde.

Er erinnerte sich, wie Patrick und seine Männer ihn hierhergeschleppt und ihn windelweich geprügelt hatten, ehe sie seine Hände und Füße mit Strips gefesselt und ihn an einen der tragenden Pfeiler gebunden hatten.

Er ließ seine Zunge über die Zähne gleiten, die alle heil zu sein schienen. Doch seine Oberlippe war aufgeplatzt, und er schmeckte immer noch Blut. Er sog die kühle Morgenluft ein und bemerkte, dass der Regen den modrigen Geruch, der in dem großen Treibhaus hing, noch verstärkte. Als er sich umschaute, sah er, dass in den niedrigen quadratischen Beeten die verschiedensten Pilzsorten wuchsen. Es gab Pilze in allen Größen und Formen, viele davon in schreienden Farben wie Violett, Orange und Scharlachrot. Ravn hörte in der Ferne ein scharrendes Geräusch, doch die Halsfessel hinderte ihn daran, den Kopf zu drehen. Das Geräusch wurde lauter, und im nächsten Moment stand ein Junge in einem blauen Overall vor ihm. Der Junge sah ihn neugierig an, während seine Nase lief und er laut schniefte. Ravn erkannte ihn vom gestrigen Tag wieder, der Junge hatte an einem der Komposthaufen gestanden, doch erst jetzt, von Nahem, sah er, dass der Junge am Downsyndrom litt. Der Junge lächelte breit. »Warst du böse?«

»Nein«, antwortete Ravn heiser.

»Warum sitzt du dann hier? Sonst kommen hier nur die Bösen hin.«

»Ich *glaube* jedenfalls nicht, dass ich böse war.«

»Man weiß das nicht immer selbst. Manchmal passiert das einfach. Dann hat man wieder was Schlimmes gemacht.«

»Da hast du recht. Wie heißt du?«

»Ke … Ke … Kevin«, stotterte er. »Wie heißt du?«

»Ravn.«

Kevin grinste. »Komischer Name.«

»Ja, das stimmt. Sag mal, Kevin, könntest du mir helfen, mich zu befreien?«

Kevin schaute ihn ernst an. »Bist du ein Dämon?«

»Nein.«

»Wenn du ein Dämon bist … kann ich dir *nicht* helfen. Dann hast du selber Schuld, dass … dass man dich fest … festgebunden hat.«

»Ich schwöre, dass ich kein Dämon bin. Siehst du die Glasscherben da hinten, Kevin?« Er nickte in Richtung eines kleinen Scherbenhaufens, der an einem der Beete zusammengefegt worden war.

Kevin wandte den Blick nicht von Ravn ab. Stattdessen streckte er die Hand aus und drückte mit seinem schmutzigen Zeigefinger auf die Schwellung unter Ravns Auge. »Die haben dich sehr doll geschlagen. Du bist ganz schön hässlich.«

»Ja, das war eine ziemliche Tracht Prügel.«

»Tracht Prügel«, wiederholte Kevin grinsend. »Wer hat dich festgebunden?«

»Die Soldaten. Du weißt schon, die mit den kurz geschorenen Haaren, die immer so grimmig gucken.«

Kevin verschränkte die Arme vor der Brust. »Die mag ich nicht.«

»Ich auch nicht. Warum magst du die nicht?«

»Die … ärgern … und schlagen auch. Die sind nicht nett.«

»Da hast du recht, Kevin. Kannst du nicht eine Scherbe nehmen und die Fesseln durchschneiden, damit ich von hier verschwinden kann? Sonst kommen die bald zurück und schlagen mich wieder.«

»Ich … das könnte Ärger geben.«

»Ich verspreche dir, dass ich nichts verraten werde. Und ich werde auch dafür sorgen, dass sie dich nicht mehr ärgern … und auch nicht mehr schlagen.«

Auf Kevins Gesicht zeichnete sich ein Lächeln ab. »Okay.« Dann drehte er sich um und ging zu dem Glasscherbenhaufen. Mit zwei Fingerspitzen hob er die größte Scherbe auf und kehrte zu Ravn zurück. Er wollte sich gerade zu ihm hinunterbücken, als draußen Schritte zu hören waren. Kevin ließ die Scherbe erschrocken fallen und wich ein wenig zurück.

»Komm dem Dämon nicht zu nah, Kevin«, mahnte ihn Jakob Mesmer, als er das Gewächshaus betrat.

55

Kevin warf Jakob Mesmer einen ängstlichen Blick zu.

»Was machst du hier bei einem so hässlichen Dämon?«

»Er … er hat gesagt, dass er k … kein Dämon ist, Meister.«

Jakob Mesmer strich ihm über die Haare. »Du einfältiges Lamm Gottes. Du weißt doch genau, dass du hier nicht sein darfst, oder?«

»Ja, Meister, aber ich musste so doll pinkeln.«

Jakob Mesmer lachte. »Tja, wenn man muss, dann muss man. Aber jetzt lauf. Und lass dich hier nicht wieder blicken, ja?« Mit vielsagendem Blick klopfte er auf den Ledergürtel, den er um die Taille trug.

Kevin sah den Gürtel an und nickte rasch. »Ja, ich … bin schon weg, Meister.« Er drehte sich um, rannte durch das Gewächshaus und verschwand durch die Hintertür.

»Ein süßer Junge, nicht wahr? Kam vor einem halben Jahr mit seiner Mutter hierher. Sie ist vor ihrem Exmann geflohen, der Alkoholiker war und sie geschlagen hat. Es gibt so viele schlechte Menschen«, sagte Jakob Mesmer und schaute auf Ravn herab. »Sie sind wieder wach, aber den Schlaf des Gerechten werden Sie nicht geschlafen haben, Träger des Dämons«, fügte er kalt lächelnd hinzu.

»Warum haben Sie ihn nicht aufgehalten? Warum haben Sie Benjamin nicht gestoppt?«

»Benjamin hatte da draußen auf dem Feld eine Verabredung mit seinem Schöpfer.«

»Sie hätten ihn aufhalten können, wenn Sie gewollt hätten.«

»Sie halten mich für zu mächtig. In Wahrheit ist es Ihre Schuld.«

»Wie meinen Sie das?«

»Sie sind es doch, der hierhergekommen ist, vom Teufel selbst entsandt, Sie haben Benjamin angesteckt.« Er lächelte schief. »Ich habe versucht, ihn zu retten, und wenn Sie nicht dagewesen wären, wäre er nie auf das Kornfeld mit dem Mähdrescher gelaufen.« Jakob Mesmer ließ seine Zeigefinger vielsagend umeinander kreisen. »Sie tragen die Verantwortung.«

»Schon möglich, dass dieser Schwachsinn Ihre *Jünger* beeindruckt, Jakob, aber nicht mich. Wir wissen beide, dass Sie Benjamin nur benutzt haben. Genau wie Sie mich benutzt haben, um Ihre Macht zu demonstrieren.« Ravn kniff die Augen zusammen. »Fordert Samuel Sie heraus? Wird er der nächste Messias hier sein? War es deswegen?«, fügte er provozierend hinzu.

Jakob Mesmer zuckte die Schultern. »Ich manipuliere niemanden. Alle folgen mir aus freien Stücken. Offenbar denken Sie an meinen Vater, Manipulation ist nämlich sein Spezialgebiet. Sehen Sie selbst, in was für eine Situation er Sie gebracht hat.«

»Sie haben mich in diese Situation gebracht. Wissen Sie, dass Freiheitsberaubung mit bis zu acht Jahren Gefängnis bestraft wird?«

»Sie sind ein sehr kundiger *Privatdetektiv*, wirklich beeindruckend. Waren Sie mal Polizist?« Er trat einen Schritt näher. »Ich frage mich, warum Sie aufgehört haben. Wegen der schlechten Bezahlung, der langen Arbeitstage, oder weil Sie etwas Schlimmes erlebt haben? Hat Sie irgendwas erschreckt? Irgendeine Tragödie?« Der prüfende Blick, den er

Ravn zuwarf, wäre seines Vaters würdig gewesen. »Sie sehen mir trotzdem nicht wie jemand aus, der sich leicht erschrecken lässt. Dazu sind Sie zu abgestumpft. Außerdem fehlt es Ihnen an Intelligenz. Sie sind ein Rüpel.«

»Sie können über mich denken, was Sie wollen. Warum lassen Sie mich nicht einfach frei, und wir lassen es dabei bewenden?«

»Meinen Sie nicht, dass es dafür etwas zu spät ist?«

»Nicht wenn wir uns darauf verständigen, dass der Grund, warum ich hier sitze, folgender ist: Ich habe einen Ihrer Leute verprügelt, und er hat eine spontane Gelegenheit genutzt, sich an mir zu rächen. Danach hat man mich hier festgesetzt, bis sich die Gemüter wieder beruhigt hatten. Das war's. Mehr brauchen wir nicht. Was sagen Sie dazu?«

Jakob Mesmer sah ihn lange an, ehe er plötzlich auflachte. »Ich habe Ihnen eben Unrecht getan. Sie sind zwar ein Rüpel, aber einer von der raffinierten Sorte. Jetzt verstehe ich auch, warum sich mein Vater für Sie entschieden hat. Sie müssen einer seiner meistgeschätzten Mitarbeiter sein.«

»Ich erfülle nur diesen einen Auftrag für ihn, danach haben wir nichts mehr miteinander zu tun. Und falls es Sie wirklich interessiert, ja, es stimmt, ich war früher bei der Polizei, und es stimmt auch, dass die Bezahlung nicht berauschend war. Deshalb habe ich dort aufgehört. Der Stundenlohn Ihres Vaters ist jedenfalls weitaus höher als der bei der Kopenhagener Polizei.«

Jakob Mesmer führte die Hand zum Mund, während er Ravn nachdenklich anschaute. »Das ist nicht der Grund, warum Sie aufgehört haben, und es ist auch nicht nur das Geld, warum Sie für meinen Vater arbeiten. Mein Vater hat Sie manipuliert, so wie er es mit allen Leuten in seiner Umgebung macht.«

»Warum sollte ich Sie anlügen?«, sagte Ravn. »Für mich ist das hier ein Job wie jeder andere, und je eher ich damit fertig bin, desto besser. Wollen Sie mich jetzt nicht endlich losbinden?«, fragte er so beiläufig wie möglich. Doch Jakob Mesmer biss nicht an.

»Hat er Ihnen von dem Kaffeetest erzählt?«

»Daran kann ich mich nicht erinnern.«

»Oh doch, das können Sie. Das sehe ich Ihnen an.« Jakob Mesmer wirkte zufrieden. »Er *hat* Ihnen davon erzählt, und Sie haben geglaubt, dadurch seine Art zu denken verstanden zu haben, Sie fanden ihn plötzlich menschlicher und haben sogar eine gewisse Empathie für ihn entwickelt. Ich bin sicher, dass die Geschichte so einen Eindruck auf Sie gemacht hat, dass Sie den Kaffeetest sogar bei Ihren Freunden ausprobiert haben, stimmt's?«

Ravn entgegnete nichts, was Jakob Mesmer zum Weiterreden animierte.

»Und wissen Sie, woher ich das weiß? Weil ich es war, der sich den Kaffeetest ausgedacht hat. Sie ahnen ja nicht, wie viele Kunden wir mit diesem simplen Trick gewonnen haben.« Er schüttelte vielsagend den Kopf. »Sorge immer dafür, dass dein Produkt ein menschliches Gesicht hat! Wecke die Empathie der Leute und zack!« Er schnippte mit den Fingern wie ein Autoverkäufer. »Dann hast du sie am Haken.«

»Herzlichen Glückwunsch, Jakob. Sie haben gewonnen. Ich wurde manipuliert. Da wir das nun geklärt haben, können Sie ja jetzt den Vertrag unterschreiben und das Geld einsacken. Ich bin sicher, dass es genug ist, um diesen Ort hier weiter zu betreiben. Auf dass sich alles so entwickelt, dass es für Sie … und die Bewegung am besten ist. Vielleicht wird es sogar auch Ihren Forschungsbestrebungen wieder Auftrieb geben.« Er blickte zu den Beeten hinter Jakob hin.

Das wehmütige Lächeln in Jakob Mesmers Gesicht zeugte davon, dass er weder bereit war, den Vertrag zu unterschreiben, noch Ravn freizulassen. »Wie jedes andere dressierte Tier haben auch Sie nicht das Ganze im Blick. Große Dinge tun sich hier, deshalb brauchen wir auch keine Almosen. Gebt dem Kaiser, was des Kaisers ist, den Satz kennen Sie doch, oder? Wir brauchen keine Unterstützung von meinem Vater, dem großen Satan. Mit Gottes Hilfe werden wir es allein schaffen.« Er verlagerte sein Gewicht auf die Krücke und schickte sich an zu gehen.

»Jakob, verstehen Sie denn nicht, dass schon bald Leute nach mir suchen werden? Dass man auch Nachforschungen zu Benjamins Tod anstellen wird?«

»Sie alle sollen in diesem Haus Gottes herzlich willkommen sein«, entgegnete Jakob Mesmer unbekümmert. »Sie sehen durstig aus. Sind Sie durstig?«

»Was glauben Sie denn?« Ravn schluckte.

»Tut mir leid, dass ich so ein schlechter Gastgeber bin.« Er klopfte auf seine Tasche und zog lächelnd eine Plastikflasche hervor. »Oder einfach vergesslich, darum bin ich ja eigentlich zu Ihnen gekommen.« Er drehte den Deckel ab und hielt die Flasche an Ravns Lippen. Ravn trank begierig von dem lauwarmen Wasser. Jakob Mesmer zog die Flasche ein wenig zurück, sodass Ravn den Hals strecken musste, um daran zu kommen. Der Plastikstrip schnitt in seinen Hals, während er versuchte, so viel Wasser wie möglich zu trinken.

Jakob Mesmer lachte. »Wie ein stummes Tier, ein kleiner Hund …«

Schließlich erhob sich Jakob Mesmer, schraubte den Deckel auf die leere Flasche und steckte sie wieder in die Tasche. Er blickte auf Ravn herunter, fuhr mit der Hand über dessen feuchte Stirn und wischte sie an seinem Hemd ab.

»Welcher Dämon versteckt sich in Ihnen? Hass? Begierde? Neid? Angst? Rachsucht?«

Obwohl er gerade getrunken hatte, war Ravns Mund schon wieder völlig ausgetrocknet. Ein bitterer Nachgeschmack breitete sich in seiner Mundhöhle aus, und es kam ihm so vor, als würde seine Zunge anschwellen. Sein Hals begann zu kratzen, und er hustete kräftig.

»Ah, der Dämon zeigt sich bereits, kein Zweifel. Doch welcher mag es sein? Wen hat Beelzebub für Sie vorgesehen?«

Ravn hörte Mesmers Stimme wie aus der Ferne, und als er zu ihm aufblickte, sah er im Gegenlicht unnatürlich groß aus. »Was … was haben Sie mir zu trinken gegeben?«

»Weihwasser, denn das Weihwasser wird Ihnen den eigenen Dämon zeigen.«

»Sie Schwein«, hörte Ravn seine eigene Stimme wie von ferne. Allmählich begriff er, wie alles zusammenhing. »Sie vergiften Ihre Jünger …«

»Die Pilze weisen den Weg, manche deutlicher als andere.«

»Sie haben Lise vergiftet, deshalb … hat sie sich etwas angetan.«

»Für Lises Rückfall bin ich nicht verantwortlich. Sie war in Sicherheit, als wir ihr den Dämon gezeigt haben. Sie hat uns dafür gedankt. Dass ihr schwacher Geist sie später zu dieser Wahnsinnstat getrieben hat, konnte niemand ahnen. Es war Gottes Wille, besser gesagt, Gottes Strafe für eine Sünderin.«

»Hat Benjamin … dasselbe Gift bekommen? Haben Sie mich deshalb herumgeführt … damit das Gift seine volle Wirkung entfalten konnte?«

»Ich vergifte niemanden, sondern bringe mit dem Weihwasser nur die Dämonen zum Vorschein. Deshalb hat Gott die Dämonen erschaffen, damit die Menschen aus ihren Fehlern lernen. So steht es schwarz auf weiß in den Schriften.«

»Aber warum Benjamin sterben lassen? Warum mich hierbehalten? Sie wissen, dass das ein böses Ende nehmen muss.«

»Das Gesamtbild zu sehen ist Ihnen nicht vergönnt, also geben Sie sich mit den Ausschnitten zufrieden.« Er beugte sich zu Ravn hinunter. Ravn sah ihn wie in einem Zerrspiegel und zog erschrocken den Kopf zurück. Seine Halsfessel zog sich zu und drohte ihn zu erwürgen.

»Ich hoffe, dass Sie die Begegnung mit Ihrem Dämon überleben. Andere in unserer Gemeinde waren weniger glücklich und mussten den Humus düngen. Die Dämonen können ebenso stark sein wie die Pilze, die sie heraufbeschwören. Aber wenn Sie überleben, werden wir Sie in unserer Gemeinde willkommen heißen. Bei den *Auserwählten Gottes*.«

Ravn blickte an sich herunter und bemerkte erst jetzt, dass er einen verschlissenen blauen Arbeitsanzug trug. Er wusste nicht, ob die Halluzinationen bereits eingesetzt hatten, doch etwas sagte ihm, dass sein Albtraum gerade erst begann.

56

Ravn schloss die Augen und versuchte, die Angst vor dem, was kommen würde, zu verdrängen. Er musste Ruhe bewahren, durfte nicht in Panik verfallen. Er fieberte, seine Kleider waren völlig durchgeschwitzt, und obwohl er die Augen zusammenkniff, schien ein purpurfarbenes Licht durch seine Lider zu dringen. Er musste versuchen, sich irgendwie zu entspannen, ruhig durch die Nase zu atmen.

Unwillkürlich kreisten seine Gedanken um Lise und das, was sie sich angetan hatte. Es musste schon einiges passieren, um jemanden dazu zu bringen, freiwillig Natronlauge zu trinken. Er dachte an Benjamin und den Mähdrescher. An die blutige Fontäne im Licht der Scheinwerfer, als er in das Schneidwerk des Fahrzeugs geraten war. Es war dieselbe Farbe gewesen, die jetzt vor seinen Augen tanzte. Stopp! Nicht mehr denken. Auch nicht an die große Glasscherbe, die Kevin geholt hatte und die nun neben seinem Bein lag. Nicht an die Möglichkeit, sich damit etwas anzutun. Er beruhigte sich mit dem Gedanken, dass er diese Situation schon irgendwie durchstehen würde, ganz gleich, womit Jakob Mesmer ihn vergiftet hatte. Es war nur ein Rausch, nichts anderes, und ungeachtet, was er an albtraumhaften Bildern erschaffen würde, musste er sich darauf konzentrieren, dass sie trotz allem nicht wirklich waren.

Öffne die Augen. Er wusste nicht, woher die Stimme kam. Es war mehr wie ein lauter Gedanke. *Öffne die Augen für das, was geschehen wird*. Er gehorchte und blinzelte. Er war allein in dem Gewächshaus, wo das Tageslicht durch die schmutzigen Scheiben fiel. Das Licht flackerte stroboskopisch, und es fiel ihm schwer, seinen Blick scharfzustellen.

Wände und Decke schienen sich im Takt seiner Atmung zu bewegen. Hielt er die Luft an, hörten auch sie auf, sich zu bewegen, doch sobald er weiteratmete, geriet alles erneut in Bewegung, wechselte ständig Größe und Farbe. Im nächsten Moment erfüllte ein undurchdringliches Stimmengewirr seine Ohren. Zungenrede. Die Stimmen erschreckten ihn. Er schloss die Augen, doch schien es ihm, als könnte er direkt durch seine Lider hindurchsehen. *Schließ dich an, schließ dich an, schließ dich an*, hörte er aus dem Gebrabbel heraus. Draußen jagten die Wolken in rasender Fahrt über den Himmel. Tageslicht löste Dunkelheit ab, Dunkelheit Helligkeit. Er hatte das Gefühl, als wäre es die Zeit selbst, die dahinjagte. Wochen vergingen im Bruchteil einer Sekunde, Monate und Jahre rasten an ihm vorbei. Als würde die Zeit immer schneller zurückgespult, bis Eva plötzlich vor ihm stand. Da wusste er, dass die Zeit wirklich zurückgespult worden war. Zurück bis zu dem Morgen vor drei Jahren, an dem er sich von ihr verabschiedet hatte, ohne zu wissen, dass es das letzte Mal war. Ihre letzte Begegnung im wirklichen Leben war von normaler Morgenroutine geprägt gewesen, mit Kaffee und einem halben Käsebrötchen, ehe sie zu ihrer jeweiligen Arbeit aufgebrochen waren. Ein kurzer Blick und ein flüchtiger Kuss auf der Türschwelle, während sie beide bereits ihr Tagespensum im Kopf hatten. Evas Anblick trieb ihm Tränen in die Augen. Er sah die Blutflecken auf ihrem Rock, und obwohl sie ihn ansah, wusste er, dass ihr bereits jemand den Hinterkopf eingeschlagen hatte. Dass sie die tote Eva war. Die, die er so oft verzweifelt wieder hatte zum Leben erwecken wollen.

Er versuchte, sie zu berühren, aber die Strips, mit denen man ihn gefesselt hatte, machten das unmöglich. Er wollte etwas sagen, doch aus seinem Mund kamen keine Worte, sondern nur schluchzende Laute. Obwohl sich Evas Lippen nicht bewegten, konnte er ihre Stimme hören. Sie fragte, ob er sie vergessen hatte. Sagte, das sei für die Toten das Allerschlimmste. Dass es im Jenseits einen besonderen Ort für die *vergessenen* Toten gab. Einen Ort ohne Worte, grau und kalt, wo nichts als Einsamkeit herrschte. Er versuchte, ihr zu erklären, dass er sie nicht vergessen hatte, dass er das nie tun würde. Sie glaubte ihm nicht, sagte aber, dass das in Ordnung sei, dass sie gut verstehe, dass es schwer für ihn sein müsse, an der Erinnerung festzuhalten. Er versicherte ihr ein weiteres Mal, dass er sie niemals vergessen, sondern immer lieben würde. *Du hast versprochen, ihn zu finden. Ihn, der mich erschlagen hat.* Sie sagte das ohne einen Vorwurf in ihrer Stimme. »Ich habe es versucht, Eva. Das habe ich wirklich. Das musst du mir glauben, aber ich konnte nicht …«

»Du hast versprochen, auf mich aufzupassen.«

»Das weiß ich.«

Das Bild von Eva verschwamm, und er versuchte nicht, es festzuhalten. Dazu war seine Scham zu groß. Nachdem er eine Weile einfach dagesessen und geweint hatte, hob er den Kopf und ließ seinen Blick durch das Gewächshaus schweifen. Alles wirkte normal, das rote Licht und die Stimmen waren verschwunden, und er fand sich an einen Pfeiler gelehnt vor einem der Pilzbeete wieder. Er rieb sich die Handgelenke, die von den Strips, die ihm ins Fleisch geschnitten hatten, befreit waren. Betrachtete die große Scherbe zu seinen Füßen und hob sie auf. *Befreie dich*, klang es in seinem Kopf. *Befreie dich*. Es klang so einfach. Das war der einzige Ausweg. Logisch und wahr. Wie das Gefühl, wenn einem ein lange vergessener Name plötzlich wieder einfiel. Er schüttelte den Kopf über seine eigene Dummheit, während er begann, mit der Scherbe die großen Venen entlang dem Unterarm aufzuschlitzen. Danach war die Brust an der Reihe. Wie warme Milch pulste ihm das Blut aus den offenen Wunden. Als taufte er sich selbst mit seinem eigenen Blut. Befreit von der Vergangenheit, die er nun sühnte. Endlich war er frei.

57

Ravn stieß einen panischen Schrei aus und schlug die Augen auf. Sein Herz hämmerte, und er schnappte nach Luft, während er versuchte, an sich hinunterzugucken. Der Strip um seinen Hals hinderte ihn daran, den Kopf zu neigen, doch er konnte soeben seine eigene Brust erkennen. Er sah weder Blut noch Schnittwunden, obwohl alles ganz realistisch ausgesehen hatte. Seine Kleider waren mit Erbrochenem verschmiert, und es stank bestialisch nach Galle. Er hatte das Gefühl, als würde sein Kopf jeden Moment explodieren. Sein Magen brannte wie Feuer und sandte einen stechenden Schmerz bis in seine Brust. Schon möglich, dass die psychischen Begleiterscheinungen der Vergiftung abgeklungen waren, doch die physischen schienen gerade erst einzusetzen.

Im selben Moment hörte er das Geräusch eines Automotors, das langsam lauter wurde. Kurz darauf hörte er Bremsgeräusche auf dem knirschenden Kies und eine schlagende Autotür. Er vermutete, dass sich das Gewächshaus nahe an dem Hauptgebäude und dem Vorplatz befand, auf dem er selbst geparkt hatte. Höchstwahrscheinlich handelte es sich um Jakob Mesmer oder ein anderes Mitglied der Gemeinde, das zurückgekehrt war, doch natürlich konnte es auch jemand von außen sein. Er spähte nach der Glasscherbe, die Kevin ihm gebracht hatte und die jetzt neben seinem rechten Knie auf dem Boden lag. Mit Mühe gelang es ihm, seine zusammengebundenen Beine ein wenig anzuziehen und der Scherbe einen kräftigen Stoß mit der Ferse zu geben. Sie schlitterte über den Boden in Richtung seiner gefesselten Hände, aber nicht weit genug, dass er mit den Fingern daran kam. Er zwang seinen Körper ein Stück zur Seite und spürte, wie die Halsfessel tiefer in seine Haut einschnitt, aber er war zu sehr damit beschäftigt, sich zu befreien, als dass er sich davon abhalten ließ. Mit der Seite des Körpers gab er der Scherbe einen Stoß, und da gleichzeitig die Halsfessel aufplatzte, bekam die Scherbe so viel Schwung, dass sie jetzt neben seinen Fingerspitzen lag. Er bekam sie zu fassen und begann, den Plastikstrip damit zu bearbeiten, der sich um seine Handgelenke schloss. Mit einem Knall riss der Strip schließlich auf. Er schaute auf seine blutigen Hände, die ihn an den Albtraum erinnerten, den er gerade gehabt hatte, und schnitt die letzte Fessel um seine Fußgelenke auf.

Ravn konnte sich kaum auf den Beinen halten und hielt sich an dem Pfeiler fest, während sich vor seinen Augen alles drehte. Er blickte den Mittelgang des Treibhauses hinunter und nahm an dessen Ende eine offene Tür wahr. Dahinter, zwischen den Bäumen, konnte er den Vorplatz sehen, auf dem ein SUV mit der Aufschrift POLIZEI stand. Den Landpolizisten sah er jedoch nicht.

Ravn begann zu husten. Seine Magenschmerzen wurden fast unerträglich, als er sich ganz aufrichtete. Im nächsten Moment spuckte er einen schleimigen Klumpen auf den Boden. Der Anblick beunruhigte ihn. Er hatte schon früher von den inneren Verletzungen gehört, die der Verzehr giftiger Pilze verursachen konnte. Schlimmstenfalls waren selbst die Ärzte machtlos, und man starb unter den grässlichsten Schmerzen, während die Körperfunktionen nach und nach versagten. Wenn er seine Tage nicht als Dünger für Jakobs

Champignons beenden wollte, musste er sich irgendwie auf den Vorplatz kämpfen und den Landpolizisten zu fassen bekommen, bevor es zu spät war.

Er humpelte den Mittelgang hinunter, vorbei an den Beeten mit den Pilzen. Als er sich der offenen Tür näherte, hörte er Stimmen auf dem Vorplatz. Im Übereifer stolperte er über die Türschwelle und stürzte der Länge nach ins feuchte Gras vor dem Gewächshaus. Er versuchte, wieder auf die Beine zu kommen, aber die wollten ihm nicht gehorchen. Von seiner Position aus sah er den Landpolizisten neben Samuel, Jakob Mesmer und ein paar Wächtern auf dem Vorplatz stehen. Jakob Mesmer schüttelte den Kopf, während er bedauernd die Arme ausbreitete. Ravn rappelte sich mühsam auf und machte ein paar unsichere Schritte, der ersten Baumreihe entgegen. Er *musste* es schaffen, ehe der Polizist wieder verschwunden war. Er klammerte sich an den erstbesten Baum und versuchte, ihm etwas zuzurufen, doch aus seiner Kehle kam nur ein Krächzen. Der Beamte entfernte sich ein Stück von den anderen. Ravn stolperte auf die nächste Baumreihe zu. Noch zwanzig Meter, dann konnte er sich einfach auf den Vorplatz werfen, ihnen allen vor die Füße. Er sah den Beamten vor Victorias Volvo stehen, der immer noch zwischen den beiden Audis parkte. Der Beamte zeigte darauf und stellte Jakob Mesmer eine Frage. Ravn war zu weit weg, um Jakob Mesmers Antwort zu verstehen. Ravn schwankte auf die letzte Baumreihe vor dem Platz zu, während sich der Beamte erneut an Jakob Mesmer wandte. »Ich glaube Ihnen nicht«, war alles, was Ravn verstand. Und etwas von einer »Hausdurchsuchung«. Und dass der Tote auf dem Feld einer von ihnen sein müsse.

»Glauben Sie, was Sie wollen«, rief Jakob Mesmer. »Solange Sie gläubig sind.«

»Hilfe!«, krächzte Ravn in dem Versuch, den Polizisten auf

sich aufmerksam zu machen. Doch sein Krächzen wurde von einem lauten Knall übertönt. Alle Umstehenden starrten auf die Treppe, die zum Haupthaus hochführte. Von dort war der Schuss gekommen. In diesem Moment legte Patrick ein doppelläufiges Jagdgewehr auf den Polizisten an. Dann schwenkte der Lauf zur Seite und eine Salve ließ die Windschutzscheibe des SUVs explodieren.

Der Beamte stürzte erschrocken zu seinem Auto und ging dort in Deckung.

Jakob Mesmer streckte seine Krücke in die Luft. »Der Jüngste Tag ist gekommen, du Sünder!«, rief er dem Polizisten zu. »Du Gottesleugner! Du Teufelsanbeter!«

Patrick legte erneut an und schoss auf das eine Vorderrad des Polizeiautos. Die Schrotmunition zerfetzte einen Großteil des Reifens. Der Beamte warf sich auf den Vordersitz, krümmte sich zusammen und suchte Schutz hinter dem Lenkrad.

Samuel packte Jakob am Arm. »Stopp diesen Wahnsinn, Jakob!«, flehte er ihn an.

Jakob Mesmer stieß Samuel zu Boden. »In der Hölle ist genug Platz für Abtrünnige!«

Er hob erneut seine Krücke und zeigte auf den SUV, dessen Motor aufheulte. »Weiche von uns, du Brut des Satans! Schickt ihm noch eine Salve hinterher, damit er Gottes Allmacht spürt!«

Ein dröhnender Schuss durchlöcherte die Kühlerhaube. Dampf stieg aus dem Motorraum auf. Der Beamte legte panisch den Rückwärtsgang ein und gab Gas. Der Wagen schlingerte gewaltig hin und her, während er über den Kiesweg bretterte. Im nächsten Moment hörte man ein lautes Krachen, als das schwere Fahrzeug gegen das Tor raste, das diesem Zusammenstoß nicht gewachsen war.

Ravn stürzte erschöpft auf den Vorplatz und spürte den kalten, harten Schotter an seiner Wange. In der Ferne hörte er die quietschenden Reifen des Polizeiwagens, der sich auf der Landstraße entfernte.

»Gute Arbeit, Patrick. Ich habe euch doch gesagt, dass der Teufel seine Gehilfen zu uns schicken wird.« Jakob Mesmer schaute von einem zum anderen. »Jetzt gibt es kein Zurück mehr. Jetzt sind wir im Krieg!«

Die Wächter nickten mit verbissenen Gesichtern, und Patrick lud seine rauchende Schrotflinte nach. In diesem Moment spürte Ravn, dass ihn jemand in die Seite stieß und zwang, sich auf den Rücken zu drehen. Jakob Mesmer stand über ihm und malträtierte ihn mit seiner Krücke. »Lebst du immer noch, Überbringer des Dämons? Du bist wirklich ein kleiner zäher Satan.« Jakob Mesmer trocknete sich die Stirn und schüttelte danach seine Hand, sodass Ravn die Schweißtropfen ins Gesicht flogen. »Ja, ja, bald wirst auch du zur Hölle fahren.«

Allmählich begann Ravn, das ganze Ausmaß von Jakobs wahnwitzigem Plan zu begreifen.

58

Patrick legte beide Hände um die Schrotflinte und richtete deren Doppellauf auf Ravn. Falls er jetzt abdrückte, dachte Ravn, würde die Doppelsalve ihm den Kopf und den gesamten Oberkörper zerschmettern. »Geben Sie mir einfach den Befehl, Meister«, sagte Patrick zu Jakob Mesmer, der neben ihm stand.

»Meister«, kam es von Samuel, der hinter ihnen stand. »Das geht nicht. Sie können ihn nicht einfach umbringen. Das ist gegen alles, woran wir glauben.«

»*Auge um Auge, Zahn um Zahn, Fuß um Fuß, Brandmal um Brandmal* … erinnerst du dich nicht an das zweite Buch Mose?«

»Aber er hat doch nichts anderes getan, als eine Nachricht zu überbringen.«

Jakob Mesmer starrte auf Ravn herab. »Ich kann ihn immer noch nicht leiden. Aber spar dir das Pulver, mein Sohn«, sagte er und legte Patrick die Hand auf die Schulter. »Gottes kleine Pilze werden ihm schon den Rest geben. Seht nur, wie er zittert, der Bote des Satans …«

Patrick ließ lächelnd das Gewehr sinken. »Sollen wir ihn zum Kompost werfen, Meister? Dann kann er dort einfach verrotten.«

Jakob Mesmer schüttelte den Kopf. »Nehmt ihn lieber mit.«

Patrick und einer seiner Männer zogen Ravn auf die Beine, und Ravn hatte das Gefühl, sein Magen würde explodieren.

Hätten die Männer ihn nicht so gut festgehalten, wäre er sofort wieder in sich zusammengesunken. Sie schleppten ihn die Stufen hinauf zu der großen Eingangstür, durch die auch Jakob Mesmer und die Übrigen ins Haus gingen. Der Anblick des Inneren überraschte Ravn, der genug Geistesgegenwart besaß, um sich umzusehen, während die Männer ihn weiterzerrten. Im Zuge umfangreicher Renovierungsmaßnahmen waren sämtliche Wände sowie die Zwischendecke zwischen Erdgeschoss und erstem Stock entfernt worden, sodass ein einziger riesiger Raum entstanden war. Und da Wände und Decke vollkommen nackt waren, entstand der Eindruck, hinter eine Kulisse zu treten. Die beiden Männer zogen ihn bis zum Ende des Raums, stießen ihn zu Boden und banden seine Hände hinter dem Rücken an eine der tragenden Säulen. Ravn lehnte sich schwer atmend an den kalten Stahl. Er hatte das Gefühl, jeden Moment wieder in Ohnmacht zu fallen, und konzentrierte sich ganz darauf, wach zu bleiben. Der Raum tanzte vor seinen Augen. Es fiel ihm schwer, seinen Blick scharf zu stellen. Wie in Trance registrierte er, dass Jakob Mesmer und die anderen ein Stück weit entfernt standen, die Blicke auf mehrere ältere Monitore gerichtet, die sich auf einem langen Tisch aneinanderreihten. Die grobkörnigen Bilder zeigten, was die auf dem Grundstück installierten Kameras aufnahmen. Aus einem kleinen Lautsprecher, der ebenfalls auf dem Tisch stand, drang Jakob Mesmers von Orgeltönen unterlegte Stimme: *»Der Herr ist mein Hirte, mir wird nichts mangeln … Der Herr ist mein Hirte, mir wird nichts mangeln …«*

»Alle sind in heller Aufregung«, stellte Jakob Mesmer fest und rieb sich das Kinn. »Ein paar Schüsse, und sie drehen komplett durch, interessant.«

»Natürlich sind sie erschrocken«, sagte Samuel, der selbst

beunruhigt klang. »Sie müssen sie beruhigen und dafür sorgen, dass dieser Wahnsinn nicht eskaliert.«

»Vor dem Satan dürfen wir nicht zurückweichen. Denn *er* hat uns angegriffen, nicht umgekehrt.«

»Der Polizist wollte doch nur wissen, ob Benjamin einer von uns war. Warum so aggressiv, Jakob? So haben wir uns das doch nicht vorgestellt, als wir damals angefangen haben.«

»Du solltest nicht vergessen, dass *ich* es war, der *Die Auserwählten Gottes* gegründet hat, Samuel. Du bist später dazugekommen.«

»Das habe ich ganz und gar nicht vergessen … Meister«, entgegnete Samuel.

»Wir waren vom ersten Tag an bereit, uns gegen den Teufel zur Wehr zu setzen.«

»Ja, aber mit Lobpreisungen des Herrn, mit Gebeten und Gesang.«

»Mit allen Mitteln, die der Herr uns zur Verfügung gestellt hat. Zweifle nicht, Samuel«, sagte Jakob Mesmer und sah ihn ernst an. »Und schon gar nicht jetzt, wo wir die Dämonen vertrieben haben, um in Zukunft wieder in Frieden und in Übereinstimmung mit den Worten der Bibel leben zu können. Zweifle nicht«, wiederholte er.

Samuel schlug den Blick nieder. »Ich zweifle doch nicht an der Botschaft des Herrn. Ich verstehe nur nicht diesen konfrontativen Stil.« Er warf Patrick und seinen Leuten einen nervösen Blick zu. »Das ist nicht das, was wir predigen. Ganz im Gegenteil.«

»Er tut das, weil er Chaos schaffen will«, krächzte Ravn.

Alle drehten sich um und sahen Ravn an.

»Ihr macht die Situation nur noch schlimmer«, fuhr Ravn fort. »Es ist nur eine Frage der Zeit, bis ein … Einsatzkommando der Polizei hier auftaucht.«

»Und wir werden die Dämonen gebührend willkommen heißen, nicht wahr, Patrick?« Jakob Mesmer drehte sich zu Patrick um.

Patrick nickte. »Die sollen nur kommen, Meister. Alle Dämonen des Satans. Wir haben schon so einige besiegt.«

Jakob Mesmer lächelte herzlich. »Das weiß ich, mein tapferer Sohn. Ihr seid unsere Kreuzritter. Unsere himmlischen Heerscharen. Unsere wahren Beschützer.«

»Samuel … Sie müssen sie aufhalten, bevor … es Unschuldige trifft.« Ravn spürte, wie seine Magenschmerzen wieder heftiger wurden. Er spuckte einen blutigen Klumpen auf den Boden.

Åse bekreuzigte sich auf der Stelle. »Der Dämon vergiftet dich mit seiner bösen Zunge, Samuel.«

»Hör ihm nicht zu«, ergänzte Birgitte.

Samuel schwieg und sah Ravn wie versteinert an.

Jakob Mesmer drehte sich zu Samuel um, legte ihm einen Arm um die Schulter und drückte ihn an sich.

»Samuel, alter Freund. Wir wissen alle, wohin das hier führt. Wir haben so oft darüber geredet, haben uns auf das Unausweichliche vorbereitet, darum besteht jetzt kein Grund, alles infrage zu stellen. Wir müssen zusammenstehen und stark im Glauben sein.«

»Es ist nicht an Ihnen, Jakob … Meister … zu entscheiden, was mit der Gemeinde geschehen soll. Es ist auch nicht an uns … die wir hier drinnen versammelt sind. Das muss die Gemeinde selbst entscheiden. Sie müssen sie zusammenrufen und ihnen die Situation erklären, ihnen mit Rat und Tat zur Seite stehen, Meister. Lassen Sie die Gemeinde selbst entscheiden.«

»Aber natürlich.« Er ließ Samuel los und wandte sich an Birgitte. »Rufen Sie die Herde zusammen, Schwester?«

Birgitte verbeugte sich und wandte sich der Anlage mit den Monitoren zu. Sie hielt die laufende Kassette an, zog eine neue aus dem Regal und ließ sie laufen. Im nächsten Augenblick dröhnte ein dumpfes Glockengeläut, das an das Jüngste Gericht denken ließ, aus allen Lautsprechern der gesamten Anlage.

»Patrick, mein Sohn«, sagte Jakob Mesmer. »Willst du mit deinen himmlischen Kriegern dafür sorgen, dass wieder Ruhe in unsere Gemeinschaft einkehrt, und willst du deine Brüder und Schwestern gegen alle Dämonen verteidigen, sollte dies nötig sein?« Er lächelte so ruhig, als hätte er ihn gebeten, den Abwasch zu übernehmen.

»Natürlich, Meister.«

»Sei gesegnet, und bereitet euch gut vor.«

Ravn beobachtete, wie Patrick und seine Männer eine Falltür öffneten und durch diese verschwanden. Nach wenigen Minuten kehrten sie mit schweren Munitionskisten und Maschinenpistolen zurück. Ravn kannte diese Waffen genau. Es waren M95-Gewehre, wie sie die dänische Heimwehr benutzte. Er vermutete, dass sie auch von dort gestohlen worden waren. Hier waren genügend Waffen, um einen mittleren Bürgerkrieg anzuzetteln, und er zweifelte nicht, dass Patrick und seine Männer sowohl gewillt als auch fähig waren, ihre Waffen zu benutzen. Sollten die Frauen und Kinder der Sekte in den Schusswechsel zwischen Patricks Leuten und der Polizei geraten, fürchtete Ravn das Schlimmste. Das hier konnte in einem Blutbad enden.

59

Murmelnde Stimmen weckten Ravn aus seinem Dämmerzustand. Er war extrem durstig und schluckte ein paar Mal, um ein bisschen Speichel zu sammeln, spürte jedoch nur einen stechenden Schmerz im Hals. Die Folgen der Vergiftung schienen immer schlimmer zu werden, und der Schmerz, der in der Bauchregion begonnen hatte, strahlte nun in seine Gliedmaßen aus, als würde sein Körper allmählich von einer Lähmung ergriffen. Auch eine gewisse Apathie hatte sich eingestellt, als hätte ihn das Gift gleichgültig für den Ernst der Lage gemacht. Als hätte er sich mit dem Unabänderlichen, das mit seinem Körper geschah, abgefunden.

Ravn blickte zu den Gemeindemitgliedern hoch, die sich versammelt und ihre Blicke auf Jakob Mesmer gerichtet hatten, der am Ende des riesigen Raums stand. Eine Gruppe von Patricks Männern stand rundum an den Wänden und hielt Wache – die himmlischen Krieger, wie Jakob sie genannt hatte. Ravn meinte, Polizeifahrzeuge und knatternde Hubschrauber gehört zu haben, war sich jedoch nicht sicher, ob er das nur halluzinierte oder ob die Einsatzkräfte tatsächlich schon den Hof umstellt hatten. Mitten in der Gruppe derer, die blaue Overalls trugen, stand Kevin und hielt die Hand einer abgemagerten jungen Frau, während er Ravn anstarrte. Als ihre Blicke sich trafen, leuchtete sein Gesicht auf, und er winkte Ravn mit einem strahlenden Lächeln zu. »Ravn … das ist Ravn!«, sagte Kevin laut.

Ravn nickte ihm zu und versuchte, sich ein Lächeln abzuringen. Die Frau, die seine Mutter sein musste, zog fest an seiner Hand und sagte, dass er dem Dämon nicht zuwinken solle. Kevin gehorchte widerwillig und wandte den Bick von Ravn ab.

Unter den Gemeindemitgliedern erblickte Ravn weitere acht bis zehn Kinder, einige von ihnen jünger als Kevin, die übrigen in seinem Alter. Manche trugen graue Uniformen, andere armselige Arbeitsanzüge. Im Gegensatz zu Kevin wirkten die anderen Kinder bedrückt und schienen die ernste Stimmung zu spüren.

»Der Überbringer des Dämons da drüben …«, schnappte Ravn auf, während Mesmer auf ihn zeigte.

Viele der Umstehenden wandten die Köpfe in seine Richtung. Nach ihren Mienen zu urteilen, schienen sie ihn nicht mehr zu fürchten. Ravn vermutete, dass er in seinem geschwächten Zustand keinen sonderlich gefährlichen Eindruck machte oder dass es noch weitaus ernstere Dinge gab, die sie beschäftigten.

»Er hat uns diese Kriegserklärung des Satans überbracht, meines irdischen Vaters, und wie ihr seht, haben uns seit diesem Moment Horden von Dämonen heimgesucht. Ja, selbst in unserer Mitte befinden sie sich.« Mit dem braunen Umschlag deutete er auf die Menge vor ihm. »Ihr wisst selbst, wer ihr seid. Ihr, die Abtrünnigen, die ihr den Herrn leugnet, um euch dem Dämon an den Hals zu werfen.«

Ein unruhiges Gemurmel machte sich breit.

»All diese Lügen«, sagte er und schlug mit einer Hand auf den Umschlag, »wollen unsere liebevolle Bewegung zerstören. Uns voneinander und von unserem himmlischen Vater entfernen. Ich bin unglücklich darüber, dass es so weit gekommen ist.«

»Meister«, sagte ein älterer Mann, der in Grau gekleidet war und in der ersten Reihe stand. »Können wir uns nicht so gegen die Lügen verteidigen, wie wir das früher getan haben?«

Die neben ihm standen, nickten zustimmend.

»Das ist nutzlos«, sagte Jakob Mesmer und schaute den Mann betrübt an. »Ich würde mir wünschen, dass es anders wäre, aber das ist nicht der Fall. Diese Lügen hier wollen uns vernichten, wollen uns einen langen Gerichtsprozess aufzwingen, der uns entscheidend schwächen würde. Natürlich würden wir am Ende recht bekommen, aber der Sieg käme zu spät und der Satan hätte trotzdem gewonnen.«

Manche der Umstehenden begannen zu weinen.

»Von welchen Lügen reden wir, Meister? Können Sie uns diese Schriften vorlesen?«

»Das kann ich nicht, und das will ich nicht.« Jakob Mesmer warf der Versammlung einen düsteren Blick zu. »Das würde eure Seelen zerstören. Eure Gedanken auf ewig besetzen. Nur mit der Hilfe des Herrn bin ich unbeschadet durch die erste der vielen teuflischen Seiten gekommen.«

»Können wir sie nicht mit Güte bekämpfen? Die Worte des Herrn verkünden?«, fragte die Frau, die Kevin an der Hand hielt.

Alle schauten sie an. Offensichtlich war ihr das unangenehm, also schlug sie den Blick nieder.

»Welch tapfere Seelen es unter uns doch gibt«, antwortete Jakob Mesmer und breitete altväterlich die Arme aus. »Sei gesegnet, Schwester. Es tut mir leid, aber das geht nicht. Nicht jetzt, da die Gehilfen des Teufels uns schon umringen und vor unseren Mauern stehen, bereit, uns zu überrennen. Das beweist einmal mehr, wie viel Macht das Böse hat.« Jakob Mesmers Stimme brach, und er verbarg kurz sein Gesicht hinter einer Hand, während er sich sammelte. »Es tut mir leid … dass es so weit kommen musste … ich bereue meine Fehler … dass ich euch dem ausgesetzt habe …«

»Weinen Sie nicht, Meister«, sagte der ältere Mann von vorhin. »Es ist nicht Ihre Schuld. Wir danken Ihnen alle für das, was Sie uns gezeigt haben. Für all das, was Sie für uns getan haben.«

»Amen«, hörte man vereinzelte Stimmen. »Amen.«

Ravn blickte zu Jakob Mesmer hoch, der seine Augen trocknete und seine Gemeinde dankbar anblickte. Ravn verstand immer noch nicht, warum Jakob das Angebot seines Vaters nicht einfach angenommen hatte. Sicher hätte der Betrag ausgereicht, um auch weiterhin in seinem eigenen Königreich regieren zu können. Warum log er stattdessen seine Gemeinde an und benutzte den Vertrag nur dazu, die Leute aufzustacheln?

Die einzige Erklärung, die Ravn einfiel, war die, dass Jakob Mesmer unbedingt zum Märtyrer werden wollte, ganz gleich, welchen Preis andere dafür bezahlen mussten.

»Wir stehen alle an Ihrer Seite, Meister«, sagte Samuel, der neben ihm stand. »Aber gibt es keine anderen Lösungen? Können wir uns nicht einfach ergeben und für die armen Sünder da draußen beten? Unseren Glauben können sie uns ja doch nicht nehmen.«

»Sich dem Satan ergeben?«, rief Jakob mit solch einer Kraft, dass ihm der Speichel aus dem Mund flog. »Gott verraten? Ist es das, was du vorschlägst, Samuel? Spricht so nicht ein *Judas?*«

Samuel wich zurück. »Aber können wir denn nicht fliehen, Meister, wie auch die alten Israeliten das getan haben?« Er blickte in die Runde, auf der Suche nach Unterstützung. »Vielleicht könnten wir Amnestie beantragen oder Schutz bei unseren deutschen Brüdern und Schwestern suchen?«

Die Unruhe unter den Gemeindemitgliedern wurde immer größer. Alle fielen einander mit ihren Vorschlägen ins Wort, wie man der Katastrophe doch noch entgehen könnte. Einige wollten in die tiefen Wälder Nordschwedens flüchten, andere sprachen von einer kleinen norwegischen Insel, von deren Kauf die Gemeinde schon immer geträumt hatte, wieder andere wollten Zuflucht bei den orthodoxen Gemeinden weiter östlich suchen. Schließlich verschaffte sich Jakob Mesmer Gehör, indem er mit seiner Krücke laut auf den Boden stampfte.

»Besinnt euch, Brüder und Schwestern! Ich weiß, dass man in so einer hoffnungslosen Situation zu verzweifelten Gedanken neigt. Aber wir sind umstellt, wir können nicht mehr flüchten. Und selbst wenn wir es könnten, wo sollten wir hin? Wir haben nicht die Mittel, haben überhaupt kein Geld. Die Lügen all derer, die uns schaden wollen, haben uns ruiniert. Seht euch nur um.« Mit seiner Krücke wies er in das große leere Gebäude. »Das hier sollte das Haus des Herrn werden, ihm zu Ehren erbaut und gestaltet. Aber selbst das haben sie uns verwehrt.«

»Aber was sollen wir tun, Meister?«, fragte der ältere Mann in der ersten Reihe mit tränenerstickter Stimme.

»Gott umarmen. Der Weg ins Paradies führt nicht über irdische Reichtümer, das wisst ihr doch. Gebt dem Kaiser, was des Kaisers ist.«

»Amen«, antworteten die anderen im Chor.

»Wie meinen Sie das genau, Meister?«, fragte Samuel mit dünner Stimme.

Jakob Mesmer ging halb um ihn herum. »Ist das denn nicht klar genug? Gibt es etwa mehr als *ein* Paradies?« Er lachte hohl.

Auch die Umstehenden lachten, obwohl ihr Lachen ziemlich nervös klang.

»Liebe Freunde, wir haben uns lange auf diesen Moment vorbereitet. Der Weg ins Paradies wird nicht hart, das verspreche ich euch. Lasst uns nun gemeinsam zum Tempel gehen, wo Åse und Birgitte alles vorbereitet haben. Dort werden wir gemeinsam singen und beten und dem Herrn ein Fest bereiten, während …«

In diesem Moment hörte man das Knattern eines Hubschraubers, der direkt über ihnen zu kreisen schien. Jakob Mesmer zog sein Walkie-Talkie aus der Tasche und sprach hinein. Im nächsten Augenblick war eine krachende Gewehrsalve zu hören, die die Gemeindemitglieder zusammenzucken ließ.

»Ruhig, Kinder, ganz ruhig«, beschwichtigte Jakob Mesmer die Gemeinde. »Alles ist unter Kontrolle.« Das Geräusch des Hubschraubers verschwand, und erneut erhielt Jakob Mesmer eine Nachricht durch sein Walkie-Talkie. Nachdem er die Nachricht entgegengenommen hatte, wandte er sich mit einem breiten Lächeln an die Versammlung. »Alles ist jetzt in bester Ordnung. Unsere himmlischen Krieger haben soeben die Dämonen vom Hof gejagt. Lasst uns nun gemeinsam zum Tempel gehen.« Er winkte alle zu sich, während er das Lied »Du, Herr, verlässt mich nicht« anstimmte.

Die Gemeinde wurde von den bewaffneten Wachen, die die Nachhut bildeten, vorwärtsgetrieben, und sang im Chor:

»Du, Herr, verlässt mich nicht. Auf dich mein Herz allein vertraut.«

Kurz darauf war Ravn allein in dem großen, leeren Haus. Er blickte zu dem langen Tisch hinüber, auf dem die Monitore flimmerten. Auf einem konnte er sehen, wie die Gemeinde, angeführt von Jakob Mesmer, auf dem Kiesweg dem niedrigen Nebengebäude entgegenging. Auf zwei anderen Monitoren waren Wachen zu erkennen, die sich an dem zerstörten

Eingangstor und entlang der Außenmauer postiert hatten. Auf der Landstraße erkannte er zwei Einsatzwagen der Polizei, die als Straßensperre fungierten.

Ravn riss an dem Plastikstrip, der sein Handgelenk fesselte, hatte aber nicht genug Kraft, um sich zu befreien.

60

Ravn wachte auf, als er kühles Wasser an seinen Lippen spürte. Er trank begierig von dem Wasser, das über ihm ausgeschüttet wurde. Es traf ihn willkürlich im Gesicht und blendete ihn, sodass er die schmächtige Gestalt vor ihm nur schemenhaft sehen konnte. Nach Luft schnappend, senkte er den Kopf. »Ist der Angriff überstanden?«, fragte er heiser. »Gibt es viele Tote?«

Als die Gestalt nicht antwortete, hob Ravn den Kopf. Vor ihm stand Kevin, mit Tränen in den Augen. Sein Körper zitterte vor Angst, sodass Wasser aus der Flasche schwappte, die er in der Hand hielt. »Ich … ich … w … will nicht Je … Jesus treffen.«

Ravn verstand nicht, was er meinte, und schüttelte den Kopf.

»Kannst du mir noch etwas Wasser geben, Kevin?«

Kevin hob erneut die Flasche und ließ ein bisschen Wasser in Ravns offenen Mund laufen. Diesmal zielte er besser. Nachdem Ravn getrunken hatte, blickte er zu Kevin hoch und dankte ihm. Dann drehte er den Kopf zu den Monitoren hin und sah, dass Jakob Mesmers Wachen immer noch vor dem Eingang postiert waren. Nichts schien sich geändert zu haben.

»Ent … schuldigung, dass ich dich nicht früher befreit habe«, sagte Kevin.

»Das ist völlig okay. Meinst du, du könntest irgendwas

finden, womit wir diese Plastikfessel durchschneiden können?« Er wies mit dem Kopf auf seine zusammengebundenen Handgelenke.

Kevin nickte. »Das lag daran, dass ich Angst hatte. Man kann nicht so gut helfen, wenn man Angst hat.«

»Das verstehe ich gut, aber super, dass du zurückgekommen bist. Guck mal nach, ob irgendwas auf dem Tisch liegt, das wir benutzen können.«

»Klar«, sagte Kevin und warf die Plastikflasche auf den Boden. Mit kleinen schnellen Schritten lief er zum Tisch und sah sich um. »Hier ist nichts, Ravn. Kannst du den hier brauchen?« Er wühlte in der Tasche seines Overalls und zog einen rostigen Nagel heraus. »Mit dem kann man allerdings besser stochern als schneiden.«

»Der ist sehr gut«, antwortete Ravn. »Komm, dann zeig ich dir, wie wir das machen.«

Kevin lief zu Ravn zurück und ging in die Hocke. »Steck den Nagel hier in die Lücke zwischen meinen Handgelenken und der Plastikfessel, und dann drehst du ihn, so doll du kannst.«

Kevin tat, wie ihm gesagt wurde, und begann, den Nagel zu drehen, sodass die Plastikfessel sich um ihn mitdrehte. Der Strip wurde strammer und schnitt noch tiefer in Ravns Handgelenk.

»Tut das nicht weh?«, fragte Kevin und sah ihn neugierig an.

»Fast gar nicht«, stöhnte Ravn und biss die Zähne zusammen. Im nächsten Augenblick platzte der Strip auf, und Ravn war frei.

»Danke, Kevin, das hast du super gemacht.« Er rieb seine tauben Handgelenke.

Kevin lächelte. »Können wir jetzt meine Mutter holen?«

Ravn stützte sich an der Säule ab, während er langsam aufstand. Sein Magen krampfte sich so heftig zusammen, dass er fast wieder zu Boden gesunken wäre. Dann erbrach er das Wasser, das er gerade getrunken hatte. Er trocknete sich den Mund ab und atmete tief durch.

Kevin zog die Nase kraus. »Dir geht's nicht so gut, oder?«

»Nein, das kann man wohl sagen. Hast du noch mehr Wasser?«

Kevin schüttelte den Kopf. »Können wir jetzt meine Mama holen?«

»Wo ist sie?«

»Im Tempel, zusammen mit den anderen.«

»Dann wird das schwierig, Kevin.« Er sah sich rasch um. »Weißt du, wo wir ein Handy finden können?«

Kevin schüttelte den Kopf. »So was darf man hier nicht haben. Nur der Meister hat eins, aber der ist auch im Tempel. Ach ja, die Sol … Soldaten …, die haben manchmal auch eins. Wen willst du anrufen? Deine Mutter?«

»Die Polizei. Die müssen wir ganz schnell erreichen, damit sie uns hier rausholt.«

»Ich möchte so gerne meine Mama dabeihaben.«

»Natürlich. Die Polizei holt sie bestimmt auch.« Ravn betrachtete die offene Bodenklappe. »Kannst du mir kurz helfen?« Er streckte den Arm aus und hielt sich an Kevin fest. Der schmächtige Junge ging unter Ravns Gewicht fast in die Knie, doch gemeinsam schafften sie es bis zu der Falltür. Ravn setzte sich auf die oberste Stufe der steilen Treppe und blickte in den Keller hinunter. Eine nackte Glühbirne verbreitete dort ein kaltes Licht. »Warte hier«, sagte Ravn und begann, die schmalen Stufen hinabzusteigen.

»Du kommst doch wieder, Ravn, oder?«

»Ja, natürlich. Bleib einfach da oben«, antwortete Ravn, während er sich in dem länglichen Raum mit der niedrigen

Decke umschaute. Mit seinen Feldbetten und abschließbaren Metallschränken erinnerte er ihn an eine unterirdische Militärbaracke. Ravn ging den schmalen Mittelgang entlang, während er sich an den Schränken abstützte. Den vielen Betten nach zu urteilen, war das Quartier nicht allein Patrick und seiner Einheit vorbehalten, sondern beherbergte auch andere Gemeindemitglieder. Als Ravn das Ende des Raums erreicht hatte, sah er, dass der Keller sich dort verzweigte. Der eine Gang führte zu den Toiletten und einem Bad, während der andere direkt in eine große Küche mündete, die, ausgestattet mit mehreren langen Tischen, auch als Speiseraum diente. Er drückte sich an den Tischen vorbei bis zur Spüle, nahm einen Becher und füllte ihn mit Wasser aus dem Hahn.

»RAVN!«, rief Kevin von oben.

Ravn nippte vorsichtig, um sich nicht wieder erbrechen zu müssen.

»RAVN!«

Ravn stellte den Becher hin und sah rasch die obersten Küchenschubladen durch. Er musste zu Kevin zurück, bevor der Junge andere auf sich aufmerksam machte. Zwischen den Küchenutensilien fand er ein mittelgroßes Messer und ein Feuerzeug, er nahm beides mit. Am liebsten wäre ihm natürlich eine Waffe gewesen, aber das Messer war besser als gar nichts. Dennoch bezweifelte er, dass er in seinem geschwächten Zustand in der Lage war, auch nur den schwächsten Jünger in der Gemeinde niederzukämpfen.

»Ich dachte, du kommst nicht wieder«, sagte Kevin, als Ravn wieder zu ihm nach oben kam.

Ravn sah seine feuchten Augen und strich ihm über die struppigen Haare. »Ich hab doch gesagt, dass ich wiederkomme.«

»Können wir jetzt meine Mama holen?«

»Wie bist du ins Haus gekommen?«

Kevin zeigte zu dem offenen Fenster, das auf den kleinen Garten hinausging, der zwischen dem Hauptgebäude und der großen Halle lag. »Bin einfach reingeklettert.«

»Komm«, sagte Ravn, dem es inzwischen ein wenig besser ging, sodass er zumindest selbst zu dem Fenster gehen und einen Blick in die Dunkelheit draußen werfen konnte. Über sich hörte er das Brummen der Hubschrauber, sonst war alles still. Ravn half Kevin, auf das Fensterbrett zu klettern und in den menschenleeren Garten zu springen. Dann folgte er ihm. »Wir müssen vorsichtig sein«, flüsterte Ravn, »damit uns niemand sieht, verstehst du?« Er musste Kevin am Ärmel festhalten, damit der Junge nicht zu weit vorauslief.

»Ich bin … ganz leise«, flüsterte Kevin.

»Weißt du, wo die Soldaten postiert sind?«

»Postiert?«

»Wo die Soldaten Wache stehen?«

Kevin nickte lächelnd. »Überall.«

»Was ist mit den großen Komposthaufen? Können wir dort vielleicht über die Mauer rausklettern?«

»Da sind auch Soldaten, Ravn.«

»Bist du sicher?«

»Tausend Prozent … Sie haben mit Steinen nach mir geworfen, bevor ich zu dir gekommen bin. Können wir jetzt meine Mama holen, Ravn? Ich glaube, sie will Jesus auch nicht treffen.«

Erneut setzten die Magenkrämpfe ein, und Ravn wurde schwarz vor Augen. Er drückte Kevins Hand, bis der Junge stöhnte und die Hand zu sich zog. In der Ferne hörte man eine blecherne Stimme, die aus einem der Polizeimegafone kam. Der Einsatzleiter appellierte an die Gemeindemitglieder, mit ihm Kontakt aufzunehmen und die Situation nicht unnötig eskalieren zu lassen. Wer Hilfe brauche, solle sich umgehend am Eingang einfinden. Danach wurde eine Telefonnummer durchgegeben, die jeder anrufen könne, der nicht zum Eingang kommen könne.

Ravn dachte, dass der Polizeieinsatz absolut vorschriftsmäßig ablief. Nach außen hin gab man sich einfühlsam und kooperativ, während man sich zugleich auf die Erstürmung des Geländes vorbereitete. Er hatte solche Operationen oft genug miterlebt – es waren stets dieselben Abläufe, ganz gleich, ob man Geiseln befreien, Psychopathen entwaffnen oder eine Rockergang ausschalten musste. Und natürlich galten sie auch für eine fanatische Sekte, die sich verschanzt hatte. Er vermutete, dass der Einsatzleiter nicht das geringste Risiko eingehen und so lange wie möglich verhandeln wollte, schon allein deshalb, weil der missglückte Einsatz bei Kaminskij erst kurze Zeit zurücklag und man nicht den Tod weiterer Einsatzkräfte riskieren wollte.

»Komm, jetzt holen wir sie«, sagte Kevin und zupfte Ravn am Ärmel.

»Wir müssen erst mal ein Handy finden, Kevin. Ich kann deiner Mama nicht alleine helfen, verstehst du?«

Er nickte. »Bin ja nicht dumm. Ich finde eins im Tempel. Ich finde eins für dich. Komm!«

Ravn hatte keine Ahnung, wie Kevin das anstellen wollte, aber einen Versuch war es wert. Außerdem musste er sich in jedem Fall einen Überblick über die Situation verschaffen. Der einzige Lichtblick bestand darin, dass weniger Unschuldige in Lebensgefahr gerieten, solange die Gemeindemitglieder unter sich blieben und die Polizei sich kein Feuergefecht mit Patrick und seinen Männern lieferte.

Sie verließen den Garten und eilten den Kiesweg entlang. Ravn nahm Kevin an die Hand. Gemeinsam gingen sie dem niedrigen Gebäude auf dem grünen Rasen entgegen. Die Tür stand offen, und drinnen brannten Kerzen. Kevin drängte ungeduldig nach vorn, doch Ravn hielt ihn zurück. »Ganz ruhig, Kevin«, flüsterte er. »Lass uns nachsehen, wie es auf der Rückseite aussieht.«

Kevin nickte, während sie an der Längsseite des Gebäudes entlangschlichen. Von drinnen hörten sie Leute beten, aber auch einige weinen. Kevin drückte Ravns Hand und schaute zu ihm hoch. Ravn hielt sich den Zeigefinger vor die Lippen, um Kevin zu zeigen, dass er still sein sollte. Kurz darauf hatten sie den Hintereingang erreicht. Ravn ließ Kevins Hand los und zog das Messer aus der Tasche. Behutsam drückte er die Klinke herunter und öffnete die Tür. Das Beten und Weinen der Gemeinde hallte ihnen entgegen, als sie eintraten. Lautlos schlichen sie den Flur entlang, der bis zur Bühne führte. Ravn erblickte Jakob Mesmer, der mit nacktem Oberkörper im Scheinwerferlicht stand. Er hatte die Hände zum Himmel gestreckt, während sich sein Oberkörper wie in Trance hin und her wiegte.

»Können wir jetzt meine Mama holen?«, fragte Kevin und zeigte nach vorn.

Ravn antwortete nicht und starrte schweigend auf den Bühnenboden. Dort, vor den Füßen von Jakob Mesmer, lagen mehrere Menschen reglos auf einem Haufen, darunter auch Kevins Mutter. Schaum quoll aus ihren Mundwinkeln, während ihre toten Augen das große Holzkreuz anstarrten, das über Jakob Mesmer aufragte.

»Können wir jetzt meine Mama holen, Ravn?«

61

Von seinem Platz hinter der Bühne aus sah Ravn, dass die Gemeindemitglieder eine Schlange gebildet hatten, die sich durch den gesamten Saal bis zur Bühne erstreckte. Die meisten hielten sich an den Händen, während sie weinten oder vor sich hin murmelten. An der Bühnenrampe standen Åse und Birgitte hinter einem Klapptisch, der voller weißer Plastikbecher war. Aus einer Thermoskanne goss Birgitte eine klare Flüssigkeit in die Becher, während Åse diese an die Mitglieder der Gemeinde, die nacheinander vortraten, austeilte.

Jakob Mesmer hielt das Mikrofon an die Lippen und stöhnte. »Und Jesus fragte sie: ›Könnt ihr den Kelch trinken, den ich trinke?‹ Und sie antworteten ihm: ›Ja, das können wir.‹ So trinken auch wir heute vom himmlischen Kelch, um uns den himmlischen Heerscharen anzuschließen. Kommt näher, und schließt euch euren Brüdern und Schwestern an, die sich schon auf dem Weg befinden.« Er zeigte auf die leblosen Körper, die an der Bühnenrampe lagen.

»Zögert nicht«, sagte er und lächelte ein jüngeres Paar an, die beide einen Becher in der Hand hielten. »Glaubt an den Herrn.«

»Ich kann nicht, Meister!«, rief der Mann schluchzend und senkte den Becher.

Jakob Mesmer runzelte die Brauen und blickte ihn enttäuscht an. »Hör auf, es wird dir nichts nützen. Die Bösen haben hier auf Erden gesiegt, das ist eine Tatsache, deshalb müssen wir Zuflucht bei unserem himmlischen Vater suchen. Du wirst im Fegefeuer enden, wenn du hierbleibst, verstehst du das? Es ist vorbei. Nur auf diese Weise können wir von vorn anfangen – als erlöste Sünder!«

»Können wir denn … gar nichts tun?«

»Doch. Leere deinen Kelch. Lass das Böse nicht siegen.« Er schaute lächelnd über die Versammlung hinweg. »Lasst euch nicht mit Mördern und Vergewaltigern ins Gefängnis werfen. Das habt ihr nicht verdient. Die da draußen«, sagte er und schwenkte wild die Hand in der Luft, »wollen uns auseinanderreißen. Wollen euch von euren Kindern trennen. Eure Kleinen werden zwangsadoptiert und von Sündern aufgezogen. Werden zu Prostituierten oder Drogenabhängigen. Ihr müsst dafür sorgen, dass sie bei Jesus sitzen können, dass sie gemeinsam mit euch in Gottes Reich eingehen. Mit den anderen *Auserwählten Gottes*. Seid ihnen gnädig und lasst sie vom Kelch des Herrn trinken.«

Ravn erblickte Samuel, der mit einigen von Jakob Mesmers Soldaten durch die Stuhlreihen ging und versuchte, auch die Letzten dazu zu bewegen, sich in die Schlange einzureihen. Als eine ältere Frau sich wehrte, stieg Jakob Mesmer von der Bühne hinab. »Hör auf, Jesus zu verraten! Hör damit auf, deine Brüder und Schwestern im Stich zu lassen. Damit tust du ihnen Unrecht. Lass ab von Satan«, sprach er mit monoton leiernder Stimme ins Mikrofon. »Ich weiß, Schwester, dass du mit dem Teufel ringst, so wie wir alle mit ihm ringen. Der Teufel will nicht, dass du ins Paradies eingehst. Der Teufel will nicht, dass du an Gottes Seite sitzt. Hör auf, dem Teufel zu folgen, Schwester. Darum bitte ich dich.«

Die ältere Frau stand verzweifelt auf. Tränen liefen ihr über die Wangen. »Aber ich habe Angst, Meister.«

»Das brauchst du nicht, denn es ist der Teufel, der in dir

spricht. Wir werden alle gemeinsam einschlafen und im Himmelreich wieder erwachen. Davon habe ich euch so oft erzählt. Nun hilf dir selbst, und mache die Kinder durch dein Verhalten nicht noch ängstlicher. Das wäre eine Sünde, und ich weiß, dass du reinen Herzens bist.« Er zeigte auf zwei kleine Mädchen, die weinend neben ihren Eltern in der Schlange standen. »Seht, wie mutig sie sind. Seht, wie glücklich sie darüber sind, Jesus zu begegnen. Nimm dir ein Beispiel an ihnen. Ich bitte dich, Schwester. Sei tapfer und glaube an Jesus. Glaube an die Macht Gottes.«

»Entschuldigung, Meister.« Die Frau trocknete sich die Wangen und ließ Samuel den Arm um sie legen und sie zu der Schlange führen.

Ravn konnte nicht glauben, was er da sah. In all seinen Jahren bei der Spezialeinheit hatte er nie ein vergleichbares Grauen erlebt. Und es gab nichts, das er dagegen tun konnte. Dazu waren die Übermacht und Jakobs Macht über die Gemeinde zu groß. In diesem Moment sank ein weiteres Mitglied der Gemeinde leblos zu Boden. Ravn betrachtete all die leblosen Körper und die leeren Plastikbecher, die auf dem Boden lagen, und dachte, dass dieses Gift viel stärker sein musste als das, was Jakob Mesmer ihm verabreicht hatte.

»Kev … Kevin«, röchelte seine Mutter und streckte den Arm nach ihrem Sohn aus. Sie versuchte, noch etwas zu sagen, aber es kam nur weißer Schaum aus ihrem Mund.

»Mam …«, mehr brachte Kevin nicht heraus, ehe ihm Ravn den Mund zuhielt.

Kevin wand sich hin und her und versuchte, sich zu befreien, doch Ravn hielt ihn mit seinen letzten Kräften fest. »Stopp, Kevin«, flüsterte er, während er ihn in Richtung Hintertür zerrte. Doch als er den Türgriff hinunterdrückte, gelang es Kevin, sich loszureißen. »Kevin, stopp!«, zischte Ravn.

Aber der Junge rannte schon den Gang hinunter und weiter bis zur Bühne. Ravn hörte, wie er nach seiner Mutter rief, und im nächsten Moment war Jakob Mesmers Stimme über die Lautsprecheranlage zu hören. Er pries das Wunder, das geschehen war: Der kleine Kevin, das einfältige Lamm, war rechtzeitig zu seiner Herde zurückgekehrt, um den letzten Kelch zu empfangen.

Ravn warf sich zwischen die Büsche und legte sich flach auf den Boden. Er schnappte nach Luft und hielt sich den Bauch. Er hatte das Gefühl, seine Eingeweide würden explodieren. Im nächsten Moment öffnete sich die Hintertür des Tempels, und einer von Jakobs Wächtern streckte den Kopf heraus. Er schaltete eine Taschenlampe an und ließ den Lichtkegel über die Rasenfläche wandern. Da er nichts Auffälliges entdeckte, löschte er das Licht und ging wieder hinein. Durch die Zweige hindurch starrte Ravn das niedrige Gebäude an. Es war unfassbar, was dort drinnen gerade geschah. Die Massentötung war so gut organisiert, dass Jakob diesen Plan wohl schon lange gehegt haben musste. Benjamins Tod war die willkommene Gelegenheit gewesen, einen äußeren Feind zu kreieren, gegen den Jakob Mesmer die Gemeinde mobilisieren konnte. Ravn musste irgendetwas tun. Er musste Hilfe für all die Menschen organisieren, die in dem Tempel auf ihren Tod warteten, doch er wusste nicht, wie er Kontakt zur Polizei aufnehmen und sie zum Angriff bewegen sollte. Wenn er doch nur ein Handy oder irgendein anderes Kommunikationsgerät hätte, aber er hatte nicht einmal eine Taschenlampe, um es mit Morsezeichen zu versuchen. Er musste den Leuten helfen, verdammt, es standen Kinder in der Schlange, auch Kevin. Vielleicht hielt Jakob Mesmer, der Psychopath, ihm bereits den Becher an die Lippen. Aber dafür würde er büßen, auf die eine oder andere Weise. Ravn hatte Lust, in den Tempel zurückzukehren und ihm das Messer in den Kehlkopf zu rammen, aber das würde weder Kevin noch irgendjemanden sonst retten. Als letzten verzweifelten Ausweg erwog er, die Wächter an der Pforte in einen Kampf zu verwickeln. Wenn sie auf ihn schossen, würde das die Einsatzkräfte alarmieren. Andererseits würden aber auch Schüsse die Polizei nicht notwendigerweise zum Eingreifen bewegen. Im Gegenteil. Der Einsatzleiter würde sicher bei seiner Taktik des Zermürbungskriegs bleiben. Was in diesem Fall allerdings zur Folge hatte, dass die Gemeindemitglieder alle tot sein würden, wenn die Polizei endlich auf das Grundstück vorrückte. Den Beamten würde sich das Bild eines Massakers bieten. Frauen und Kinder zwischen Jakob Mesmers Getreuen und dazwischen all diese verdammten weißen Plastikbecher. Wollte er das verhindern, musste er auf die eine oder andere Weise einen Angriff der Polizei provozieren. Wenn der Einsatzleiter erfuhr, dass sich viele *Zivilisten* in akuter Gefahr befanden, würde er nicht länger zögern. Er musste das Sonderkommando irgendwie auf die Katastrophe, die sich hier abspielte, aufmerksam machen …

Es war eine wahnwitzige Idee, die in seinen Gedanken Gestalt annahm, und er wusste selbst nicht, ob es gelingen und ob er überleben würde. Doch wenn es gelang, würde die Polizei ohne Zweifel sofort mit der Erstürmung von Gethsemane beginnen.

62

Ravn hielt sich im Schatten der Bäume, die den Weg zu der großen Halle und den Baracken säumten. Gethsemane lag einsam und verlassen da, und er sah es als wahrscheinlich an, dass sich Jakobs Wachen entlang der Außenmauer und am Eingang postiert hatten, um sich gegen einen Angriff der Polizei sofort zur Wehr setzen zu können. Er war sich sicher, dass Jakobs Märtyrerplan keine Überlebenden vorsah, obgleich ungewiss war, ob Patrick und seine Männer sich den Opfern im Tempel anschließen oder im Kugelhagel sterben wollten. Jedenfalls sah es so aus, als könnte er sich hier frei bewegen, bis er gefunden hatte, was er suchte. Seine Magenschmerzen zwangen ihn innezuhalten, und er hatte das Gefühl, als wäre eine Körperhälfte gelähmt. Mit dem gesunden Arm schlug er sich hart auf den Oberschenkel, um wieder ein wenig Gefühl im Bein zu bekommen. Es glückte zumindest teilweise, und trotz der Schmerzen kämpfte er sich weiter voran. Kurz darauf humpelte er durch das Tor der Produktionshalle. Über ihm knatterten Polizeihubschrauber, die im Dunkeln kreisten. Sonst war alles still. Er ließ seinen Blick durch die leere Halle schweifen, wo der weiße Kalk den Kompost zudeckte wie frisch gefallener Schnee. Es roch scharf nach Ammoniak, und dort vor der ersten Kompostreihe lagen ein paar dieser primitiven Sprühvorrichtungen, die mit den Aluminiumtanks verbunden waren, mit denen er vorhin die Arbeiter hatte herumlaufen sehen. Die Erinnerung daran hatte ihn auf die Idee zu seinem Plan gebracht. Die verdünnte Ammoniaklösung in den Behältern würde zwar nicht ausreichen, um seinen Plan in die Tat umzusetzen, doch wenn er den Tank mit dem flüssigen Ammoniak fand, sah die Sache schon anders aus. Der Tank musste sich in der Nähe der Produktionsanlage befinden, vielleicht in einem der niedrigen Gebäude, die er zwischen der Halle und den Baracken gesehen hatte. Ravn bog um die Ecke und ging den niedrigen baufälligen Gebäuden entgegen. Er passierte die Garagenanlage mit dem gewölbten Vordach und wusste, dass er sich nun dem äußersten Teil von Gethsemane näherte, wo Jakobs himmlische Krieger zweifellos Wache standen. Doch bis auf Weiteres war er allein.

Als er die erste Tür erreichte, lehnte er seine Schulter dagegen und drückte sie vorsichtig auf. Die Scharniere quietschten laut, und er beeilte sich, ins Innere zu kommen. Im Zwielicht sah sich Ravn in der Werkstatt um. An der einen Wand stand eine Drehbank, darüber waren ein paar Regale befestigt, in denen Kisten und Reserveteile lagerten. Er wollte gerade wieder gehen, als er die vier Metallkanister entdeckte, die an der Wand standen. Als er sie nacheinander hochhob, stellte er fest, dass nur der letzte bis zur Hälfte gefüllt war. Er schraubte den Deckel ab und schnupperte. Eindeutig Dieselöl.

Mit dem Reservekanister in der Hand trat er hinaus in die Nacht. Allmählich verließen ihn die Kräfte. Er musste so schnell wie möglich das Ammoniakdepot finden. Schon nach wenigen Metern war er gezwungen, eine Pause einzulegen und den schweren Kanister abzustellen. Fast bereute er, was er hier tat, statt Kevin in den Tempel gefolgt zu sein. Hätte er Jakob Mesmer einfach das Messer in den Bauch gerammt, wäre vielleicht ein ausreichend großes Chaos entstanden, und die Gemeinde hätte es sich anders überlegt. Aber das konnte er nicht mit Sicherheit wissen. Vielleicht wäre der Tod aller Anwesenden auch nur beschleunigt worden. Als er den nächsten Schuppen erreichte, stieß er die Tür auf und stolperte rückwärts in den dunklen Raum. Er landete auf dem Boden und blieb für einen kurzen Moment liegen, um sich zu sammeln. Er atmete durch die Nase und nahm sofort den scharfen Geruch nach Ammoniak wahr. Hier muss das Depot sein, dachte er, während er sich auf dem Boden umdrehte. Am Ende des Raums sah er die Konturen eines großen Tanks. Langsam erhob er sich und ging zu dem Ammoniaktank, der mit seiner ovalen Form und seinen Rostflecken an eine Fliegerbombe aus dem Zweiten Weltkrieg erinnerte. Wenn er den Entlüftungshahn öffnen konnte, um die Dämpfe abzulassen, hätte das vermutlich denselben Effekt. In seiner Zeit beim Militär hatte er Geschichten gehört, wie Ammoniakexplosionen riesige Gebiete dem Erdboden gleichgemacht hatten. Der Ammoniak selbst war zwar nicht leicht entzündlich, dafür aber das Gas, das sich entwickelte, wenn ein Tank undicht war und Flüssigkeit heraussickerte. Ravn entdeckte den Hebel des Hahns unmittelbar unter dem Druckmessgerät, doch er war durch ein massives Vorhängeschloss gesichert. Er sah sich nach etwas um, womit er das Schloss aufbrechen konnte, fand aber nichts. Er ging zur Tür zurück, wo er den Reservekanister abgestellt hatte, und schleppte ihn zum Tank. Mit Mühe hob er den Reservekanister hoch und stellte ihn auf das dünne Rohr, das den Tank mit dem Druckmessgerät verband. Dann hob er den Kanister an und ließ ihn schwer auf das dünne Rohr krachen, das erzitterte. Immer wieder ließ er den Kanister auf das Rohr fallen, obwohl er inzwischen am Ende seiner Kraft war. Doch selbst wenn es das Letzte war, was er tat, er wollte unbedingt …

In diesem Moment gab das Ventil unter dem Druckmessgerät einen zischenden Laut von sich, und Ammoniakdampf schoss in den Raum. Ravn ließ den Reservekanister auf den Boden fallen und sah erschöpft zu dem Rohr hin. Das austretende Gas brachte ihn zum Husten. Er hielt sich den Ärmel vor den Mund und atmete durch den Stoff hindurch. Augen und Nase begannen zu laufen, und er dachte, dass der Raum binnen kürzester Zeit mit dem explosiven Gas angefüllt sein müsste. Er zog den Reservetank zu der Tür am anderen Ende des Raums und schraubte den Deckel ab. Dann schüttete er das Dieselöl über die Holzbank und spritzte es an die Wand dahinter. Nachdem er den Kanister geleert hatte, warf er ihn weg und zog das Feuerzeug aus der Tasche. Vom anderen Ende des Raumes hörte er, wie der Ammoniak immer noch zischend aus dem defekten Rohr entwich. Er legte den Daumen auf das Feuerzeug, zögerte jedoch. Er hatte absolut keine Ahnung, wie hoch die Konzentration an Gas sein musste, um eine Explosion zu erzeugen. Ein einzelner Funke reichte vielleicht aus, um den ganzen Schuppen in die Luft zu jagen und ihn gleich mit. Er zweifelte an seinem Plan und dachte bereits über Alternativen nach, als ihm Kevin einfiel, der Hilfe für seine Mutter hatte holen wollen und der ihn befreit hatte. Nie im Leben wollte er hinter dem Mut des Jungen zurückstehen. Er hielt die Luft an und entzündete das Feuerzeug. Eine schmale Flamme schoss nach oben, mit der er die Diesellache auf dem Tisch anzündete. Das Öl fing sofort Feuer und ließ hohe Stichflammen die Wand hinaufschießen. Er wollte gerade die Tür öffnen, als draußen Stimmen zu hören waren, und als die Klinke heruntergedrückt wurde, warf er sich gegen die Tür und drückte sie auf. Er nahm gerade noch Patricks verblüfften Gesichtsausdruck wahr, ehe beide zu Boden stürzten.

»Es brennt!«, rief einer der beiden Wachmänner, die Patrick begleiteten.

Patrick war schon über Ravn und drückte ihm die Kehle zu. Ravn stieß besinnungslos mit dem Messer nach ihm, worauf Patrick aufschrie und seinen Griff lockerte. Ravn rollte zur Seite und kam auf die Beine.

»Packt ihn euch!«, schrie Patrick.

Ravn schaute über seine Schulter und sah, dass Patricks Männer unschlüssig auf der Schwelle standen und in die Flammen starrten. In diesem Moment stand Patrick vom Boden auf. Das Blut schoss aus der Wunde an der Schulter und lief ihm den Arm hinunter. Er entsicherte die Maschinenpistole und legte auf Ravn an. Ravn wusste, dass er keine Chance hatte, dem Kugelregen auszuweichen. Im Bruchteil einer Sekunde schoss ihm der Gedanke durch den Kopf, dass jetzt alles zu Ende war. Dann hörte er hinter sich ein Krachen. Es kam allerdings nicht aus Patricks Waffe, sondern von dem Schuppen, der sich in die Luft zu heben schien, bevor er von einer riesigen Feuerkugel auseinandergesprengt wurde, die mit explosionsartiger Kraft wuchs. Patrick verschwand im Flammenmeer. Genau wie die Bäume zwischen ihm und Ravn. Die Druckwelle schleuderte Ravn durch die Luft, sodass er fünfzehn, zwanzig Meter weiter auf dem Kiesweg aufschlug. Er schnappte nach Luft. Benommen spürte er einen stechenden Schmerz in seinem linken Bein und registrierte im nächsten Augenblick, dass seine Hose in Flammen stand. Panisch strampelte er mit den Beinen und begann, Erde auf die Flammen zu werfen, bis diese endlich erstarben.

Die gewaltige Explosion hatte ihn taub gemacht, und er hörte nur noch ein hohes Pfeifen. Er sah zu, wie die Flammen vor ihm auf die anliegenden Gebäude übergriffen. Weitere Explosionen folgten und ließen Feuerzungen in den Nachthimmel schießen. Zahlreiche Gasflaschen detonierten und zogen lange Feuerschweife hinter sich her, als handelte es sich um abgeschossene Raketen. Ravn krabbelte zwischen die nächsten Bäume in Sicherheit, während sein Gehör allmählich zurückkehrte und er zwischen dem konstanten Pfeifen Gewehrsalven ausmachen konnte, die von der Landstraße kamen. Im nächsten Augenblick durchschnitt ein Scheinwerfer das nächtliche Dunkel. Das Licht kam von einem Hubschrauber, der sich direkt vor ihm herabsenkte. Endlich hatte die Polizei mit dem Zugriff begonnen, doch Ravn graute davor, dass es vielleicht schon zu spät war.

63

Blendgranaten erhellten die Nacht mit grellen Blitzen und erschütterten Gethsemane mit lauten Explosionen, während die Einheiten der Polizei von mehreren Flanken aus auf das Grundstück vordrangen. Ravn lehnte an der hintersten Säule des Gewächshauses und folgte den draußen tobenden Kämpfen. Eigentlich hatte er in den Tempel zurückkehren wollen, war jedoch zu erschöpft gewesen. Stattdessen hatte er Zuflucht bei den bunten Pilzen gesucht und mithilfe des Wasserhahns neben ihm endlich seinen Durst gestillt. Während er die Gewehrsalven hörte, versuchte er, sich ein wenig zu erholen. Durch die Geräusche konnte er die verschiedenen Waffentypen ausmachen und so dem Verlauf der Auseinandersetzung folgen. Die M95-Gewehre von Jakobs Leuten machten tiefe Blop-Blop-Geräusche, die sich deutlich von dem trockenen Knallen der MP5-Waffen der Polizei unterschieden. Am Anfang hatte er fast ausschließlich die Salven der M95-Gewehre gehört, doch allmählich hatte das trockene Knallen die Oberhand gewonnen, was darauf hindeutete, dass die Wachen vermutlich bald besiegt sein würden.

Im selben Moment hörte er ein Geräusch an der hintersten Tür, die nur eine Sekunde später mit einer Wucht aufgetreten wurde, die sämtliche Scheiben bersten ließ. Ravn betrachtete die halb nackte Gestalt mit dem bleichen Oberkörper, die sich aus den Schatten löste. Es war Jakob Mesmer. Er blutete kräftig aus einer Wunde in der Seite. Ravn vermutete, dass er von einer Kugel getroffen worden war. Jakob Mesmer hatte ihn noch nicht erblickt. Mit der Krücke in einer und dem braunen Umschlag in der anderen Hand humpelte er den Mittelgang entlang, ehe er an einem der Beete stehen blieb. Ächzend ging er in die Hocke und vergrub den Umschlag unter dem schwarzen Humus.

Ravn tastete nach seinem Messer, das neben ihm auf den Fliesen lag. Als er es zu fassen bekam, schlossen sich seine Finger um den Griff. Er war zu erschöpft, um zu merken, wie hart er zudrückte, aber er wollte Jakob Mesmer um jeden Preis aufhalten. Mit der freien Hand griff er nach dem Wasserhahn und versuchte, sich daran hochzuziehen. Im selben Moment bekam er einen heftigen Stoß vor die Brust, der ihn wieder zu Boden schickte, und er spürte, wie ihm das Messer aus der Hand glitt.

»Lebst du immer noch, Überbringer des Satans?«, stieß Jakob Mesmer hervor und zeigte mit der Krücke auf ihn.

»Haben Sie alle getötet?«, fragte Ravn.

Jakob Mesmer ließ sich ihm gegenüber schwer auf den Boden sinken. Bauch und Oberkörper zitterten bei seinen Bewegungen, während er eine Hand auf seine Wunde drückte.

»Haben Sie alle umgebracht?« Ravns Hand tastete erneut nach dem Messer.

»Es gibt keinen Grund, unsachlich zu werden«, entgegnete Jakob Mesmer und schob das Messer mit dem Fuß seiner Krücke ein Stück weiter weg. »Lassen Sie uns einfach die Stille genießen.« In der Nähe dröhnte eine Gewehrsalve, und er zuckte die Schultern. »Ja, ja, es dauert, solange es eben dauert.«

»Was ist mit Kevin? Haben Sie ihn auch ermordet?«

Jakob Mesmer lachte. »Wie besorgt Sie um den kleinen Mongo sind. Kevin, der süße Junge, schläft gemeinsam mit seiner Mutter, umgeben von den Engeln des Herrn. Amen.«

Ravn schüttelte verzweifelt den Kopf. »Aber Sie haben von ihrem Gift natürlich nichts getrunken …«

»Unsere Zeremonie wurde leider unterbrochen. Plötzlich hat die Polizei uns angegriffen, vermutlich wegen dieser Explosion. Haben Sie etwas damit zu tun?« Er legte den Kopf auf die Seite und sah Ravn durchdringend an.

»Ich hätte mir gewünscht, dass es Sie auch erwischt hätte«, antwortete Ravn. »Aber schönen Gruß von Patrick. Er sah ziemlich überrascht aus, als er plötzlich in Flammen stand.«

Jakob Mesmer nickte beifällig. »Dann bin ich mir sicher, dass der selige Patrick mit der Art seines Abschieds ganz zufrieden ist. Das klingt nach einem würdigen Soldatentod. Danach hat er sich immer gesehnt, nachdem man ihn damals nach Hause geschickt hat. Er hatte so viele Schuldkomplexe«, sagte Jakob Mesmer, sah in die Luft und schüttelte den Kopf.

In diesem Moment wanderte das grelle Scheinwerferlicht des Polizeihubschraubers durch das Gewächshaus. Beide hielten sich kurz die Hände vor die Augen, als sie geblendet wurden. Nachdem das Licht wieder verschwunden war, griff Jakob Mesmer nach seiner Krücke, um aufzustehen.

»Warum, Jakob? Warum hassen Sie Ihren Vater so sehr, dass all diese Menschen sterben mussten?«, fragte Ravn, vor allem, um Jakob Mesmer am Gehen zu hindern.

»Ist es das, was er Ihnen erzählt hat? Dass ich ihn hasse?«, fragte Jakob Mesmer und blieb sitzen.

»Wenn das nicht der Fall ist, warum haben Sie dann nicht einfach unterschrieben und das Geld genommen? Warum so viele Menschen töten?«

»Ich habe niemanden getötet. Ich habe den Auserwählten, denen, die Gottes Barmherzigkeit verdienen, den Weg ins Paradies gezeigt, das ist alles. Gott selbst wünscht es so. Der

Herr hat gesehen, dass unsere Liebe zu ihm aufrichtig ist, deshalb gehen wir heute in sein Reich ein.«

»Gott spricht also zu Ihnen?«, fragte Ravn sarkastisch.

»Das hat er immer getan. Von dem Tag an, als ich ihn um Hilfe gebeten habe. Von dem Tag an, als ich gesehen habe, dass das Mesmogramm nur zu Sünde und Armut führt. Ich habe meinen irdischen Vater mit der Botschaft meines himmlischen Vaters konfrontiert, aber er hat das nicht verstanden. Er hat die Realität geleugnet, obwohl ich es ihm schwarz auf weiß bewiesen habe.«

»Und was für eine Realität war das?«

»Dass wir Gedankenkontrolle ausübten und das Werk des Teufels verkauften.«

»Das Werk des Teufels?«

Jakob Mesmer nickte ernst. »Wir haben eine Wirtschaftsphilosophie mit einer eigenen Terminologie und vielen schönen Worten und Abkürzungen verkauft. Mit einer Sprache, die nur Eingeweihte verstehen – all diejenigen, die für ihre Kurse bezahlt und unsere Bücher gekauft haben. Gottlose Menschen, die ihre Seele verkaufen würden, um an diesen Managementkursen teilzunehmen, damit sie diesen Wirtschaftsslang draufhaben und auf der Karriereleiter ganz nach oben klettern können. Man muss mit der Chefetage anfangen, wenn man die überzeugt hat, hat man eine Goldgrube aus leitenden Führungskräften, die freiwillig angerannt kommen.«

»Scheint ja auch bei Ihrer Sekte funktioniert zu haben«, entgegnete Ravn ironisch.

»Gottbeschmutzer!«, rief Jakob Mesmer so laut, dass er husten musste. Stöhnend hielt er sich die Hand auf seine heftig blutende Wunde. »Das Mesmogramm tötet die Familie. Tötet alle christlichen Werte mit seinen vordefinierten Persönlichkeitstypen, mit seiner unchristlichen Indoktrinierung aller Mitarbeiter, und das siebenunddreißigeinhalb Stunden pro Woche. Die Wirtschaftsunternehmen sind die Kirchen der neuen Zeit und die Direktoren ihre Hohepriester.«

Draußen knallte erneut ein Schuss. Jakob Mesmer umklammerte seine Krücke und stemmte sich hoch. Das Blut hatte ein Hosenbein rot gefärbt und lief ihm immer noch aus der Seite.

»Interessant, dass Sie vom Werk des Teufels reden, da Sie das ganze System doch erfunden haben.«

»Vor Gott sind wir alle Sünder«, erwiderte Jakob Mesmer lakonisch und bekreuzigte sich. »Ich gebe gern zu, dass ich damals, als ich im Unternehmen meines Vaters anfing, auch von diesen Führungsstrategien fasziniert war, JTI, Myers-Briggs, DISC und wie sie alle heißen. Darum habe ich meine eigene Terminologie entwickelt, habe das Beste aus den vorhandenen Systemen destilliert und auf dieser Grundlage das Mesmogramm entwickelt. Als Gott sich mir gezeigt und mir gesagt hat, wie weit ich mich von ihm entfernt hatte, schämte ich mich und distanzierte mich von meiner eigenen Arbeit. Doch gleichzeitig lag mir viel daran, das Blendwerk zu entlarven, das meine Vorgänger geschaffen hatten. Die falschen Tempel einzureißen. Also habe ich sie alle unter die Lupe genommen …«

»Und was haben Sie herausgefunden?«

Er schaute Ravn herablassend an. »Ich erwarte nicht, dass Sie etwas davon verstehen, doch ich habe herausgefunden, dass ein so anerkanntes System wie DISC von einem Mann geschaffen wurde, der früher sein Geld mit so ketzerischen Comicserien wie *Wonder Woman* verdient hat! Und dass JTI, eines der am meisten verbreiteten Managementsysteme, auf den Lehren von C. G. Jung basiert, einem perversen Drecksack, der die Finger nicht von seinen weiblichen Patienten lassen konnte. Und damit nicht genug, denn JTI hatte sich ein anderes System zu eigen gemacht, das sogenannte Enneagramm, das von einem okkulten Schwindler namens Gurdjieff erfunden wurde. Und es kam noch schlimmer: Die Myers & Briggs Foundation, die größte Managementorganisation auf diesem Planeten, geht auf die Kritzeleien einer amerikanischen Hausfrau und ihrer Tochter zurück. Und das, während ihr Ehemann zusammen mit Robert Oppenheimer die erste Atombombe der Welt entwickelt und für die Menschheit das Tor zur Hölle aufgestoßen hat. Verstehen Sie jetzt, dass das alles nur Scharlatane waren, Abgesandte des Teufels, so wie mein Vater …«

»Das ändert nichts daran, dass Sie eine ganze Gemeinde ausgelöscht haben …«

»Ich habe nichts anderes getan, als eine simple Tatsache unter Beweis gestellt.«

»Und die wäre?«

»Dass niemand mit den heiligen Schriften konkurrieren kann. Denn im Gegensatz zu den von Menschen erschaffenen Theorien und Systemen sind sie von ewiger Wahrheit.« Jakob Mesmer lächelte selbstzufrieden.

In der Nähe knallte ein trockener Schuss. Ravn war sicher, dass er aus einer Polizeiwaffe kam. Im nächsten Moment wurden vor dem Gewächshaus Kommandos gerufen. Jakob Mesmer atmete schwer und lehnte sich gegen den tragenden Pfeiler. Eine Flucht schien er nicht mehr in Erwägung zu ziehen.

»Ihr Vater. Sie haben von seiner Brandverletzung gesprochen …«

»Was ist damit?«

»Wenn die nichts mit dem Brand in der Belgiensgade zu tun hat, was war es dann für ein Unglück?«

»Unglück? Nun gut, nennen wir es so.« Jakob Mesmer blickte zu der offenen Tür hin. »Das ist schon lange her. Wir hätten alle in den Flammen sterben sollen. Dann wäre es nicht zu diesem ganzen Chaos gekommen. Dann säßen wir jetzt schon lange an Gottes Seite.«

In diesem Moment drangen die Einsatzkräfte mit gehobenen Maschinenpistolen in das Gewächshaus ein. Drei Lichtkegel tanzten durch den dunklen Raum. Als sie Jakob Mesmer und Ravn eingekreist hatten, rief einer der Beamten, sie sollten die Hände hochheben.

»Weiche von mir, Satan!«, rief Jakob Mesmer, während er seine Krücke auf den Mann richtete.

Prompt wurde das Feuer eröffnet, und ein Hagel von Projektilen zerfetzte Jakobs Gesicht und Brustkasten. Er sank in sich zusammen und landete direkt vor Ravns Füßen. Eine dunkle Blutlache breitete sich auf den Fliesen aus. Ravn streckte demonstrativ die Hände in die Luft, während er die kleinen Blasen beobachtete, die aus Jakobs Mundwinkel quollen.

64

Die Nacht wurde von den gewaltigen Bränden erhellt, die rund um Gethsemane wüteten, sowie von den Blaulichtern der Einsatzwagen, die auf dem Gelände parkten. Zwei Rettungssanitäter rollten Ravn auf einer Trage aus dem Gewächshaus, eine Notfallsanitäterin folgte ihnen auf dem Fuße. Ravn atmete beschwerlich unter der Sauerstoffmaske, die Nase und Mund bedeckte, während die Rettungssanitäter die Trage den schmalen Kiesweg entlangrollten. Sie passierten das brennende Hauptgebäude, wo die Feuerwehrleute mit den Flammen kämpften. Nicht weit von ihnen entfernt lagen fünf von Jakob Mesmers Wachen auf dem Rasen, die Hände mit Strips auf dem Rücken fixiert, bewacht von mehreren Männern der Spezialeinheit. Als man Ravn den Weg weiter hochgefahren hatte, konnte er zwischen den Bäumen hindurch die vielen Leichensäcke sehen, die nebeneinander vor dem Tempel lagen. Zwei Techniker in weißen Anzügen schleppten gerade einen weiteren Leichensack aus dem Haupteingang. Ravn riss sich die Sauerstoffmaske vom Gesicht und fragte die Notfallsanitäterin: »Gibt es … Überlebende?«

Die Notfallsanitäterin, eine stämmige Frau in den Dreißigern, versuchte, die Maske wieder an ihren Platz zu schieben. »Die dürfen Sie nicht abnehmen.«

»Überlebende?«, wiederholte Ravn und drückte ihre Hand weg. »Gibt es Überlebende, verdammt?«

Sie warf einen flüchtigen Blick in Richtung Tempel und

zog ihm die Maske wieder über Nase und Mund. »Ich … ich weiß es nicht, aber es sieht nicht gut aus.« Sie drückte sanft seine Schulter, während die Rettungssanitäter die Trage weiter über den Vorplatz rollten.

»Sie haben viel Glück gehabt. Versuchen Sie, sich zu entspannen. Alles andere wird sich finden.«

Sie schoben die Trage in Richtung Ausgang, durch den immer mehr Rettungskräfte und Polizeibeamte auf das Grundstück drängten. Ravn, verzweifelt, dass jede Hilfe zu spät gekommen war und er die Katastrophe nicht hatte abwenden können, schluchzte leise auf. Er erhaschte einen kurzen Blick auf den Landpolizisten, der wie versteinert zwischen den Schaulustigen stand, die sich vor dem Eingang versammelt hatten. Die Rettungssanitäter baten die Leute, Platz zu machen, und rollten die Trage bis zum nächsten Feld, wo bereits ein militärgrüner Merlin-Helikopter wartete. Gemeinsam mit der Notfallsanitäterin verfrachteten sie Ravn an Bord und platzierten ihn zwischen den anderen Patienten, die schon da waren. Ravn hob den Kopf und musterte die Überlebenden. Da alle Sauerstoffmasken trugen, fiel es ihm schwer, die Gesichter zu erkennen, bis er auf der hintersten Trage einen Jungen mit struppigem Haar erblickte. Ravn packte die Notfallsanitäterin am Arm und zog sie zu sich herunter. »Ist Kevin am Leben?«

»Wer?«

»Der Junge da drüben. Lebt er noch?«

Sie nickte und sah Ravn in die Augen. »Ja, es heißt, dass er gute Chancen hat durchzukommen. Das ist ein zäher kleiner Kerl, der schafft das schon.«

Ravn ließ den Kopf auf das Kissen sinken und schloss die Augen, während er dem Motor des Hubschraubers lauschte, der immer lauter wurde. Kurz drauf schaukelte es leicht, als der Hubschrauber in die Luft aufstieg. Als er erneut die Augen öffnete, konnte er durch das Seitenfenster das Hauptgebäude sehen, das lichterloh in Flammen stand – wie ein Symbol der Hölle, die Gethsemane gewesen war. Er hoffte, dass dieser Ort bis auf die Grundmauern abbrannte, damit nicht die geringste Spur von *Den Auserwählten Gottes* blieb.

Er spürte ein seltsames Zittern im Magen, als verlöre der Hubschrauber an Höhe. Unsicher schaute er sich um, aber die Besatzung war ganz ruhig. Es war auch kein Alarmsignal zu hören. Langsam wurde ihm klar, dass nicht der Helikopter fiel, sondern er selbst. Immer tiefer in eine allumfassende Dunkelheit.

* * *

Der konstante Ton, den das EKG-Gerät plötzlich von sich gab, übertönte das Brummen des Motors. Die Rettungssanitäter und die Notfallsanitäterin drehten abrupt ihre Köpfe zu Ravn hin. Sein Kopf lag schräg auf dem Kissen, und einer seiner Arme hing schlaff über den Rand der Trage. Die Sinuskurve auf dem Monitor über ihm war zu einer geraden Linie geworden. Die Notfallsanitäterin sprang auf und quetschte sich an den übrigen Patienten vorbei zu Ravn. Sie entfernte die Sauerstoffmaske von seinem Gesicht und sah, dass seine Lippen blau waren. Sie tastete nach seinem Puls, fand aber keinen. »Schnell, den Defi!«, rief sie den Sanitätern zu. Mit einer Schere schnitt sie Ravns T-Shirt über der Brust auf. In seinem Hosenbund steckte ein großer brauner Umschlag, den sie herauszog und auf den Boden warf. Die Sanitäter platzierten die Elektroden auf seiner nackten Haut.

»Weg!«, rief die Notfallsanitäterin. Beide ließen Ravn los, worauf sie auf den roten Knopf des Apparats drückte. Ravns regloser Körper zuckte, doch der waagerechten Linie auf dem

Monitor nach zu urteilen, war sein Zustand unverändert. »Noch mal!«, rief die Notfallsanitäterin.

Es folgten drei weitere Versuche, jedoch ohne Resultat.

»Wie lange brauchen wir noch bis zum Rigshospital?«

»Ungefähr sechs Minuten«, antwortete ein Rettungssanitäter.

»Verdammt, das ist zu lang. Wir brauchen Adrenalin.«

Der Rettungssanitäter nahm eine Einwegspritze sowie eine Ampulle mit Adrenalin aus seiner Tasche und begann, die Adrenalinlösung in die Spritze zu ziehen. In diesem Moment wurde der Hubschrauber von einer heftigen Windböe erfasst, und hätte die Notfallsanitäterin den Sanitäter nicht blitzschnell festgehalten, hätte er die Spritze vermutlich fallen gelassen. Sie griff nach der fertigen Spritze, aber die Windböen schüttelten den Hubschrauber weiterhin so durch, dass sie sich nicht traute, Ravn das Adrenalin zu injizieren.

»Scheiße!«, rief sie frustriert.

»Komm schon, wir haben keine Zeit zu verlieren«, mahnte der Rettungssanitäter, »sonst verlieren wir ihn.«

»Das weiß ich selbst, aber ich will ihm die Nadel ja nicht in die Lunge rammen …«

»Wir landen in zwei Minuten. Sollen wir warten?« Er zeigte aus dem Fenster. In der Ferne konnten sie bereits die blinkenden Lichter der Landeplattform auf dem Klinikdach ausmachen.

»So viel Zeit haben wir nicht. Halt mich fest!«, sagte sie und stellte sich breitbeinig hin, einen Fuß rechts, den anderen links von der Trage. Der Rettungssanitäter stabilisierte sie, während sie ihren Rücken gegen die niedrige Decke der Kabine drückte. Dann kniff sie ein Auge zu und fixierte Ravns Herzregion. Mit einer raschen Bewegung stieß sie die Kanüle in seine Brust und ließ die Spritze tief zwischen seine oberen

Rippen einsinken. Sie drückte den Stempel bis auf den Boden durch, worauf das Adrenalin in seinen Körper strömte. »Und?«, rief sie dem Sanitäter zu.

Der Rettungssanitäter schaute auf den Monitor, die Sinuskurve war weiterhin eine flache Linie. »Keine Reaktion.«

»Scheiße … Scheiße … Scheiße …«

65

»Teufelspriester tötet Gemeinde«
»Jonestown auf Lolland«
»Todeskult in KZ-Lager«

Die Liste der Schlagzeilen war ebenso lang wie reißerisch. Nicht nur in Dänemark, sondern auf der ganzen Welt nahm die Tragödie, die sich auf Lolland abgespielt hatte, die Titelseiten in Anspruch. Selbst die *Information,* Eduardos Zeitung, der eine sensationsheischende Berichterstattung eigentlich fremd war, sprang auf den fahrenden Zug auf und berichtete ausführlich über die fanatische Sekte und den *Massenmord* ihres Gurus. Das war die Bezeichnung, die von sämtlichen Medien benutzt wurde und die Jakob Mesmers letzten Plan, der Welt vorzugaukeln, dass es sich um einen kollektiven Selbstmord handelte, zunichtemachte.

Insgesamt hatte es unter den *Auserwählten Gottes* achtundachtzig Todesopfer gegeben, von denen vierzehn im Kugelhagel der Polizei gestorben waren, drei davon durch die Explosionen, mit denen der Zugriff begonnen hatte. Ihre Körperteile, samt einer Beinprothese aus Aluminium, die einem der Männer gehört hatte, waren in einem weiten Umkreis gefunden worden. Die übrigen vierundsiebzig Mitglieder der Gemeinde waren durch das Gift umgekommen, das man im Tempel verteilt hatte. Die Einsatzkräfte hatten keine Todesopfer zu beklagen. Drei Mitglieder des Sonderkommandos hatten leichte Verletzungen erlitten, waren inzwischen jedoch wieder aus dem Krankenhaus entlassen worden.

In dem ausgebrannten Lagerschuppen der Sekte hatte man die Überreste eines Laboratoriums entdeckt, und in einem Gewächshaus waren offenbar jede Menge giftige Pilzsorten gezüchtet worden. Viele von ihnen geklonte Hybride von Fliegenpilz und Giftmorchel. Die Gerichtschemiker rätselten jedoch noch immer, mit welchem Gift die Sektenmitglieder getötet worden waren. Vermutlich handelte es sich um einen Cocktail aus Cyanid, verschiedenen Amatoxinen und Psilocybin. Da Letzteres auch als bewusstseinserweiternde Substanz galt, gingen die Behörden davon aus, dass Jakob Mesmer sie gezielt eingesetzt hatte, um die Sektenmitglieder zu manipulieren und in den Tod zu treiben. Einen besonders makabren Fund machten die Techniker von der Spurensicherung bei der Untersuchung der großen Komposthaufen, in denen mehrere menschliche Leichen in unterschiedlichen Verwesungsstadien geborgen worden waren. Was die Möglichkeit früherer Gewaltverbrechen innerhalb der Sekte mit einschloss. Die Techniker untersuchten den Kompost jetzt nach DNA-Spuren, um herauszufinden, viele Leichen dort lagen. Die Lebensmittelbehörde hatte den Verkauf von Champignons aus Gethsemane bis auf Weiteres untersagt. Die Verbraucher schienen daraufhin so verunsichert zu sein, dass drei der großen Supermarktketten einen massiven Rückgang des Verkaufs von dänischen Speisepilzen im Allgemeinen beklagten. Die große Frage, die alle sich stellten und auf die bislang niemand eine Antwort hatte, war indes, warum sich Jakob Mesmer entschieden hatte, die gesamte Sekte mit in den Tod zu reißen. Da jedoch niemand mehr am Leben war, der zum innersten Kreis der Sekte gehört hatte, gingen die Medien davon aus, dass das eine offene Frage bleiben würde, deren Antwort Jakob Mesmer mit ins Grab genommen hatte.

* * *

Eduardo hatte Tränen in den Augen, einen Strauß weißer Lilien in der Hand und Møffe an der Leine. Neben ihm stand Victoria und legte ihm tröstend einen Arm um die Schulter. Eduardo schluckte und versuchte, seine Tränen zurückzuhalten.

»Ich hätte ihn begleiten sollen, dann wäre das alles nicht passiert.«

Johnson warf ihm einen betrübten Blick zu. »Was hätte das schon genützt? Dann würdet ihr jetzt beide hier liegen.«

»Damit wäre ich eher fertig geworden. So muss ich mir für den Rest meines Lebens Vorwürfe machen.«

Victoria streichelte Eduardos Arm. »So, so, alles okay. Ich kann mich auch nicht erinnern, dass Ravn dich mitnehmen wollte. Er hat solche Sachen immer lieber alleine gemacht.«

»Ihr redet, als wäre er tot«, sagte Johnson und schüttelte den Kopf. Dann trat er näher an das Krankenhausbett, in dem Ravn mit geschlossenen Augen lag und vor sich hin döste. Wie er dort lag mit den vielen Elektroden und Schläuchen, die an diverse Apparate neben seinem Bett angeschlossen waren, machte er einen fast zerbrechlichen Eindruck. Aus der großen Halsvene guckte ein Katheter heraus, der durch einen Plastikschlauch mit einem Dialyseapparat verbunden war. Johnson schluckte ein paarmal, als er das Blut sah, das durch den transparenten Schlauch strömte.

»Du wirst jetzt ja wohl nicht in Ohnmacht fallen«, sagte Victoria zu ihm.

»Natürlich nicht«, antwortete Johnson und wandte rasch den Blick von dem Schlauch ab. »In meiner Zeit als Boxer hab ich viel mehr Blut gesehen als das bisschen hier«, schnaubte er.

»Wohl vor allem dein eigenes«, kommentierte Ravn mit schwacher Stimme.

»Lazarus ist von den Toten auferstanden«, sagte Victoria, ließ Eduardos Hand los und trat ans Kopfende des Betts.

Ravn schaute sie benommen an und lächelte matt.

Eduardo hätte fast die Blumen fallen lassen, als Møffe plötzlich an der Leine zog und zum Bett springen wollte. »Ruhig, Møffe.« Doch der Hund war stärker als Eduardo und bereits bei Ravn, der ihm mit einer Hand schlapp zuwinkte.

Møffe grunzte und schmatzte heftig, um zu zeigen, wie sehr er ihn vermisst hatte und wie überwältigend die Wiedersehensfreude war.

»Wie geht es dir?«, fragte Victoria und setzte sich auf die Bettkante.

»Besser. Die passen hier gut auf mich auf.«

»Hab gehört, dass du fast den Löffel abgegeben hättest«, sagte Johnson.

»Die Ärzte haben gesagt, dass ich ein paar Minuten weg war.«

»Du … du warst tot?« Eduardo stand der Mund offen.

»Aber nur ganz kurz.«

»*Madre mia* … wie war das?«

Johnson warf ihm einen verständnislosen Blick zu. »Wie zum Teufel soll er das wissen, wenn er tot war?«

»Ich meine … hast du irgendwas gesehen? Ein Licht? Eine andere Welt?«

»Jetzt schnappt der Spanier völlig über.« Johnson schüttelte den Kopf.

Eduardo sah ihn beleidigt an. »Johnson, es gibt viele Berichte von Leuten, die für tot gehalten wurden und die später erzählt haben, wie ihr Geist ihren Körper verlassen hat und sie sich von oben sehen konnten.«

»Ich hab gar nichts gesehen, weder mich selbst noch etwas anderes. Das Letzte, woran ich mich erinnere, ist der Flug mit dem Hubschrauber. Als ich das nächste Mal aufgewacht bin, lag ich mit den Schläuchen und dem ganzen Scheiß hier.«

»Was sagen die Ärzte?«, wollte Johnson wissen.

»Dass ich ziemliches Schwein gehabt habe. Offenbar hat Jakob mir ein anderes Gift gegeben als seinen Jüngern. Ich glaube, es ist dasselbe, das auch Benjamin bekommen hat. Die Ärzte sagen, dass es ein Cocktail aus Fliegen- und Psilobinpilzen war.«

»Hört sich ziemlich ungut an. Wie ... wie ist die Prognose?«

»Dass ich's überlebe.«

Johnson nickte. »Das ist das Wichtigste. Wenn du entlassen wirst, schmeiße ich eine Runde.«

»Wird dich nicht viel kosten.«

»Wie meinst du das?«

»Die Ärzte sagen, dass selbst ein einziges Glas mich ins Grab bringen kann. Meine Leber hat schweren Schaden genommen. Die Nieren auch. Selbst nach der Dialyse muss ich es langsam angehen lassen.«

»Verfluchter maricón, dieser Jakob. Ich hoffe, dass er auf ewig in der Hölle schmort«, sagte Eduardo.

Johnson betrachtete die Pillengläser auf dem Nachttisch, hob eines hoch und las das Etikett. »Nitroglyzerin. Pass auf, dass du nicht explodierst.«

»Hast du auch Herzprobleme?«, fragte Victoria.

»Nur wenn ich vergesse, sie zu nehmen.«

Eine beklemmende Stille machte sich unter den Freunden breit, als würde allen erst jetzt klar, wie ernst es um Ravn stand.

»Weißt du, warum er das getan hat, warum er all die Menschen und sich selbst getötet hat?«, fragte Victoria in dem Bestreben, über etwas anderes als über Ravns Gesundheitszustand zu reden.

»Weil er ein verdammter Psychopath war!«, rief Johnson.

»Das ist wohl der richtige Ausdruck«, gab Ravn ihm recht. »Jakob glaubte wahrscheinlich, dass ihm keine andere Wahl blieb. Dass er nichts anderes mehr erreichen konnte, als zum Märtyrer zu werden.«

»Was ist mit dem Vertrag, den du ihm geben solltest? Hast du den jemals gelesen?«, fragte Eduardo.

»Nein«, log Ravn und schloss die Augen. Die Dialyse verursachte ihm Schwindelgefühle. Vielleicht lag es aber auch an der Medizin, mit der sie ihn vollpumpten. Jedenfalls übermannte ihn wieder der Schlaf.

66

Ein paar Tage später wurde Ravn von einer Krankenschwester darüber informiert, dass zwei Polizeibeamte mit ihm sprechen wollten. Er hatte gehofft, dass einer der Beamten Mikkel sei, der ihn besuchen wollte, doch es handelte sich um zwei Kriminalpolizisten, die hinsichtlich des Massakers in Gethsemane recherchierten. Er kannte die beiden nicht persönlich, doch sie schienen große Mühe darauf verwendet zu haben, möglichst viele Informationen über ihn einzuziehen. Sie waren so freundlich, einen äußerst kollegialen Ton anzuschlagen. Sie lobten ihn für seinen Einsatz und meinten, man müsse schon wirklich Eier in der Hose haben, um so eine Explosion herbeizuführen.

Ravn beantwortete ihre Fragen, die sich vor allem um die Ereignisse drehten, die dem Massenmord vorausgegangen waren, so gut er konnte. Den Beamten ging es darum, den genauen Handlungsverlauf bis zum Massaker zu rekonstruieren, um eine möglichst belastbare Anklage gegen die Überlebenden unter Jakobs Soldaten erheben zu können.

»Abgesehen von den Wachen, wer hat noch überlebt?«, wollte Ravn wissen, nachdem sie ihre Zeugenvernehmung beendet hatten.

»Nur acht Erwachsene und sechs Kinder«, antwortete der ältere Beamte, der Gregers hieß und eine Glatze hatte. »Vielleicht kriegen Sie am Ende noch eine Medaille für Ihre Verdienste«, sagte er und wischte sich den Schweiß von der Stirn.

»Darauf lege ich keinen Wert«, erwiderte Ravn. »Ich hoffe nur, dass die Abläufe bei den Einsätzen geändert werden und die Polizei nächstes Mal schneller eingreift.«

Gregers nickte und steckte die Hände in die Taschen seiner Jeans. »Sind wir nicht bald fertig, Niels?« Er schaute zu seinem Kollegen hinüber, der auf einem Stuhl neben der Tür Platz genommen hatte.

Niels nickte und schien in der Wärme, die in Ravns Zimmer herrschte, förmlich zu zerfließen. »Eine letzte Frage.«

»Schießen Sie los«, sagte Ravn.

»Was haben Sie da unten eigentlich gemacht?«

»Das habe ich zwar bereits erklärt, aber es macht nichts, dass Sie die Frage wiederholen«, antwortete Ravn ironisch. »Ich wollte mich im Auftrag eines Kunden mit Jakob Mesmer treffen.«

»Das habe ich schon verstanden, aber warum?«

»Die Gründe sind ebenso vertraulich wie der Name meines Kunden, falls das Ihre nächste Frage gewesen wäre.«

»Jetzt kommen Sie schon, Ravn. Wir sind doch auf derselben Seite«, warf Gregers ein.

Ravn schwieg. Gregers betrachtete die vielen Blumensträuße, die von Freunden und Bekannten stammten, die Ravn alle gute Besserung wünschten. »Ich vermute, dass Sie für Ferdinand Mesmer, den Vater von Jakob Mesmer, gearbeitet haben. Und dass er es war, der Sie dorthin geschickt hat.«

»Können Sie nicht einfach nicken«, fragte Niels, »dann brauchen wir nicht mehr zu fragen.«

»Sie können fragen, so viel Sie wollen, aber meine Antwort wird immer dieselbe sein.«

»Warum schützen Sie ihn? Hat er was mit dieser ganzen Angelegenheit zu tun?«

»Wer jetzt?«

»Sie wissen genau, wen ich meine. Warum hat Jakob Mesmer den Massenmord genau zu dem Zeitpunkt verübt, als Sie dort aufgetaucht sind?«

»Wollen Sie mich etwa dafür verantwortlich machen?« Ravn stieß ein hohles Lachen aus.

»Nein, aber vielleicht Ihren Kunden«, schaltete sich Niels ein, »Ferdinand Mesmer.«

»Ich bin nie jemandem mit diesem Namen begegnet«, erwiderte Ravn und hielt seinem Bick stand. »Aber wenn es Sie interessiert, ich kannte Benjamin Clausen, der sich ebenfalls in Gethsemane aufhielt, durch einen gemeinsamen Bekannten.«

»Anwalt Lohman? Für den Sie beide gearbeitet haben?«

Ravn zuckte die Schultern und dachte, dass die beiden wirklich gründlich recherchiert hatten.

»Wir können natürlich auch selbst mit ihm reden.«

»Tun Sie das«, entgegnete Ravn. Seinetwegen konnten sie Lohman gern einen Besuch abstatten. Das würde ihnen einen langen Tag in seinem stickigen Büro einbringen, sonst nichts.

»Mehr haben Sie Ihrer Aussage also nicht hinzuzufügen?«

»Nur, dass mein Kunde und ich über Benjamin Clausens psychische Verfassung besorgt waren.«

»Hat Clausens Selbstmord etwas mit dem zu tun, was später folgte?«

»Da ich kein Psychologe bin, kann ich das nicht sagen.«

»Was hatten Sie für einen Eindruck von Jakob Mesmer?«

»Mein Eindruck? Ein Wahnsinniger!«

»Können Sie das präzisieren?«

»Zählen Sie seine Opfer, dann wissen Sie, was ich meine.«

Die beiden Beamten wünschten ihm gute Besserung und verschwanden. Als Ravn sicher war, dass sie auch wirklich gegangen waren, drehte er sich beschwerlich zu dem Tisch unter dem Dialyseapparat um und zog die Schublade auf. Er schob die vielen Gute-Besserung-Karten, die Dankesbriefe der Angehörigen der Überlebenden und nicht zuletzt Kevins Zeichnung des Hubschraubers, mit dem sie beide geflogen waren, zur Seite. Er wusste, dass Kevin nun bei einer Pflegefamilie auf Fyn lebte. Nach seiner Entlassung wollte er ihm irgendetwas schicken, auch wenn er nicht wusste, was man einem Jungen schenkte, der gerade seine Mutter verloren hatte. Vielleicht einen Spielzeughubschrauber. Etwas, das ihn zumindest zeitweise auf andere Gedanken brachte. Seine Finger tasteten sich an der Zeichnung vorbei und weiter zum Boden der Schublade, wo er den braunen Umschlag von Ferdinand Mesmer aufbewahrt hatte.

Nachdem die Beamten im Gewächshaus Ravns Identität verifiziert hatten und damit beschäftigt gewesen waren, die Sanitäter zu rufen, hatte Ravn seine letzten Kräfte mobilisiert, um den Umschlag unter dem Humus hervorzuziehen und ihn sich in den Hosenbund zu stecken. Im Krankenhaus hatte er den Vertrag, der Jakob Mesmer eine ansehnliche Summe beschert hätte, wenn er ihn denn unterschrieben hätte, mehrfach gelesen. Er hätte ungefähr 20 Millionen dafür bekommen, die Rechte auf das Mesmogramm abzutreten. Und für den Fall, dass das nicht reichen sollte, um den Sohn zu überzeugen, hatte der Vater noch ein altes Dokument beigelegt. Einen alten Brief, über dessen Bedeutung sich Ravn nicht ganz im Klaren war. Dass dieser Brief zusätzlichen Druck hatte aufbauen sollen, stand außer Frage, und vielleicht war es dieser Druck gewesen, der das Massaker ausgelöst hatte.

67

Ravn hatte dreiunddreißig Tage im Krankenhaus verbracht. Zurück in Christianshavn, war es wie eine Befreiung, endlich wieder das Meer zu riechen, das Gebrabbel der Kneipengäste und das Rauschen des Verkehrs zu hören. Die meisten hätten sich durch diese Geräusche belästigt gefühlt, doch ihm vermittelten sie ein Gefühl von Heimat. Er fühlte sich wie ein Seemann, der nach langer Fahrt heimgekehrt war und allmählich wieder in sein altes Leben zurückfand.

Aus dem Krankenhaus hatte er ein ganzes Arsenal an Tabletten, Kevins Zeichnung und den Umschlag von Ferdinand Mesmer mitgebracht. Für Kevin hatte er ein Feuerwehrauto gekauft, das größte, das im Angebot gewesen war, und hatte es ihm zusammen mit einem Brief geschickt, in dem er ihm für die Zeichnung gedankt und alles Gute für die Zukunft gewünscht hatte. Das rote Spielzeugauto hatte ihn an Victorias alten Volvo denken lassen. Noch immer nagte das schlechte Gewissen an ihm. Vor allem, da Victoria ihn bis jetzt mit keiner Silbe erwähnt hatte, obwohl sie ihren Wagen sehr vermissen musste. Er hatte ein paar alte Bekannte bei der Polizei angerufen und herausgefunden, dass der Volvo sowie die beiden Audis von Jakob Mesmer immer noch auf mögliche Spuren hin untersucht wurden. Sie hatten ihm versprochen, die Sache zu beschleunigen und den Volvo sobald wie möglich freizugeben.

»Wir müssen auch ein bisschen Obst für dich kaufen«, sagte Eduardo, während er den vollen Einkaufswagen schob. »Was magst du am liebsten?« Er ließ seinen Blick über die Obstregale wandern.

»Ich kann Obst nicht ausstehen«, antwortete Ravn und stützte sich am Einkaufswagen ab, während er nach Luft schnappte. »Was soll ich denn mit all dem Zeug?«

Eduard wählte mit Sorgfalt verschiedene Obstsorten aus. »Du musst dich jetzt gesund ernähren, Ravn. Ich hab vom Krankenhaus eine ganze Liste mit Ernährungshinweisen bekommen.«

»Kann mich gar nicht erinnern, dass wir irgendwann zusammengezogen sind.«

Eduardo knotete mehrere Tüten zu und legte sie in den Einkaufswagen. »Ich meine es ernst, Ravn. Es ist höchste Zeit, dass du auf deine Gesundheit achtest.«

»Mach ich ja schon, aber das passt doch nie im Leben alles in meinen kleinen Bord-Kühlschrank.«

»Dann bringen wir einen Teil eben bei mir unter«, entgegnete Eduardo und schob den Wagen weiter. »Kleiekekse sollen gut für die Verdauung sein«, fügte er hinzu.

»Vielen Dank, meiner Verdauung geht's blendend.«

Kurz darauf verließen Ravn und Eduardo den Brugsen-Supermarkt in Christianshavn. Jetzt, da Eduardo drei schwere Einkaufstüten trug, konnte Ravn mühelos mit ihm Schritt halten. Die Vormittagssonne stand schon hoch am Himmel, und der Marktplatz war bereits voller Leute, die auf den Bänken saßen oder zur U-Bahnstation eilten.

»Hey«, sagte ein junges Mädchen, das Ravn strahlend anlächelte. Sie trug eine abgeschnittene Jeans und ein oranges Top. »Hier!« Sie streckte ihm eine bunte Broschüre entgegen.

»Äh, danke«, antwortete Ravn perplex.

Sie strich sich mit der Hand durch die struppigen Haare, die ihr in alle Richtungen vom Kopf abstanden.

»Wir sind eine kleine Vereinigung, die sich *Kinder des Lichts* nennt. Wenn du Lust hast zu meditieren oder eine gratis Mahlzeit brauchst, kannst du uns gern in der Bådmandsstræde besuchen. Es kostet nichts.«

Ravn nickte und nahm die Broschüre an sich.

»Ich hoffe, wir sehen uns bald. Hab einen gesegneten Tag.«

Er erwiderte nichts, sondern blickte schweigend dem Mädchen nach, das sich einer kleinen Gruppe von Leuten anschloss, die ebenfalls Broschüren verteilten. Einige stimmten ein Lied an, während ein junger Mann mit langen Haaren und nackten Füßen auf einer Steinmauer saß und Gitarre spielte.

»Glaubst du, dass es immer so anfängt?«, fragte Eduardo. »Mit Tanz und Gesang und dem Wunsch nach ewigem Glück?«

Ravn zuckte die Schultern. »Jedenfalls habe ich gesehen, wie es enden kann. Komm.«

Sie überquerten den Platz und spazierten die Overgaden Oven Vandet entlang.

»Hat er eigentlich unterschrieben?«, fragte Eduardo.

»Wer?«

»Jakob Mesmer. Den Vertrag.«

»Warum?«

»Ach, nur so. Ich hab eine Pressemeldung gelesen, dass Mesmer Resources nun tatsächlich mit SIALA fusionieren wird. Wahrscheinlich werden sie dann sofort an die Börse gehen.«

»Deren Aktien werde ich bestimmt nicht kaufen«, entgegnete Ravn trocken.

»Könnten aber ziemlich viel wert sein«, scherzte Eduardo. »Ich geh mal davon aus, dass nach Jakobs Tod sein Vater automatisch zum alleinigen Inhaber wird. Sonst könnte die Fusion ja auch nicht stattfinden.«

»Keine Ahnung. Worauf willst du hinaus?«

»Auf nichts Bestimmtes.«

»Jetzt solltest du mal aufhören.«

»Tut mir leid, wenn ich irgendwas gesagt habe, das …«

Ravn machte eine abwehrende Handbewegung. »Vergiss es. Ich bin nur müde, das ist alles … sorry.«

Schweigend setzten sie ihren Weg bis zur Bianca fort, wo Møffe schon auf sie wartete. Ravn wusste, dass Ferdinand Mesmer ihn schamlos ausgenutzt hatte, doch er durchschaute immer noch nicht die Zusammenhänge, was ihn mehr und mehr wurmte.

68

Ravn saß mit Møffe auf dem Achterdeck und sah auf das dunkle Wasser des Kanals hinunter. Es war bereits nach zehn, und die Sonne war hinter dem Horizont versunken, aber die Luft war immer noch warm. Obwohl Eduardo am frühen Abend eine aufwändige Mahlzeit gekocht hatte, hatte Ravn keinen Appetit gehabt. Eduardo hatte das Date, das er ausgemacht hatte, absagen wollen, um bei Ravn auf dem Boot zu bleiben, doch Ravn hatte darauf bestanden, dass sein Freund sich auf den Weg machte. Widerstrebend hatte Eduardo eingewilligt. Auch wenn Ravn seine Fürsorge zu schätzen wusste, ging ihm die ganze Situation allmählich auf die Nerven. Er sehnte sich danach, dass sich ihr Verhältnis wieder normalisierte, obwohl ihm schon die Umstellung von Bier auf Earl Grey signalisierte, dass die guten alten Zeiten unwiderruflich vorbei waren.

»Oh, der verwundete Krieger ist heimgekehrt.«

Er drehte sich halb herum und grüßte Katrine, die auf der Kaimauer stand und zu ihm herunterblickte. Møffe gab ein mürrisches Grunzen von sich.

»Warum kommst du nicht an Bord?«

Das Boot schaukelte sanft, als sie auf das Achterdeck sprang. Møffe stand auf und schwankte ihr entgegen. Katrine zog einen Hundekeks aus der Tasche und fütterte ihn. Der Keks schien Møffes Wiedersehensfreude zu entfachen, und so ließ er sich ausgiebig hinter dem Ohr kraulen, ehe er zu seinem Korb zurücktrabte, der neben der Kajütentür stand.

»Soll das ein Krankenbesuch sein?«

Sie setzte sich ihm gegenüber auf einen Stuhl. »Tut mir leid, dass ich's nicht geschafft habe, dich im Krankenhaus zu besuchen.«

»Völlig okay. Ich habe Blumen bekommen ... von Ferdinand Mesmer.«

»Ich soll dich von ihm grüßen. Er ist sehr dankbar für alles, was du getan hast.«

»Das kann ich mir denken. Ich hab gehört, dass der Fusion jetzt nichts mehr im Weg steht.«

»Ja, das stimmt. Sein Dank bezog sich aber mehr auf die Menschen, die du gerettet hast.«

»Ach, kümmert ihn so was?« Er schaute sie skeptisch an.

»Im Grunde seines Herzens ist er ein guter Kerl.«

Ravn nickte. »Ich kann dir leider nur Tee anbieten ...«

Sie schüttelte den Kopf. »Lass nur.« Sie lehnte sich zurück und zog ein Kuvert aus der Innentasche ihres Blazers. »Du hast dein letztes Honorar noch nicht bekommen«, sagte sie und gab ihm den Umschlag.

»Sollte ich nicht erst mal eine Rechnung stellen?«

»Das hier ist ein bisschen mehr, als dein Stundensatz vorsieht«, antwortete sie mit einem ironischen Lächeln.

Ravn öffnete den Umschlag und warf einen kurzen Blick auf den Inhalt. Auch ohne die Scheine zu zählen, sah er, dass es eine beträchtliche Summe war. »Das ist viel mehr, als wir vereinbart hatten. Warum?«

»Der Auftrag war ja auch etwas umfangreicher, als wir angenommen hatten. Außerdem sind da noch deine persönlichen Unkosten.«

»Das ist also mein Schmerzensgeld?«

»Du musst schreckliche Dinge durchgemacht haben …«

Er schloss den Umschlag und legte ihn aufs Deck. »Ich soll das also nicht anders interpretieren?«

Sie blickte auf den Kanal. »Ich gehe davon aus, dass die Polizei dich schon vernommen hat.«

»Ja, wir haben uns kurz unterhalten. Warum?«

»Hast du etwas davon gesagt, warum du in Gethsemane warst?«

»Nichts, was Ferdinand Mesmer betrifft. Da kann er ganz beruhigt sein.«

»Danke. Er weiß deine Diskretion sehr zu schätzen.«

»Dachte ich mir.«

»Etwas ganz anderes …« Sie drehte den Kopf und sah ihm in die Augen.

»Du bist wegen des Vertrags gekommen, richtig?«

Sie nickte. »Hattest du überhaupt Gelegenheit, ihn Jakob zu geben?«

»Ist das nicht ziemlich klar?« Er sah sie fragend an, um ihre Reaktion mitzubekommen.

Sie schüttelte nur den Kopf. »Nein, ich denke nicht.«

»Jakob hat den Vertrag bekommen.«

»Weißt du, wo er geblieben ist?«

»Keine Ahnung. Entweder hat ihn die Polizei, oder er liegt irgendwo unter dem Schutt in Gethsemane.«

Sie nickte und starrte auf die Decksplanken.

»Ist das jetzt nicht gleichgültig? Die Fusion kommt doch auf jeden Fall zustande.«

»Natürlich.« Sie nickte. Aber wir wollen nicht, dass irgendwann vertrauliche Papiere auftauchen.«

»Kennst du den Inhalt?«

»Nein, kennst du ihn?« Sie lächelte ihn an, doch ihr Blick war forschend.

Er schüttelte den Kopf. »Dazu war keine Zeit«, log er.

Ihrem Lächeln nach zu urteilen, glaubte sie ihm. Katrine stand auf. »Am Donnerstag ist ein Empfang von MESMER& SIALA. Komm doch vorbei.«

»Vielen Dank, aber ich wüsste nicht, was es da zu feiern gibt.«

Sie zuckte die Schultern. »Pass auf dich auf, Ravn.«

»Du auch.«

Katrine beugte sich vor und küsste ihn. Ihre Lippen fühlten sich kalt und hart an. Seltsamerweise erregte ihn das. Er erwiderte ihren Kuss. Für ein paar Minuten standen sie eng umschlungen da, während ihre Küsse immer intensiver wurden. Schließlich löste sich Katrine aus seinen Armen, und Ravn fasste sich an seine vibrierenden Lippen.

»Ich muss jetzt gehen«, sagte sie.

»Warum? Du scheinst doch sonst keine halben Sachen zu machen.«

Sie lächelte. »Ich glaube, das war das mieseste Kompliment, das ich je bekommen habe«, entgegnete sie und boxte ihn sanft in den Bauch. »Aber es ist eher so, dass ich dich nicht überfordern will. Du bist schließlich immer noch krank.«

»*So* krank bin ich nun auch wieder nicht.« Er griff in seine Tasche und zog eine Pillendose heraus. »Für den Fall der Fälle habe ich Nitroglycerin und Epo.«

»Und das ist die uncharmanteste Anmache, die ich je gehört habe.« Zum ersten Mal lächelte sie herzlich.

Er zog sie durch die offene Tür der Kajüte und weiter ins Schlafzimmer, das im Bug des Schiffes lag.

Es war schön, ihre warme Haut zu spüren, ihr leises glucksendes Lachen während des Liebesakts, ihren Mund und ihren Schoß zu schmecken, ihren Puls zu spüren, die zitternden Muskeln und den Schweiß zwischen ihnen, die Konturen ihres Körpers und das berauschende Gefühl der Erlösung, als er sich ihr ganz hingab. *Voller Leben*, flüsterte er in ihr Haar, ohne genau zu wissen, warum er das sagte, aber das Gefühl war eindeutig. Hinterher lagen sie eng aneinandergeschmiegt da, ihr Atem kitzelte ihn am Hals, wo der Katheter gesessen hatte. Er lauschte dem Knirschen der Taue, die das Boot an seinem Platz hielten. Er drückte sie an sich und fiel in Schlaf. Als er erwachte, war es stockdunkel. Er lag allein im Bett und hörte, wie sie sich in der Kajüte zu schaffen machte. Er sah ihre Silhouette, während sie in seinen Sachen kramte, und ließ sie gewähren. Zum einen, weil es ihn nicht überraschte, und zum anderen, weil es zu ihr passte: umtriebig, misstrauisch und stets bei der Arbeit. Doch vor allem, weil er genau wusste, dass sie nicht finden würde, wonach sie suchte. Kurz darauf gab sie auf und schlich sich davon. Er hätte gern noch ein bisschen mit ihr geredet. Hätte sie gefragt, woher sie kam, zu welcher Einheit sie gehört und was sie erlebt hatte. Andererseits schien keiner von ihnen bereit, seine Vergangenheit mit dem anderen zu teilen. Ihr Verhältnis oder ihr Kontakt bestand einzig und allein im Hier und Jetzt und war vermutlich bereits vorbei. Und das war auch gut so.

69

Ravn hatte den Stuhl auf dem Achterdeck umgedreht und saß mit dem Gesicht zur Kaimauer, damit er nicht von ungebetenen Gästen überrascht werden konnte, während er den Abschiedsbrief las. Zu diesem Brief gab es keinen Kommentar, er war einfach dem Vertrag beigefügt. Daher schien sein kryptischer Inhalt eine stillschweigende Botschaft zwischen Vater und Sohn zu sein. Ravn betrachtete das vergilbte Briefpapier. Seiner Qualität und der unregelmäßigen Abrisskante nach zu urteilen, stammte es vermutlich aus einem billigen Schreibheft. Der Brief selbst war in einer zierlichen Handschrift geschrieben, trug aber weder ein Datum noch eine Unterschrift.

Ich will es nicht länger aufschieben.
Ich sehe unser Scheitern jeden Tag aufs Neue.
Unser Leben. Unsere Welt. Unsere Wahl. Meine Wahl.
Ein hoffnungsloses Unterfangen, dem Untergang geweiht.
Jetzt und in alle Ewigkeit.
Zum Verlust verdammt – durch mich.
Es gibt keinen anderen Ausweg als die Flammen der Erlösung.
Das endgültige Ende eines weiteren Projekts, das nie hätte begonnen werden dürfen.

Schon beim ersten Lesedurchgang war Ravn die drittletzte Zeile ins Auge gesprungen. Bestimmt, weil er unwillkürlich Ferdinand Mesmers verunstaltete Hand vor sich sah, aber auch, weil Jakob die Brandverletzung seines Vaters selbst erwähnt hatte. Er dachte, dass Jakob unmittelbar vor seinem Tod drauf und dran gewesen war, ihm ein lange gehütetes Familiengeheimnis zu erzählen. Ein Erlebnis aus seiner Kindheit, das er Ravn nur deshalb nicht anvertraut hatte, weil die Gewehrsalven der Polizei dazwischengekommen waren. Ravn wusste nur wenig über Jakobs Kindheit, und auch das nur aus den zweifelhaften Berichten seines Vaters. Darüber hinaus hatte er nur die Aussage des Pfarrers, der den kleinen Jakob in der Bibelschule unterrichtet hatte. Er hatte Jakob als einen empathischen und fleißigen Jungen beschrieben, der stets voranging und seinen jüngeren Mitschülern half.

Nichts in dem Brief wies direkt oder indirekt darauf hin, was Jakob zu seinem Handeln veranlasst hatte. Dennoch zweifelte Ravn nicht daran, dass Ferdinand Mesmers Brief eine Drohung war, die Jakob zur Unterschrift hatte bewegen sollen. Am meisten machte Ravn die Frage zu schaffen, ob Ferdinand Mesmer seinen Sohn indirekt zu dem Massenmord getrieben hatte. Ob er genau gewusst hatte, auf welchen Knopf er drücken musste, damit ein ohnehin verwirrter Geist völlig außer Kontrolle geriet. Falls dies der Fall war, war die Sache noch lange nicht beendet, aber dazu musste er erst einmal den Kontext des Briefs verstehen. Er las ihn noch einmal: Zum Verlust verdammt – durch mich. Er kannte dieses Gefühl, ohne dass die Wörter dadurch klarer wurden. Plötzlich fühlte er sich unglaublich erschöpft und dachte, dass es möglicherweise nicht an ihm war, diesen Fall zu lösen.

Es war an der Zeit für die nächste Ration Pillen.

70

»Mein Gott, ist das schön, dich zu sehen, Ravn«, sagte Mikkel zum dritten Mal innerhalb der Viertelstunde, die sie nun schon in dem Straßencafé am Halmtorvet saßen. Was wohl vor allem Mikkels schlechtes Gewissen, Ravn nicht im Krankenhaus besucht zu haben, zum Ausdruck brachte. Mikkel hatte Ravn gestern angerufen und gefragt, ob sie sich treffen konnten. Seine Stimme am Telefon hatte ernst geklungen, und Ravn hatte in seiner Naivität geglaubt, es hätte etwas mit Kaminskij und Eva zu tun, doch bisher hatte Mikkel noch nichts in dieser Richtung geäußert.

Die Bedienung brachte ihre Getränke. Mikkel betrachtete seinen Caffè Latte und das Mineralwasser, das Ravn bestellt hatte. »Trinkst du kein Bier mehr?«

Ravn nickte.

»Neuer Lebensstil?«

»So was in der Art«, antwortete Ravn.

Mikkel hob sein Glas und prostete ihm zu. »Früher war mehr los mit uns …«

Er nippte an seinem Kaffee und stellte das Glas wieder ab. »Hast ja einen filmreifen Auftritt hingelegt auf Lolland. Auf dem Revier wird über nichts anderes mehr geredet«, fügte er hinzu und zeigte mit der Hand in Richtung seines Arbeitsplatzes, der nur einen Steinwurf entfernt lag.

Ravn zuckte die Schultern. »Achtundachtzig Tote. Das hätte sehr viel besser laufen können.«

»Du solltest an die denken, die du gerettet hast, und nicht zuletzt an die drei, die du durch die Explosion ausschalten konntest. Sonst wären bestimmt auch ein paar Leute des Sonderkommandos ums Leben gekommen.«

Ravn nickte und trank einen Schluck Wasser.

»Der Polizeidirektor möchte dich gerne sprechen. Du weißt schon, er will dir irgendeine Auszeichnung zuteilwerden lassen, während die Presse ein paar Bilder schießt.«

»Wolltest du mich deswegen treffen?«

»Nein, verdammt. Das hat er mir gestern nur in aller Eile gesagt. Ich bin doch nicht sein Laufbursche.«

»Seit wann das denn nicht?«, entgegnete Ravn und zwinkerte ihm zu. »Was ist mit dir? Arbeitest du wieder Vollzeit?«

Mikkel nickte. »Ja ... ich mache mit Melby wieder die Straßen unsicher. Wir sind jetzt nicht mehr hinter Drogen, sondern hinter Waffen her. Die Entwicklung gefällt uns nicht. Zu viele Banditen, die sich gegenseitig über den Haufen ballern.«

»Und deine eigene Schussverletzung?«

»Die macht sich schon ab und zu bemerkbar.« Er fasste sich an die Schulter und bewegte sie vorsichtig hin und her. »Irgendwie sind die Sehnen nicht richtig zusammengewachsen.«

»Was ist mit Kaminskij?«

Allein der Name ließ Mikkels Auge zucken. »Was soll mit ihm sein?«

»Wie entwickelt sich der Fall?«

»Der Fall? Der ist so umfangreich, dass immer noch ein Verhör nach dem anderen stattfindet. Scheint ziemlich hoch herzugehen, nach allem, was ich so gehört habe.«

»Und was hast du gehört?«

Mikkel blickte sich sorgsam um, um sicherzugehen, dass nicht einer der anderen Gäste zufällig mithörte.

»Der Mann ist ein totaler Psychopath. Er hat erst mal

seinen Pflichtverteidiger angegriffen und dem Armen einen Kugelschreiber ins Auge gerammt. Seitdem finden die Verhöre nur noch unter strenger Bewachung statt, Kaminskij ist an Händen und Füßen gefesselt. Das Letzte, was ich gehört habe, ist, dass er einem Gefängniswärter beim Transport von seiner Zelle zum Vernehmungsraum das halbe Ohr abgebissen hat. Jetzt holen sie ihn in kompletter Kampfmontur ab.«

»Ich hätte ihm stattdessen die Zähne ausgeschlagen«, entgegnete Ravn trocken.

»Genau deshalb vermissen wir dich auch«, erwiderte Mikkel und lehnte sich zurück.

»Ich hatte auf irgendeine positive Nachricht in Evas Fall gehofft.«

»Das weiß ich. Deshalb hab ich dich ja auch angerufen.«

»Spuck's aus!«

»Ich hab's endlich geschafft, mir Zugang zu den Gegenständen zu verschaffen, die bei der Durchsuchung bei Kaminskij beschlagnahmt wurden. Die Reichspolizei hat jede Menge Hehlerware und Schmuck sichergestellt.« Er schaute auf seine Armbanduhr. »Ich dachte, wir könnten gleich mal hinfahren und uns die Sachen ansehen.«

Ravn nickte enttäuscht.

»Ich dachte, du freust dich.«

»Natürlich weiß ich deine Hilfe zu schätzen, Mikkel, das ist es nicht, aber wie groß ist die Chance, dass wir unter Kaminskijs Hehlerware was finden, das vor über drei Jahren gestohlen wurde?«

Mikkel schlug mit den Armen aus. »Natürlich ist die Chance minimal, aber es ist immerhin eine Chance.«

»Okay, dann lass uns aufbrechen.« Ravn bezahlte ihre Getränke, und sie gingen zu Mikkels zivilem Dienstwagen, einem schwarzen Golf, der vor dem Eingang von Station City parkte.

Mit quietschenden Reifen schoss Mikkels Wagen über das Straßenpflaster, was Ravn an ihre gemeinsamen Tage auf Streife erinnerte. Mikkel war schon immer wie der Teufel gefahren, ganz gleich, ob sie nun im Einsatz waren oder nicht, woran sich offenbar nichts geändert hatte. Sie jagten die Tietgensgade hinunter und weiter über die Bernstorffsgade, wo Mikkel vor der Kreuzung eine Vollbremsung hinlegte. Ravn blickte zu dem Polizeipräsidium mit seiner charakteristischen halbmondförmigen Fassade hinüber. »Und Kaminskij sitzt da ganz oben?«

»Ja«, antwortete Mikkel und nickte.

So nah und doch so fern, dachte Ravn und schwieg.

Mikkel trat aufs Gaspedal und riss an der Kreuzung das Steuer herum. Sie fuhren bis zur Mitchellsgade weiter und passierten das große Gittertor, das den Eingang zum Reichspolizeigebäude markierte. Rollten an einigen offenen Garagentoren vorbei bis zum Ende der Zufahrt, wo drei große Frachtcontainer standen.

Ein älterer Beamter mit grau melierten Haaren hatte bereits die ersten beiden geöffnet und war damit beschäftigt, die Plombe des dritten Containers zu entfernen. »Warum werden die Sachen hier unter Verschluss gehalten?«, fragte Ravn.

Mikkel schüttelte den Kopf. »Gute Frage. Gehört wohl alles zu den strikten Sicherheitsvorkehrungen rund um den Fall Kaminskij.«

»War bestimmt nicht leicht für dich, eine Genehmigung zu erwirken.«

»Blaumänner helfen einander, oder etwa nicht?«

Sie stiegen aus dem Wagen und entboten dem Beamten

einen kurzen Gruß. Er bat sie, sich zu beeilen, damit er die Container umgehend wieder plombieren konnte, bevor jemand aus der Führungsetage hier vorbeikam und fragte, was hier los sei.

Ravn blickte in den ersten Container, wo zahlreiche B&O-Flachbildschirme neben ein paar Musikanlagen von Brose und anderen exklusiven Marken standen. »Sollen wir uns die mal näher ansehen?«, fragte Mikkel.

Ravn schüttelte den Kopf. »Der Einbrecher hat unseren Fernseher und die Musikanlage stehen lassen. Bringt also nichts, hier zu suchen.« Ravn wandte sich dem nächsten Container zu, an dessen Innenwand Regale befestigt waren. Darauf reihten sich zahlreiche Kästen mit Handys und Tablets aneinander. Auf dem untersten Regal türmten sich Laptops. Ravn ging in die Knie und nahm sie genauer unter die Lupe. Eva hatte ein schwarzes IBM-Notebook besessen, das »Thinksoundso« hieß, und war klug genug gewesen, den Namen ihrer Anwaltskanzlei auf dem Deckel eingravieren zu lassen. Darüber hinaus war auf der Innenseite ein Snoopy-Aufkleber gewesen. »Ich will auch einen Hund«, hatte sie sich damals verteidigt, als er sie damit aufgezogen hatte, dass so ein Aufkleber nicht unbedingt zu einer seriösen Anwältin passte. Als er nach zwanzig Minuten weder Gravur noch Aufkleber entdeckt hatte, richtete er sich auf. »Dann sehen wir uns mal den dritten an«, sagte er zu Mikkel.

»Das sind unsere *Bling-bling*-Container«, erklärte der Beamte, der sie nicht aus den Augen ließ. »Dort werden alle Schmuckstücke und Uhren aufbewahrt.« Er begann damit, eine Reihe von Stahlschränken aufzuschließen. »Ist bestimmt mehrere Millionen wert, das Ganze.«

Ravn zog die ersten Schubladen auf. Er kam sich vor wie

bei einem Pfandleiher oder einem Juwelier für Kriminelle. Der Dieb hatte Evas Rolex mit dem Jubilee-Armband und dem eingravierten Datum gestohlen. Es war das Datum, an dem Eva ihr Staatsexamen bestanden hatte. Sie hatte sich die Uhr selbst als Belohnung geschenkt, dass sie ihr halbes Leben mit Studieren verbracht hatte.

Ravn sah eine Schublade nach der anderen durch, ohne etwas zu finden, das ihn an Evas Uhr erinnerte. In dem Container herrschte eine drückende Wärme, und ihm war, als würde sein Herz schneller schlagen.

»Alles okay, Ravn?«, fragte Mikkel und schaute ihn an.

Ravn nickte. Der Schweiß lief ihm die Stirn hinunter. Er wühlte hektisch in den Schubladen, während es ihm immer schlechter ging.

»Sollen wir eine Pause machen?«

»Nein, warum?« Er versuchte, einen gelassenen Eindruck zu machen. Er hätte längst seine Pillen nehmen sollen, aber keine Lust gehabt, das wie irgendein Junkie vor Mikkel und dem Beamten zu tun. Er wusste, dass diese Eitelkeit total unnötig war, dass sie nicht auf ihn herabsehen würden, vor allem Mikkel nicht, doch er wollte kein Mitleid. Als er die nächste Schublade aufzog, sah er, dass sie zehn schmale Rolex-Uhren enthielt, die alle so aussahen wie die, die Eva besessen hatte. Er nahm eine davon in die Hand und drehte sie um, während seine Finger so zitterten, dass er kaum die Inschrift lesen konnte. Er legte sie rasch zurück, um sie nicht versehentlich fallen zu lassen.

»Sag mir, wonach wir suchen«, bat ihn Mikkel, »dann kann ich dir vielleicht helfen.«

»Hab alles unter Kontrolle«, versicherte Ravn.

»Natürlich.« Mikkel trat einen Schritt zurück.

Ravn drehte die Uhren um, sodass er die Rückseiten sehen konnte. Auf der letzten Uhr war etwas eingraviert, das wie eine Zahlenreihe aussah. Als er die Uhr hochhob, um das kaum noch lesbare Datum zu entziffern, bekam er einen Krampf im Bein. Er legte die Uhr weg und hielt sich an dem Regal fest, das gefährlich zu schwanken begann. Mikkel war gerade noch rechtzeitig bei ihm, um zu verhindern, dass alles umkippte. »Mensch, Ravn, bist du wirklich okay?«

»Brauche frische Luft …«

Mikkel legte Ravn den Arm um die Schulter und half ihm aus dem Container.

»Ich bin okay«, sagte Ravn und schob Mikkels Arm weg.

»War das ihre Uhr?«

Ravn lehnte sich an den Container und ließ sich erschöpft daran zu Boden sinken. »Ich glaub nicht, aber kannst du das Datum noch mal für mich checken?«

»Natürlich«, antwortete Mikkel und ging in den Container zurück.

Ravn zog rasch das Pillenglas aus der Tasche und schluckte zwei Nitroglycerinkapseln. Im selben Moment war Mikkel wieder da.

»Da steht 24. oder 22., irgendwann in den 70ern. 1989 ist ausgeschlossen.«

Ravn nickte. »Dann ist es auf keinen Fall Evas Uhr.«

Mikkel wandte sich an den Beamten und dankte ihm für die Hilfe.

»Einen Versuch war es wert. Danke, Mikkel.«

Mikkel setzte sich neben ihn auf den Boden. »Sag Bescheid, wenn ich dich zurückfahren soll.«

Ravn nickte. »Ich denke, das war's.«

»Wie meinst du das?«

»Dass wir der Sache wohl nie auf den Grund kommen werden.«

Mikkel nickte.

Lange saßen sie schweigend da und starrten auf die Erde, während die Scharniere der Container knarrten, die der Beamte wieder schloss.

»Ich weiß, dass sich das bescheuert anhört, aber du musst nach vorne gucken, Ravn.«

»Ich werd's versuchen.«

»Ja?«

Ravn nickte und stand langsam auf. Er schaute zu dem Polizeipräsidium auf der anderen Straßenseite hinüber, dessen Gefängniszellen sich im obersten Stockwerk befanden. Hier waren die gefährlichsten Verbrecher des Landes inhaftiert, vor denen man nicht nur die Gesellschaft, sondern auch die übrigen Insassen schützen musste. Falls es wirklich das personifizierte Böse gab, wie es in der Bibel stand und wie Jakob Mesmer es gepredigt hatte, dann befand es sich dort im obersten Stockwerk. Und über all diesen Teufeln in Menschengestalt thronte Kaminskij.

»So nah dran und trotzdem so weit weg«, murmelte Ravn.

»Was?«

»Ach, nichts«, antwortete er und dachte, wenn er schon nicht den einen Satan treffen konnte, so besaß er zumindest eine Einladung des anderen. Er beschloss, am morgigen Empfang von Ferdinand Mesmer teilzunehmen. An dessen Siegesfeier.

71

Die großen dunkelgrünen Stoffbanner mit dem Logo der neuen Firma wehten im Wind über dem ovalen Platz, der zwischen dem Firmengebäude und dem Hafenbecken lag und auf dem etwa hundertfünfzig sorgsam ausgewählte Gäste standen und Champagner tranken, während sie von weiß gekleideten Kellnern mit Canapés versorgt wurden. Ravn stand ein wenig abseits und ließ seinen Blick über die vielen Menschen schweifen, deren Blicke auf die provisorisch errichtete Bühne am Kai gerichtet waren. Auf der Bühne hielt Ferdinand Mesmer in einem schwarzen Anzug seine Begrüßungsrede. Die helle Sonne ließ das Wasser im Hafenbecken glitzern, sodass der Wasserspiegel und die Bühne ineinander übergingen und es aussah, als könne Jakob Mesmer über das Wasser gehen, oder zumindest auf dem Wasser stehen. Und das konnte er auch an einem Tag wie diesem, inmitten seiner Angestellten und der prominenten Gäste, die gekommen waren, um die Fusion mit ihm zu feiern. Ravn gefiel dieser Anblick nicht, der ihn in beunruhigendem Maße an die letzte Rede Jakob Mesmers vor seinen Jüngern erinnerte.

»Champagner?«, fragte ihn eine junge Frau in Weiß, die plötzlich mit einem Glas in der Hand vor ihm stand.

»Nein danke«, antwortete er.

Aufgrund der schlechten Akustik verstand er nur die Hälfte dessen, was Ferdinand Mesmer sagte. Doch er hörte, dass es für Mesmer *ein großer Tag war, ein historischer Tag und der*

Beginn einer neuen Ära. Es folgte ein wenig Unternehmenschinesisch. Mesmer redete von *Benchmark* und anderen Dingen, zu denen die Zuhörer nickten, doch von denen Ravn nur eine vage Vorstellung hatte. Bei jeder rhetorischen Pause, die Mesmer einlegte, brandete Applaus auf, und am Ende breitete er die Arme in dem Versuch aus – so viel begriff Ravn –, alle zu umarmen. Damit war das Bild einer übergewichtigen Jesusfigur im schwarzen Anzug, die auf dem See Genezareth wandelte, für Ravn vollendet.

Nachdem Ferdinand Mesmer seine Rede beendet hatte, gesellte sich ein kleiner grauer Mann zu ihm auf die Bühne. Die beiden schüttelten sich demonstrativ die Hände, wobei der Applaus eine neue Lautstärke erreichte. Die Kameras der Fotografen blitzten mit dem Sonnenlicht um die Wette, um diesen großen Augenblick zu verewigen. Ravn nahm an, dass der anonyme Mann derjenige war, mit dem die Firma Mesmer fusioniert hatte. Im nächsten Moment stieg zu den Klängen einer Bigband ein Arsenal an grünen Luftballons in den Himmel.

Ravn betrachtete Ferdinand Mesmer, der die Bühne verließ und sofort von Menschen umringt wurde. Er lächelte strahlend und sprach mit ausufernden Gesten. Ravn entdeckte unter den Gästen ein paar bekannte Gesichter: Politiker, prominente Wirtschaftsbosse und zu seiner Überraschung auch den Polizeipräsidenten Niels Vestergaard. Ravn kannte Vestergaard nicht persönlich, wusste jedoch, dass dieser Jurist war und noch nie einen Streifenwagen von innen gesehen hatte. Vestergaard hatte eine reine Funktionärskarriere hingelegt und betrachtete sich als Manager, der den Kontakt zur Basis nicht für nötig hielt. Ravn war sicher, dass Ferdinand Mesmer ihm noch einige Tricks beibringen konnte.

»Du bist also doch gekommen«, stellte Katrine fest, die plötzlich neben ihm stand.

Ravn nickte und lächelte zurück.

»Soll ich dir was zu trinken holen?«

»Nein danke, aber vielleicht Ferdinand Mesmer.«

Sie lachte. »Der muss heute mit tausend Leuten reden, aber ich kann ihn nachher von dir grüßen.«

Ravn zog den braunen Umschlag hervor und wedelte damit in der Luft. »Vielleicht will er ja doch mit mir reden.«

»Du hast ihn also doch?« Sie klang enttäuscht, vermutlich, weil sie den Umschlag auf Ravns Boot nicht gefunden hatte.

»Jepp.« Er nickte.

Ravn folgte Katrine mit den Augen, als sie sich ihren Weg durch die Gästeschar bahnte, bis sie bei Ferdinand Mesmer war. Er schien verärgert, in seinem Gespräch mit dem Oberbürgermeister unterbrochen zu werden. Ravn sah Mesmers Gesten an, dass er sich bei ihm entschuldigte. Kurz darauf stand Ferdinand Mesmer vor ihm und streckte Ravn seine Hand entgegen. »Ich freue mich sehr, Sie zu sehen. Glücklicherweise geht es Ihnen wieder so gut, dass Sie an unserem großen Tag mitfeiern können.«

Ravn drückte seine knotige Hand.

»Wollen wir kurz reingehen? Nur wir beide?«, fügte Mesmer hinzu und sah Katrine mit einem Blick an, der sie veranlasste, draußen stehenzubleiben.

72

Sie betraten den großen Konferenzsaal, dessen Panoramafenster auf das Hafenbecken hinausgingen. Die über den Saal verteilten runden Tische mit den weißen Decken waren bereits festlich gedeckt. Ein paar Techniker machten auf der provisorischen Bühne am Ende des Raumes einen Soundcheck.

»Wollen Sie sich nicht setzen?« Ferdinand Mesmer bot ihm einen Stuhl an einem der nächsten Tische an und nahm selbst Platz. Er griff nach einer Stoffserviette und trocknete sein verschwitztes Gesicht.

Ravn setzte sich und legte den Umschlag vor Ferdinand Mesmer auf den Tisch. Der warf einen Blick darauf, hütete sich aber, ihn sofort an sich zu nehmen. »Ich hatte Katrine so verstanden, dass Sie nicht wissen, wo er geblieben ist.«

Ravn zuckte die Schultern.

»Wie dem auch sei. Desto mehr freue ich mich, ihn wiederzubekommen. Hatten Sie Gelegenheit, sich den Inhalt anzusehen?«

»Ich will es nicht länger aufschieben … Es gibt keinen anderen Ausweg als die Flammen der Erlösung«, zitierte Ravn.

Ferdinand Mesmer schluckte. »Ich nehme an, dass Sie einen gewissen … *Finderlohn* beanspruchen. Wie viel?«

Ravn lehnte sich im Stuhl zurück und warf ihm einen kühlen Blick zu. »Am Anfang meiner Polizeilaufbahn bin ich manchmal an Orte geschickt worden, an denen sich irgendein armer Teufel das Leben genommen hatte. Es war immer die Regel, dass man sich vorher bei dem wachhabenden Beamten schlaumachte, ob das Opfer ein Mann oder eine Frau war. Vor allem, um sich selbst zu schützen, denn Männer sind in solchen Situationen stets konsequenter als Frauen. Männliche Selbstmörder springen vor einen Zug, hängen sich auf oder halten sich ein Jagdgewehr unters Kinn und drücken ab. Ein älterer Kollege hat mir mal erklärt, dass Männer sich das Leben nehmen, um sich aus einer verzweifelten Situation zu befreien, wohingegen es bei Frauen oft ein Hilferuf ist. Deshalb lassen sie sich bei ihren Suizidversuchen oft eine Hintertür auf, versuchen, sich zu ertränken oder schlucken gerade so viele Tabletten, dass sie unter Umständen noch gerettet werden können. Selbst wenn sie sich die Handgelenke aufschneiden, kann man an den Schnittverletzungen oft erkennen, dass sie gezögert und gezweifelt haben. Das sind dann diese vielen kleinen Kratzer am Arm, ehe sie den Mut finden, den entscheidenden Schnitt zu machen. Aber auch von einem einzigen Schnitt quer übers Handgelenk stirbt man nur selten.«

Ferdinand Mesmer warf einen ungeduldigen Bick aus dem Fenster auf seine Gäste. »Interessant, aber ich weiß nicht, worauf Sie hinauswollen.«

»Dass diese Aufteilung der Geschlechter zwar die Regel ist, es aber durchaus Ausnahmen gibt.«

»Ich wüsste nicht, was das mit mir zu tun hat. Wie gesagt, ich zahle Ihnen gern ein Honorar, dass Sie mir die Dokumente zurückgebracht haben, weil ich nicht möchte, dass sie in fremde Hände …«

»Ich sprach von Zögerern und Zweiflern«, unterbrach ihn Ravn und zeigte auf Mesmers verunstaltete Hand. »Wie zum Beispiel einem Pyromanen, der den Brand, den er gelegt hat, bereut und der alles versucht, um ihn wieder zu löschen. War das auch bei Ihnen so? Haben Sie es bereut, dass Sie

Ihre Familie bei lebendigem Leib verbrennen wollten? Dass Sie drauf und dran waren, sich und Ihren eigenen Sohn zu töten?«

Ferdinand Mesmer betrachtete seine verkrüppelte Hand, die mit ihren verschmolzenen Fingern fast wie der Huf eines Tiers aussah. »Ich kann Ihnen versichern, dass ich an diesem Abend absolut nicht gezögert habe, im Gegenteil.«

»Ach, wirklich? Ich kann nur nicht verstehen, wieso Ihr Brief nach so vielen Jahren noch einen so großen Einfluss auf Jakob haben konnte.«

»Nein, das können Sie nicht verstehen. Aber der Brief sollte Jakob daran erinnern, dass er mir immer noch etwas schuldig war.«

»Ihnen etwas schuldig? Weil Sie ihn aus dem Feuer gerettet haben, das Sie selbst gelegt hatten?« Ravn schüttelte ungläubig den Kopf.

»Sie haben das völlig missverstanden«, entgegnete er. »Ich habe keinen Brand gelegt.«

»Aber warum …«

»Das war Jakob.«

Ravn starrte Ferdinand Mesmer ungläubig an. »Den Brief hat also …«

»Jakob geschrieben, genau.«

Ravn wusste nicht, was er glauben sollte. »Ich hab Ihre Lügen ziemlich satt und vertrage nicht noch eine.«

»Ich habe Sie nie angelogen, Ravn. Ich habe Informationen zurückgehalten, die ich nicht für relevant hielt, um mein und das Leben meiner Familie zu schützen.«

»Warum wollte sich Jakob damals das Leben nehmen?«

»Das weiß ich auch nicht genau. Vielleicht ist es so, wie Sie sagen. Dass Männer sich aus einer verzweifelten Situation befreien wollen.«

»Ich hab das nicht gesagt, damit Sie mir nach dem Mund reden.«

»Das war nicht meine Absicht. Doch noch heute ist mir seine Tat ein Rätsel.« Er schüttelte den Kopf. »Wir waren endlich auf der Erfolgsspur. Hatten mit dem Mesmogramm fantastische Ergebnisse erzielt, die ja zum Großteil ihm zu verdanken waren. Unser Lebenswerk blühte, und die Firmen standen Schlange, um es in ihre Unternehmenskultur zu integrieren. Wir verdienten so viel Geld wie noch nie.«

»Vielleicht hatte er andere Projekte im Kopf.«

»Die Arbeit war Jakobs Ein und Alles. Er war kein Familienmensch, obwohl er ein guter Vater und Ehemann war, der seine Familie vorbildlich versorgt hat.«

»Versorgung und Liebe sind zwei Paar Schuhe.«

»Das weiß ich, doch ich habe keinen Grund zu der Annahme, dass ihm seine Familie gleichgültig gewesen ist. Darum kommt mir das ja auch alles so absurd vor.«

»Was ist dann passiert?«

Ferdinand Mesmer holte tief Luft. »Ich hatte bemerkt, dass Jakob allmählich das Interesse an unserem Projekt verlor, zumal die Entwicklungsarbeit abgeschlossen war und es mehr und mehr darum ging, zu verkaufen und zu implementieren. Trotz seiner Auseinandersetzungen mit den anderen leitenden Mitarbeitern, die er oft abkanzelte, und obwohl er bei manchen Vorstandssitzungen unentschuldigt fehlte, hielt ich das bloß für eine Phase, die irgendwann vorübergehen würde. Ich dachte, er brauchte ein wenig Zeit, um sich umzustellen und die Früchte seiner Arbeit *genießen* zu können. Aber das war offenbar ein Irrtum«, fügte Ferdinand Mesmer mit bitterer Stimme hinzu.

»Was ist mit dem Brand?«

Ferdinand Mesmer schenkte sich ein Glas Wasser aus der

Karaffe ein, ehe er fortfuhr. »Ich habe an diesem Abend lange gearbeitet und wollte noch einen Bericht aus Jakobs Büro holen. Jakob war schon Stunden vorher nach Hause gefahren, was nichts Ungewöhnliches war. Als ich an seinem Schreibtisch saß und die Arbeitsmappen durchging, bemerkte ich ein Notizbuch, das in der Mitte aufgeschlagen war, und auf eine der Seiten hatte er den Abschiedsbrief geschrieben.« Ferdinand Mesmer senkte den Kopf und starrte auf den Boden. »Es war reines Glück, dass ich ihn gesehen habe.«

»Was haben Sie dann getan?«

»Ich … ich habe versucht, bei ihm zu Hause anzurufen, mehrere Male, aber es ist niemand drangegangen. Also bin ich nach Virum gefahren, wo sie gewohnt haben.«

»Wenn Sie geglaubt haben, dass er sich etwas antut, warum haben Sie dann nicht die Polizei gerufen?«

Er zuckte die Schultern. »Ich habe den Brief wohl nicht so ernst genommen, dass ich dachte, er würde sofort irgendeine Dummheit begehen.«

»Aber das hat er?«

Ferdinand Mesmer nickte. »Als ich ankam, stand ein Großteil des Hauses bereits in Flammen. Die Nachbarn standen draußen auf der Straße und haben geglotzt wie verschreckte Lämmer. Glücklicherweise war jemand geistesgegenwärtig genug gewesen, die Feuerwehr zu rufen, aber die war noch nicht da.«

»Also sind Sie selbst in das brennende Haus gegangen?« Ravn wies mit dem Kopf auf seine verkrüppelte Hand.

»Ja, natürlich. Küche und Wohnzimmer brannten lichterloh. Ich habe gerufen, doch niemand hat geantwortet. Ich fürchtete schon, dass alle tot seien, habe mich aber trotzdem weiter durch das brennende Haus gekämpft, Zimmer für Zimmer …« Er schluckte. »Schließlich habe ich alle drei im

Schlafzimmer gefunden. Nur Jakob war bei Bewusstsein, die anderen schliefen oder waren betäubt, wie ich stets vermutet habe. Jakob war völlig perplex, als er mich plötzlich auf der Türschwelle zwischen den Flammen sah. Er hat sich im Bett aufgesetzt und zu weinen begonnen. Er hat um Vergebung gebeten für das, was er getan hatte, und mich angefleht, ihm zu helfen. Er hat voller Panik gerufen, dass ich ihn aus den Flammen retten soll und dass er nicht sterben will.«

»Was haben Sie getan?«

»Ich habe ihn zur Seite gestoßen, um mein Enkelkind zu retten«, antwortete Ferdinand Mesmer, während sein Blick kalt wurde. »Ich konnte doch Carl nicht für den Wahnsinn seines Vaters büßen lassen.«

»Hat der Junge überlebt?«

»Natürlich. Ich habe ihn genommen und aus dem Haus getragen, in Sicherheit gebracht, auch wenn mich das ein Opfer gekostet hat.« Er streckte mir seine verunstaltete Hand entgegen.

»Was ist mit Jakob … und seiner Frau passiert?«

»Jakob wurde von den Feuerwehrleuten gerettet, nachdem er sich ins Bad geflüchtet hatte. Die arme Elisabeth ist in den Flammen umgekommen. Sie war eine gute Mutter, ein feiner Mensch, der so ein Schicksal nicht verdient hat.«

»Und danach ist Jakob dann gläubig geworden?«, fragte Ravn trocken.

»Ja, aber erst nach einem jahrelangen Aufenthalt in Nordvang. Dort hat er alles, was passiert war, aus seinem Gedächtnis gelöscht, und alle Brücken zu seiner Familie abgebrochen. Ich glaube, die einzige Möglichkeit, irgendwie weiterzuleben, bestand für ihn darin, seine Vergangenheit zu leugnen und zu dämonisieren und mich als den großen Satan anzusehen.«

»Es hat doch bestimmt Ermittlungen wegen des Brands gegeben. Ist jemals Anklage erhoben worden?«

»Warum? Es war ein Unglück. Eine überhitzte Fritteuse ist in Brand geraten. Es war eine fürchterliche Tragödie.«

»Sie haben wichtige Dokumente zurückgehalten, vor allem Jakobs Abschiedsbrief.«

»Alles, was ich getan habe, habe ich für Carl getan. Es ist schon hart genug, ohne Eltern aufwachsen zu müssen. Da muss der Junge ja nicht auch noch wissen, dass sein eigener Vater ihn töten wollte.«

»Dann haben Sie sich um Carl gekümmert?«

Ferdinand Mesmer drehte den Kopf und sah aus dem Panoramafenster. Seine Augen wanderten über die Gästeschar, ehe sie bei einem jungen Mann mit blauem Anzug und leuchtenden Turnschuhen verharrten. Ferdinand Mesmer zeigte auf ihn. »Er studiert Psychologie und bringt nur Bestnoten nach Hause, und nächstes Jahr wird er in Fontainebleau auf der INSEAD Business School beginnen.«

»Dann wird er wohl auch mal den ganzen Laden hier erben, oder?«

»Der *Laden*, wie Sie ihn nennen, braucht frisches Blut und neue Visionen. Mit der Fusion bauen wir Brücken über die Landesgrenzen hinaus und sind nicht mehr allein auf den öffentlichen und privaten Sektor angewiesen. Jetzt stehen wir nicht mehr nur im Maschinenraum und steuern das Schiff, sondern wir bauen auch an der Maschine weiter, und das erfordert Spezialisten. Mit meiner Hilfe kann Carl der neue Rudergänger auf diesem Schiff werden.«

»Dann steht er ja genau da, wo sich sein Vater einst befunden hat … bis er es nicht mehr aushielt.«

»Ich höre da einen vorwurfsvollen Unterton heraus, weiß aber nicht, worauf Sie damit anspielen.«

»Darauf, dass Sie ein manipulativer, skrupelloser alter Satan sind, der alles und jeden in seiner Umgebung ausnutzt.«

»So diplomatisch brauchen Sie nun auch wieder nicht zu sein«, entgegnete Mesmer ironisch. »Was Sie offenbar nicht verstehen, ist die feine Balance zwischen der Förderung der besten Anlagen, die ein Mensch in sich trägt, und der psychischen und physischen Gewalt über andere. Ersteres ist eine Kunst, Letzteres etwas für Psychopathen.«

»Sparen Sie sich Ihre Verkaufsreden für die da draußen. Sie können sich so gewählt ausdrücken, wie Sie wollen, aber wir beide wissen genau, dass es Ihnen einzig und allein immer darum ging, dass Jakob auf seine Rechte verzichtete – selbst wenn das ihn und seine Gemeinde das Leben kostete. Sie wussten genau, auf welchen Knopf Sie drücken mussten, damit Jakob auf eine bestimmte Art und Weise reagierte.«

»So viel Macht habe ich nicht.« Ferdinand Mesmer schien über Ravns Vorwürfe aufrichtig entrüstet zu sein. »Sie reden von einer Macht, die widernatürlich ist und die es schlichtweg nicht gibt … wie Heisenberg es formuliert, ist die Unbestimmtheit ein unumgänglicher Teil der Natur … und nicht nur Ausdruck menschlichen Unvermögens … oder von Unwissenheit …«

»Vergessen Sie Heisenberg und alle, zu denen Sie sich bekennen, Mesmer. Ich hoffe, Sie können mit Ihren Taten leben und Ihrem Enkel auch weiterhin in die Augen sehen. Auch wenn dieser eines Tages erfahren wird, dass im Grunde Sie es waren, der seinen Vater und fast weitere hundert Menschen auf dem Gewissen hat.«

Ferdinand Mesmer griff nach dem Umschlag und öffnete ihn.

»Keine Sorge, der Brief ist noch da. Sie können Ihr beschissenes Geheimnis für sich behalten.« Ravn stand auf. Er bekam einen Krampf im Bein und schwankte ein wenig, ehe er mit steifen Schritten zur Tür ging.

»Was wollen Sie? Sagen Sie es mir frei heraus!«

»Nichts, was Sie mir geben könnten«, antwortete Ravn über die Schulter hinweg. »Wir zwei sind fertig miteinander.«

73

Ein paar Tage nach seinem Gespräch mit Ferdinand Mesmer stand Ravn mit einem Wasserschlauch in der Hand auf dem Achterdeck der Bianca und spülte die Planken. Den ganzen Vormittag lang hatte er das unebene Teakholzdeck geschrubbt und von Moos und Dreck befreit. Die körperliche Arbeit hatte ihm gutgetan, obwohl er zwischendurch immer wieder gezwungen gewesen war, Pausen einzulegen. Wenn sich sein Zustand weiterhin besserte, wollte er die Tatsache, dass er keinen Alkohol mehr trinken durfte, nutzen, um ein wenig Sport zu treiben. Als Eva noch lebte, waren sie einmal pro Woche joggen gegangen, manchmal sogar zweimal. In der Regel an den Wallanlagen entlang, wo sie einem Pfad gefolgt waren, der sie von ihrer Wohnung in der Dronningensgade direkt bis nach Holmen geführt hatte. Meistens waren sie denselben Weg wieder zurückgelaufen, manchmal aber auch hinunter zum Kanal gejoggt, wo sie sich in ein Café gesetzt und Kaffee getrunken hatten. Es war eine gute Zeit gewesen. Er würde wieder mit dem Laufen beginnen, dachte er, ging auf den Kai und drehte das Wasser ab. Während er den Schlauch aufrollte, dachte er über die Begegnung mit Ferdinand Mesmer nach. Ein paar Zeitungen hatten über die Fusion berichtet und Bilder der Feierlichkeiten veröffentlicht. Das Foto, auf dem Ferdinand Mesmer neben seinem Enkelkind stand, hatte Ravn beeindruckt. Wie manipulativ und machthungrig Mesmer auch sein mochte, zweifelte er nicht an dessen Liebe zu seinem Enkel. In diesem Moment hörte er, wie ein Lastwagen hinter ihm bremste. Er drehte sich um und war überrascht, einen Abschleppwagen zu sehen, auf dessen Ladefläche Viktorias roter Volvo stand.

»War gar nicht leicht, die Adresse zu finden«, sagte der Mann, der ihn damals aus dem Graben gezogen hatte. Er stieg aus und gab Ravn lächelnd die Hand.

»Schön, Sie zu sehen«, sagte Ravn.

»Die hätten Sie ja fast abgemurkst bei dieser Sekte, was? Hab alles in der Presse gelesen.«

»Aber nur fast«, entgegnete Ravn und hängte den aufgerollten Schlauch über den Hahn. »Wie geht's sonst da unten?«

»Alles okay«, antwortete der Mann schulterzuckend. »Nur die Touristen rennen uns die Bude ein, weil sie unbedingt sehen wollen, wo all diese Morde passiert sind.« Er zog die Brauen hoch. »Obwohl es da nicht mehr viel zu sehen gibt. Ist ja alles abgebrannt.« Als er hinter Ravn die Bianca erblickte, lächelte er breit. »Wohnen Sie da?« Er nickte mit dem Kopf in Richtung Boot.

»Ja.«

»Und da heißt es immer, dass wir die Außenseiter in der Gesellschaft sind.« Er klopfte Ravn lachend auf die Schulter. »Nichts für ungut, ist wirklich ein schönes Boot.«

»Danke«, sagte Ravn, der ein wenig erschöpft war. »Dann lassen Sie mal den Wagen runter.«

»Mach ich. Ganz so schön wie vorher ist er allerdings nicht mehr.«

»Wie meinen Sie das?«, fragte Ravn, während er dem Mann um den Abschleppwagen herum folgte.

»Erst die Sache mit dem Kühler und dann …«

Ravn blieb stehen und starrte mit offenem Mund Victorias Volvo an. Die linke Seite des Autos war rußgeschwärzt, weil er zu nah an dem brennenden Hauptgebäude gestanden hatte. Der Lack war kohlschwarz und mit großen hässlichen Blasen überzogen, sodass man teilweise das Fahrgestell darunter erkennen konnte. Alle Seitenfenster waren zerbrochen, und das rechte Hinterrad war durch die Hitze geschmolzen und klebte an der Achse wie ein großes schmutziges Kaugummi. »Der Motor startet ganz normal, aber schön ist natürlich was anderes. Soll ich ihn gleich hier abstellen?« Er zeigte auf einen freien Parkplatz am Kai.

»Nein!«

»Nein? Wohin dann?«

»Verdammt, ich kann den doch nicht so wieder abliefern«, sagte Ravn und sah sich verzweifelt um.

»Sie … Sie hatten den ausgeliehen?«

Ravn nickte, während er fieberhaft nachdachte, was er tun sollte.

»Tja, dann wird der Besitzer des Wagens wohl nicht gerade erfreut sein.«

Plötzlich hatte Ravn eine Eingebung. Er zog sein Handy aus der Tasche und öffnete den Browser. »Kommen Sie«, sagte er.

»Wohin?«

»Das erzähle ich Ihnen unterwegs.«

Sie setzten sich ins Führerhaus und rollten kurz darauf die Overgaden Oven Vandet hinunter, während Ravn nach der Adresse des nächsten Autolackierers suchte. Kurz darauf hatten sie die Amagergade erreicht, die weit genug von Victorias Antiquariat entfernt lag. Er wollte nicht riskieren, dass sie zufällig auf der Straße stand und die betrüblichen Reste ihres Autos zu Gesicht bekam.

Zwanzig Minuten später hielten sie vor The Body Shop, einer Werkstatt für Blecharbeiten und Autolackierungen in

Kastrup. Der Werkmeister namens Ali, ein schmächtiger Mann in einem Overall, begutachtete die Schäden und schüttelte vielsagend den Kopf.

»Lässt sich das machen?«, fragte Ravn.

»Alles lässt sich machen, ist nur eine Frage des Preises.«

»Machen Sie sich in dieser Hinsicht keine Gedanken.«

»Ich könnte Ihnen stattdessen einen gebrauchten Passat Kombi anbieten, zu einem fairen Preis.«

»Nein, nein, bringen Sie einfach den Volvo in Ordnung, und zwar möglichst schnell.«

»Wird aber ein teures Vergnügen.«

Ravn gab Ali seine Handynummer, und der andere war so freundlich, ihn zur Bianca zurückzufahren.

»Sie sind wirklich ein guter Freund«, sagte er zum Abschied. »Auch wenn ich Ihnen niemals mein Auto leihen würde.«

Nachdem der Mann weggefahren war, setzte sich Ravn müde aufs Achterdeck. Møffe kam zu ihm und ließ sich den Kopf kraulen. Ravn betrachtete das saubere Deck. Trotz der Plackerei und des ganzen Trubels danach hatte er weder Herzklopfen noch Muskelkrämpfe bekommen, was er als gutes Zeichen nahm. Vielleicht würde er bald wieder gesund sein.

Am Abend begann es zu regnen, und er zog sich in die Kajüte zurück. Er überlegte, dem Havoddderen einen Besuch abzustatten, doch jetzt, da er keinen Alkohol mehr trank, hatte die Kneipe einen Teil ihrer Anziehungskraft eingebüßt. Er musste sich wohl oder übel ein anderes Hobby suchen und dachte daran, was Eva immer gesagt hatte: dass die Summe der Laster stets konstant blieb. Er vermisste sie. Vermisste ihre Gesellschaft.

Ravn ging früh zu Bett.

Gegen vier wachte er auf, weil die Bianca sich ein paarmal ruckartig bewegte, als wäre jemand an Bord gestiegen.

Er setzte sich auf und spähte durch die offene Tür in die Kajüte. Durch die hintere Scheibe sah er mehrere Silhouetten auf dem Achterdeck. Møffe begann zu knurren, was darauf hindeutete, dass es sich nicht um Eduardo handelte, den Møffe gut genug kannte. Ravn schwang vorsichtig die Beine aus dem Bett und griff zu der großen Maglite, die man nicht nur als Taschenlampe, sondern auch als Schlagwaffe benutzen konnte. Er zweifelte jedoch daran, dass er in seinem immer noch geschwächten Zustand einer Horde von Einbrechern gewachsen sein würde. In diesem Moment öffnete sich die Kajütentür. Er schaltete die Taschenlampe ein und richtete den Lichtkegel direkt auf die Türöffnung. Katrine hielt sich schützend eine Hand vor die Augen, während sie mit der anderen einen Hundekeks aus der Tasche zog. Møffe hörte sofort auf zu knurren. Hinter ihr nahm Ravn ein paar weitere Gestalten wahr und dachte, dass sie vermutlich nicht gekommen war, um bei ihm zu übernachten.

»Zieh dir lieber was an«, sagte sie.

»Wohin wollen wir denn?«

»Ferdinand Mesmer möchte mit dir reden. Er wartet draußen.« Sie zeigte auf den Kai. Ravn drehte den Kopf und sah durch die Scheibe den schwarzen Mercedes S, der mit laufendem Motor an der Kaimauer stand.

74

Ravn kletterte auf die Kaimauer und zog das zerknitterte T-Shirt gerade, das er sich soeben über den Kopf gezerrt hatte. Die Straße lag einsam und verlassen da und roch metallisch nach dem Regen, der auf das Kopfsteinpflaster niedergegangen war. Er bückte sich und schnürte seine Turnschuhe zu, während er sich im Halbdunkel umsah. Katrine war in Begleitung zweier dunkel gekleideter junger Männer mit kurzen Haaren. Ihr athletischer Körperbau und ihre wachsame Art ließen Ravn vermuten, dass es sich entweder um frühere Elitesoldaten oder ehemalige Leibwächter des Geheimdienstes handelte. Er richtete sich auf, und Katrine folgte ihm zu dem schwarzen Mercedes.

»Dein letzter Besuch hat mir viel besser gefallen.« Er versuchte, ihren Blick einzufangen, aber sie schaute weg. »Gibt es einen speziellen Grund für das große Aufgebot?«

Sie öffnete schweigend die hintere Tür des Wagens. Ravn fehlte die Fantasie, um sich vorzustellen, warum Ferdinand Mesmer vorbeigekommen war oder wohin es gehen sollte. Was ihm Sorgen machte, war die Tatsache, dass er außer Ferdinand Mesmer der Einzige war, der Jakobs Abschiedsbrief kannte, und das allein dieses Faktum einem Mann wie Mesmer, der stets die Kontrolle behalten wollte, schwer zu schaffen machen musste.

Ravn setzte sich zu Ferdinand Mesmer auf die Rückbank, und Katrine schloss die Tür hinter ihm. Es war ziemlich kühl in der Luxuslimousine mit den mattschwarzen Karbonpaneelen und den grauen Ledersitzen. Mesmer musterte ihn kühl, was Ravn mit einem lauten Gähnen quittierte. »Was wollen Sie?«, fragte er ohne Umschweife.

Das Leder knirschte, als Mesmer sein Gewicht verlagerte. »Es tut mir leid, dass wir uns letztes Mal im Unfrieden getrennt haben. Offenbar habe ich irgendetwas gesagt, das Ihnen nicht gefallen hat.«

Ravn sah zu dem gläsernen Schiebedach hinauf, durch das die Straßenlaterne ein kühles Licht warf. »Ich hatte genug von Ihrer Gesellschaft, genau wie jetzt. Es ist vier Uhr morgens, und ich will zurück in mein Bett. Also sparen Sie sich die höflichen Worte, und sagen Sie einfach, warum Sie gekommen sind.«

»Nun gut. Ich möchte unsere Zusammenarbeit auf anständige Art und Weise beenden.«

»Es kann Ihnen doch egal sein, was ich von Ihnen denke.«

»Ich möchte nicht, dass sich irgendeiner meiner Geschäftspartner betrogen fühlt.«

Ravn musste lächeln. »Geht es nicht eher darum, dass Sie Angst davor haben, ich könnte überall rumerzählen, was ich während unserer Zusammenarbeit herausgefunden habe?«

»Das ist nicht die ganze Wahrheit.«

»Nein? Aber Sie können beruhigt sein. Ich werde alles für mich behalten. Zum einen, weil mir Geschwätz nicht liegt, und zum anderen, weil mir alles, was mit Ihrer Firma, der Fusion und Ihrer Familie zu tun hat, vollkommen gleichgültig ist. Oder anders ausgedrückt: Es gibt nichts an Ihnen, das ich für erzählenswert halte. Habe ich mich klar genug ausgedrückt?«

»Ich denke, schon.«

»Gut. Und jetzt möchte ich gern weiterschlafen.« Er streckte die Hand nach dem Türgriff aus.

»Warum so eilig? Nur um erholt aufzuwachen und sich dann doch durch den Tag quälen zu müssen?«

»Wie kommen Sie darauf? Morgen wird ein wundervoller Tag, solange Sie sich nicht blicken lassen.«

»Immer eine freche Bemerkung auf Lager, um Ihren eigenen Schmerz zu überdecken, nicht wahr?«

»Ersparen Sie mir Ihre Analyse.«

Ferdinand Mesmer zuckte die Schultern. »Ich kenne Ihre Vergangenheit, Ravn. Ich weiß von allem, was Sie quält. Ich weiß, warum Sie bei der Polizei aufgehört haben. Warum Sie in den letzten drei Jahren versucht haben, sich zu Tode zu saufen. Warum Sie bereit sind, nach verschwundenen Personen zu suchen. Das alles lässt sich in einem Wort zusammenfassen, nicht wahr?«

»Nein, in vier Wörtern: Leck mich am Arsch!« Ravn wollte die Autotür öffnen.

Mesmer lächelte gefährlich. »Vielleicht ist es weniger ein Wort als ein Name: *Eva*.«

Ravn ließ den Türgriff los. »Ich weiß nicht, was Sie gehört haben, aber auf dieses Thema wollen Sie nicht näher eingehen. Vor allem nicht, wenn Ihre Leibwächter *draußen* stehen.«

»Ganz ruhig, Ravn. Es gibt keinen Grund, mir zu drohen. Ich will Ihnen nur helfen.«

»Ich brauche Ihre Hilfe nicht, Mesmer.«

Ferdinand Mesmer schüttelte den Kopf. »In diesem Punkt können Sie wirklich noch was lernen. Wie können Sie ein Angebot ablehnen, das Sie noch gar nicht kennen?«

»Weil ich weiß, dass alles, was von Ihnen kommt, nichts wert ist.«

»Jetzt hören Sie sich wie Jakob an.«

»Dann war er wohl doch nicht so verrückt, wie ich dachte.«

»Doch, doch, da sind wir wohl beide einer Meinung. Jetzt atmen Sie erst mal tief durch, und hören Sie sich an, was ich zu sagen habe, ehe Ihr Reptilienhirn wieder zuschlägt.«

»Reden Sie. Aber beeilen Sie sich.«

Ferdinand Mesmer rieb seine verkrüppelte Hand, was das gleiche scheuernde Geräusch erzeugte wie die Ledersitze, auf denen sie saßen. »Ich kann Ihnen das bieten, was Sie im letzten halben Jahr um jeden Preis haben wollten. Das, womit Sie Ihren früheren Kollegen auf die Nerven gegangen sind, und was vereitelt wurde, bevor Sie angefangen haben, für mich zu arbeiten.«

Ravn spürte das Herz in seiner Brust heftig schlagen, doch nicht wegen der Nitroglycerinkapseln, sondern allein wegen Mesmers Worten. »Was genau können Sie mir bieten?«

»Zehn Minuten.«

»Was meinen Sie mit zehn Minuten? Mit wem haben Sie über mich geredet?«

»Konzentrieren Sie sich auf mein Angebot, statt sich darüber den Kopf zu zerbrechen, woher ich meine Informationen habe. Allein wenn Sie sich meine Leute ansehen, müssten Sie wissen, dass ich die Informationen bekomme, die ich brauche. Innerhalb der Polizei ist es ein offenes Geheimnis, dass Sie den Fall nicht loslassen können. Und wer will Ihnen das verdenken? Familienbande sind so stark, dass sie uns fast die Luft zum Atmen nehmen, nicht wahr?« Ferdinand Mesmer lächelte ihn diabolisch an. Ravn wandte den Blick ab.

»Zehn Minuten«, wiederholte Ferdinand Mesmer. »Das kann ich Ihnen bieten.«

»Ich verstehe immer noch nicht, was Sie meinen.«

»Zehn Minuten mit Kaminskij.«

Ravn blickte vom Boden auf. »Wenn Sie sich über mich lustig machen wollen ...«

»Nichts liegt mir ferner.«

Ravn drehte sich zu ihm um. »Wollen Sie mir etwa sagen, dass Sie Kaminskij haben? Wo ist er?«, fragte er ironisch und ließ seinen Blick durch den Wagen wandern.

»Soweit ich weiß, sitzt Kaminskij im Polizeipräsidium in Isolationshaft. Zelle Nummer 12. Das ist die letzte auf dem Gang.«

»Und zu der besitzen Sie den Schlüssel?«

»Ich habe ungehinderten Zugang für die zehn Minuten, die ich Ihnen anbiete. Sie wollen doch mit Kaminskij reden, oder etwa nicht? Von ihm erhoffen Sie sich doch Informationen, wer hinter dem Mord an Eva steht.«

Ravn lehnte sich auf dem Sitz zurück. »Wollen Sie mir etwa weismachen, dass Sie mir Zugang zu dem am besten bewachten Kriminellen im ganzen Land verschaffen können?« Er schüttelte den Kopf. »Ich weiß beim besten Willen nicht, was Sie damit bezwecken wollen.«

»Ich will Ihnen helfen. Meine Schuld abbezahlen.« Er atmete schwer. »Was Sie begreifen müssen, ist, dass die Welt von Leuten wie mir regiert wird. Wir sind es, die die Regeln aufstellen, die ihr anderen befolgen müsst. Natürlich stehen wir nicht über dem Gesetz, und wir müssen mit unserer Macht verantwortungsvoll umgehen, aber wir genießen auch das Privileg, Dinge zu tun, die anderen nicht vergönnt sind, zum Beispiel Ihnen. Wir müssen das Gleichgewicht aufrechterhalten. Nennen Sie es ein göttliches Eingreifen. Das ist es, was ich Ihnen anbiete: für kurze Zeit mein Privileg in Anspruch zu nehmen.«

»Um auf dem Präsidium mit Kaminskij zu reden?«

Ferdinand Mesmer nickte.

»Und wann soll das geschehen?«

»Jetzt.«

Ravn sah Mesmer durchdringend an, um zu sehen, ob er es ernst meinte.

»Ich …« Ravn schüttelte den Kopf. Es fühlte sich verkehrt an. Die ganze Sache. Jedenfalls anders, als er es sich vorgestellt hatte, sollte es je zu einer persönlichen Konfrontation mit Kaminskij kommen. Er war vor allem von Rachedurst erfüllt gewesen, und da Kaminskij stets unerreichbar gewesen war, hatte er alle Gefühle auf ihn projizieren können.

»Wollen wir dann?«, fragte Ferdinand Mesmer.

»Ich weiß nicht …«

Ferdinand Mesmer beugte sich zu ihm hin. »Was ist los mit Ihnen, Ravn? Hat es Ihnen dieses eine Mal die Sprache verschlagen? Haben Sie Angst, Ihr Schicksal in die eigene Hand zu nehmen?«

Ravn sah ihn verärgert an. »Halten Sie die Klappe, Mesmer, und holen Sie Ihren Fahrer.«

75

Das Gittertor des Polizeipräsidiums in der Otto Mønsteds Gade glitt auf, worauf der schwarze Mercedes S lautlos auf den kleinen Vorplatz rollte und dort anhielt. Katrine stieg aus und öffnete Ravn die Tür. Auf der Rückbank drückte ihm Mesmer die Hand. »Leben Sie wohl. Ich hoffe, dass Sie finden, wonach Sie suchen.«

Ravn nickte und stieg aus dem Wagen. Er sah sich kurz auf dem Hof um, wo er schon früher ein paarmal gewesen war, obwohl das lange zurücklag. Damals hatte der erste große Rockerkrieg getobt, in dessen Verlauf er und seine Kollegen von der Spezialeinheit eine ganze Reihe von Inhaftierten hierhergebracht hatten. Auf dem Treppenabsatz vor dem Eingang standen vier Gefängniswärter in dunklen Uniformen, die sie offenbar schon erwarteten. Ravn ging mit Katrine über den Vorplatz, die sich an den ersten der Männer wandte, der Ravn bat, ihm zu folgen.

»Ravn«, sagte Katrine, die vor dem Eingang stehen geblieben war.

Er drehte sich zu ihr um.

»Pass auf dich auf.«

»Danke«, murmelte er und betrat das Innere des Gebäudes.

Sie führten ihn in die Wachstube im dritten Stock. Die Vollzugsbeamten trugen alle Brustpanzer sowie Arm- und Beinschienen, was in etwa der Kampfmontur des Sondereinsatzkommandos bei Hochrisikoeinsätzen entsprach. Der ranghöchste Beamte, der einen buschigen roten Vollbart hatte, nahm ein weiteres Set dieser Sicherheitsausstattung aus einem der Schränke und legte es gemeinsam mit einem Helm und einem langen Schlagstock auf eine Bank. »Ist besser, wenn Sie das gleich anziehen, statt zu warten, bis wir oben sind.«

»Ist das notwendig?«

»Bei Kaminskij schon.«

Ravn sah, wie die übrigen Beamten bereits ihre Helme festzurrten sowie Schutzbrillen und Atemschutzmasken anlegten. Einer von ihnen holte einen Zweikilobehälter mit Tränengas aus dem Schrank.

»Für wen ist das Gas?«, fragte Ravn.

»Nur eine der vielen Sicherheitsvorkehrungen, wenn wir ihm einen Besuch abstatten.«

»Ich glaube, ich lass das lieber mit der Kampfmontur«, sagte Ravn und nickte zu der Schutzausrüstung hin.

Der Beamte lächelte Ravn müde an. »Ich bin dafür verantwortlich, dass Sie hier lebend wieder rauskommen.«

»Wie oft hat sich Kaminskij schon zur Wehr gesetzt?«

»Jedes einzelne Mal. Wir ziehen das Zeug doch nicht aus Spaß an.«

»Mit Härte gegen Härte?«

»So ist es.«

»Und hat es geholfen?«

»Wir sind ohne Verletzungen davongekommen, also hat es geholfen, wenn Sie das meinen.«

»Ich würde gern eine andere Taktik ausprobieren. Wollen wir dann?«

Ravn ging zur Tür, und die anderen folgten ihm notgedrungen.

»Sagen Sie nicht, ich hätte Sie nicht gewarnt«, grummelte der Beamte.

Sie stiegen die Treppen zum obersten Stockwerk hinauf, wo die Hochsicherheitszellen lagen, und marschierten an den rot gestrichenen Türen vorbei, bis sie die letzte Zelle auf dem Gang erreichten. Der Beamte, der vorausging, warf einen Blick durch den Spion.

»Ist er wach?«, fragte Ravn.

»Kaminskij schläft nie«, kam eine metallische Stimme aus der Atemschutzmaske.

»Kaminskij, wir kommen jetzt rein!«, rief der Beamte mit dem Vollbart. »Stellen Sie sich mit dem Gesicht an die hintere Wand, die Arme über den Kopf, Handflächen zur Wand!«

»Haut ab, ihr Drecksäcke!«

»Sie haben zehn Sekunden Zeit, ehe wir das Tränengas einsetzen.« Der Beamte begann sofort mit einem schnellen Countdown. »...vier, drei, zwei, eins ...«

»Ich mach ja schon«, rief Kaminskij.

Der Beamte schloss das Guckloch und sperrte die Tür auf. Die übrigen Beamten hielten sich bereit. Auf ein verabredetes Signal hin öffnete der erste Beamte die Tür, worauf die anderen in die Zelle vordrangen.

Kaminskij, mit nichts als einer roten Jogginghose bekleidet, stand mit dem Rücken zu ihnen und hatte die Handflächen an die Wand gelegt. Seine langen schwarzen Haare bedeckten den obersten Teil des orthodoxen Kreuzes, das auf seinen Rücken tätowiert war. Zwei Beamte näherten sich ihm mit einer Zwangsjacke, während die anderen vorsorglich ihre Schlagstöcke gezückt hatten. Es dauerte keine Minute, bis sie Kaminskij die Zwangsjacke angelegt und gut zugeschnürt hatten. »Sie entscheiden selbst, ob Sie den hier brauchen«, sagte der Beamte und zeigte Kaminskij einen Maulkorb. Kaminskij ließ seinen Blick vom Maulkorb zu dem Beamten wandern. »Du bist ein Scheißkerl, und da ich keine Scheiße fresse, werde ich auch meine Zähne nicht in dich schlagen.« Er schlug seine Kiefer aufeinander, was so laut knallte, dass der Beamte sofort den Blick abwandte.

Kaminskij lächelte. »Aber vielleicht ein anderes Mal.«

»Bringen Sie ihn raus in den *Zwinger*«, sagte Ravn.

Der Beamte mit dem roten Bart schüttelte den Kopf. »Abgemacht waren zehn Minuten. Hier drin.«

»Ich will draußen mit ihm reden.«

»Das wäre eine Missachtung der Sicherheitsvorkehrungen. Der Häftling muss in seiner Zelle bleiben.«

»Ich glaube, wir haben sowieso schon sämtliche Regeln gebrochen. Es macht also keinen Sinn mehr, über die korrekte Vorgehensweise zu diskutieren. Führen Sie ihn jetzt bitte hinaus. Danke.«

Der Beamte nickte den beiden Kollegen zu, die Kaminskij an den Armen packten.

Kaminskij sah Ravn neugierig an, während er von den Beamten auf den Gang und weiter auf das Gefängnisdach geführt wurde.

»Dürfte ich mir den mal ausleihen?«, fragte Ravn und nahm den Schlagstock eines der Beamten an sich.

76

Von seinem Platz an der Tür aus beobachtete Ravn Kaminskij, der inmitten des eingezäunten Bereichs stand, der acht mal drei Meter groß war. Kaminskij schaute durch das Drahtgeflecht über ihm in den morgendlichen Himmel und inhalierte die frische Luft. In der Ferne hörte man ein einzelnes Auto in der ansonsten schlafenden Stadt. Er wandte Ravn seinen Blick zu und sah ihn träge an.

»Warum hast du mich geweckt, Bulle?«

»Dabei heißt es doch, dass Sie nie schlafen.«

»Ich schlafe, und ich brauche Kaffee, wenn ich aufwache. Hast du Kaffee?«, fragte er mit einem ausgeprägten osteuropäischen Akzent.

»Keinen Kaffee, nur Fragen.«

»Wie alle anderen.« Er legte den Kopf auf die Seite und musterte Ravn eingehend. »Aber du bist nicht wie die anderen. Die anderen sind besser angezogen als du. Die anderen kommen am Tag, nicht wie ein Dieb in der Nacht. Bist du ein ganz spezieller Bulle? Einer von den harten Jungs? Warst du dabei, als mein Laden angegriffen wurde?«

»Nein.«

»Dann war das also kein Freund von dir, den ich abgeknallt habe. Bum, bum, bum.« Er riss die Augen auf, was ihn zusammen mit seinen verfilzten schwarzen Haaren und der Zwangsjacke noch verrückter aussehen ließ.

»Ich kannte ihn nicht. Er war neu bei der Polizei. Sie haben einen Anfänger getötet. Wirklich eine imponierende Leistung«, fügte Ravn ironisch hinzu.

»Ich hab noch mehr Leute getötet.«

»Ist das ein Geständnis?«

»Bist du deshalb gekommen? Um ein Geständnis zu kriegen? Willst du das mit deinem Knüppel aus mir herausprügeln?« Er zeigte auf den Schlagstock, den Ravn in der Hand hielt, und machte eine obszöne Bewegung mit dem Unterleib.

»Soll ich etwa deine Hure sein?«

»Mich interessiert nicht, was an dem Tag passiert ist. Darum kümmern sich andere.« Ravn lehnte den Schlagstock an die Wand und entfernte sich ein paar Schritte davon. »Ich will mit Ihnen über eine ganz andere Sache reden.«

Kaminskij schaute erst den Schlagstock und dann Ravn an, der die Hände in die Taschen steckte. »Du bist ein spezieller Typ. Kennen wir uns? Irgendwas sagt mir, dass ich dich schon mal gesehen habe.«

»Wir sehen uns zum ersten Mal«, log Ravn. »Und hoffentlich auch zum letzten«, fügte er lächelnd hinzu.

Kaminskij lächelte auch. »Ich mag dich, kleiner Bulle. Wie heißt du?«

»Das spielt keine Rolle. Eigentlich bin ich auch gar nicht hier. Das bedeutet, dass alles, was Sie mir sagen, in einem Prozess nicht gegen Sie verwendet werden kann.«

»Und warum sollte ich dir deine Fragen beantworten? Glaubst du etwa, dass ich jemand verpfeife? Weißt du, was ich mit Denunzianten mache?«

»Sicher nichts Angenehmes.«

»Ich schneide ihnen den Schwanz ab und stopfe ihn ihnen in das Maul.«

»Hört sich wirklich nicht gut an. Ich will nur ein paar Informationen zu einem alten Fall, um mit meinen Nachforschungen weiterzukommen.«

»Was krieg ich dafür?«

»Was wollen Sie?«

Er zuckte die Schultern. »Sag mir erst, was du wissen willst, dann nenn ich dir meinen Preis.«

Ravn sah Kaminskij, der nicht besonders vertrauenswürdig klang, eingehend an. Es schien ihm, als wollte Kaminskij das Gespräch hinauszögern, damit er möglichst lange die frische Luft genießen konnte.

»Ich hab mir Ihre Hehlerware angesehen, drei Container voll.«

»Sagt mir nichts.«

»Ach, hören Sie auf, Kaminskij. Alle wissen, dass Ihr Klub in der Colbjørnsensgade jahrelang ein Umschlagplatz für Hehlerware war.«

Kaminskij schüttelte den Kopf, als wisse er nicht, wovon Ravn redete. »Du bist doch nicht hergekommen, kleiner Bulle, um mit mir über eine paar gestohlene Flachbildschirme zu reden.« Er grinste. »Du willst mich auf den Arm nehmen. Sag schon, wer bist du?«

»Ich will Sie nicht auf den Arm nehmen, Kaminskij. Würde mir niemals einfallen. Und außerdem geht es da um mehr als ein paar Flachbildschirme. Das war jahrelang ein sehr einträgliches Geschäft für Sie. Ich will nur wissen, wer die Waren geliefert hat.«

Hinter Ravn klopfte es an die Tür. »Noch drei Minuten.«

Kaminskij lächelte kalt. »Hört sich an, als müsstest du dich etwas beeilen.«

»Sie haben doch Familie, Kaminskij. Eine Frau, drei Söhne und eine kleine Tochter, nicht wahr? Ich kann dafür sorgen, dass sie Sie besuchen dürfen, wenn Sie das wollen.«

Kaminskij schaute ihn ernst an. »Bist du sicher, dass du so viel *Power* hast?«

»Ich hab Einfluss genug, um hier zu stehen, also urteilen Sie selbst.«

»Was genau willst du wissen?«

»Ich will wissen, wer aus Ihrem Netzwerk vor ungefähr drei Jahren hier im Land Einbrüche verübt hat.«

»Woher soll ich das noch wissen. Zu viele Gesichter.«

»In Christianshavn. Ein Einbruch, der aus dem Ruder gelaufen ist. Eine junge Frau wurde damals getötet. Ich muss wissen, wer der Täter war.«

Kaminskij sah ihn nachdenklich an und legte den Kopf auf die Seite, bis seine Halswirbel knackten. »Jetzt weiß ich, woher ich dich kenne ... aus der Zeitung. Das war deine Freundin, die erschlagen wurde. Du warst der Polizist, der bei der Arbeit war, während seine Freundin zu Hause überfallen wurde.«

»Den Namen, Kaminskij. Das ist alles, was ich wissen will.«

Kaminkij lachte höhnisch auf. »Ach du Scheiße, muss Gott dich hassen!«

Ravns Blick wurde kalt. »Nicht so sehr, wie ich *ihn* hasse. Den Namen, Kaminskij, und im Gegenzug bekommt Ihre Familie eine Besuchserlaubnis. Wer war es?«

»Ich bin doch nicht blöd. Du hast überhaupt keine *Power*. Ich weiß zwar nicht, wie du hier reingekommen bist, aber du kannst mir nichts anbieten. Du bist eine Null. Ein Bulle, der nicht die Eier hatte, seine eigene Familie zu beschützen.«

»Gib mir den Namen, Kaminskij.«

»Verpiss dich, du kleine Schwuchtel!«

»Den Namen!«

»Fick dich!«

Ravn trat einen Schritt nach hinten und packte sich den

Schlagstock. Im selben Moment sprang Kaminskij auf ihn zu wie ein wilder Stier. Ravn schwang den Knüppel und traf ihn an der Schulter. Kaminskij ging am Gitter zu Boden. Ravn schlug noch ein paarmal auf Kaminskij ein, ehe er keuchend von ihm abließ. »Den Namen!«

Kaminskij sah zu ihm hoch und spuckte aus. »Du schlägst wie ein kleines Mädchen.«

Ravn hob den Knüppel und zielte auf Kaminskijs Hinterkopf. Die ganze Sache war sinnlos. Kaminskij würde nie etwas sagen und der Fall niemals aufgeklärt werden. Plötzlich wollte Ravn das alles nur noch hinter sich bringen. Einen ultimativen Schlusspunkt setzen. Kaminskij hatte Eva nicht erschlagen, aber dann musste er eben für all seine anderen Morde büßen. Er wollte den Schlagstock gerade auf Kaminskijs Schädel niedersausen lassen, als von hinten jemand seinen Arm festhielt.

»Die zehn Minuten sind um«, sagte der Beamte mit dem roten Vollbart und nahm Ravn den Knüppel aus der Hand.

Ravn blickte auf Kaminskij hinab. »Der weiß nichts. Sie werden hier verrotten, Kaminskij.«

»Ich bin freier, als du es je sein wirst.« Kaminskij spuckte lachend ein wenig Blut. Zwei Beamte kamen und halfen ihm vom Boden auf.

»Du bist echt der unfähigste Bulle aller Zeiten!«, rief Kaminskij Ravn hinterher. »Du musst total blind sein, wenn du den Fall nicht selber lösen kannst.«

Der Beamte mit dem Vollbart schob Ravn zur Tür. »Du weißt gar nichts!«, rief Ravn über die Schulter. »Gar nichts.«

»Ravn!«, rief Kaminskij laut.

Er drehte sich in der Tür um, überrascht, dass Kaminskij seinen Namen kannte. Ganz gleich, ob er ihn in der Zeitung gelesen oder ob jemand ihn ihm genannt hatte, mit seinem Gedächtnis schien alles in Ordnung zu sein.

»Ich *weiß*, dass es kein Einbrecher war. Das *weiß* ich.«

Ravn sah ihn durchdringend an. Irgendetwas sagte ihm, dass Kaminskij ein Spiel mit ihm spielte. »Du weißt gar nichts, Kaminskij. Ich wünsch dir ein beschissenes Leben«, fügte er noch hinzu.

77

Ein plötzlicher Wetterumschwung ließ heftige Regenschauer auf Christianshavn und den Rest der Hauptstadt niedergehen. Der böige Wind hatte die Sommerstimmung entlang des Kais vertrieben, der nun einsam und nass dalag. Vor dem Café Havodderen glitt eines der Touristenboote vorüber, deren Passagiere verschiedenfarbige Regenmäntel trugen und mit ihren Smartphones die historischen Gebäude knipsten.

Im Havodderen saß Ravn an der Bar, während Møffe neben seinem Barhocker lag und döste. Es war Dienstagvormittag, und außer ein paar älteren Stammgästen, die an ihren Tischen saßen und auf den Kanal hinausblickten, war niemand anwesend.

»Noch einen Kaffee?«, fragte Johnson, der die halb volle Glaskanne in der Hand hielt.

»Eine halbe Tasse«, antwortete Ravn.

Johnson schenkte ihnen beiden ein und stellte den Glasbehälter zurück in die Maschine. Ravn hatte ihm in der letzten Stunde von der Begegnung mit Ferdinand Mesmer erzählt und was sich danach im Polizeipräsidium abgespielt hatte. Johnson, der sonst immer seinen Senf dazugab, hatte staunend zugehört, ohne ihn ein einziges Mal zu unterbrechen. »Das hätte auch schiefgehen können«, sagte er schließlich und zündete sich eine Zigarette an.

Ravn nickte. »Stimmt, wenn der Beamte mich nicht aufgehalten hätte, wäre Kaminskij jetzt nicht mehr am Leben.«

»Du darfst die Dinge nicht immer so persönlich nehmen, Ravn«.

»Wir sprechen hier von Eva.«

»Genau, und ein toter Kaminskij macht sie auch nicht wieder lebendig.«

»Das weiß ich, das weiß ich.«

»Außerdem willst du ja wohl nicht so enden wie dieser andere Privatdetektiv, dieser Bertil oder Bent …«

»Benjamin.«

»Genau, der Typ, der unter den Mähdrescher geraten ist.«

»Du musst nach vorne blicken, mein Freund, und die Vergangenheit ruhen lassen. *Be a professional*«, fügte Johnson mit so unverkennbarem Amager-Akzent hinzu, dass Ravn unwillkürlich lächeln musste.

Ravn nippte an seinem Kaffee, der säuerlich schmeckte.

Aber er würde sich wohl daran gewöhnen müssen, da Johnson bereits verkündet hatte, dass er Ravn aufgrund seiner angegriffenen Gesundheit nichts anderes mehr ausschenken würde als Kaffee und Wasser.

»Kaminskij hat gesagt, dass es kein Dieb war, der Eva niedergeschlagen hat, und dass ich zu blind bin, um das selbst zu sehen.«

Johnson drückte die Zigarette im Aschenbecher aus. »Mensch, Ravn, lass dir von einem alten Boxer gesagt sein, dass psychologische Kriegsführung das Allerwichtigste bei einem Kampf ist. Der wollte dir nur eins reinwürgen, aus reiner Verzweiflung.«

»Ich weiß schon, ich wollte es dir aber trotzdem erzählen …«

»Jetzt vergiss den Penner.«

Ravn nickte und stand auf. »Wie viel kriegst du für den Kaffee?«

»Der ist gratis, solange du keinen Latte oder Cappuccino willst oder wie das ganze Zeug heute heißt.«

»Ich wusste gar nicht, dass du so was anbietest.«

»Tu ich auch nicht. Das ist hier ein Wirtshaus und kein Coffeeshop. Wo willst du hin?«

»Victoria ihr Auto zurückbringen.«

»Wird auch höchste Zeit. Sie hat es wirklich extrem vermisst.«

»Ja, ich weiß.«

»Ich hoffe, du hast gut darauf aufgepasst«, sagte Johnson und stellte die Kaffeetassen in die Spüle.

Eine Stunde später stellte Ravn den glänzenden Volvo vor Victorias Antiquariat ab. Ali hatte mit beidem recht gehabt, dass die Reparatur sich machen ließ und dass sie extrem teuer würde. Von dem Geld, das Ravn von Ferdinand Mesmer bekommen hatte, waren nur wenige tausend Kronen übriggeblieben. Aber das kümmerte ihn nicht. Das Wichtigste war, dass Victoria ihren geliebten Wagen unbeschadet zurückbekam.

Victoria stand in der Eingangstür ihres Geschäfts, als er ausstieg. Sie zog an ihrer selbst gedrehten Zigarette und blies eine blaue Rauchwolke in die Luft. »Bringst du Wilma also endlich zurück«, sagte sie, während sie ihr Fahrzeug betrachtete.

»Tut mir leid mit der Verzögerung, aber die Polizei wollte sie nicht eher rausrücken«, entgegnete er und lächelte einfältig.

Victoria ging zu ihm und schnappte sich den Autoschlüssel aus seiner Hand. Dann inspizierte sie gründlich den Wagen, während sie um ihn herumging. »Hast du Wilma gewaschen? Der Lack glänzt so.«

»Das war doch das Mindeste«, erwiderte er mit gespielter Großzügigkeit.

Sie schnupperte daran. »Ich finde, sie riecht nach Wachs. Du hast ja wohl kein Wachs benutzt, oder?«

»Natürlich nicht. Wenn du was riechst, dann ist das mein Schweiß. Hab mir wirklich Mühe gegeben«, flunkerte er.

Victoria beendete ihre Inspektionsrunde, indem sie die Schlüssel in der Brusttasche ihrer Tweedweste verschwinden ließ. »Schön, dich zu sehen, Ravn. Ich hab Kaffee aufgesetzt.«

»Das ist nett, aber ich hab bei Johnson schon genug bekommen. Außerdem hab ich's ein bisschen eilig.«

»Eilig? Du?« Sie runzelte die Brauen. »Womit denn?«

»Ich hab an das gedacht, was du an Evas Grab gesagt hast.«

»Was war das noch gleich?«

»Dass ich mich selbstständig machen soll.«

Victoria nickte lächelnd. »Und das willst du jetzt tun?«

»Ja, wenn dein Angebot noch steht, dass du mir ein bisschen mit den Formalitäten hilfst.«

»Aber natürlich helfe ich dir, Ravn. Was genau hast du vor?«

»Ich hab zu Hause einen ganzen Stapel von Anfragen liegen …« Er zeigte mit zwei Fingern, wie hoch der Stapel war. »Anfragen von Leuten, die in den Medien von den Fällen gehört haben, in die ich involviert war. Und jetzt wollen diese Leute, dass ich irgendwelche verschwundenen Personen für sie aufspüre. Ein paar entlaufene Haustiere sind auch dabei«, fügte er hinzu und verdrehte die Augen. »Aber manche Anfragen sehen wirklich interessant aus.«

Er bemerkte, dass Victoria ihm nicht mehr richtig zuhörte, sondern an ihm vorbei auf ihren Volvo blickte.

»Was ist?«, fragte Ravn, während sie sich an ihm vorbeidrückte.

Vor der vorderen Stoßstange ging sie in die Knie. »Ist das hier etwa … ein Einschussloch?« Sie steckte ihren Finger durch das Loch an der Seite.

Ravn verwünschte Ali, dass er den Schaden nicht gefunden und ausgebessert hatte. Er zwang sich zu seinem Lächeln. »Bist du sicher, dass das Loch vorher noch nicht da war?«

»Zu hundert Prozent.«

»Ist vielleicht nur ein bisschen Rost, Victoria.«

»Rost?«

Er nickte. »Ist ja auch schon ein ziemlich altes Auto …«

»Wilma rostet nicht!«

Autor

Michael Katz Krefeld, 1966 geboren, lebt und arbeitet in Kopenhagen. Er hat bereits mehrere Drehbücher für namhafte dänische TV-Serien und erfolgreiche Spannungsromane geschrieben. 2012 wurde er als bester dänischer Thrillerautor ausgezeichnet. Seine Serie um den Ermittler Ravn wurde in 18 Länder verkauft.

Michael Katz Krefeld im Goldmann Verlag:

Ein Fall für Ravn

1. Totenbleich
2. Vermisst
3. Sündengrab

(alle auch als E-Book erhältlich)

GOLDMANN
Lesen erleben